한자의 탄생

文字的故事
by 唐諾

한자의 탄생

1판 1쇄 발행 2015. 1. 17.
1판 5쇄 발행 2022. 6. 2.

지은이 탕누어
옮긴이 김태성

발행인 고세규
편집 김상영 디자인 이은혜
발행처 김영사
등록 1979년 5월 17일(제406-2003-036호)
주소 경기도 파주시 문발로 197(문발동) 우편번호 10881
전화 마케팅부 031)955-3100, 편집부 031)955-3200 | 팩스 031)955-3111

값은 뒤표지에 있습니다.
ISBN 978-89-349-6951-8 03810

홈페이지 www.gimmyoung.com 블로그 blog.naver.com/gybook
인스타그램 instagram.com/gimmyoung 이메일 bestbook@gimmyoung.com

좋은 독자가 좋은 책을 만듭니다.
김영사는 독자 여러분의 의견에 항상 귀 기울이고 있습니다.

사라진 암호에서 21세기의 도형문까지

처음 만나는 문자 이야기

한자의 탄생

탕누어 지음

김태성 옮김

김영사

이 책을 나의 은사 주시닝朱西甯 선생님께 바친다.

그분은 문자에 대해 믿음과 회의를 동시에 가졌지만,

끝내 평생을 문자로 일을 하신 소설가였다.

나는 그분께서 틀림없이 이 책을 마음에 들어 하실 것이라고 믿는다.

일러두기

이 책에서 소개되는 갑골문자들은 원래의 발음을 정확히 추측할 수 없으므로 모두 받침이 없는 글자로 처리하여 조사를 달았다.

차례

높은 언덕에 올라가 먼 바다를 바라보네

우리 이 책을 이 아름다운 글자로 시작해보자.

이 글자는 정확히 3,000년 전의 문자로 갑골문이다. 당시 상商나라 사람들은 이 글자를 소의 견갑골이나 거북이의 배 위에 새겨 우리에게 남겨주었다(우리가 이렇게 말하면 스스로를 너무 위대하게 여기고 있는 듯한 느낌이 들기도 한다). 기묘한 것은 이렇게 오랜 세월이 지났는데도 어렵지 않게 이 문자를 읽고 해석할 수 있다는 것이다. 사실 여기에는 그럴 만한 이유가 있다. 중국 문자의 본질적인 특징인 구상적인 흥취와 관련이 있다.

우선 이 글자 안에서 분명하게 '인人' 자, 를 발견할 수 있다. 그리고 상단 머리 부분이 특별히 과장돼 있는 것도 확인할 수 있다. 특히 눈 부분은 형태(이것은 갑골문자의 '신臣' 자와 유사하며, 수시로 눈을 크게 뜨

고 대단히 조심스러운 태도를 보이는 사람을 의미한다)로, 한마디로 말해서 몸을 곧게 펴고 눈을 크게 뜬 사람이 높은 곳에 발을 딛고 서서 멍한 표정으로 먼 곳을 바라보고 있는 모습이라고 할 수 있다. 그가 딛고 있는 땅은 커다랗고 네모난 바위 위일 수도 있고, 어쩌면 작고 둥근 언덕, 또는 해발이 더 높은 산꼭대기일 수도 있다. 수천 년 전에 광활한 화베이華北 평원에서 목을 빼고 서 있는 이 사람이 무얼 보고 있는 것인지는 알 수 없다. 사냥하는 사람이 멀리 있는 크고 작은 사슴 떼를 바라보고 있는 것일 수도 있고, 집에 남아 있던 아내가 밖에서 돌아오는 남편을 초조한 마음으로 기다리고 있는 것일 수도 있다. 누군지는 모르지만 높은 곳에 올라가 눈앞의 광경이 갑자기 평소와 달라진 것을 보고 놀라서, 자신도 모르게 걸음을 멈추고 서 있는 것일 가능성이 크다. 이보다 더 가능성이 큰 가설은 누구나 한번은 경험했던 것처럼, 아주 일상적인 일로서 멍하니 눈앞의 광경을 바라보면서 시간이 흘러가는 것을 방치하고 있는 것일 수도 있다.

사람은 높은 곳에 서면 자신도 모르게 발길을 멈추고 먼 곳을 바라보게 된다. 이것은 인간이 갖고 있는 일종의 본능이다. 때문에 이렇게 높은 곳에 위치한 관광 명소에는 어디든지 전망대 같은 것이 세워져 있고, 심지어 더 먼 곳을 볼 수 있도록 동전을 넣으면 작동되는 망원경도 설치돼 있다.

* * *

문득 유년 시절에 한 친구가 털어놓았던 조숙하고 낭만적인 이야기가 떠오른다. 그 친구는 언젠가 기회가 오면 사면팔방에 아무런 장애물도 없는 드넓은 평원에 서고 싶다고 말했다. 그러면 지평선 전체가 하나의 아름다운 원을 이루게 된다는 것이었다. 이것은 1971년의 일로서 당시 우리는 이란宜蘭에서 초등학교를 다니고 있었다. 난양蘭陽 평원은 삼각형의 작은 충적지로서 삼면이 작은 산으로 둘러싸여 있고 한쪽은 태평양을 바라보고 있다. 우리 시야의 4분의 3은 항상 쉐산雪山 산맥과 중앙中央 산맥의 여맥餘脈으로 가려져 있어 아주 먼 데까지는 볼 수 없었다. 벌써 30년 전의 일이라 옛 친구의 이런 꿈이 정말로 실현됐는지는 알 수 없다.

놀랍게도 '망望' 자는 3,000년의 세월을 견디고 아직도 생기발랄하게 잘 살아 있다. 어떤 글자들은 이미 죽어버렸고 또 어떤 글자들은 오래 사용되면서 용도가 변하거나 알아보기 힘들 정도로 형태가 변하기도 했다. 하지만 '망望' 자는 오늘날까지 줄곧 살아남아 목을 빼고 먼 곳을 바라본다는 원초적이고 기본적인 의미를 그대로 간직하고 있다.

예컨대 똑같이 감각기관의 지각을 강조하는 또 다른 갑골문자인 는 큰 귀를 가진 사람 옆에 '입口'을 상징하는 부호가 하나 첨가돼 있는 모습으로서, 원래는 크고 소란스러운 소리에서부터 가늘고 그윽한 소리까지 각종 소리를 기꺼이 경청하는 사람을 형상화한 것이었다. 지식에 목말라 사방으로 모든 일을 탐문하면서 귀를 기울이던 소크라테스가, 나중에는 델포이 신이 말한 가장 지혜로운 사람이 됐던 것을 연상케 하는 글자다. 우리는 인간의 오관五官 중 눈이 가장 편리하고 직접적으로 사용할 수 있는 감각기관이라는 사실을 잘 알고 있다. 귀는 그렇지 못하다. 귀는 정신을 집중해야만 제대로 기능할 수 있다. 더 많은 사람들의 의식에 주의를 기울여야 하고 진지한 태도로 들은 다음에는 또 이를 분석해야 한다. 이미 마음속에 축적돼 있는 대량의 기억을 끌어내 비교와 분류, 판별의 작업을 진행해야 한다. 그래서 청각이 좋은 사람들이 시력이 2.0인 사람들보다 더 사람들에 대해 민감하고 지혜로우며 천성적으로 영민하다는 평가를 받는다. 하지만 모든 사람들이 이럴 수 있는 것은 아니다. 특히 고대로 갈수록 더 그렇다. 사냥할 때 청각이 좋은 사람은 다른 사람들보다 좀 더 일찍 짐승들이 어디에 있고 어떤 위험이 다가오고 있는지(예컨대 영화에서 땅에 바짝 엎드려 한쪽 귀를 땅에 대고 소리에 귀 기울이는 인디언이 그렇다) 감지할 수 있었을 것이다. 그리고 모든 신령을 숭배하고 천지와 산천, 들짐승과 날짐승, 곤충과 물고기들이 모두 영혼을 갖고 있다고 믿었던 그 시대에, 만물에 숨어 있는 소리나 신령의 계시를 들을 수 있었을 것이다. 그리하여 '큰일은 제사와 계시에만 의존하던' 시대에 귀가 큰 이 사람은 점차 신성시되어 신의 계시를 받드는 지도자가 됐을 가능성이 크다. 이 글자는 점차 원초적이고 소박한 현실적 의미에서 탈피하여 위대해졌을 것이고, 점차 전문적으로 우리가 숭배하는 대상을 지칭하는 글자가 됐을 것이다.

이 글자가 오늘날 사용하고 있는 '성聖' 자다. 청각이 지혜로 전환돼 결국에는 덕행이 흠 잡을 데 없는 사람을 지칭하는 글자가 되면서, 줄곧 뒤도 돌아보지 않고 계속 추상과 개념의 세계로 달려온 것이다.

이에 반해 높은 곳에 올라가 눈을 크게 뜨고 밑을 내려다보는 일은 신으로부터 받은 특별한 능력이 필요한 행위가 아니다. 절대다수의 사람들이 언제든 할 수 있는 일인 것이다. 때문에 우리 일상생활 속의 평범한 행위로 남게 됐다. 유명한 아르헨티나의 시인 보르헤스Jorge Luis

Borges(그는 '망望'보다는 '성聖'에 가까운 사람임에 틀림없다)가 말한 것처럼 구상적일수록 더 현실적이고, 현실적일수록 더 많은 감정과 사유, 상상이 들어갈 공간이 확보된다. 그리하여 큰 귀를 의미하는 '성聖' 자는 위대한 글자, 종교적인 글자가 됐고, 큰 눈을 의미하는 '망望' 자는 평범한 생활 속에 남아 보통 사람들과 매일 얼굴을 마주하는 시적詩的인 글자가 된 것이다.

* * *

보르헤스는 사전에는 "망望이란 보는 것을 말한다"라는 식의 해석 방식으로 나와 있지만, 사실은 모든 글자들이 유일무이하여 어떤 두 글자도 서로 완벽한 대체 관계를 갖고 있지 않다고 말한다. 어떤 글자도 100퍼센트 중첩되는 다른 글자를 갖고 있지 않다는 것이다. 모든 글자는 고유의 조자造字 형상과 기원을 갖고 있기 때문이다. 가장 중요한 것은 장기간에 걸쳐 전해져 내려오면서 고유의 쓰임새와 경력을 갖게 됐다는 사실이다. 이 동일할 수 없는 역사적 경험이 모든 글자에 동일할 수 없는 기억의 각인을 남겼고, 동일할 수 없는 온도와 색채, 그리고 의미의 층차層差를 형성했다.

예컨대 '망望' 자는 단순한 '간看' 자에 비해 동작과 의식, 바라보는 초점, 그리고 여기서 파생되는 시간의 암시 등 더 많은 의미 요소들을 가지고 있다. 이것은 글자의 원초적인 모습이나 실제적인 사용을 통해 분별해낼 수 있는 것들이다.

갑골문에서는 '간看' 자를 찾아볼 수 없지만 '견見' 자로 이를 대체할 수 있다. '견見' 자에는 두 가지 조형이 있다. 한 글자가 두 가지 조형을 갖는 상황은 형태가 아직 안정되기 이전 단계의 갑골문에서는 흔히 볼 수 있다. 하나는 로서 앉은 채로 눈을 크게 뜨고 있는 사람의 모습이고, 다른 하나는 로서 선 채로 눈을 크게 뜨고 있는 모습이다. 앉아 있건 서 있건 그 이미지는 극도로 단순하고 분명하다(하지만 '간看' 자의 전자篆字 조형은 로서 대단히 아름답다. 눈 위에 빛을 가리고 사물을 진지하게 응시할 수 있도록 손이 하나 얹혀 있어, 단순한 '견見' 자에 비해 또 다른 내용이 가미된 것임을 알 수 있다).

이에 비하면 '망望' 자는 훨씬 더 재미있다. 의식적으로 높은 곳에 올라가 내려다보는 것에서 기원했든 아니면 아무런 목적 없이 발 가는 대로 걷다가 멈춰서 바라본 것에서 기원했든 간에, 우리는 사실 '망望' 자가 일련의 동작과 최종적인 정지를 포함하고 있고, 그 사이에서 시간이 천천히 정체되고 있음을 관찰할 수 있다. 또한 이 '망望' 자에는 외면적으로 드러나는 동작만 있을 뿐, 내재적인 정서를 건드리는 동작은 전혀 없다. 따라서 여기서의 시간은 특정한 의미의 단계를 가리키고 있지 않은 만큼, 잠시 비어 있다고 해도 무방할 것이다. '망望' 자는 노자가 말한 '무無'처럼 색깔도 없고 어떤 의미도 남아 있지 않는 허공으로서, 우리에게 그 안에 뭔가를 담을 수 있는 공간을 마련해준다. 그리고 우리는 그 공간에 갑자기 많아진 생각과 감정, 그리고 상상을 담을 수 있다.

동시에 우리는 '망望' 자가 아직 완성되지 않고 진행 중인 '봄看'의 행위라고 말할 수도 있다. 미완성인 이유는 우리가 아직 선명하게 보지 못했거나, 선명하게 보았다 해도 아직 분명하게 생각하고 정리하지 못했기 때문이다. 어쩌면 우리가 본 어떤 대상이 사실은 아직 나타나지 않았거나 영원히 나타나지 않을 것이기 때문일 수도 있다. 따라서 눈앞의 사물이 우리의 망막 위에 선명하게 맺히는 자연현상 외에 '바라본다望'는 행위는 '바람'과 '응시', '기다림'을 나타낼 수 있고 '상실'이나 '고독' 같은 의미의 층차를 담을 수도 있다.

그래서 보르헤스의 말이 맞는 것이다. 문자와 문자가 어떻게 전혀 다치지 않으면서 서로 의미의 호환을 이룰 수 있겠는가? 어떻게 이런 호환이 이루어진 뒤에 똑같은 느낌의 실마리와 감정의 암시를 가져올 수 있겠는가?

* * *

누가 동쪽 지방을 정벌하고 누가 북쪽 지방을 영토로 귀속시켰다는 중국의 평화平話 소설을 읽다 보면, 전쟁터로 나가는 장수의 말의 빛나는 모습을 묘사할 때마다 설서인說書人(민간에서 대본에 따라 청중에게 이야기를 들려주고 돈을 받던 이야기꾼들. 이들의 이야기 대본이 평화 소설로 발전하게 됐다-옮긴이)은 듣는 이에게 실감을 더해주기 위해 이른바 '시로써 증거를 삼는有詩爲證' 수사법을 즐겨 사용하고 있는 것을 확인할 수 있다. 여기서 우리도 '망望' 자를 위한 이런 수사법의 사례를 찾아보자.

> 높은 산에 올라 먼 바다를 바라보니
> 여섯 거북의 뼈는 이미 흰 서리가 됐고
> 삼산은 지금 어디에 있는지 알 수 없네.

부상은 절반이나 꺾어지고

해도 그 빛이 물에 가라앉아버렸으니

은 누대와 금 대궐은 꿈속인 듯하고

진시황과 한무제는 헛되이 불사약을 기다렸네.

登高丘, 望遠海, 六鼇骨已霜, 三山今安在,

扶桑半摧折, 白日沉光采, 銀臺金闕如夢中, 秦皇漢武空相待.

이백의 시 〈높은 언덕에 올라 먼 곳을 바라보네登高丘而望遠〉다. 자세히 살펴보면 갑골문 '망望' 자를 겨냥하여 쓴 것 같다는 느낌이 든다.

여섯 거북은 신화에 나오는 영험한 거북들로 동해에 있는 신선들의 산인 대여岱輿와 원교員嶠가 떠내려가지 않도록 받히고 있는 것으로 전해진다. 인간의 육안으로 어떻게 신화의 세계를 '볼看' 수 있고, 이미 썩어서 역사 속을 둥둥 떠다니고 있는 온갖 것들을 '볼看' 수 있겠는가? 그래서 멍청한 이백은 이렇게 한없이 한자리에 서 있었던 것이고, 바라보는 것이 기다림으로 변해 의 모습으로 굳어져버린 것이다.

또 다른 시를 예로 들어보자. 내가 가장 좋아하는 시인 소식蘇軾이 쓴 아주 훌륭한 시다. 사실 이 시는 〈전적벽부前赤壁賦〉에 삽입돼 있는, 《초사楚辭》를 모방한 화려한 노래로서, 부드럽고 완약한 기다림으로 이백의 절망적인 기다림을 대체하고 있다. 게다가 소식은 서 있는 것이 아니라 편안하게 앉아 있는 것이 분명하다. 밤 뱃놀이에서 그는 뱃머리에 앉아 이 시를 읊조리고 있고 옆에서는 하인이 힘들게 노를 젓고 있다.

계수나무 노에 목란 상앗대로

물에 비친 달을 쳐서 흐르는 달빛을 거슬러 오르네.

아득한 나의 그리움이여, 미인을 하늘 한쪽에서 바라보네.

桂棹兮蘭槳, 擊空明兮泝流光, 渺渺兮余懷, 望美人兮天一方.

뱃머리에 앉아 있는 사람은 옆에서 노를 젓는 사람의 고된 노동을 인식하지 못했을지 모른다. 하지만 향기를 지닌 계수나무와 목란은 제사 때 강신降神을 유도하는 데 쓰이는 식물이라서, 우리는 이것이 범상한 강 위에 떠 있는 범상한 배가 아니라는 사실을 금세 알아차리게 된다. 계수나무 노와 목란 상앗대가 강물에 닿는 순간, 물 위에 비친 달그림자가 파르르 깨져 흩어지면서 황금빛 강물이 되어 천천히 흘러간다. 이렇게 강을 거슬러 올라가면서 이것이 적벽의 강물인지 아니면 금빛을 칠한 시간의 강이 소리를 내면서 흐르는 것인지 분간하지 못한다.

어쩌면 우리는 시간을 굴원이나 송옥宋玉이 살았던 아득한 초楚나라 때로 되돌려야 할지도 모른다. 신령과 인간이 뒤섞여 살면서 구분되지 않던 시대로 돌아가면, 이백과 소식이 기다리는 것들이 굴원의 《초사》 작품 〈구가九歌〉에서처럼 그렇게 나풀거리며 사뿐히 강림할지도 모른다.

1

하늘에
해가 두 개인
문자

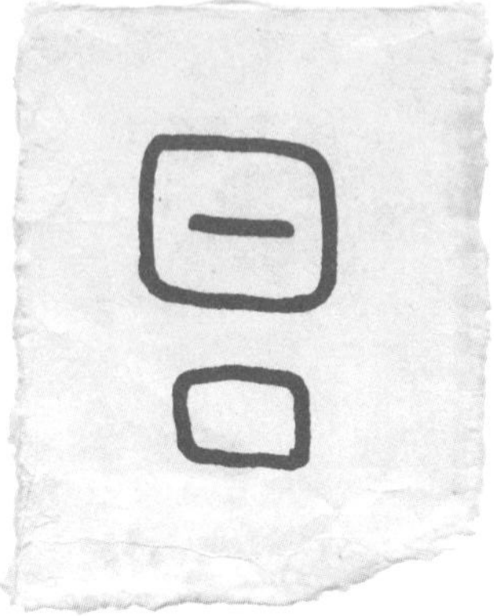

두 부분의 조합으로 이루어진 이 글자는 솔직히 말해서 매우 괴상한 글자다. 윗부분은 태양을 상징하는 '일日' 자이고(갑골문은 칼로 거북의 껍질이나 소뼈에 새겼기 때문에 예쁜 원형이 나오기 힘들었다), 아랫부분의 작은 형태 역시 '일日' 자다. 그렇다면 하늘에 두 개의 해가 있는 이상 현상이 3,000년 전 사람들에 의해 기록된 것일까? 아니면 문자를 만든 사람들이 애써 무언가를 나타내려 했던 것일까?

이야기를 풀어나가기 전에 한 가지 근본적인 문제가 있다. 문자는 도대체 어떻게 발생된 것일까? 아니면 어떻게 발명된 것일까? 반드시 먼저 이해하고 넘어가야 할 이 문제는 사실 몹시 골치 아프고 어디서부터 이야기를 시작해야 할지 알 수 없는 문제다.

솔직히 말하면 기적이라고 하고 싶다. 하지만 이런 답 또한 문자의 존재에 대해 아무런 책임도 지지 못한다.

신석기시대의 모순

중국인들은 수천 년 동안 교활하게도 이 문제를 창힐倉頡이라는 인물에게 미루어 피해왔다. 문자 발명의 영광과 그에 따르는 모든 의문을 한 사람에게 미룬다는 것은 물론 진실하지 못한 방법이었지만, 오늘날 우리도 이것을 그대로 믿는 경향을 보인다. 문자는 오랜 시간 동안 천천히 변화하고 발전하여 형성된 것이다. 문자가 끈 매듭結繩이나 새겨진 흔적刻痕의 기억에 기원하고 있든 또는 더 오래된 언어와 그림 사이에서 서서히 안정된 의미 관계를 찾게 됐든지 간에, 기존의 학설이 많은 사람들에게 영향을 미친 것이 사실이다. 사람들이 거주한 지역이 상당히 넓고 다양했던 만큼 문자가 전파되는 데도 많은 시간이 걸렸을 것이다. 때문에 문자 형성이 하나의 시간대에 한 지역에서 한 사람에 의해서 이루어진다는 것은 절대로 불가능하다.

기이한 이야기나 신화는 참고가 될 뿐이고 문자의 기원은 결국 문자 자체에서 해답을 찾아야 한다. 다시 말해 우리가 파악할 수 있는 문자 또는 아직 문자로 형성되지 않은 '유사 문자'를 바탕으로 추론을 해야 한다는 것이다. 이것은 문자의 '있음'을 바탕으로 문자의 '없음'을 유추하는 것으로서, 마치 현생을 통해 전생을 미루어보는 것과 같다. 또한 이렇게 억지로 추론을 강행하다 보면, 많은 강호의 주술사들이 그랬던 것처럼 그 과정에서 고증을 거치지 않은 추측들이 남발되는 현상도 면

키 어려울 것이다.

우리가 가진 것은 무엇인가? 이 질문과 관련하여 나는 아름다운 갑골문자 하나를 떠올리게 된다. , 이 글자는 오늘날의 '석昔' 자로 옛날, 이전, 그리고 시간이 흘러갔음을 의미한다. 글자의 아랫부분은 '일日' 자로 거칠고 볼품없는 형태다. 윗부분에는 기세가 대단한 큰물이 흐르고 있어 천지를 가득 메운 물에 태양이 잠겨버릴 듯한 신비롭고 변화무쌍한 이미지를 보여준다. 이것은 마치 가르시아 마르케스Gabriel Garcia Marquez가 묘사한 장면을 연상케 한다.

상나라 사람들은 이런 문자를 통해 상고시대에 대한 자신들의 역사와 충만한 미적 감각, 철학적 감성, 계몽 정신, 상상력 등을 전달하려 했다. (예컨대 우리는 이 문자를 통해 황하가 사납게 범람했던 때를 연상할 수 있다. 오랜 세월에 걸친 상나라 사람들의 천도遷都는 대부분 물을 피하기 위함이었다. 방식과 결말이 서로 다른 곤鯀과 우禹의 치수 문제는 치수와 전제정치가 유기적으로 연결된 동양적 전제주의론을 언급하는 데까지 이르렀다. 나는 독실한 기독교도가 쓴 책도 읽어보았지만, 단언컨대 이것은 성서에서 40일 동안 쉬지 않고 비가 쏟아져 홍수가 났다는 노아의 방주에 관한 기록과 일치한다. 그렇다면 중국 문자의 발명도 하나님 야훼에게로 연결될 수 있을 것이다.) 하지만 대단히 유감스럽게도 몇 가지 물증만으로 문자의 발명을 단정하는 것은 굉장히 무모한 일이다. 기억은 사라지고 거대한 바다만 남았기 때문이다.

우리는 갑골문자가 중국에서 발견된 최초의 문자라고 말한다. 대략적인 시기는 지금으로부터 3,000년 내지 3,500년 전인 상나라 말기로 추정된다. 하지만 갑골문자는 절대로 최초의 문자가 아니다. 사실 갑골문자는 상당히 성숙된 형태의 문자다. 문자의 조형이나 기술적인 구조로 볼 때 그렇다. 더욱 설득력 있는 증거는 형성자가 갑골문자에서 점유하는 비중이다. 형성자는 중국어 조자에서 가장 진보된 단계로 이것을 바탕으로 많은 조자가 빠르게 가능하게 됐다. (이에 관해서는 나중에 다시 이야기하겠다.) 때문에 똑똑한 문자학자들은 점차 형성자를 문자의 탄소 동위원소로 삼아 시간을 검증하는 기준으로 삼기 시작했다. 어떤 이는 지금 식별할 수 있는 1,000여 개의 갑골문자 중 형성자의 비율이 30퍼센트에 이른다고 추론하기도 한다. 이것은 의심의 여지없이 갑골문자가 문자의 조합 단계에서 성숙된 말기에 있음을 보여준다.

갑골문자 이전에는 어떤 문자들이 있었던 것일까? 아주 적은 수의 문자나 부호가 있었을 뿐이다. 도자기병 주둥이 부분에 새겨진 흔적과 기호 또는 꽃문양이 고작이다. 그중 가장 빛나는 것이 산둥山東 쥐현莒縣 링양하陵陽河 다원커우大汶口문화 말기 유적지에서 출토된 주둥이가 큰 도기 항아리에 새겨진 아름다운 부호인 다. 이 부호는 여러 개의 산 위에 구름이 떠 있고 구름 위를 해가 지나는 그림 형상이다. 단독으로 존재하는 이 기호를 문자라고 말하기는 어렵다. 문자는 꿀벌과 같아서 혼자서는 살 수 없기 때문이다. 차라리 이 기호는 도기 주인의 전속 기호이거나 부족의 휘장徽章(사유제 또는 원시공산제였을 수도 있다)이라고 하는 것이 더 맞다. 하지만 일부 학자들은 낙관적으로 '단旦(아침)' 자의 원시 자형일 것이라고 말하기도 한다. 산에 사는 다원커우 사람들이 산 위에 해가 떠서 구름 위를 찬란하게 비추는 모습을 보고 그린 형상으로(그렇다면 너무 이른 시기의 원시 부족은 아닐 것이다) 나중에는 점차 사람의 이름이나 부족의 이름으로 사용됐을 것이라는 추측이다.

그렇다면 이것은 얼마나 오래전의 일일까? 대략 4,000년 내지 4,500

년 전의 일일 것이다. 다시 말해 이 고독하고 의심의 여지가 많은 아름다운 '단旦' 자가 만들어진 시기가, 문자의 발명이 성숙기를 거쳐 완성의 단계로 접어든 갑골문자의 시대와 불과 1,000년의 시간밖에 차이가 나지 않는다는 것이다. 또한 우리의 문자 기억이 완전히 공백 상태에 있는 이 짧은 기간 동안 중국 문자는 갑자기 모터가 움직이기 시작한 것처럼 빠르게 발전하기 시작했고, 게다가 그 발전이 아주 은밀하게 진행됐다. 갑골문자는 그렇게 오래도록 거미줄 한 가닥, 말 발자국 하나 발굴되지 않은 은밀한 곳에 감춰져 있었거나, 쉽게 썩거나 문드러져 기록으로 남기기 어려운 재료를 사용하던 상태에서 상당한 성과를 거둬 우골과 귀갑 등에 의미의 흔적을 나타내기 시작함으로써, 우리에게 놀라움과 기쁨을 동시에 가져다주었다는 것이다. 정말로 그랬던 것일까?

아니기를 바란다. 하지만 사실대로 말하자면 이렇게 이상한 발전 양식은 고생물사나 고인류사 또는 고고학 영역에서 가장 빈번하게 나타나는 발전 유형인 듯하다. 이런 발전 유형의 특징을 따져보면, 첫째, 이상하게도 가장 관건이 되는 시기와 장소의 마디가 어떤 이유에서인지 항상 유실돼 있다. 둘째, 더 이상하게도 가장 관건이 되는 '도약'이 어떤 이유에서인지 아주 짧은 시간대에 한데 몰려 있다는 것을 알 수 있다.

인류는 수백만 년 동안 짐승처럼 광활한 대지 위를 말없이 떠돌아다니다가, 갑자기 수천 년의 시간 동안 모든 것을 다 갖추게 된 것 같다. 그리고 문자를 이용하여 수백만 년 동안 내뱉은 소리를 기록하기 시작했고, 수학의 추상적 계산을 이용하여 수백만 년 동안 존재해왔던 대지와 별들, 심지어 왠지 모르지만 곧 생기게 될 필요한 사물들을 감지하기 시작했으며, 수백만 년 동안 함께 생활하며 더없이 익숙해진 사물들을 물리학적 각도에서 보면서 엄청난 흥미를 느끼게 된 것 같다. 또한 둥글고 한 점만이 그릇에 닿는 회전바퀴를 이용하여 도기를 제조하고(는 '도陶〔질그릇〕' 자로 아름다운 상형자다), 우물에서 물을 길었으며(는 '록彔' 자로 두레박 도르래를 나타내는 아름다운 상형자다), 수레를 이용하게 됐고, 천을 짤 줄 알게 됐으며, 온갖 생각을 할 수 있게 된 것 같다. 눈앞에 있지도 않고 당장 급하지도 않지만 스스로 큰일이라고 간주하는 것들을 생각하기 시작했던 것 같다.

이것은 기적이 아닐 수 없다. 그래서 프랑스의 유명한 인류학자 레비스토로스Claude Levi Strauss도 이것을 "신석기시대의 모순"이라고 말했던 것이다. 전면적으로 시작된 이 신비한 현상 속에서 가장 관건이 되는 요소는 무엇일까? 나는 문자의 발생과 발전을 가장 가능성이 큰 후보로 꼽는다. 우리는 소리가 있는 언어와 소리가 없는 사유 또는 상상을, 문자가 백반白礬(명반석明礬石을 전련煎煉하여 결정을 이룬 것-옮긴이)처럼 한꺼번에 침전시키는 상황으로 상상해볼 수 있다. 문자가 생겨남으로써 인류의 사유와 표현은 시간의 독재에서 벗어나 순간적으로 공기 속으로 흩어지지 않으면서 축적되기 시작하고, 점차 두께를 형성하게 된 것이다. 문자는 공간적 거리와 시간적 거리를 포함하는 언어 연계의 확장력을 크게 증가시켰고, 인간의 영감, 발견과 발명에 큰 영향을 미쳤다. 그리고 그보다 더 중요하게는 (인간의 사유를 지속시켜주는 중요한 근원으로서의) 곤혹감을 더 이상 고독하지 않고 안정적이며 지속적이고 면밀한 상태로 유지할 수 있게 해주었다. 또한 문자는 장시간 추상적인 사유를 할 수 있게 해주었고, 중간에 발길을 돌릴 수 있는 반성적 사유를 가능하게 해주었으며, 수정되고 보완된 항로를 따라 회귀할 수 있게 해주었다. 이에 따라 사유는 수정되거나 보완됐고, 앞을 향해 대담하게 더 멀리, 더 깊이 나아가면서도 길을 잃어 돌아오지 못할 것을 걱정하지 않고 계속 기존의 한계를 뛰어넘을 수 있었다.

거칠게 표현하자면, 문자가 생겨남으로 인해 인류는 완전히 새롭고 전면적인 보존 형식을 확보하게 됐고, 이를 통해 기억과 대화, 사유를 몸 밖에 둘 수 있게 됐다고 할 수 있다. 이 새로운 저장 창고는 우리의 몸보다 내구성이 뛰어나기 때문에, 기억을 상실하거나 늙어 죽는다고 해도 연기처럼 사라지지 않는다.

물론 기억과 대화, 사유가 몸에서 빠져나와 독립적으로 저장된다는 것은 무척 위험한 일이기도 하다. 이런 위험을 우리가 잘 아는 용어로 표현하자면 '소외', 사람들로 하여금 점차 주체적 위치를 상실하게 만드는 소외라고 할 수 있다.

확실히 그렇다. 민감하여 쉽게 격분하는 사람들, 특히 소박함과 자연스러움을 숭상하여 인류 문명의 거대하지만 선적線的인 전진에 대해 시종 우려를 금치 못했던 사람들(예컨대 장자나 노자가 바로 이런 부류였다. 그들이 집단이었는지 단일한 개인이었는지는 문제가 되지 않는다. 특히 장자는 이에 대해 혼돈渾沌에게 귀, 눈, 코, 입의 일곱 구멍을 뚫어주었더니 오히려 죽고 말았다는 이야기를 비롯한 여러 우언들을 남겼다)은 문자의 출현과 사용을 인간의 가장 중대한 소외로 인식하여 적대시했고, 심지어 인간이 전면적으로 소외되어 돌이킬 수 없는 길을 가게 된 출발점이라고 역설했다. 하지만 똑같은 일을 좀 더 부드럽게 표현하자면, 이것은 인간이 경험한 또 한 차례의 '타자화'라고 할 수 있다. 여기에는 수백만 년 동안 함께 공존하면서 이미 당연한 것이 돼버린 외부 세계와 원래 '능력은 있지만 스스로 천거할 수 없는 자기 자신'도 포함된다. 익숙하긴 하지만 이미 정체되어 반복을 거듭하고 있는 세계는 이로 인해 전면적으로 '재신선화再新鮮化'되어 또다시 극렬하게 움직이기 시작한다. 이에 따라 기억과 사유의 위치도 전이되어 새로운 시야와 도상圖像을 갖게 됐고, 이에 대해 새로운 해석을 부여하게 된다.

내 딸도 이와 비슷한 경험이 있었다. 물론 내 딸이 신석기시대의 현장에 참여했다는 뜻은 아니다. 딸이 초등학교에 다니던 어느 해 생일에 선물로 최신형 현미경을 사주었다. 딸은 오랫동안 온갖 방법을 동원하여 손에 넣을 수 있는 모든 물건을 작게 잘라서 현미경으로 관찰했다. 집 안을 돌아다니는 개와 고양이의 털을 비롯하여 마당에 있는 꽃과 나뭇잎, 모기와 파리 신체의 각 부위, 사나흘 동안 고여 있는 빗물, 자신의 코딱지와 발가락의 각질, 그리고 입안에서 채취한 세포 등 온갖 것들이 포함돼 있었다. 이 모든 관찰 과정이 더 이상 신선한 느낌을 찾을 수 없을 때까지 계속 반복됐다.

이 놀라운 상황을 중국인들의 전설과 기억에서는 창힐이 문자를 창조했다고 우기면서, '귀신이 밤새 운 것'이 인류가 이때부터 귀신들을 없애는 거대한 힘을 갖게 됐기 때문인지 아니면 인류가 돌아올 수 없는 길을 가기 시작했기 때문인지를 확실히 밝히지 않고 있다(창힐은 황제黃帝의 사관 또는 고대의 제왕이라고도 한다. 그는 머리에 눈이 네 개 있고 신명神明과 통하며, 위로는 괴성魁星의 둥글고 굽은 형세를 관찰하고 아래로는 거북의 등껍데기 모양과 새 발자국의 형상을 살펴, 아름다운 것들을 널리 모아 글자를 만들었다고 전해진다. 천지와 귀신이 그것을 보고 감동하여 하늘에서는 곡식을 내리고 귀신은 밤에 곡을 했다고 한다–옮긴이).

어쨌든 큰 사건이 일어난 것임에는 틀림이 없다. 그리고 비문자식 기억의 특징인 이러한 불분명함이 줄곧 사실을 희화화하고 신비화하여 입과 귀로만 전달되게 하면서 기나긴 시간을 관통하여 계속 항해하도록 한 것이다.

물론 마야인들의 경우는 역사적으로 문자의 힘에 의존한 적이 없었다고 주장할 수도 있다. 그들은 황금빛으로 찬란하게 빛나는 문화를 창조하지는 못했지만 하늘을 찌르는 피라미드를 만들었고, 대단한 종교와 제국 통치 능력, 그리고 뛰어난 장인들의 예술을 보유했으며, 탁월한 고산지대 농업기술을 보유하고 있었다. 또한 제2차 세계대전 때 미군이 배워서 실제로 운용한 바 있는 뛰어난 식물 탈수 기술도 가지고 있었다.

어쨌든 지금 우리에게는 다원커우에서 온 아름다운 기호 밖에 없다. 차라리 시적 분위기에 배어 있는 은유로 해가 산 위에 뜨자 아주 잠시 문자의 서광이 나타났다고, 어쩌면 이 기호가 정말로 '단旦' 자의 가장 원시적 형태인지도 모른다고 말하는 편이 더 나을지도 모른다.

찬란한 글자

좋다. 우리는 마침내 하늘에 해가 두 개인 문자로 돌아올 수 있게 됐다. 물론 후예后羿(요 임금 때 활쏘기의 명수–옮긴이)가 아홉 개의 해를 활로 쏘아 떨어뜨렸다는 이야기는 신화에 지나지 않는다. 3,000년 전에 선한 사람들도 비춰주고 나쁜 사람들도 비춰주었던 태양은 오늘날 우리가 보고 있는 태양과 큰 차이가 없다. 따라서 의 아래쪽에 있는 크기가 비교적 작고 희미한 태양은 진짜 태양이 아니라 물에 비친 태양의 그림자라고 할 수밖에 없다. 그렇다면 어느 시간대에 태양과 그림자가 이렇게 가까울까? 이런 시간대는 하루에 단 두 번, 해가 뜰 때와 해가 질 때뿐이다. 이 중 어느 때일까?

해답은 아주 간단하다. 화베이 평원은 동저서고의 지형이라서 해가 지고 황혼이 내릴 무렵이면 사람들은 '해가 산 위로 지는 것'을 볼 수 있다. 때문에 갑골문자에서 황혼을 나타내는 글자는 와 같은 모습을 갖게 된다. 해가 어느 쪽으로도 치우치지 않고 수풀 안으로 떨어지는 모습인데, 이것이 오늘날 우리가 쓰고 있는 '막莫' 자다. 옛날에는 야간 조명이 돈이 많이 들고 몹시 불편했기 때문에 해가 진 뒤에는 어둠 속을 더듬어가며 할 수 있는 일이 많지 않았다. 따라서 도덕적인 권고나 경계가 아니라 경제적인 이유로 인해 이 '막莫' 자는 점차 '~하지 마라', '~할 수 없다', '~해선 안 된다' 등의 의미를 갖게 됐다. 그러다가 마지막에는 원래 해가 지고 황혼이 내리는 상황을 나타내던 '막莫' 자에, 어찌 된 일인지 해를 나타내는 부호가 추가되어 오늘날 우리가 사용하고 있는 '모暮' 자로 변하게 됐다. 한 바퀴 빙 돌아 다시 두 개의 태양으로 황혼을 표현하게 된 것이다.

이처럼 황혼을 나타내는 글자가 따로 있는 만큼, 두 개의 태양이 있는 이 글자는 일출을 나타내는 '단旦' 자라고 할 수 있다. 나중에 아래쪽에 있는 태양의 그림자를 없애버리고 일반적인 지평선으로 대체함

으로써 비교적 편리하고 보편적인 성격을 갖게 됐던 것이다. 물론 이 단일하고 구상적인 색채를 띠는 글자는 더 아름답고 구체적인 질감을 갖고 있으며 풍부한 상상의 단초를 담고 있다. 동해의 바닷가에 오래 거주하는 사람들이 만들어낸 글자이거나, 누군가 아무 생각 없이 해가 뜰 무렵 바닷가에 서 있다가(물고기를 잡기 위해서일 수도 있고 화폐용 조개를 줍기 위해서일 수도 있을 것이다. 아니면 소금을 제조하거나 전설 속의 순임금처럼 동해 바닷가를 경작하려 했는지도 모른다) 더없이 찬란한 일출의 광경에 마음을 잃고서, 이 모습이야말로 죽음 같은 긴 밤이 지나가고 완전히 새로운 날이 다가오고 있는 기쁘고 아름다운 순간을 나타내는 도상이라고 생각하게 된 것인지도 모른다.

만일 내게 갑골문자 중에서 어떤 글자들, 또는 어떤 유형의 글자들이 가장 정교하고 아름답게 만들어졌다고 생각하느냐고 묻는다면, 당연히 지금까지 살펴본 '망望'과 '단旦', '막莫', '석昔' 등의 글자들이 속한 조자 단계의 글자들이라고 답할 것이다. 대체로 이 글자들은 조자 개념의 제2 단계에 속하는 것들로서, 문자가 천지와 산천, 들짐승과 날짐승, 곤충과 물고기 등 자연의 실물들을 비교적 수동적이고 직접적인 방법으로 모방하는 순수 형상의 단계에서 점차 사물을 추상화하고 개념적으로 표현하는 미묘한 단계로 접어들기 시작했음을 암시한다. 중국에서는 누구나 한눈에 이 단계의 글자들이 무슨 뜻인지 알 수 있고, 마음속으로 의미를 깨달을 수 있는 글자라는 의미에서 회의자會意字라고 불러왔다.

다음에도 우리는 이 유형의 글자들을 자주 인용하게 될 것이다. 갑골문의 아름다움이 회의자에서 다 발휘되고 있다고 하면 지나친 과장일지 모르겠지만, 그럼에도 불구하고 대략 80~90퍼센트는 회의자의 범주에서 벗어나지 못한다.

어째서 그런 것일까? 근본적인 원인을 따지자면 사람들이 게을러서 놀기를 좋아하고 일하기를 싫어하기 때문이라고 할 수 있다. 편안하고 한가한 세월을 놀면서 어리벙벙하게 보내다 보니, 갈수록 더 정신이 없어지고 뇌가 육체보다 훨씬 더 철저하게 휴식을 취하게 된다. 즉, 에드워드 사이드Edward Said가 말한 것처럼 이처럼 편안함과 쾌적함에 완전히 적응한 상태에서는 아름다운 것들은 탄생하기 어렵다. 하지만 사람들은 일단 어려움이 닥치고 위험에 직면하게 되면 자기 몸 전체를 동원하게 된다. 자신이 이미 잘 알고 있는 신체 지각과 영혼의 의식, 심지어 자신도 모르게 몸 안 깊숙한 곳에 감춰져 있는 잠재의식과 상상력, 정신력까지 모두 동원하게 되는 것이다. 바로 이런 이유 때문에 민첩하고 자신에게 부끄러움이 없는 사람들은 편안하게 놀고 잠만 자는 세월에 빠져들지 못하도록 스스로를 경계한다. 눈에 보이는 곤경이 존재하지 않을 때에도 그들은 스스로를 힘들게 하고 자신에게 끊임없이 어려운 문제를 제시한다. 심지어 영원히 해결되지 않을, 오래도록 머릿속에서 사라지지 않을 난제들을 제시함으로써, 자신을 언제나 깨어 있는 상태에 머물게 한다. 우리 같은 '정상적인' 방관자들이 보면 정신이 오락가락하는 듯한 기이한 느낌까지 갖게 된다. 일본인들이 큰 소원을 앞에 두고 대단한 결심을 할 때면, 눈보라가 몰아치는 겨울에 꽁꽁 얼어 있는 커다란 폭포를 찾아가 얼음을 깨고 얼음물로 알몸을 비벼대는 것과 마찬가지다. 이백의 표현을 빌려 말하자면 "나를 아는 사람은 내 마음에 근심이 많다고 하고, 나를 모르는 사람은 내가 뭔가를 구하고 있다고 한다.”

그렇다면 문자를 만든 사람들은 어떤 큰 난관을 만나서 정신적인 분발을 하게 된 것일까? 편리하고 직접적인 방식으로 구상적인 사물을 모방하던 단계가 끝나고 너무 추상적이라서 직접 모방할 수 없는 사물과 개념들이 갈수록 더 많이 쌓여가면서, 더 이상 이 문제를 해결하지 않으면 안 되는 시점에 이른 것이다. 아마도 이것이 조자(즉, 상형의 조자)에 성공한 다음 또다시 맞게 된 거대한 곤경이었을 것이다. 창조의 단열斷裂로 인해 커다란 틈이 벌어졌고 무슨 수를 써서라도 이를 뛰어넘어야 하는 상황에 처한 것이다. 동시에 이것은 용감한 결정을 내려야 하는 준엄한 기로이기도 했다. 중국의 문자는 바로 이 단계에서 단순하게 소리로 돌아가 소리에 종속됨으로써, 순수 추상 부호의 길을 가게 됐다.

이 단계 갑골문자의 조형으로 ‘행行’ 자를 나타내면 가 된다. 선명한 도로의 모습인데다 사거리임에 틀림이 없다. 물론 나중에 ‘행行’ 자는 동사적인 의미에 편중되어 ‘가다’라는 뜻으로 전주轉注됐고 점차 사거리를 의미하는 글자로서의 역할을 상실하게 됐다. 우리의 동쪽에 있는 이웃나라 일본인들이 상형과 회의를 겸용하여 이상한 글자 ‘십辻’을 만들어 이를 ‘tsuzi’로 읽으면서 성씨(한때 일본 프로야구 사이타마 세이부의 대표 2루수였던 쓰지 하쓰히코辻発彦가 ‘辻’을 성으로 쓰고 있어 대만의 야구 중계 아나운서들은 이를 어떻게 전달해야 좋을지 몰라 쩔쩔맸었다)로 사용하는 것과 유사한 사례라고 할 수 있다. 아마도 당시 번화한 사거리에 거주했던 평민 집안이 자신들이 사는 곳을 나타내는 이 글자를 성씨로 정한 모양이다. 이런 사례는 이노우에井上나 야마나카山中, 다나 베田邊 같은 성씨에서도 찾아볼 수 있다.

이어서 높이 뜬 해가 이 갈라진 사거리를 비추는 광경이 조자에서 어떻게 나타나는지 살펴보자.

2

문자 생산 라인의 강력한 엔진

이 갑골문자는 '몽夢' 자다. 꿈은 인간의 가장 일상적이고 오래된 신비한 경험이다. 진지하게 꿈을 꾼 경험을 회상해보면, 우리는 꿈속에서 일어났던 일을 남에게 이야기하는 경향이 있음을 알 수 있다. 때문에 이것을 글자로 나타내게 된 것이다. 나는 세상에는 두 가지 유형의 무서운 사람들이 존재한다고 생각한다. 하나는 남을 웃길 줄도 모르면서 고집스럽게 무언가를 이야기하려고 애쓰는 사람이다. 다른 하나는 자신의 꿈을 아주 상세하게 다른 사람들에게 이야기하려는 사람이다.

우리가 눈을 뜨면 연기처럼 사라지고 금세 흔적도 없이 잊히는 이 꿈이라는 것을 어떻게 구체적으로 그려낼 수 있을까? 상나라 사람들이 생각해낸 방법은 이렇다. 는 침대를 나타내는 부호로서 침대 위에 누워 눈을 크게 뜨고 있는 사람을 상징한다. 사람이 깊이 잠을 자고 있

을 때도 눈을 크게 뜨고 뭔가를 보고 있는 듯한 모습을 표현한 것이다. 악몽을 꾸느라 불편하여 몸부림을 치는 모습 같기도 하다. 침대 위의 사람은 긴 머리칼의 노인으로 바뀌기도 한다(갑골문자에서 노인들은 대개 긴 머리칼로 표현되곤 한다. 초기 인류는 이발이라는 행위를 몰랐을 것이다). 이것은 노인들은 경험한 일이 많기 때문에 누적되는 고민거리도 많고, 게다가 신체가 쇠약해서 밤에 자다가 악몽을 자주 꾸게 된다는 것을 의미한다. 이것은 공자가 다시는 꿈에서 주공周公을 뵐 수 없었다고 한탄한 것이 그가 늙었음을 증명한다는 것과는 경우가 다르다.

이렇게 형태도 없고 모양도 없으며 물리적 시간과 공간의 제한을 받지 않고 인간의 이성적 관리도 받지 않는 추상적이고 일시적인 사물과 현상을, 갑골문자의 '몽夢' 자가 아주 멋지게 잘 표현해주고 있는 것이다. 우리가 흔히 말하듯이 어려움을 겪고 나서 맺은 열매가 비교적 튼실하고 아름다운 것처럼 글자를 만들어내는 것 역시 마찬가지다. 인생도 종종 이와 같고 연애도 크게 다르지 않다.

하지만 마찬가지로 멋진 성과도 우리의 신경질을 유발한다. 이번에는 운이 좋아 손에 넣을 수 있었지만 다음에도 그렇게 될 수 있을까? 매번 그렇게 고심하고 마음을 졸여야 한다면 이런 일을 우리가 몇 번이나 지속할 수 있을 것인가? 영원하고 항상적인 방법은 진정 없는 것일까?

상형자의 피할 수 없는 운명

글자 만들기가 사물의 모양을 본뜬 상형으로부터 시작됐다는 사실에는 아무런 문제가 없었다. 나무는 ⽊로, 흐르는 물은 ⽔로 형상화했으며, 꺼지지 않는 불은 ⽕로 표현했다. 들짐승과 날짐승, 곤충과 물고기도 비교적 복잡하기는 하지만 역시 얼마든지 그려낼 수 있었다. 이러한 조자 방식은 사람들을 매우 바쁘게 만들었다. 보통 새로운 사물의 발전은 항상 이런 방식으로 이루어졌다. 하나의 열쇠를 풀고 순조로운 흐름을 유지하다가 다시 해결해야 할 과제에 부딪히는 파동 형태의 리듬을 나타냈던 것이다.

눈앞의 세계는 세심한 묘사로 그럴듯하게 그려지는 것을 막지 못했다. 설령 그것이 상상보다 빠르고 현란하여 눈을 어지럽게 만든다고 해도 말이다. 사람들은 두세 번의 과정을 거치면 거의 모든 것을 그려낼 수 있었다. 사람들은 우리가 눈으로 볼 수 있는 세상이 우리의 사유보다 훨씬 빈약하고 허술하다는 사실을 쉽게 발견했을 것이다. 비할 데 없이 중요하여 우리가 생각하고思 말하고說 묘사하지寫 않으면 안 되는 것들은 눈으로 확인할 수 있는 세계에서는 모습을 드러내지 않는다.

추상적이면서 일단 부딪쳤다 하면 사람들의 코와 눈을 퍼렇게 멍들게 하는 높은 담장이 글자를 만드는 사람들 앞에 나타났다. 더 심각한 문제도 있다. 글자를 만드는 사람들이 포착하기 어려운 수많은 추상적인 관념들 외에 구체적으로 모사할 수 있었던 세계 안에서도, 새로운 골칫거리가 발생되어 나오는 사실을 알게 됐다. 다름 아닌 사물의 재분할과 세밀한 구별의 문제였다.

목본木本 식물은 대체로  형태로 자란다(히말라야의 설삼雪衫은 나뭇가지에 눈이 쌓이는 것을 막기 위해  형태로 자라기도 한다). 이것은 모든 초본草本이 형태로 자라는 것과 마찬가지다. 하지만 시야를 조금 넓혀 보면 사실 세상에는 수많은 종류의 식물이 존재한다는 것을 알 수 있다. (오랜 생물학적 분류 개념 속에서 식물은 최고 단계인 '계界'에 속하지만 그 아래로 다시 문門, 강綱, 목目, 과科, 속屬, 종種의 여섯 단계로 세분화된다는 것을 기억할 필요가 있다. 이것은 그 수를 헤아릴 수 없다는 뜻이 아닐까?) 기능적 차이에 따른 사용 목적에 근거하든 아니면 비기능적인 순수한 감상이나 사유를 목적으로 하든, 이러한 재분류와 재인식의 요구는 필연적으로 문자의 세밀하고 진일보된 표현을 필요로 한다. 하지만 초기 인류학 보고서에서 볼 수 있는 정교하게 손으로 그린 식물도감처럼 정밀하게 그려낸 도화圖畵식 그림으로 돌아가지 않고, 부호식 선묘로만 세밀한 차이를 표현한다는 것은 쉽지 않은 일이다. 식물은 그나마 나은 편이다. 물의 흐름이나 돌멩이의 분류는 또 어떻게 한단 말인가? 그러한 사물들의 차이는 훨씬 더 모호하고 외형적인 부분에 있지 않기 때문에 아무리 심혈을 기울인다 해도 제대로 그려낼 수 없다.

단일 물건 자체의 재분류와 표시의 문제도 있다. 초기 인류는 채집과 수렵 생활을 거쳐 서서히 목축과 농경의 자연경제 생활 형태로 변화해왔다. 당시 사람들이 직면했던 어려움은 생활에 필요한 물자를 얻는 문제이지 쓰레기의 산적과 처리 문제가 아니었다. 불필요한 물건이 매우 적었기 때문이다(쓰레기의 가장 간단한 해석은 바로 무용지물이다. 때로는 여기에 사람도 포함될 수 있다). 무릇 먹을 수 있는可食 것이란 현대인들이 보기에 아무리 무서운 것이라 해도 결국 음식일 수밖에 없다. 오늘날 사람들이 곁드는 음식이 없이는 절대로 목구멍으로 넘길 수 없었던 쌀稻粱이 고대 중국에서는 오랫동안 '가장 훌륭한 음식精緻美食'을 대표해왔다. 사람들이 때로 자신의 천성을 굽히고 벼슬길에 오를 때, 그들이 바란 것은 결국 끼니를 때울 수 있는 쌀에 불과했다爲稻粱謀. 독성이 있어 먹지 못하는 것들은 보통 약재로 사용됐고 약재로 사용하지 못하는 것들은 연료나 건축자재, 장식품(뼈, 돌, 조개껍질)으로 활용됐으며 심지어 화폐로 사용되기도 했다. 금문金文의 '영嬰' 자인 [illegible]는 상당히 공을 들인 상형자로서, 보는 이들로 하여금 글자를 만든 사람의 따스하고 부드러운 성품과 사랑의 마음을 표현하는 방식을 체감할 수 있게 해준다. 아주 가는 사람의 머리칼 위에 (화폐가 될 수 있는) 진귀한 네 개의 조개껍질을 장식하여 아기에 대한 애정을 표현해낸 것이다.

레비스트로스의 《슬픈 열대Tristes Tropiques》 속에는 이처럼 읽는 이들의 마음을 울리는 기록들이 담겨 있다. 레비스트로스가 브라질 내륙 지역에 들어가 조사했던 남비콰라족의 음식에 관해 묘사한 부분이다.

> 집에서 먹는 음식은 주로 부녀자들의 채집 활동에 의존한다. 나는 종종 그들과 함께 턱없이 부족한 음식을 나눠 먹곤 했다. 남비콰라인은 일 년의 절반을 이렇게 생활한다. 풀이 죽은 남자들이 고개를 푹 숙인 채 집에 돌아와 실망과 피로가 섞인 표정으로 써보지도 못한 활과 화살을 옆에 던져두면 감격스럽게도 여자들이 바구니에서 오렌지색 부리티 과일 몇 개와 살 오른 독거미 두 마리, 작은 도마뱀 알 몇 개, 박쥐 한 마리, 종려나무 열매 몇 개, 메뚜기 한 줌 등을 꺼내놓았다. 그런 다음 온 가족이 둘러앉아 백인 한 사람의 배도 채우지 못할 이런 음식들

로 즐겁게 저녁식사를 함께하는 것이다.

초기 인류의 사물에 대한 재분류와 재분할, 그리고 단일 물건의 각 부위에 대한 인식과 이용, 표시 등에 관해서는 레비스트로스의 또 다른 저서《야생의 사고La Pensée Sauvage》에 묘사된 놀라운 자료를 인용할 수 있을 것이다.

필리핀제도의 하누누족은 전체 토생土生 식물 가운데 93퍼센트가 유용한 것이라고 인식했다.

미국 캘리포니아 사막 지대의 코빌라 인디언은 황량한 불모지처럼 보이는 지역에 자생하는 60여 종의 식용식물과 38종의 마취, 흥분 또는 의료 효과를 지닌 식물을 알고 있었다.

하피족 인디언들은 350종의 식물을, 웨바허 인디언들은 500여 종의 식물을 알고 있었다. 필리핀제도 남쪽 사바주의 농민들이 사용하는 식물 명칭은 1,000개가 넘었고 하누누족의 식물 명칭은 2,000개 가까이 됐다.

테바어語에는 조류와 포유류의 거의 모든 부위에 대한 명확한 명칭이 존재한다. 그들은 나무 또는 작물의 잎에 대해 형태학적 묘사를 할 때 40개의 명칭을 사용한다. 옥수수 한 포기의 각 부위에 대해서도 무려 15개의 명칭을 사용하여 표현한다.

부리아트인은 곰의 고기를 일곱 가지, 곰의 피를 다섯 가지, 곰의 지방을 일곱 가지, 곰의 뇌를 열두 가지, 웅담을 열일곱 가지, 곰 가죽을 두 가지 용도로 사용한다. 카랄인은 겨울이 끝날 즈음, 꽁꽁 언 곰의 배설물을 모아 변비 치료에 사용한다.

추상적 사물의 축적부터 구체적인 사물의 재분류와 재분할에 이르기까지, 이러한 대군大軍의 압박과 안팎에서의 협공은 상형자의 피할 수 없는 운명이었다.

곤경에 빠진 문자

말은 이런 곤경을 어떻게 해결했을까? 사실 선적線的 조형이 아닌 소리로 명명된 말은 이러한 단절의 곤경을 겪지 않아도 됐다. 구상적이든 추상적이든 간에, 세부적인 분할을 어떻게 진행하든지 간에, 독특하고 다른 것과 혼동되지 않는 소리를 부여하면 그만이었다. 게다가 대단히 간단하고 편리하기까지 했다. 문자의 발전도 여기에서 곤경에서 벗어날 수 있는 힌트를 얻을 수 있지 않을까?

물론 가능하다. 이러한 곤경은 추상적 개념은 묘사할 수 있는 실상이 없으며, 실상이 있는 사물은 미세한 차이를 묘사해내기 어렵다는 사실과 연결돼 있다. 가장 직접적인 방법은 실상과의 지속적인 연결을 포기하고 철저하게 자신을 버리는 것이다. 소리를 모방하듯이 자신을 완전히 부호화한다면 말과 마찬가지로 당장에 곤경을 해소할 수 있지 않을까? 이 똑똑한 방법은 병음拼音문자의 출현으로 이어졌다. 병음문자는 문자가 겸손하게(혹은 자기 왜소화, 심지어 투항을 통해서라도) 곤경에서 벗어나는 방법이었다. 병음문자는 고개를 돌려 강력하고 생동적이며 유구한 언어 시스템에 의존하면서 순수한 언어 기록의 도구로 기능함으로써, 말의 발전 논리에 순응한 것이다. 일단 말의 명명이 완성되면 문자는 그림자처럼 그 형태에 따라 소리를 모방했다. 유일하게 마음을 써야 하는 부분은 간명한 소리 기록 방법을 찾아야 한다는 것뿐이었다. 이것이 오늘날 우리가 소리를 기록하기 위한 자모字母라고 칭하는 부호 체계이다. 이 체계는 지역에 따른 발음의 차이와 시대에 따른 언어 변화가 유발하는 불규칙성으로 인한 약간의 조정을 필요로 했다. 예컨대 오늘날 영어는 26개의 알파벳으로 구성돼 있지만 그 조형과 발음, 숫자에 있어서 러시아어나 희랍어와는 약간의 차이를 보이고 있다. 일본인들은 좀 더 바보 같아서 50개나 되는 음을 사용하고 있지만 그 원리와 발전 논리는 다르지 않다.

대부분의 문자 체계는 모두 이 단계에서 방향을 바꿨다(예외가 있는지는 잘 모르겠다). 특히 고대 이집트는 이 길을 가장 먼저 걸어간 선구자 중 하나였다. 오늘날 우리는 파피루스에서 아름다운 새() 한 마리를 볼 수 있지만 이 새는 단지 알파벳 a에 가까운 발음을 대표할 뿐, 나일강 위를 비상하는 조류와는 아무런 관계가 없다. 그림을 보고 이야기를 하거나 으스댈 수 있다고 생각했던 잔재주꾼들은 이미 볼품없이 죽은 몸이 되어 있었다. 훗날 고대 이집트 병음문자의 해독은 이 문제 때문에 잘못된 길로 빠지는 바람에 수백 년이나 지체됐다.

한편 중국 문자는 (약간 어리석고 완고하긴 하지만) 변화에 굴복하지 않고 꿋꿋하게 실상의 세계에서 명맥을 유지하려는 성격을 갖고 있었고, 그 결과 갑골문자에 특별히 '비대한' 회의會意자와 지사指事자를 갖게 됐다. 이 단계는 인류의 조자에 있어서 특별히 짧았던 시기이자 가장 아름다웠던 시기이기도 하다. 거의 모든 글자가 마치 한 폭의 그림 같았기 때문이다. 이것은 지극히 세밀한 관찰과 놀라운 상상력이 만들어낸 결과로서 하나하나 액자에 넣어 걸어두고 감상할 만한 가치가 있다.

하지만 이처럼 오랜 명맥을 유지하면서 만들어낸 글자들은, 중국인들이 더 편리하고 한 번의 고생으로 힘들일 필요 없이 대량의 문자를 만들어낼 수 있는 방법을 찾지 못했다는 사실을 설명해준다. 결국 이런 방법을 찾지 못했기 때문에 곤경에 빠진 조자 문제에 대한 진정한 해답을 구할 수 없었던 것이다.

글자의 마지막 해답

조자에 대한 중국인들의 마지막 해답은 형성자의 발명과 사용이었다. 그리고 이것은 지금까지 유지되고 있다.

자고이래로 중국인들은 조자의 방법을 여섯 가지로 귀납하여 이를 '육서六書'라고 부르고 있다. 우리가 잘 알고 있는 상형과 지사, 회의, 형성, 전주, 가차假借가 그것이다. 오래된 방법이긴 하지만 사실 이런 분류법은 매우 정확하고 전혀 나쁘지 않은 정리 방식이다. 물론 다소 억지스럽고 (세상의 어떤 분류 방법도 개념의 경계에 있어서는 억지스런 부분이 있는 법이다) 지나치게 개괄적인 부분도 없지는 않다. 예컨대 오늘날 적지 않은 학자들이 주장하고 있는 것처럼, 전주와 가차는 조자의 범주에서 제외할 수 있다. 전주와 가차는 사실 새 글자를 만들어내지 못하고 있고, 그저 기존에 만들어진 글자의 효용을 확대할 뿐이다. 따라서 전주와 가차는 '용자법用字法'이라고 할 수는 있을지 몰라도 '조자법'이라고 하기는 어렵다. 이것이 가장 합리적인 비교를 기초로 한 개념일 것이다.

전주와 가차를 배제하면 남는 것은 상형과 회의, 지사, 형성, 네 가지밖에 없다. 여기서 우리가 중국인들의 조자 활동에 시간의 구분선을 그어본다면, 회의와 지사가 자연스럽게 한 조가 되어 다음과 같은 조자의 그림을 확보하게 될 것이다. 가장 먼저 기존의 실상을 모사하는 상형 단계를 거쳐 그다음으로 추상적 개념의 표현을 시도하는 지사와 회의의 단계에 이르렀다. 그리고 마지막 단계로 글자를 대량으로 생산해내는 문자의 생산 작업 라인이 생겨났다. 거시적 시점에서 볼 때 이 세 번째 단계가 바로 조자의 완성 단계라고 할 수 있는 형성이다.

좀 더 부연하여 설명하자면 이런 시간 개념의 분기에서는 한 단계가 완전히 종료된 상태에서 그다음 단계가 시작된 것이 아니라, 매 단계가 서로 중첩되거나 개 이빨처럼 들쭉날쭉하게 전개돼왔다고 할 수 있다. 하지만 이러한 발전 단계설은 대체로 믿을 만하다. 더 중요한 것은 이런 단계의 분할이 기존의 육서六書의 기계적인 배열보다 조자 과정에서의 사유 변화와 두 차례에 걸친 창조의 병목현상을 두드러지게 나타낼 수 있고, 동시에 이러한 곤경에 대응한 두 차례의 멋진 도약을 훨씬 극명하게 보여준다는 점이다.

도대체 형성자란 어떤 것인가? '강江', '하河', '송松', '백柏' 같은 글자들이 모두 형성자다. 간단히 말해서 형성자는 두 부분으로 구성돼 있다. 하나는 의미와 속성을 나타내는 부분으로서 우리는 그것을 의미 부호, 즉 '의부意符'라고 부른다. 또 하나는 소리를 대표하는 부분으로서 우리는 그것을 소리 부호, 즉 '성부聲符'라고 칭한다.

모든 새로운 사물과 개념을 새로운 문자로 기록해야 할 필요가 생기

면, 문자를 만드는 사람은 재빨리 그 사물 혹은 개념의 기본적인 속성을 판단하여 분류해야 했다. 돌과 관련된 사물에는 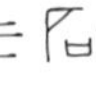(石)를 더하고, 길을 걷는 행위와 관련된 개념에는 를 더하며, 감정이나 정서와 관련된 개념에는 (心)를 더했다. 그런 다음 발음에 의거하여 기존의 문자에서 똑같은 소리나 비슷한 소리를 찾아 채워주었다. 이런 식으로 새로운 글자인 형성자가 아주 빨리 생겨나게 된 것이다.

형성자의 가장 기본적인 개념은 새로운 창조가 아니라 '조합'이었다. 형성자는 더 이상 새로운 조형을 추구하지 않았다. 그 대신 기존의 글자들을 재료(중국 대륙에서는 이를 구성 요건, 즉 '구건構件'이라 칭한다)로 하여 나무를 쌓듯 잘 배치하여 쌓았다. 형성자가 생겨나면서 하나하나 치고 두드려서 만들어야 하는 회의자와 지사자는 일단락을 고했다. 그리고 공장의 작업 라인이 수공업을 대신하는 것처럼, 문자를 만드는 사람들도 전문 기술을 가진 공예 장인들이나 상상력이 충만한 예술가들이던 것이 점차 작업 라인 옆에서 작동 가이드북에 따라 부품만 교체해주는 고효율의 여공들로 대체됐다.

통계를 살펴보면 갑골문자의 형성자 비율은 27.24퍼센트에 그치지만 진대秦代의 소전小篆 단계에 이르면 형성자의 비중이 87.39퍼센트로 폭발적으로 증가한 것을 알 수 있다.

물론 형성자의 확대 상황이 전혀 예외가 없는 절대적인 변화였던 것은 아니다. 예컨대 당대唐代의 무측천武則天은 새로운 회의자의 창조자였다. 그녀가 스스로 지은 이름 '曌'(발음은 '照'와 같다)는 하늘에 해와 달이 동시에 떠 있어 한없이 밝은 기이한 현상을 나타내는 글자로서, 당시에는 규정에 따라 그녀 혼자만 사용할 수 있었다. 또한 그녀는 땅을 의미하는 '지地' 자에도 손을 댔다. 그녀의 언니는 조자 원리도 모르고 문자가 오랜 세월 동안 변천해온 복잡성도 이해하지 못했다. 그리하여 원래 글자에 아무런 이치도 담겨 있지 않다고 생각하고는, 땅이란 산山과 강水과 흙土을 말하는 것이 아니냐고 물었다. 그리고 이런 문제의식에 따라 '지地' 자를 '埊'로 바꿔놓았다. 이렇게 열정적인 혼자만의 조자법은 몇 개 진행되다 시들해지고 말았다. 물론 한 사람의 의지에 의해 생겨난 몇 개의 글자들은 무측천이 세상을 떠나고 장간지張柬之가 당 중종中宗을 다시 황실로 맞아들이면서 애당초 세상에 없었던 것처럼 흔적도 없이 사라져버리고 말았다.

무측천은 나름대로 훌륭한 황제였다. 하지만 그녀는 정치권력을 문화 창조의 마당으로 끌어들이면 더 큰 효과를 낼 수 있을 것이라고 오인하여 적지 않은 추태를 드러냈고, 결국 비참한 형국을 면할 수 없었다. 중국의 역대 권력자들을 살펴볼 때 이런 추태는 그녀가 처음이었던 것도 아니고 그 뒤로 없었다고도 말하기 어렵다. 21세기를 맞은 오늘날의 대만에서도 우리는 이와 비슷한 상황을 쉽게 목격할 수 있다.

해와 달을 병기한 무측천의 이 '曌' 자와 관련하여 한 가지 이야기를 더 해보려고 한다. 이것은 내가 중국 대륙의 학자 저우샤오리鄒曉麗의 책에서 읽은 내용이다. 전해지는 바에 따르면 당대唐代의 시인 낙빈왕駱賓王은 〈무조를 토벌하는 서경업을 위한 격문爲徐敬業討武曌檄〉을 쓰면서 '曌' 자를 너무 비슷하여 조금만 실수해도 알아보기 어려운 '조瞾' 자로 바꿔놓았다고 한다. 보통 사람들이라면 한 획을 잘못 그은 실수로 받아들여지겠지만, 낙빈왕의 경우는 다르다. 워낙 학문이 뛰어났던 인물인 그가 하늘처럼 중대한 일을 위한 글을 쓰면서 그렇게 중요한 글자를 잘못 썼을 리가 없다는 것이 저우샤오리의 견해다. 저우샤오리는 낙빈왕이 글자를 달리 쓴 것을 실수가 아니라 의도적인 행위로 간주했다.

어째서 고의라는 것일까? 이 문제는 '조瞾' 자의 윗부분인 '구䀠' 자와 연관된다.《설문해자說文解字》에서는 이 글자를 "좌우 두 눈으로 본다"라고 해석하고 있다. 이 문제를 이해하기 위해 나는 금문金文을 찾아보다가 청동기인 구부정궤䀠父丁簋에서 강렬하고 무서운 느낌을 주는 글자 를 발견했다. 이 글자는 두 눈을 부릅뜨고서 사람을 쳐다보는 모습으로 담이 작은 사람이 악몽을 꿀 때 볼 수 있는 형상이다.

연구된 바에 따르면 이 글자는 상형자로서 육식성 조류의 매섭고 날카로운 눈을 모사한 것이라고 한다. 원래는 맹금류를 형상화하려던 것이었으나 나중에 하늘을 나는 새의 의미 부호인 '추隹'를 덧붙여 형성자인 '구瞿(놀라다)' 자가 됐다는 것이다. 중화민국 초기의 학자이자 중국 공산당 총서기를 했던 취추바이瞿秋白의 성도 바로 이 글자다. 여기서 한 걸음 더 나아가 '심忄'이라는 의부意符를 추가하면 '두려워한다'라는 뜻의 '구懼' 자가 된다.

누군가가 글자를 만들어 자신이 천하를 밝게 비추는 사람이라고 허풍을 떨 때, 다른 사람은 그를 온몸이 털투성이인 흉악한 새로 폄하해 버릴 수 있다. 이것은 문자를 이해하는 사람이 문자를 이해하지 못하는 사람에 대한 집요한 교정법이라고 할 만하다.

해와 달이 동시에 뜰 수는 있지만 그렇다고 반드시 밝은 것은 아니다. 해가 떴을 때 달은 창백한 그림자만 보이기 일쑤다. 이런 상황은 우리가 지금 고개를 들어 하늘을 바라보면 확인할 수 있는 것이고, 문자를 만든 사람들도 틀림없이 똑같은 광경을 보았을 것이다. 때문에 그들이 '밝다'는 느낌을 표현하고자 했을 때 사용한 것은, 꿈속(또는 권력욕)에만 나타나는 기이한 현상이 아니라 '명明' 자의 갑골문인 로서 여기에서는 태양의 그림자도 찾아볼 수 없다. 달 옆에 있는 둥그런 사물은 꽃문양이 새겨진 창틀이다. 그들은 아주 똑똑하여 어둠 속의 조화로움과 아름다움으로 밝음을 표현했던 것이다. 이것은 사람이 꿈에서 막 깨어났을 때 달빛이 창을 통해 침상 위로 쏟아져 들어오는, 얼음 같은 물의 색깔이다. 또한 이것은 잠 못 이루고 깨어 있는 사람들에게는 놀라울 정도로 부드럽고 따스한 풍경이기도 하다. 후대의 시인 이백은 이런 달빛을 보고 진한 향수를 느꼈다. 이백의 시 〈고요한 밤의 생각靜夜思〉에서는 이런 정경이 그대로 재현되고 있다. (〈고요한 밤의 생각〉의 전문은 이렇다. "침상 앞에 비치는 달빛은牀前看月光/땅에 내린 눈이런가疑是地上雪/머리 들어 산에 걸린 달 바라보다擧頭望山月/고개 숙여 고향을 그리워하네低頭思故鄕"-옮긴이)

부수를 만들어 변화를 꾀하다

형성자는 더 이상 문자의 새로운 조형을 창조해내지 못했을 뿐 아니라 조합의 구성 요건인 기존의 조형을 한 걸음 더 개념화하고 부호화했다. 똑같은 물이지만 다르게 표현되는 경우를 보자. 회의자인 '섭涉' 자, 에는 위아래로 두 개의 발자국 부호가 있고 그 중간에 발자국 주인이 조심스럽게 건너고자 했던 얕은 강물이 있다. 이 강물은 실제로

서 구상적인 질감을 갖추고 있어 금방이라도 두 발을 적실 수 있을 것 같다. 상형자의 '주州' 자인 도 마찬가지다. 이 글자는 원래 강 한가운데 떠 있는 작은 섬을 직접 모사한 것으로, 우리는 현장에 있는 것처럼 강물이 거세게 흘러 혼자 떠 있는 작은 모래톱으로 밀려가는 모습을 볼 수 있다. 하지만 형성자에 이르러서는 '강江'이나 '하河', '해海', '계溪', '간澗' 할 것 없이 그 안에 들어가 있는 물의 부호는 전부 실물이 아닌 개념일 뿐이어서, 다분히 엉성한 분류라고 할 수 있다. 이런 분류는 우리에게 이 글자들이 지칭하는 사물 또는 개념이 물과 모종의 관계를 갖고 있다는 사실을 말해줄 뿐, 더 이상의 기능은 하지 못한다.

편리함을 위해서는 약간의 아름다움을 희생하지 않으면 안 된다. 어떤 일이든지 모든 것을 완벽하게 다 갖출 수는 없는 일이다.

규칙을 좋아하여 만사 만물이 질서정연하기를 바라는 사람들은 비슷한 각도에서 형성자의 발명을 시도해볼 필요가 있다. 이것은 중국 조자의 역사에서 처음이자 마지막으로 완전하고 명확하며 안정된 질서를 만들어낸 사례였다.

이 질서는 대체로 구상적인 즐거움을 지워버리고 이것을 성부聲符로 공동화空洞化하여, 이 소리 부호와 명명命名에 아무런 장애가 없는 말이 안정된 결합을 이루게 해주었다. 대단한 에너지를 가지고 있는 형성자는 이제 문자 생산 라인의 엔진 역할을 맡게 됐다. 이때부터 중국의 조자 열차는 빠른 속도로 달려 나가기 시작했다.

다른 한편으로 이 문자 생산 라인은 만물을 분류학적 질서 개념으로 대하면서, 사물의 외재적인 형태와 궤적, 내재적이고 본질적인 인상 등을 보존하고 개념 부호인 의부 안에 봉인해두었다.

모든 사물이 이런 유형에 따라 분류되기 때문에 어떤 사물이 익숙해지기도 전에 갑자기 눈앞에 펼쳐지게 될 경우, 먼저 성부를 이용하여 그 소리를 시험해보고 의부를 통해 그 속성을 느낄 수 있다. 민감하고 생각이 많은 사람들은 이것을 통해 이 글자가 경험했을 기억을 되짚어 낼 수도 있을 것이고, 심지어 가장 원초적인 시간의 상태로 되돌아갈 수도 있을 것이다.

형상만 남은 이런 분류의 산물을 문자 세계의 통속적인 표현으로는 '부수'라고 말한다. 우리가 자전에서 글자를 찾을 때면 먼저 이 부수를 통과한 다음 손가락을 꼽아가며 성부의 획수를 정확히 세야 찾으려는 글자를 찾을 수 있다.

여기서 한 가지 말하고 싶은 것은 우리가 오늘날 갖고 있는 "의부는 부수로서 일반적으로 글자의 왼쪽에 온다"라는 인식이 100퍼센트 맞지는 않는다는 사실이다. 갑골문자가 조형의 상하, 좌우가 고정돼 있지 않은데다(두 개 또는 세 개의 글자를 하나로 합친 것도 있다. 예컨대 는 '小臣'을 하나로 합친 것이고, 는 '四祖丁'을 합친 것이며, 는 '五十'을, 는 '十二月'을 합친 것이다) 불완전한 변화 방식을 선택한 결과다. 예컨대 '금錦' 자는 부자들의 화려한 연회에서 볼 수 있는 것처럼 황금 같은 귀금속을 가늘게 만들어 한데 넣어 짠 직물을 의미하지만, 일반적으로 말해 평범한 천이 이 글자의 진정한 속성의 분류 범주가 된다. '금金'은 이 글자의 음만 모사해주고 있을 뿐이다. '시視' 자도 이런 경우에 해당한다고 할 수 있다. 이 글자는 감각기관과 관련된 글자이지 제사와 관련된 글자가 아니다. 때문에 눈을 크게 뜨고 보는 것을 의미하는 '견見'이 속성 부분인데도 발음은 '시示'로 하고 있다.

혁명적이지 않은 문자 시스템

전체적인 변혁의 개념에서 보면 중국의 형성形聲 조자는 혁명이라고 말하기 어렵다. 완전히 새로움과 대체성을 갖춘 조자 시스템을 도입한 것이 아니기 때문이다. 적어도 병음문자처럼 기존에 있던 글자를 모두 없애고 모든 문자를 소리에 따라 다시 만들어낸 것이 아니다. 형성자는 기존의 문자 시스템 안에서의 개혁으로서, 기본적으로 기존의 상형, 회의, 지사의 문자들을 그대로 남겨둔 채 함께 평화 공존하면서 투쟁을 계속하는 방식이었다.

병음과 같은 혁명이 없는 중국 문자의 시스템은 점차 인류 전체를 통틀어 가장 기괴하고 독특한 문자 시스템이 됐다. 자랑스러워할 수도 있고 부끄러움의 대상이 될 수도 있는 일이었다.

역사의 변화와 이데올로기가 유발하는 호오好惡의 문제, 자랑스러움이냐 부끄러움이냐 하는 문제에는 말할 것도 없이 고루하기 그지없는 이유들이 있다. 예컨대 민족지상주의 같은 것이다. 이런 문제들은 거들떠볼 필요도 없다. 여기서 우리가 관심을 가져야 할 문제는 '실제로 그것이 우리에게 어떤 영향을 미칠 것인가? 실제 운용 상황에서 어떤 편리함과 불편함이 있게 될 것인가? 우리의 사유와 소통, 기억에 대해 어떤 계시와 제한을 유발할 것인가' 하는 것이다. 우리는 문자가 완전히 투명한 도구가 될 수 없지만 우리의 사유에 영향을 미칠 수 있다는 것은 잘 알고 있다.

우선 문자 시스템의 성격 때문이 아니라 역사 전개의 우연한 결과에 의한 중국 문자의 독특성이 골칫거리가 될 수 있다. 독특하다는 것은 다른 것들과 다르다는 것, 즉 단열斷裂을 의미한다. 그리고 많은 세월이 흘러 다른 문자 시스템과의 접촉이 필요하게 됐을 때, 이런 단절로 인해 많은 오해와 많은 비용이 드는 전환 과정 등이 필요하게 될지도 모른다. 이것은 지난 100년 동안 서세동점西勢東漸의 시대를 경험하면서 우리가 몸으로 실감한 바이기도 하다.

지난 100년 동안은 병음문자가 비교적 강세를 점하는 문화였다. 그리고 이에 상응하는 모든 분배와 배치(예컨대 타자기와 색인 시스템, 컴퓨터 키보드 등)가 이런 문자 시스템의 특성에 따라 만들어졌고, 이런 병음문자 시스템을 갖고 있는 사회가 앞선 개념과 새로운 사물의 발명들을 독점했다. 불행히도 실패자의 진영에 서게 된 중국 문자는 수의를 입은 채 전환과 적응, 새로운 학습을 요구받았다.

다행히 그 과정은 생각처럼 길지 않았고 상상했던 것처럼 어렵지도 않았다. 이 과정에서 적지 않은 사람들이 진지하고 명확한 공헌을 했고 덕분에 문제는 기본적으로 해결됐다. 전환할 수 있는 것은 순조롭게 전환됐고(예컨대 컴퓨터 키보드), 전환할 수 없는 것들은 병음문자에 편입되어 보조 수단(예컨대 컴퓨터 프로그램 언어)이 됐다. 이것은 그다지 심각한 결함이라고 할 수 없었다. 우리가 사용하고 있는 아라비아 숫자도 오랜 세월 동안 사용하다 보니 편리하고 유쾌할 뿐 아니라 심리적으로도 자연스럽게 되지 않았던가?

오히려 소멸하지 않는 것은 우리가 중국 문자에 대해 품고 있는 회의다. 중국 문자가 비교적 진보적이라는 사실을 어느 정도 인정해줄 것인가 하는 것이 문제이다.

복원에 어려움을 겪었던 이집트 문자

사물의 실제 모습으로부터 완전히 해방된 병음문자는 질량이 가볍고 부호가 투명하며 운동 저항력도 적은 완벽한 언어 기록 도구다. 하지만 완벽한 도구가 되는 동시에, 문자는 자주성을 상실할 수밖에 없었다. 철저하게 말에 귀속되어 말의 변화를 신속하게, 그리고 맹목적으로 따르게 된 것이다. 이런 반응이 빠른 문자일수록 그로 인해 쉽게 사라지는 문자가 됐다.

에디슨이 "메리에게 한 마리 작은 양이 있었지"라는 말을 성공적으로 보존하고 재현하기 위해 유성기를 발명하기 전까지, 인류가 오랫동안 소리를 녹음할 수 있는 시설이 갖추지 않은 상태에서 문자를 사용해왔다는 사실을 우리는 잘 알고 있다. 소리는 매우 짧은 순간의 물리적 현상이기 때문에 쉽게 변화하고 사라진다. 때문에 말은 본질적으로 불안정한 특징을 지닌다. 쉽게 나타났다가 사라지며 종적인 시간에 따라 변화하고 횡적인 공간에 의해 구획된다.《언어의 죽음Language Death》을 쓴 언어학자 데이비드 크리스털David Crystal은 일찍이(1997년) 전 세계에 대략 6,000종의 서로 다른 말들이 존재하지만 매달 두 종씩 빠른 속도로 사멸돼간다고 설명한 바 있다.

말이 변화하면 본래의 소리에 근거하여 쓰인 문자에도 식별의 번거로움이 발생한다. 눈으로 알아볼 수 있는 미미한 차이에서부터 전문적인 연구자가 아니라면 식별이 불가능한 정도에 이르기까지 그 번거로움의 정도는 일정치 않다. 그 원인은 말의 변화 폭과 역사적 기회에서 찾아야 할 것이다. 예컨대 변화의 여지를 남겨둬야 할 필요성이 있는 부분을 되돌릴 수 있느냐이다(예컨대 변화의 필요가 있을지도 모르는 부분을 거스를 수 있느냐이다). 게다가 일단 말이 사멸하면 문자도 자연히 집단적으로 사멸하여 신비한 기호나 이해할 수 없는 암호가 되고 만다.

이런 문자의 집단 사멸 현상은 인류 역사에서 반복적으로 전개돼왔다. 그중 가장 유명하고 가장 드라마틱한 사례로 고대 이집트의 문자를 들 수 있다.

고대 이집트 문자의 탄생은 대략 5,000년 전으로 거슬러 올라간다. 이후 대략 3,500년 동안 존재하다가 약 1,500년 전쯤에 소멸된 것으로 추정된다. 이집트 문자의 죽음을 직접적으로 촉발한 살인자는 기독교였다. 기독교는 이교도들의 모든 것을 소멸시키려 했다. 기독교는 로마 제국의 강력한 힘에 의거하여 이집트 문자를 강제로 폐지하고, 24개의 그리스 자모와 6개의 이집트 속체俗體 자모를 더해(그리스 문자로 기록할 수 없는 이집트 언어의 특수한 발음을 표현하기 위해서) 콥트Copt 문자를 만들었다. 그 후 수백 년 동안 이집트의 말은 이집트 문자와 분리된 상태에서 지속적인 축적과 자연적인 변화를 거쳤고 점차 콥트어로 개칭되어 새로운 언어로 변화했다. 그러다 11세기 이후 세력을 키운 이슬람교가 이집트에 진출하여 기독교와 동일한 정책을 펼침으로써, 콥트어와 문자도 모두 사라졌다. 이로 인해 고대 이집트 문자의 명맥은 완전히 끊어지고 긴 수면기에 들어간다.

이런 수면기가 얼마나 오래 지속됐을까? 19세기까지 지속됐다. 800년에 달하는 긴 세월 동안 많은 사람들이 이 신비하고 아름다운 문자에 흥미를 느끼고 암호를 해독하기 위해 노력했다. 여러 차례 나름의 해석본이 만들어지기도 했지만, 결국 신비한 부호 속에 갇힌 정보를 제대로 소환하고 풀어내는 데는 모두 실패했다. 그러다 1799년에 이르러 극적인 전환기를 맞게 됐다. 나폴레옹이 이집트에 파견한 종군학자가 우연히 로제타 지역에서 비문이 적힌 석판을 발견한 것이다. 기원전 2세기 프톨레마이오스 왕조 시대에 통치 계급인 그리스인과 이집트 행정 관료, 일반 민중들이 모두 알아볼 수 있도록 그리스 문자와 이집트 문자, 민중 문자로 새겨진 비문이었다. 어느 날 갑자기 하늘에서 떨어진 듯한 이 신석神石은 그리스 문자가 병기돼 있어서 암호 해독의 다리가 될 수 있었다. 이집트 문자의 해독에 있어서 중요한 열쇠가 되는 물건이었다. 오늘날 '로제타스톤Rosetta Stone'이라 불리는 이 석판은 높이 118센티미터, 너비 77센티미터, 두께 30센티미터, 무게 0.75톤에 달하는 현무암으로 현재 대영박물관에 소장돼 있다. 내 딸아이도 로제타스톤을 하나 갖고 있다. 손바닥만 한 크기의 나무로 만든 것으로 대영박물관에서 저작권을 사들여 복제한 물건이다. 딸아이는 예전에 대영박물관을 참관하러 갔을 때 이 유명한 현무암 석판에 대해 알게 됐고 아울러 이 시기의 역사를 이해하게 됐다. 그런데 2년 전 일본 고베의 이진칸異人館 거리에 있는 상점 진열대에서 우연히 그것을 발견하고는 사달라고 조르는 바람에 대만 달러로 600위안이나 들여서 사줄 수밖에 없었다.

로제타스톤이 이미 갖춰진 해석본을 제공했다고는 하지만 고대 이집트 문자의 수수께끼는 1824년 프랑스인 샹폴리옹Jean-Francois Champollion이 정식으로 해독하기까지 조금 더 미뤄졌다. 이유는 간단했다. 로제타스톤에는 지금의 어학 교재처럼 카세트테이프가 딸려 있지 않아 하루아침에 소리를 회복시킬 수 없었던 것이다. 때문에 소리로 구성된 병음문자를 부활시킬 방법이 없었고, 로제타스톤의 해석문도 고대 이집트 신전과 무덤, 파피루스의 문자를 해석하는 데는 도움을 주었지만 고대 이집트의 자모를 재건하는 데는 사용할 수 없었다.

그렇다면 관건이 되는 소리는 어디서 찾아낸 것일까? 그것은 화석화돼버린 종교의 기도문에서 찾을 수 있었다. 천만다행이었다. 첫 번째 다행은 프톨레마이오스 왕조 때의 콥트어를 통해 최초의 이집트어를 추측할 수 있었다는 것이다. 두 번째 다행은 콥트어가 11세기에 사멸되어 800년 동안이나 죽어 있었지만, 기독교의 콥트교파가 이것을 완고하게 보존하여 전혀 손을 대지 않은 상태의 기도문으로 남겼다는 것이다. 이렇게 해서 콥트어 기도문에 익숙했던 샹폴리옹이 예상 밖의 지점에서 자신에게 가장 필요했던 신성한 비문의 구식 녹음기를 발견할 수 있었던 것이다.

돌이켜보면 이것은 온갖 고난과 오랜 시간, 정신적 고통과 물질적 소모를 필요로 했던 사건인 동시에 행운과 짜릿하고 놀라운 경험이 있는 이야기로서, 소설이나 할리우드 영화로 개작되어도 손색이 없을 정도다. 이와 비슷한 이야기로는 고대 에게해의 선형문자 B의 해석과 부활도 있다. 하지만 마지막에 행운과 놀라운 경험을 갖추지 못했던 선형문자 A와 고대 인도 문자는 오늘날까지 여전히 그곳에 사멸해 있다.

이에 비해 갑골문의 발견과 이해의 과정(결코 해석의 문제는 존재하지 않았다)은 평범하고 무미건조한 편이다. 1899년에야 비로소 발견된 갑골문은 발견 즉시 대부분 이해가 가능했으며 당시의 발음을 추측하는 일 또한 훨씬 쉬웠다. 설사 읽어내지 못했다 해도 크게 문제가 될 일은 없었다. 그림의 형태만 보고도 글자 속의 사람이 도자기를 빚고 있는

지 아니면 낚시를 하고 있는지 어느 정도 알 수 있었기 때문이다.

중국 문자에는 들어맞지 않는 바벨탑의 신화

병음문자의 소멸과 부활에 관한 이야기는 분명 드라마틱한 역사적 대사건이다. 그러나 그것은 서로 다른 조자 개념을 지닌 문자 시스템의 가장 심원하고 의미 있는 영향력을 보여주지는 못한다. 이러한 영향력은 보통 일상생활 속에서 드러나지 않게 작용하며, 한 방울 한 방울씩 쌓이면서 서서히 유기적인 변화를 일으킨다.

형성자는 성부(절반의 자신)와 소리로 연결돼 있지만 이것은 제한적인 연결일 뿐이다. 형성자는 또 다른 절반인 실체 개념으로서의 의부를 그대로 보존하면서 더 구체적인 방식으로 표현한 기존의 조자 역시 소멸시키지 않았다. 이런 구체적인 '물질'의 보존은 글자에 무게감을 부여하고 사물의 실체에 한쪽 팔을 걸치게 함으로써, 비교적 큰 저항력과 마찰력, 지구력을 만들어냈다. 때문에 형성자는 실물과 관계없이 추상적으로 완성해낸 병음문자와 같은 민첩함을 가질 수 없었다. 따라서 소리가 전면적으로 문자를 통제할 수 없었고, 그로 인해 형성자는 소리의 이동과 변화에 신속하게 반응하거나 빠른 시간 안에 표음 방식으로 자신을 변화시킬 수도 없었다. 이것을 근거로 형성자가 너무 침울하거나 둔중하다고 말해도 어쩔 수 없다.

이런 특징 때문에 문자와 언어가 서로 맹목적으로 추종하는 단궤식單軌式 함수관계는 나타나지 않게 됐다. 문자는 소리에 크게 영향을 받왔지만 여전히 자주적인 발전 경로를 보존하고 있었다. 이것은 필연적으로 형성문자와 언어생활의 사이에 어느 정도 분리 현상을 초래하는 일종의 쌍궤식雙軌式 관계라고 할 수 있다. 이를테면 5·4 백화문 운동 이전에 우리가 알고 있는 중국 문자와 일상 언어의 분리 현상과 같은 것이다. 백화문 운동을 제창한 후스胡適 등은 이것을 일컬어 중국인의 식고불화食古不化(옛사람들의 지식과 학문을 그대로 답습하면서 변화할 줄 모름-옮긴이)라고 했지만, 오늘날 우리는 중국 문자의 이런 특징이 매우 중요하다는 사실을 알고 있다.

중국 문자와 언어의 분리 현상의 횡단면을 살펴보자. 중국 문자의 통치 영역 안에는 언제나 서로 다른 언어들이 공존해왔고, 이들 사이의 편차가 어마어마하게 클 때도 있었다. 순조로운 의사소통이 불가능한 것은 물론이고 전혀 알아듣지 못하는 상황도 비일비재했다. 하지만 그럼에도 불구하고 오히려 줄곧 동일한 문자를 사용해온 덕분에 이처럼 천양지차의 언어를 사용하는 사람들이 같은 책을 읽고, 같은 역사 경험과 성과를 계승하면서, 문자를 통해 전면적인 대화가 가능하게 됐다. 그들 사이의 언어의 분리 정도가 서유럽 국가들 간의 차이보다 크고, 그들 사이를 가로막고 있는 높은 산이나 큰 바다 같은 자연 지형의 방해로 인해 왕래를 하지 못한 채 수백 수천 년의 긴 세월을 살아왔다면, 각자의 발전 방향이 점점 더 멀어지는 것이 이치에 맞는 일임에도 불구하고 말이다.

돌이켜보면 유구한 중국 역사의 진로는 몹시 독특했다. 지형에 의해 자연적으로 구역을 형성하기도 하고(쓰촨四川, 창강長江 같은 천혜의 요새는 예로부터 있어왔다), 언어의 차이로 인해 각자의 말을 사용하며, 생활 습관도 지역마다 달랐다. 또한 역사적으로 이미 사실로 입증된 무수한 분열들이 세대마다 끊이지 않았지만 결국에는 언제나 마치 형상기억 합금처럼 하나의 국가로 모일 수밖에 없었다. 이것은 유럽의 역사 경험과는 완전히 다른 양상이다. 물론 이것은 역사 사유의 커다란 주제로서 단순하게 해석해서는 안 될 일이다. 하지만 나는 개인적으로 만세의 역사를 관통하는 단일한 문자 시스템이 매우 중요한 원인으로 작용했을 것이라고 본다.

이런 문자 시스템 하에서는, 사람들이 천당으로 통하는 높은 건축물을 짓는 것을 막기 위해 야훼가 인간들의 말을 어지럽혔고 이로 인해 인류가 분열됐다는 바벨탑의 이야기가 성립할 수 없다. 이런 신화는 병음문자의 역사에 근거하고 있고 서양의 이전과 이후의 역사에 대한 놀라운 통찰력과 예언 능력을 보여준다. 하지만 중국의 경우에는 전혀 들어맞지 않는다. 이 이야기를 중국인에게 적용하기 위해서는 약간의 수정을 가해 말과 함께 문자도 함께 파괴한 것으로 서술돼야 할 것이다.

형형색색의 형성자들

중국 문자와 병음문자의 차이에 관한 이야기는 여기서 그만 멈춰도 될 것이다. 역사적 경험을 통해 우리는 더 이상의 비교는 또 다른 문제를 야기하기 쉽다는 사실을 알고 있다. 언어와 문자, 체격과 피부색, 출생지와 종족같이 우리가 태어나기 이전부터 존재했고 우리가 결정할 수 없는 것, 우리보다 오래 살았고 우리의 의지로 변화시킬 수 없는 것들에 대해서는 가급적 조심하는 것이 착오를 피할 수 있는 길일 것이다.

누가 좋고 누가 나쁜지 알아도 뭘 어찌할 수 있겠는가? 어쨌든 우리는 이 문자 시스템 속에 던져져 있는 것이다. 물론 지혜와 재물을 이용하여 자신을 또 다른 문자 시스템 안으로 내던질 수도 있다. 실제로 많은 이민자들이 그렇게 해왔다. 그렇지 않다면 비교적 총명하고 건강을 해치지 않는 방식을 선택하는 편이 낫다. 그 문자를 배워 그 독특하고 가장 아름다운 면모를 누리며 가능한 한 그것을 최대한 이용하는 것이다.

여기서 먼저 색과 관련된 글자를 살펴보도록 하자.

소설을 많이 읽는 독자들에게 색과 관련된 글자를 언급하면 쉽게 주톈원朱天文(대만을 대표하는 소설가이자 시나리오 작가. 양조위 주연의 영화 〈비정성시悲情城市〉의 시나리오를 썼다-옮긴이)의 유명한 장편소설《황인수기荒人手記》를 떠올릴 것이다. 특히 중간 부분에는 붉은색과 녹색에 관한 온갖 이름들이 등장한다. 원문이 너무 길어 전부 인용하기는 어렵지만 간략히 한 단락을 인용해본다. "쑥 등 녹색艾背綠과 자링강 물의 녹색嘉陵水綠, 어린 연꽃의 녹색嫩荷綠, 베짱이의 녹색紡織娘綠, 물의 녹색水綠, 수구 녹색繡球綠, 사마귀 녹색螳螂綠, 완두 녹색豌豆綠, 옥수 녹색玉髓綠, 푸른 채소 녹색青菜綠, 파리 녹색巴黎綠, 푸른 매실 녹색青梅綠, 형석 녹색螢石綠, 볏모 녹색秧綠, 상추 녹색萵苣綠……" 등 끝없이 이어진다.

소설을 쓰면서 문자를 사용하는 사람들은 색을 대할 때 지나치게 자극적인 빨주노초파남보의 무지개 색은 사용해서도 안 되고 사용한다 해도 그 효과가 충분지 않다는 사실을 잘 알고 있다. 오늘날에는 이것을 색상이라기보다 색의 분류라고 지칭하는 것이 옳다. 색상은 물리학에서 빛의 파장과 진동수에 의한 현상을 기록한 것이다. 따라서 일종의 '염색되지 않고, 광택이 없으며, 층차가 없는' 색의 문자라고 할 수 있다. 무엇으로 염색하고 칠해야 광택을 내고 층차를 부여할 수 있을까? 주톈원이 쟈링강 물, 사마귀, 옥수, 볏모 같은 천지와 산수, 자연 생물의 색상을 사용한 것은 인간의 눈과 마음이 색과 조우하는 시작점이라고 할 수 있다. 사물이 색의 원초인 셈이다.

하지만 설사 빨주노초파남보 같은 화려한 색상이라 해도 그것이 단지 red, yellow 등의 병음문자로 번역되지 않고 순수하게 중국 문자 자체로 되돌아오게 한다면, 우리는 그것들이 원래 사물이었거나 적어도 사물을 기억하고 있다는 사실을 발견할 수 있을 것이다. 단지 우리에게 익숙해져 있지 못해 자각하지 못하는 것뿐이다. 사실 우리는 쟈링강 물 또는 볏모 등의 수식어로 색과 광택을 더할 필요가 없는 것이다.

갑골문 시대에는 아마도 색이 사람들이 존재한다고 인지하는 사물로부터 진정으로 분리되지 못했을 것이다. 예컨대 산색, 하늘색, 물색, 풀색 등이면 충분했다. 오늘날 비교적 순수한 색상인 '노랑'의 문자 황黃, 는 원래 옥 조각들을 꿰어 만든 장식물로서, 나중에 소리가 가차된 것이거나 또는 옥 조각에서 천연의 노란빛이 연상되어 전주된 것인지는 알 수 없다. 흰색을 나타내는 백白, 는 개인적으로 무엇을 뜻하는지 전혀 이해가 되지 않는다. 단지 입과 관련이 됐을 것이라고 억지로 추측할 뿐이다. 입에 어떤 흰색 물건이 물려 있었던 것일까? 한 가지 가능성은 (치약이 없던 시대로) 누렇게 변한 치아가 섞여 있었다는 것이다. 또 다른 가능성으로 재미있는 것은《설문해자說文解字》에서 입과 코에서 내뿜는 수증기라고 설명한 것이다. 이것은 날씨가 몹시 추운 지역 또는 계절에 입에서 나오는 수증기의 흰색 안개를 매우 생동감 있게 포착한 것이라고 볼 수 있다. 붉다는 의미의 적赤, 는 거센 불길로 사람을 태우는 장면으로서 색의 전주가 더할 수 없이 선명하다. 붉다는 의미의 또 다른 글자 주朱, 는 원래 나뭇가지를 지칭하는 것으로서 먼저 광물의 염료인 단주丹朱 같은 물질을 지칭하던 것이 붉은 색상을 가리키는 표현으로 전주되면서 중국 염색의 시조가 됐을 것이다. 가장 흥미로운 것은 흑黑, 이다. 이 글자는 금문金文이지만 형태로 보아 갑골문이라고 하는 것이 마땅하다. 단지 보존을 제대로 하지 못했을 뿐일 것이다. 그림의 모양은 얼굴에 검정색으로 문신을 한 사람을 나타낸다. 얼굴에 종횡으로 선이 그어져 있고 그 틈새에 먹물이 가득하다. 따라서 '흑' 자의 맨 처음 내용은 '검정 문신을 한 짙은 색의 얼굴'이었다고 하는 것이 마땅하다.

색이 분리 독립되기 시작하는 시점의 관건은 사람들이 더 이상 피동적으로 자연의 색을 받아들이는 것이 아니라 능동적으로 색을 제조하게 된 데 있다. 이것을 좀 더 가볍게 말하자면 염색 관련 기술의 발전이라고 할 수 있다. 이쯤에서 다시 빨주노초파남보를 예로 들어보자. 이 중 '노랑黃'과 '주황橙'은 사물이다. '파랑藍'은 꼭두서니茜草 같은 초목 염료와 관련된 조자일 가능성이 크다(후대 사마상여司馬相如의 작품 〈청부青賦〉에는 남색 염료와 같은 경제 작물에 관한 놀라운 묘사가 등장한다). 남색靛은 '청青'의 형성자이자 그것의 재분할이라고 할 수 있다. 그리고 나머지 세 가지 색 '빨강紅'과 '초록綠', '보라紫'는 '사糸' 자 변의 형성자들이다. 이처럼 색이 뜻하는 사물들은 글자의 의부 속에 비밀스럽게 잘 감춰져 있다.

여기서 우리는 형성자가 실상實像의 힘을 완전히 포기하지 않고 믿을 만한 회상의 길을 보존하고 있다는 사실을 알 수 있다. 그리고 이 길은 확고하게 가상의 풍요로운 색의 보물을 향하고 있다. 이 길을 따라가면《설문해자》의 실 사糸 자 변 글자들의 부락을 발견하게 된다. 마치 견직물의 고향인 교토 니시진西陣에 도착하면 물소리인 듯 빗소리인 듯 쏴쏴— 하고 기분 좋은 소리가 들리는 것처럼 빨강과 초록, 보라뿐만 아니라 우리가 잊어버린 훨씬 많은 색들이 아름답고 화려한 비단 위에서 반짝이는 빛을 발하고 있다.

'견絹'은 맥견麥稍색이고 '녹綠'은 청황靑黃색 비단의 색깔이다. (사람들은 실제 작업을 통해 청색과 황색 직물을 섞어서 짜면 녹색이 나타난다는 사실을 알고 있었던 것이 분명하다. 다음의 예도 모두 이와 동일하다.) '주絑'는 순수한 붉은색이며 '강絳'은 매우 붉은색이다. '훈纁'은 옅은 진홍색이다. '진縉'은 적赤색 비단이고 '제緹'는 단황丹黃색 비단이며 '전縓'은 적황赤黃색 비단이다. '자紫'는 청적靑赤색 비단이고 '홍紅'은 적백赤白색 비단이다. '감紺'은 짙은 청색에 적색이 섞인 비단이고 '기綥'는 우거진 쑥蒼艾색 비단이며 '치緇'는 흑黑색 비단이다. '재纔'는 참새머리雀頭색 비단이고 '여綟'는 풀물草染색 비단이다…… 물론 이밖에도 다채로운 빛깔로 염색한 직물의 색깔들이 있다.

이처럼 다양한 색을 나타내는 글자들의 뜻풀이에 주의해야 하는 것은 대부분 그 색으로 염색한 견직물을 보존하고 있기 때문이다. 이처럼 색상은 실제 사물과 분리되지 못하기 때문에 견직물 자체의 질감이 대신 광택과 층차를 부여한다. (《설문해자》에서는 "한 번 염색한 것을 가리켜 전縓이라 하고 두 번 염색한 것을 정赬, 세 번 염색한 것을 가리켜 훈纁이라 한다"라고 하여 이처럼 층차를 갖춘 글자 풀이를 덧붙이고 있다.) 초목염이나 광물염, 동물염같이 서로 다른 염료는 또한 각각의 냄새를 보존하고 있다. 이처럼 각각의 광택과 층차, 심지어 냄새를 지니고 있어야만 비로소 색을 나타내는 글자의 본래 의미가 충분히 존재할 수 있게 된다.

염색의 냄새에 관해서는 충분히 증명할 수 있는 이야기들이 있다. 일례로 제齊나라 경공景公은 자색 의복을 즐겨 입었는데 신하들이 이것을 모방하기 시작하면서 자색 옷감의 가격이 폭등하기 시작했다고 한다. 이에 총명하고 교활한 안자晏子는 자색 염료의 냄새를 이용하여 경공에게 사람들을 만날 때마다 자색 의복에서 나는 악취가 싫다고 말할 것을 건의했다. 그의 말대로 한 결과 과연 하룻밤 새에 옷감 가격이 안정됐다.

가장 아름다운 형성자

설령 미학적으로 약간의 손실이 있다 하더라도 상형이나 지사, 특히 회의자는 더 이상 만들지 않는 것이 바람직했다. 하지만 형성자는 여전히 아름다웠다. 오랫동안 들여다보고 머리를 조금 굴리거나 약간의 상상력만 가미한다면 형성자는 더 이상 능동성이 결여된 순수한 부호가 아니라 우언寓言의 느낌을 지닌 글자라는 사실을 깨닫게 된다.

그렇다면 가장 아름다운 형성자는 어떤 것일까? 나는 개인적으로 '성星' 자를 꼽고 싶다. 별의 원래 상형자는 '정晶' 자, 晶였다. 세 개의

반짝이는 큰 별이 하늘에 가득한 별들을 대표한다. 형성자는 새로운 ‘성星’자, 를 만들어냄으로써 적막한 문자로 하여금 별이 빛나는 하늘에서 땡땡 소리가 울리게 했다. 그리고 맨 처음부터 별을 나타내던 ‘정’ 자도 여전히 빛나고 반짝이는 상태의 묘사를 유지하게 했다.

소리 부분에서 ‘생生’ 자, 를 택한 것은 조자를 한 사람의 탁월한 선택이었다. 이 글자는 초목의 생명이 싹트는 것을 표현한 아름다운 회의자다. 이제 작은 풀은 드넓은 밤하늘 아래로 옮겨져 아득히 넓고 부드러운 광경을 연출하게 됐다. 마치 풀잎 위의 이슬까지도 보일 것 같은 미명微明이자 작고 가벼운 소리를 지닌 미광微光을 떠올리게 한다.

3

모든 살아 있는 것은 흔적을 남긴다, 상형문자

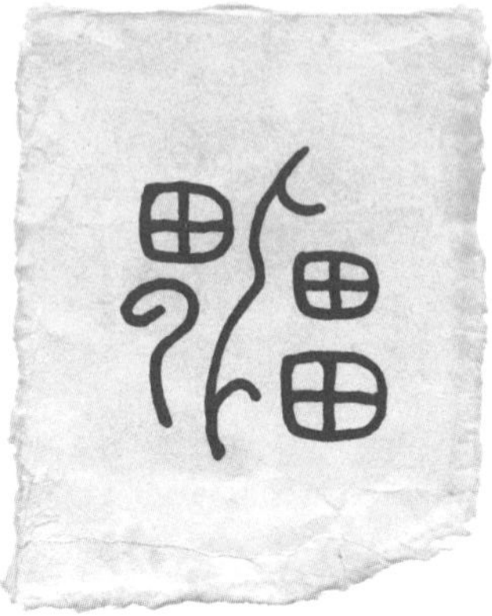

이론적으로 이 글자는 상형자라고 해야 할 것이다. 이 글자는 초기 인류를 두려움에 떨게 했지만 자주 나타나지는 않는 어떤 자연현상을 묘사하고 있다. 다름이 아니라 여름날 수분이 폭발적으로 증발하고 먹구름이 가득하며 금방이라도 비가 쏟아질 것 같은 하늘의 모습을 집중적으로 표현한 글자다. 글자 안에는 구름의 부호 (云, 운雲 자의 원형)도 있고 하늘을 매섭게 가르며 긴 뱀처럼 번쩍이는 빛도 있다. 또 흥미로운  부호도 세 개가 있다. 물론 땅 위의 밭이 갑자기 하늘로 날아올라간 것은 아니다. 이것이 이 글자에서 가장 흥미로운 부분이다.

이 글자는 '뇌雷' 자다. 동식물은 물론 사람까지 죽일 수 있고 충분한 비로 생명을 싹틔울 수도 있다. 독일의 철학자인 카시러Ernst Cassirer는 초기 인류가 갑자기 마음속 깊이 두려움을 느끼게 된 대상으로 '순간

신瞬間神'의 개념을 주장한 바 있다(카시러는 모든 신이 여기에서 기원했다고 생각했다). 이런 개념은 종교와 생명 본체의 반성적 사유 및 기타 관념을 수반하고 있는 것이 분명하다.

우리가 이 글자보다 더 상형적이고 자연의 모습에 충실한 글자를 원한다면 갑골문이 확실하게 또 다른 조형인 를 모사해내 이해하기 어려운 의 부호를 실체에 가까운 콩알만 한 빗방울로 대체할 수 있게 해줄 것이다. 천둥 번개가 치고 비가 쏟아지기 직전의 모습(일단 비가 내리기 시작하면 기압 변화에 의해 마치 마법이 풀리듯 근심이 해소되고 기분이 전환되는 것을 분명하게 느낄 수 있다)을 정확하게 포착하여 그때의 격렬함과 빗방울을 분명하고 주의 깊게 표현하기를 원한다면, 갑골문 중 내가 훨씬 아름답다고 생각하는 또 다른 조형인 를 제시할 수도 있다. 이 글자에서  부호는 부득이하게 다소 추상화된 광점光點이 순식간에 얼어붙은 모습을 모사한 것이다. 덕분에 갑골문에서 여러 차례에 걸쳐 사용됐다. 앞에서 언급했던 '정晶'()과 '성星'() 두 글자는 별 또는 별빛을 대표하게 됐다.

빗방울과 섬광을 이용한 더 상형적인 두 글자를 일컬어 어떤 사람은 마찬가지로 '뇌雷' 자를 가리킨다고 하고 또 어떤 사람은 한사코 이것을 구분하여 '전電' 자의 원형이라고 주장하기도 하지만, 사실 이것은 중요한 문제가 아니다. 이처럼 뿌리가 같지만 모습이 다른 동원이자同源異字들의 재분할 현상은 흔히 볼 수 있는 일이다(예컨대 나중에 보게 될 '육育' 자와 '육毓' 자도 마찬가지다. 두 글자 모두 원래는 여성의 출산 상황을 묘사한 것이다). 이것은 일반적으로 대부분 나중에 나타난 필요와 실제 상황에 맞춰 수시로 발생한 현상이다.

는 무엇일까? 와이솽시外雙溪(타이베이臺北 외곽으로 대만 국립 고궁박물관이 위치하고 있다-옮긴이)나 베이징의 고궁박물관에 가본 적이 있는 사람이라면 조자 이전 시기의 채도彩陶 상단에 있는 '뇌문雷紋' 또는 '뇌고문雷鼓文'이라고 불리는 도안을 볼 기회가 있었을 것이다. 이것은 운문雲紋, 수문水紋, 산문山紋 등과 마찬가지로 이미 도안화되거나 추상화되거나 또는 기하학적인 선조線條로 변한 것으로서 결코 단순한 상형이 아니다.

이런 관점에서 볼 때, 견강부회로 말하지 않더라도 글자 속의 운문은 거의 도안화의 경향을 갖추고 있으며 원래의 '운雲' 자의 자태를 좀 더 자연스럽고 편안하게 변화시켜 구름이 하늘에 있는 모습을 더욱 핍진하게 나타내고 있음을 알 수 있다.

다시 말해서 이 글자는 상당히 상형적인 번개의 모습에 반半상형 반半도안화된 운문을 더한 다음, 그 위에 이미 상징 부호가 된 뇌문을 더해 이 세 가지 요소가 괴상하게 결합된 것이다. 이것을 억지로 상형자라고 한다면 아마도 포스트모던의 개념이 가득한 상형자라고 하는 것이 적절하다.

여기서 하늘에 나타난 또 다른 글자를 살펴보도록 하자. 이 글자는 앞에서 살펴본 '뇌雷' 자보다 훨씬 마술적이고 상상적이다. 는 무지개를 의미하는 '홍虹' 자다. 가운데 자벌레처럼 구부러진 부분은 문제가 안 된다 하더라도, 보이는 바와 같이 양쪽 머리 부분에 있는 괴상한 물건은 대체 무엇이란 말인가? 어떤 사람은 이것을 가리켜 용의 머리를 모사한 것이라고 말한다(용龍, 를 가리켜 어떤 사람은 양쯔강에 서식하고 있는 악어류의 변형이라고 하기도 하고 어떤 사람은 공룡 척추 화석의 상상적

환원이라고 하기도 한다. 하지만 기본적으로 이미 상당히 마술적인 상형자라고 할 수 있다). 바꿔 말하면 조자하는 사람에게 하늘의 무지개는 머리 둘 달린 거대한 일곱 빛깔의 용이 갈증을 풀기 위해 고개를 숙이고 물을 마시는 것으로 보였던 것이 아닐까.

바로 이렇게 만들어진 글자 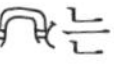는 나중에 다시 만들어진 새로운 형성자 '홍虹' 자를 제약하여 '공工'과 비슷한 발음을 갖되 자벌레가 속한 '곤충류'에 속하게 했다. 중국의 조자에서 하늘의 무지개는 빛이 굴절한 자연현상이 아니라 아름답고 웅장한 생명을 뜻한다. 우리가 언제든 만날 수 있는 신성한 거룡巨龍은 성서에서 무지개가 하느님이 아브라함에게 인간과 신 사이의 정전협정의 증거로 보여준 것이라는 점과 비교해볼 때, 훨씬 더 발전된 상상력이 발휘된 결과라고 할 수 있다.

하지만 용의 머리 부분은 의심할 것 없이 벌레에서 따온 것이고, 그리고 그림 위에 머리를 다는 화충첨두畵蟲添頭의 결과다. 육체의 눈이 아닌 상상의 눈으로 본다면 이것은 신화와 전설을 간직한 상형자라고 할 수 있다. 또는 마술적 리얼리즘(라틴아메리카 문화에서 보이는 경향으로 이 기법이 이용된 소설이나 영화에서는 현실이 꿈처럼 묘사되거나 꿈과 환상이 현실에 자연스럽게 스며든다-옮긴이)이라고도 할 수 있다. 콜롬비아의 위대한 소설가 마르케스가 (사람들이 말하는 소위 '마술적 리얼리즘'을 겨냥하여) 자신의 소설은 "한 줄 한 줄이 모두 사실에 기초하고 있다"고 말한 것과 같다.

오래된 것에서 새로운 글자를 만들다

우리는 상형자가 결코 아무런 생각도 반영돼 있지 않은 단순한 조자가 아니라는 사실을 대략적이나마 깨닫게 됐다. 상형자는 아마도 절대다수가 조자의 마지막 표현 방식이었을 것이다. 겉보기에는 단지 눈에 보이는 그대로 자연경관의 동식물을 묘사한 것처럼 보이지만 이것은 빙산의 일각에 불과할 뿐이다. 고개를 숙이고 그 이면을 들여다보면 곧 번거로운 문제와 위험들을 발견하게 된다. 흉악하지만 아름다운 번거로움과 위험이 그곳에 기다리고 있는 것이다. 90퍼센트에 해당하는 거대한 부분이 수면 아래 감춰져 있기 때문에 문자의 바다에서의 항해에 익숙한 노련한 선원일수록 더 큰 두려움을 느끼기 마련이다.

우선 숫자로 구성된 두 가지 사례를 살펴보면서 숫자가 하는 이야기에 귀를 기울여보자. 첫째, 대략적인 계산에 따르면 인류 역사상 모든 언어 체계 중 겨우 5퍼센트만이 문자를 만들었던 것으로 나타났다. 물론 나중에 이 5퍼센트의 자손들이 이 세계를 주재하게 됐고, 곧 문자가 오늘날 절대다수의 지역을 함축하게 됐으며, 문자가 없는 사람들과 그들의 언어는 끊임없이 사멸하게 됐다고 말할 수도 있을 것이다. 둘째, 언어가 존재한 지 이미 400만 년에서 500만 년이 됐다. 대자연은 대범하게도 우리에게 성대를 주어 인류가 너무 늦지 않게 소리를 효과적이고 지속적으로 사용할 수 있게 해주었다. 하지만 문자가 상형의 단계로부터 시작된 지 1만 년도 채 되지 않았다. 시간의 비율로 보자면 문자가 존재한 시간은 언어가 존재한 시간에 비해 많아야 100분의 1밖에 되지 않는다. 이 시간 동안 눈으로 볼 수 있는 자연경관과 동식물은 한 번도 부족한 적이 없었다. 설사 모양에 있어서 조금씩 차이가 있었다 하더라도 무엇이 인류가 그것들을 '자연스럽게' 묘사하는 것을 막을 수 있었겠는가? 또는 나중에 어떤 사건이 발생하여 인류에게 깊은 잠에서 막 깨어난 것처럼 그것들을 묘사하기 시작하라는 계시라도 내렸다고 해야 할까?

사실 정확히 말하자면 인류의 자연 묘사는 상형문자가 아니라 언어와 궤를 달리하는 독립적인 그림으로부터 시작됐다. 이런 그림은 앞에서 언급한 바 있는 채도彩陶 위의 도상圖像이나 화문花紋, 미국 서남부의 고대 나바호족(이들에겐 문자가 없었다)인들이 뉴멕시코주의 거대한 석벽 위에 그린 것을 백인 불법 사냥꾼이 한 조각 한 조각씩 잘라내 팔아먹고 있는 수렵이나 의식을 묘사한 그림들과 같은 것이다. 더 유명한 것으로는 프랑스 남부의 라스코 동굴벽화를 들 수 있다. 지금으로부터 약 1만 5,000년 내지 2만 년 전의 것으로 추정되는 이 벽화에서 가장 아름답고 가장 시선을 끄는 사물은 몹시 고집 세고 사나워 보이는 오렌지색 큰 말이다. 말이 오렌지색인 것은 그들이 사용할 수 있었던 염료의 제약 때문일 것이다. 이 말은 사냥꾼에게 붙잡혀 엉덩이에 화살이 꽂혀 있음에도 불구하고 여전히 생동적이며 야성미가 넘친다. 그 생김새를 보면 틀림없는 하일랜드 포니다(이것은 말이라면 깜빡 죽는 우리 딸아이가 가르쳐준 것이다).

채도에 이미 기하학적인 선조線條의 그림이 나타난다는 사실을 통해 우리는 그 역사적 기원이 아주 길다는 것을 알 수 있다. 산과 물, 구름, 천둥의 모습이 처음부터 이처럼 '세련되고 완숙한' 높은 수준의 미학적 형태로 표현됐을 리는 없으며 오랜 기간 세심하게 다듬어진 결과로 추정되기 때문이다. 나바호족 인디언의 암벽화와 라스코의 지하 동굴벽화는 우리를 더욱 놀라게 한다. 이 오래된 아름다운 그림들은 결코 무심코, 우연히 만들어진 것이 아니다. 예전에 텔레비전에서 과학 다큐멘터리 프로그램을 한 편 본 적이 있었다. 몇몇 과학자들이 당시 그들이 사용할 수 있는 장비들을 이용하여 시간을 뛰어넘어 그림을 재현하는 시도를 진행하면서 당시의 모든 과정들을 처음부터 상세하게 기록한 것이었다. 이것은 그 성과에 관계없이 대단히 깊은 인상을 줄 만큼 어렵고 방대하며 오랜 시간을 요하는 위험한 작업이었다. 그들은 빛도 들지 않는 구불구불한 지하 동굴로 내려가 조도照度가 턱없이 부족하고 어두운데다 연기를 내뿜으며 이리저리 요동치는 동물성 기름 '조명' 아래서, 그들이 힘들게 제조해 준비해온 안료(광물을 부숴 제련해 낸 유색 안료와 울퉁불퉁한 벽면에 접착시킬 수 있는 식물성 접착성 원료에 사람의 침을 혼합한 것도 포함된다. 특히 라스코 동굴의 벽화는 지금까지도 안전하게 존속하고 있는 것으로 보아 당시 사람들의 안료 개발 성과가 탁월했음을 알 수 있다)를 이용하여 사전에 계획한 대로 천천히 자신의 마음속에 있는 그 찬란한 그림을 점 하나 선 한 가닥까지 세밀하게 깜깜한 곳에서 그려나갔다. 흥미로운 것은 이처럼 금의야행錦衣夜行하는 대단한 원로 화가들이 자신의 손도장을 남겼다는 점이다. 보아하니 적잖이 에고ego적이며 상당한 예술가적 자각과 나르시시즘을 가진 화가였던 것 같다. 어쨌든 이것은 결코 오늘날 우리가 단순한 흥미로 종이와 연필을 들고 할 수 있는 행동이 아니었다. 마음속에 잠재돼 있는 강렬하고 종교적인 어떤 강력한 추진력에 의해서만 비로소 갖가지 어려움을 극복하고 실천할 수 있는 고생스러운 대사건이었던 것이다.

이런 사실들을 볼 때 우리는 사람들이 아무 생각 없이 피동적으로 자연을 묘사했다는 천진한 생각은 버리고, 조자에 참여했던 사람들에 대한 기본적인 시각을 조정하는 것이 바람직하다. 그들은 결코 그런 자연을 처음 대한 사람들이 아니었고 동화 속의 미녀처럼 잠에서 깨어나 처음으로 세상을 본 사람들도 아니었다. 그들은 수백만 년 전부터 지구상에서 생활하며 이미 문자와는 거리가 먼 그림을 이용하여 여러 차례 눈앞의 세계를 묘사해왔고, 끈이나 매듭 또는 새김의 흔적으로 기억을 보존하는 방법도 알았다. 따라서 그들은 어떤 종류, 어떤 부호의 사용에도 전혀 낯설지가 않았다. 이 밖에도 그들은 이미 수백만 년 동안 언어를 사용해왔기 때문에 수백만 년의 시간 동안 지속적으로 사유를 진행해왔을 가능성이 매우 크다. 따라서 해가 떴다가 지고 달이 찼다가 기울며 때때로 별이 많아졌다가 때때로 적어지기도 하는 하늘 아래서 이미 자신들의 입과 귀를 통해 전해지고 후손들에 의해 덧붙여진 신화와 전설은, 그들의 처지 및 자연계와의 관계에 따라 각기 다른 정도의 추측과 질문, 심지어 상당한 '결론'을 만들어냈을 것이다. 그들은 대개 그들 고유의 음악과 춤을 가지고 있었을 것이고, 이것은 또 다른 유형의 감정 또는 사유의 메신저이자 부호로 작용했을 것이다. 사람들은 완전히 빈손으로 문자를 만들어낸 것이 아니라, 이런 것들을 바탕으로 정도는 다르지만 자신들의 오랜 언어와 연계되는 새로운 부호 체계를 창조해냈던 것이다. 그리고 조자의 시동始動이라는 유래 없는 새로운 작업에 직면한 그들은, 필연적으로 레비스트로스의 수리공처럼 반복해서 자신들이 가진 각양각색의 재료들을 돌아보고 검증하여 사용할 수만 있다면 아낌없이 꺼내 조자의 원료로 사용했을 것이다.

따라서 '뇌雷' 자 속의 전田 자형 부호는 오래된 재료이고 '홍虹' 자의 물을 마시는 용의 머리 또한 오래된 재료라고 볼 수 있다.

그렇다면 이런 예가 혹시 더 있을까? 얼마든지 더 있다.

예컨대 숫자의 기재 방식은 일반적으로 오래된 계각契刻(새기거나 파냄)의 기억에서 비롯됐다고 여겨지기 때문에 '일一'은 막대기 하나, '이二'는 막대기 둘, '삼三'은 막대기 셋을 그린 것이라고 유추할 수 있다. 그렇다면 '사四'는 무엇을 그린 것일까? '사四' 역시 막대기 넷으로 亖의 모습이 됐다. 그러다가 '오五'에 이르러서야 비로소 계각의 경제성과 식별의 용이성(멍청하게 숫자를 셀 필요가 없게 됐다)을 위한 부호적인 처리가 이루어져 ⊠의 형태가 됐고, 같은 이치로 '육六'은 𠆢의 형태가 됐던 것이다.

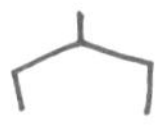

두 번째 방식은 끈과 매듭結繩을 사용한 기록 방식의 응용으로서 갑골문의 '자兹' 자는 88의 형태가 되고 '사糸' 자는 ⧖의 형태로 나타났다. 그저 꼬인 밧줄을 직접 묘사한 것(나는 비교적 이 가설을 신뢰한다)에 불과할 수도 있지만, 어떤 사람은 이것이 옛날 끈과 매듭을 이용한 기록 방식의 부호가 잘 보존된 사례라고 확신하기도 한다.

내가 비교적 흥미롭게 여기는 것은 갑골문자의 뼈에 대한 표현 방식이다. 누구나 한 번쯤은 해적 깃발을 본 적이 있을 것이다. 세 개의 검은 구멍과 빼곡한 치아가 선명하게 그려져 있고 그 밑으로는 아령 모양의 긴 뼈 두 개가 서로 교차돼 있다. 이 교차된 뼈는 200개가 넘는 인간의 뼈 중 가장 긴 대퇴골일 가능성이 매우 높다.

그리고 이것은 결코 우연이 아니다. 그림의 정보가 이런 사실을 전달해주고 있기 때문이다. 가장 두드러지고 가장 명백한 부분을 찾아낼

줄 알아야 '오독'의 확률을 낮출 수 있다. 만일 아무 생각 없이 귀 속에 있는 어느 작고 기형적인 뼈를 이용하여 해적의 존재를 표현했다면, 그 그림을 보고 열 사람이 열 가지 답을 내놓을 것이 틀림없다.

갑골문의 '골骨' 자는 많이 있지만 대체로 모두 의 형태를 하고 있다. 한눈에 봐서는 언뜻 이해가 되지 않지만 이 글자로부터 파생된 '사死' 자의 조형 중 하나인 를 보면 비교적 쉽게 이해할 수 있다. 좌측의 조형은 무릎을 꿇고 몹시 애통해하고 있는 사람임을 쉽게 알 수 있다. 그는 고개를 숙이고 오른쪽의 부식된 뼈를 마주 보고 있다. 이런 방식으로 죽음을 표현하는 것은 차라리 괴상하고 마술적이라고 해야 할 것이다. 첫째는 시간에 대한 느낌이 매우 괴상하기 때문이다. 사람이 이런 모양이 되려면 얼마나 오랜 시간의 풍화를 겪어야 하는 것일까? 조금 무례하게 이야기하자면 왼쪽 사람의 슬픔도 '매우 인간적인' 느낌이 희박하다고 해야 할 것이다. 둘째는 부식된 뼈의 보존이 문제다. 보존이 비교적 용이한 것은 두개골과 척추, 늑골, 사지 같은 비교적 큰 뼈들이다. 따라서 우리는 이 망자의 죽음이 지극히 추상적이며 지극히 부호符號적이라고 말할 수 있다. 이것은 19세기의 사실주의적 죽음의 방법이 아니라 20세기의 현대주의적 죽음의 방법이다.

그렇다면 해답은 어디에 있는 것일까? 내 생각으로는 이 시기 사람들에게 현대를 사는 우리와는 다른 형태의 '공통 인식'이 있어야만 뼈로 인정되는 모든 부호화된 표현 방식이 가능할 것 같다. 그렇다면 이 공통 인식은 또 어디에서 기인한 것일까? 뼈를 이용하여 점을 치는 행위에 익숙한 데서 기인했을 가능성이 매우 크다. 갑골문의 뼈는 진즉에 사실적인 것을 포기하고 갑골문 자체를 전고典故로 하여 문자를 만들었다고 말할 수도 있을 것이다. 말장난처럼 들리긴 하지만 말이다.

여기서 '점占'과 '복卜' 두 글자를 살펴보도록 한다. 먼저 '복' 자를 살펴보자. 이 글자는 뼈 위에 나타난 균열(불에 타거나 혹은 자연적으로 생긴)을 가리키는 것으로 의 형태를 띤다. '점' 자는 더 재미있다. '점' 자는 의 형태가 되며 덩어리 형태의 뼈 위에 나타난 균열을 가리킨다. 게다가 '구口' 자와 결합한 회의자라는 점은 영매가 신계와 인간계의 매개자로서 옆에서 점괴를 풀이해준다는 점을 설명해준다.

같은 유형의 글자로 '화禍' 자도 있다. 이 글자 역시 죽음의 이미지를 나타내며 의 형태가 된다. 주의할 점은 역시 평평한 형태의 뼈를 표현하긴 했지만 시각적인 초점은 여전히 '복' 자 형태의 균열에 맞춰져 있다는 것이다.

따라서 우리는 다소나마 '사死' 자 속의 망자가 왜 그렇게 긴 형태를 띠게 됐는지를 이해할 수 있다. 특히  상단부의 안테나 모양의 괴상한 그림은 뼈의 나뭇가지 모양의 잔재가 아니라 추상적인 균열의 부호를 첨가한 것일 가능성이 크다. 당시 사람들은 이 그림을 보기만 하면 그 아랫부분에 있는 것이 판잣집이나 또 다른 사물을 의미하는 것이 아니라 망자의 뼈를 대표한다는 사실을 분명하게 이해할 수 있었을 것이다. 이것은 오늘날 우리가 해적 깃발에 있는 해골을 알아보는 것과 마찬가지다.

따라서 조자의 기원에 관한 이론에는 무책임하게 조자의 공을 창힐 한 사람에게 돌리는 신화 같은 주장 외에 '계각설契刻說'이나 '결승설結繩說', '점복설占卜說', '팔괘설八卦說' 등 다양한 가설이 제시되고 있다. 하지만 나는 개인적으로 차라리 이 모든 것들이 조자 이전 사람들의 경험에서 기인한 성과라고 믿고 싶다. 가능하다면 이것들을 모두 조자의 과정 속에 편입시키고 싶은 것이다. 실제적인 측면에서 말하자면 이런 성과들은 직접적으로 문자를 구축하는 재료가 됐다. 사유의 시각에서 말하자면 유구한 모색의 경험은 기억으로 축적되어, 사람들이 세계를 대하는 시각과 방식을 변화시키거나 혹은 전체를 구성하게 해주었다고 할 수 있다. 어떤 의미에서는 당시 사람들이 조자를 위해 수백만 년의 준비를 갖추었다고 할 수도 있다.

모든 살아 있는 생물은 저마다의 흔적을 남긴다

계각, 결승, 점복 등을 모두 큰 강으로 합류하는 수백 수천 가지의 지류 중 하나라고 평가절하한다 하더라도, 조자가 어떻게 시작됐는가라는 가장 중요하면서도 늘 빈칸으로 남아 있는 문제는 해결되지 않는다. 이 난제는 여전히 존재하면서 계속 영원한 수수께끼로 남아 있을 가능성이 크다. 하지만 적절한 해답을 얻지 못한다고 해서 더 이상 진지한 생각조차 할 수 없다는 것은 아니다. 또한 헛된 생각이라고 해서 전부 무의미하다고 할 수도 없다. 우리의 인생에는 수많은 난제들이 존재한다. 사랑과 가정, 종교 그리고 생사의 문제 등은 하나같이 궁극적인 해답을 찾기 어려운 것들이다. 하지만 그럼에도 불구하고 이들 문제에 관해서는 계속 사유하고 고민해야 한다. 그러지 않을 경우 모든 것이 허무해지고 말기 때문이다.

자고이래로 중국에는 조자의 신화가 있어왔다. 이 난제에 대해 우리는《설문해자주說文解字注》에서 그 해답을 찾아볼 수 있다. 단옥재段玉裁는 이 책 서문에서 "황제의 사관인 창힐이 금수의 발자국이 각기 다른 것을 보고 처음으로 서계書契를 만들었다"라고 기록하고 있다. 여기에서 가장 흥미로운 것은 조자에 대한 최초의 계시가 어떤 기이한 들짐승이나 희귀한 새, 또는 특별한 사물이 아니라 금수가 지나가며 남긴 흔적과 발자국이라는 사실이다. 경험이 풍부한 사냥꾼이라면 이런 흔적과 발자국을 따라 이미 눈앞에서 사라진 실체를 추적하고 그것의 대략적인 모습과 크기, 지나간 시기와 방향과 목적지 등을 어렵지 않게 추리할 수 있을 것이다. 유명한 추리소설가 토니 힐러맨Tony Hillerman의 작품에 등장하는 인디언 나바호족 경찰 조 리프혼 서장과 짐 치 경사처럼 말이다. 그들은 둘 다 명수사관들로서 뉴멕시코와 애리조나의 바위산이나 사막에서 발자국 하나 없이도 관목 덤불이나 야생초의 밟히거나 갉아 먹힌 흔적 또는 부러진 형태만 보고도 그곳을 지나간 존재가 사람인지 사슴인지, 아니면 그라운드 호그인지 코요테인지, 또는 지역 주민들에게 사람보다 훨씬 위대하고 상위 단계에 있는 동물로 간주되는 들소인지를 알아낸다. 심지어 그 동물이 언제 그곳을 통과했는지까지 알아맞힌다.

"모든 살아 있는 생물은 저마다의 흔적을 남긴다."

이것은 '서로 다른 것을 구별해내고 찾아내는 지혜와 능력'에 대한 전문가들의 해석을 추종한 인디언들의 견해다. 한 가지 차이가 있다면 나바호족은 이로 인해 조자를 하지는 않았다는 점이다. 그들은 언어만 보유하고 있는 95퍼센트 종족 중 하나다.

최초로 조자를 했을 가능성이 있는 종족은 북아프리카의 고대 이집트인들이다. 공교롭게도 그들 역시 조자의 공로를 하나의 대상에 집중시키고 있다. 그들은 전설에 나오는 토트Thoth라는 신에게 문자 창조의 공로를 돌리고 있다. 토트 신은 인간의 몸에 따오기의 머리를 하고 있고, 왼손에는 활판, 오른손에는 붓을 든 모습이다. 지식과 마법을 관장하고, 이집트인들에게 글자와 셈을 가르쳤으며, 역법을 제정해준 신으로 여겨지고 있다. 창힐의 설화와 관련하여 일부 학자들은 토트의 조형으로 볼 때 그것이 고대 이집트인이 나일강가의 부드러운 토양 위에 찍힌 조류의 족적을 통해 조자를 시작하게 됐다는 내용의 신화가 변형된 것이라고 유추하기도 한다. 이런 추론이 옳은지 그른지 여부를 확실하게 판단할 수는 없지만, 나는 개인적으로 이 신화들에서 전달되는 동일한 형태의 정보와 우연의 일치가 마음에 든다.

조자, 특히 그 발단이 된 상형자는 창의성이 결여된 단순한 모방이거나 너무도 당연한 직접적인 묘사라고 단언할 수 없다. 그 안에 존재하는 복잡한 사연과 생각들이, 그것이 왜 수백만 년이나 '늦어지게' 됐는지를 어느 정도 설명해주고 있기 때문이다.

현재 대만에서 가장 학문을 좋아하고 박학하며 똑똑하고 예리한 젊은 문학평론가 겸 소설가인 황진수黃錦樹는 일찍이 문자와 그것이 지칭하는 사물의 실체 사이에 '전유轉喩'의 과정이 존재한다는 사실을 정확하게 지적한 바 있다.

지금부터 문자의 전유에 관해 자세히 살펴보도록 하자.

기억의 공유

문자의 지칭하는 힘은 보통 그 실체가 멀쩡하게 눈앞에 있을 때는 드러나지 않는다. 천둥 번개 소리가 종횡으로 교차하며 하늘을 가득 메울 때, 비 갠 뒤 황혼 무렵 일곱 빛깔 무지개가 하늘 언저리에 펼쳐질 때, 큰 사슴 무리가 사방으로 흩어져 정교하고 아름다운 네 다리로 내달리기 시작할 때, 정말 필요한 것은 문자가 아니라 손가락이다. 마르케스가《백 년 동안의 고독Cien años de soledad》에서 마콘도라는 가상의 마을을 건설하기 전에 "너무 새로운 세계라서 많은 사물들에게 아직 이름이 존재하지 않았기 때문에 손가락으로 가리켜야만 했다"라고 쓴 것과 같다고 할 수 있다.

그러나 그것이 가장 필요한 순간, 손가락을 펴서 그것을 가리키려는 순간, 언제나 그것은 숨어버리고 만다. "가장 필요한 순간에 그대는 어디에 있었는가?"라는 슬픈 외침은 실연을 당해 애통해하는 연인의 마음속에만 존재하는 감정이 아니다.

이럴 때에는 어떻게 해야 할까? 알라딘이 램프의 요정을 불러낸 것처럼 서로의 기억 속에 잠재돼 있는 공동의 무언가를 불러낼 수 있는 모종의 '주문'이 필요하다. 문자가 바로 이런 기억을 불러내는 주문이다. 문자는 상대방으로 하여금 해답을 유추하게 만드는 수수께끼다. 문자는 정보에 접속한 사람을 이미 알고 있는 세계에서 미지의 세계로 이끄는 비유이기도 하다. 문자는 서리가 내리면 얼음이 얼 것을 아는 것과 같다. 눈과 얼음이 대지를 뒤덮으면 사람들은 완전한 겨울이 오지 않아도 한 겹의 차가운 서리만 보고서도 흰 눈으로 가득한 세상을 떠올리며 몸이 떨리는 것을 느끼게 된다. 이처럼 문자는 무엇이든 될 수 있지만, 반드시 사물을 완벽하게 지칭하거나 한 치의 오차도 없이 섬세하게 묘사할 필요는 없다. 정보를 받는 사람은 한 쌍의 눈을 가진 괴물이 아니라 기억을 갖고 사유할 줄 아는 인간이기 때문이다. 인간은 어느 정도 연상을 할 수도 있고 기존의 지식을 바탕으로 무언가를 짐작할 수도 있다. 하나의 그림과 정보가 눈에 들어오는 순간 머릿속에서는 저마다 깊이와 정도는 다르지만 연상되는 서로 다른 그림과 정보들을 자석처럼 끌어당기게 된다. 인간은 원래 머릿속이 텅텅 비어 있거나 머리가 아예 없는 멍청이가 아니다.

문자의 전유 과정에서는 기억, 특히 문자의 발신자와 수신자 사이의 공통되고 중첩되는 부분 기억이 중요한 역할을 한다. 기억이야말로 문자 정보 교환의 과정에서 이질적이고 낯설며 알려져 있지 않은 정보가 상호 동질적이고 무척 익숙하여 이미 알려져 있는 정보로 '전환'되는 중요한 장치다. 타국의 화폐가 본국의 통화로 환전되는 것과 마찬가지로, 전유는 바로 이런 기억을 통해 완성된다.

따라서 이런 공동의 기억이 크고 두터워질수록 문자가 부담해야 하는 정보의 양은 상대적으로 감소하고 문자를 더 경제적으로 사용할 수 있다. 우리는 일상생활에서 이런 종류의 대화를 어렵지 않게 들을 수 있다. 예컨대 부부 사이에 흔히 오가는 대화가 그렇다.

"그 일에 대해 오늘 그 사람이랑 상의해봤어요?"

"아니, 막 나가려는데 전화가 왔어. 원래대로 하면 된다고 하더군. 나머지 세 사람도 더 이상 고집부리지 않을 것 같아."

필요한 의사소통이 순조롭게 이루어진 이 대화에서 가장 중요한 정보들, 즉 필요한 사물과 사물의 대상, 갑자기 전화를 걸어온 사람, 원래의 처리 방식, 나머지 세 사람의 정체, 바꾸고자 했던 처리 방법, 더 나아가서 전체 사건의 생동적인 묘사 등이 전부 대명사로 언급되거나 생략돼 있다. 공동의 기억을 갖고 있지 않는 사람에게는 대명사로 정보들이 감춰져 있지만, 이들 부부에게는 햇빛 아래 적나라하게 펼쳐진 것처럼 모든 것이 더없이 솔직한 대화였다.

하지만 이처럼 이질적이고 낯설며 알려지지 않은 미지의 정보가 공동의 기억에 의존하여 전환되는 방식 때문에, 우리는 경각심을 갖지 않을 수 없다. 여기서 말하는 공동의 기억이 과연 아무런 빈틈없이 완벽히 겹쳐질 수 있는 것일까? 남들이 기억하는 녹색과 내가 기억하는 녹색이 완벽히 일치할 수 있을까? 공동의 기억 밖에 있는 나머지 부분, 상상력을 발휘해 메워야 하는 정보와 이미지에서 남들과 나의 생각이 일치할 수 있을까? 완전히 전환되지 않고 틈새로 누락되는 조각들이 있진 않을까? 이런 의심들은 너무 당연하고 필연적인 것으로 보인다. 이것이 문자의 취약점이자 문자를 통한 정보 전달과 의사소통의 과정에서 배제할 수 없는 '비완벽성의 원리'에 의한 오해이다. 그것은 대부분의 경우 발견하기 어렵지만, 소멸되지 않고 조용히 쌓여 있다가 에너지가 충분히 축적되면 문자의 발전과 사용 양식에 지각변동 같은 변화를 일으킨다. 물론 똑같이 격렬한 방식으로 어떤 비밀이나 거짓도 없이 서로를 충분히 이해하고 솔직하다고 생각하는 다정한 부부 사이에서도, 알 수 없는 원인으로 인해 갑자기 주거 방식이나 주거 형태의 변화, 심지어 재산 분배에 이르는 무서운 격변이 일어나기도 한다.

문자 암호의 의미

문자의 전유와 공동의 기억 사이의 의존 관계를 이해하면, 우리는 문자가 내포하고 있는 권력의 본질적인 부분을 악의적으로 통제할 수 있다. 문자가 가진 권력의 가장 극단적인 부분에는 '암호'가 있다. 암호는 사실 공동의 기억에 대한 일종의 통제 마술이다. 암호는 비밀스러운 약속의 방식으로 특정 부분에 대한 공동의 기억을 구축하거나 봉쇄한다. 또한 이 공동의 기억을 배타적으로 독점한다. 전유를 사유화하여 허락된 소수의 사람들만 정보를 소유할 수 있게 함으로써, 정보에 필연적으로 따르게 되는 권력을 과점寡占하게 만드는 것이다. 인류의 긴 역사에서 암호를 가장 필요로 하고 자유롭게 다루었던 두 가지 부류의 사람들이 있다. 하나는 전쟁을 권력 쟁취의 수단으로 삼는 사람들로 전술이나 권력투쟁의 현장에서 두각을 나타낸다. 또 한 부류는 종교적인 인물들로 주로 제사장이나 승려가 이에 해당된다. 이들은 세인들과 격리되는 방식으로 하늘의 계시, 나아가 인간 세상의 지식을 독점적으로 향유한다. 이것은 결코 우연의 일치가 아니다. '나라의 대사는 오직 제사 지내는 것과 싸우는 것뿐國之大事, 惟祀與戎'이라는 권력의 이런 통치 방식은 이미 유구한 역사를 지니고 있다. 역사상 가장 교활하고 잔혹하며 권력에 대해 만족을 몰랐던 사람을 찾는다면 그 방법은 아주 간단하다. 문자의 논리를 따라가면 정확하게 이 두 영역에 이르게 될 것이다.

권력과 정보의 상호 의존과 공생, 교환 관계가 이미 상식이 된 오늘날에는 신마르크스주의 비판 이론을 인용하거나 롤랑 바르트Roland

Barthes를 읽을 필요는 없다. 그저 영화 한 편을 보면 그만이다. 양즈치옹이 본드걸을 연기한 〈007 네버다이〉에서 머독 같은 미치광이 미디어 재벌이 자신만만하게 주장하던 것이 바로 예전에는 권력이 비행기나 탱크, 핵폭탄에 의존했다면 오늘날에는 '정보'에 의존한다는 사실이다. 물론 영화 속에서 그는 승리하지 못하고 참혹한 죽음을 맞이한다. 흥미로운 것은 '투머로우 뉴스Tomorrow News'라는 이름을 사용했다는 점이다. 할리우드의 영웅 영화에서든 대만의 현실 생활 속에서든 '투머로우 뉴스'는 전부 약속이나 한 듯이 붕괴되어 자취를 감추고 말았다(〈투머로우 뉴스明日報〉는 2000년 2월 15일에 창간된 대만의 인터넷 종합 미디어 매체로 탄생 1년여 만에 정간됐다-옮긴이). 감히 하늘에 맞서고자 했다가 벌을 받은 것인지, 인간이 알 수 없는 내일을 통제하려 하다가는 실패할 수밖에 없다는 모종의 역사적 은유인지는 알 수 없다.

이런 공통의 기억이 형성하는 문자 암호의 의미를 문학의 영역으로 끌어온다면 다소 실망스러운 그림을 얻을 수도 있다. 문학적 글쓰기는 문자를 선택하는 그 순간, 사실상 이미 어느 정도 눈앞에 있는 사람들을 구분하게 된다. 그 옛날 이집트를 빠져나온 모세가 출렁이는 홍해를 마주했을 때와 마찬가지로, 한쪽에는 우리의 글쓰기와 기본적으로 공통되는 기억을 갖고 있어 암호를 해독할 수 있는 사람이 서게 될 것이고, 다른 한쪽에는 공동의 기억을 갖고 있지 않아 마이동풍 격이 되는 사람이 서게 될 것이다. 소통과 단절이 동시에 발생할 수밖에 없는 문학은 줄곧 '병 속의 편지'와 같은 처량한 느낌을 지녀왔다. 소식을 병 속에 담아 먼 곳에 존재하는 미지의 인연(공동의 기억)을 가진 사람에게 흘려보낸다. 여기에는 권력을 독점하려는 의지도 전혀 필요치 않고,

다른 사람들을 빈부와 지우智愚의 차이로 구분하려는 오만함도 필요치 않다. 문자 암호의 본질은 우리가 사용할 문자와 그 전달 여부를 선택하는 것이다. 우리가 직접 독자를 구분하거나 암호를 해독할 대상을 찾을 필요는 없다.

실리적이고 실용주의자인 문자

암호 해독 스펙트럼에서 일반적인 문자의 사용은 물론 가장 하위 단계에 위치한다. 그리고 문자는 간단명료하고 순조롭게 해독되기를 기대하는 특성을 지닌다. 따라서 문자를 구성하고 있는 공동 기억의 기초는 가능한 한 가장 크고 보편적인 것을 추구해야 한다. 모든 사람들의 최대공약수를 찾는 것이 가장 바람직하다. 이론은 그렇지만 실제로 단 한 사람도 누락되지 않는 최대공약수는 존재하지 않는다. 따라서 문자를 식별하는 것은 학습에 의존해야 하고 잃어버린 기억을 보충하여 함께 기쁨을 누릴 수 있도록 노력해야 한다. 이런 학습의 극단적인 예는 암호 해독 능력이 전혀 없는 '문맹'을 들 수 있을 것이다.

이 극단적인 가능성이 문자가 처음 생겨났을 때의 상형자로서, 실물을 모사하거나 사생한 그림과의 차이가 여기에 있다. 상형자는 문자이기 때문에 미세한 것까지 완벽하게 그릴 필요는 없다. 그것이 어떤 흔적이든 발자국이든 새끼줄이든 암호든 간에, 신속하고 경제적으로 사물 또는 개념의 독특하고 구별되는 특징을 포착할 수 있으면 된다. 하지만 이 특징은 보통 사람들이 눈으로 보고 구별할 수 있는 것이어야 하기 때문에, 주위에서 흔히 볼 수 있는 익숙한 사물(최대의 공동 기억)이 가장 좋다. 위로는 해와 달과 별을 올려다보고 아래로는 들짐승과 날짐승, 벌레와 물고기들을 굽어보게 된다. 문자는 편리하게도 모든 사람들이 공유하고 중첩되며, 보고도 잘 이해가 되지 않으면 내일 해가 뜨고 날이 밝을 때 손가락으로 가리켜 보일 수 있는 그런 것들로부터 시작됐다.

그들은 네 다리를 가진 짐승 중 소의 특징을 한 쌍의 큰 뿔로 판단했다. 때문에 갑골문에서는 다른 신체와 네 다리는 생략하고 이 부분만을 표현하여 의 글자를 만들었다. 마찬가지로 양도 한 쌍의 뿔이 가장 큰 특징이긴 하지만 모양이 다르다. 이에 따라 갑골문에서는 이것을 구별하여 의 형태로 나타냈다. 이 밖에 말의 특징은 총명해 보이는 큰 눈과 바람에 날리는 갈기에 착안하여 의 형태로 나타냈다. 네 개의 다리가 두 개로 간략화된 것이 정보가 더 완전해졌음을 보여준다. 사슴도 뿔이 있지만 웅장하고 아름다운 나뭇가지의 형태를 하고 있어 의 형태로 나타났고 역시 다리는 두 개만 표현됐다.

하늘에 떠 있는 달의 가장 큰 특징은 흐림과 맑음, 차고 이지러짐의 현상이 반복된다는 것이다. 글자를 만드는 사람들은 달이 가장 신비롭고 풍만한 모습을 하는 만월의 시기를 선택하여 그보다 더 둥글고 밝은 태양과 경쟁하게 하거나, '달이 속눈썹처럼' (홍콩 출신의 유명 소설가 종샤오양鍾曉陽의 표현) 가는 신월新月의 시기를 선택하여 혼돈을 야기하지 않았다. 그들은 수박을 잘라놓은 듯한 반원형을 선택하여 의 형태로 나타냈다. 이유는 이것이 자연계의 사물 형태 중 달이 갖는 특징적이고 상징적인 고유의 모습이기 때문이다.

하지만 쉽게 이해되고 한눈에 알아볼 수 있는 그림은 수량이 제한적이라서 곧 바닥을 드러냈다. 한계 법칙의 작용으로 인해 상형자는 정밀하고 암호를 해독하는 사람도 점차 적어지는 적막한 길을 향해 걸어갈 수밖에 없었다. 이것은 어쩔 수 없는 일이었다.

한 가지 실례를 들어보자. 우리가 알다시피 사람의 갑골문 형상은 와 같다. 그리고 그보다 어린 '아이'는 듬성듬성한 정수리의 노란 머리카락으로 나타낸다. 이것이 '자子' 자로서 의 형태로 나타낸다. 오늘날의 만화나 카툰에 나오는 어린아이의 모습도 이와 다르지 않다. (여기서 모두들 '자子' 자의 금문자를 살펴볼 필요가 있다. 이것은 이궤利簋〔제기의 일종〕에서 나온 것으로 내가 개인적으로 가장 귀엽다고 생각하는 글자인 다. 어떤가? 정말 귀여운 글자가 아닌가?) 하지만 그보다 더 어린, 즉 갓 태어난 아기는 어떻게 할까? 이런 문제에 따라 갑골문은 정확하고 아름다운 글자 하나를(내가 가장 좋아하는 글자 중 하나다) 더 탄생시켰다. 다름 아닌 '아兒' 자로서 의 형태를 하고 있다. 이 글자는 눈으로 볼 수 없는 실상을 묘사한 것이다. 여기서 묘사한 특징은 책임감 있는 부모라면 모두 알고 있는 것으로서 바로 갓난아이의 두개골에서 숨구멍이 아직 닫히지 않은 모습을 표현한 것이다. 생물학자들의 설명에 따르면 갓난아이의 숨구멍이 닫히지 않은 이유는 인류의 진화된 큰 뇌가 원인이라고 한다. 태아는 출생한 뒤에도 생장이 멈추지 않기 때문에 두개골이 상대적으로 개방돼 있고, 동전 크기만 한 틈새가 벌어져 있어 정수리의 두피 아래 부드러운 곳에서 희미하게 박동을 느낄 수 있다.

이 '아兒' 자는 이미 상형자의 경계에 도달해 있다. 중국의 문자 분류의 개념으로 말하자면, 이 글자는 상형과 회의의 경계에 모호하게 위

치해 있다고 할 수 있다. 앞으로 한 발만 더 나아가면 더 이상 눈은 믿을 수 없게 되고 사고에 더 의지하게 된다. 또한 공동의 기억이 더욱 엄격하게 요구되고 중요해진다고 할 수 있다. 이것이 문자 발전의 숙명이다.

아마 이렇게 설명해야 할 것이다. 문자가 나날이 심오하고 난해해지는 것은, 사실 문자를 사용하는 사람들 중 멈춤을 모르는 사람들이 있기 때문이다. 그들은 사유의 탐험가 역할을 하면서 모든 것을 폭넓고 세밀하게 알고자 한다. 그래서 훌륭한 동료처럼 충성심 강한 문자 역시 비자발적인 발전을 유지하면서 이에 보조를 맞추기 위해 사력을 다한다. 문자는 더 많은 기억을 축적하기 위한 사유와 견문을 지속하지 않는 사람들을 가차 없이 버리고, 더 폭넓고 정교하며 해독하기 어려운 새로운 정보를 책임감 있게 전달한다. 하지만 이런 발전과 동시에 문자도 점차 질서를 찾으면서 시스템을 구축해나간다. 아울러 이 시스템 안에서 자신이 축적한 이미지와 부호의 기억을 바탕으로 문자 자신의 발자취를 만들어가기 시작한다. 따라서 이 문자 시스템 안에 있으면서 이 시스템의 발전과 그 게임의 법칙에 익숙한 사람에게는 기성문자가 되고, 새롭게 변화된 공동의 기억은 새로운 조자의 재료이자 암호 해독의 새로운 실마리가 된다. 문자는 이처럼 '잉여된 상태로 지속적으로 증가하는' 문자의 공동 기억을 이용하여 조형을 계속 단순화시킨다. 구름을 진짜 구름처럼 생동적으로 묘사하지 않아도 를 보고서 모두 그 의미를 이해할 수 있고, 천둥도 힘들여 자세하게 표현할 필요 없이 의 형태로 나타내는 것으로 충분하게 됐다. 단지 '전田' 자와 혼동하지 않도록 주의하기만 하면 된다.

기본적으로 문자는 아름다움을 추구하지 않는다. 문자는 대단히 실리적인 실용주의자이기 때문이다.

이처럼 문자의 발전은 '안팎이 불일치하는' 무척 흥미로운 특징을 나타낸다. 그 안에 내재된 정보의 측면에서 보면 문자는 점점 더 어려운 쪽으로 나아가고 있음을 알 수 있다. 반면에 부호의 외형적 측면에서 보자면 문자의 형태는 점점 간화簡化되는 현상을 보이고 있다. 문자의 간화에 대해서는 뒤에서 다시 이야기하기로 하자.

모네의 눈

세잔은 일찍이 인상파 회화의 대가인 모네에 대해 "모네는 눈뿐이다. 하지만 그 얼마나 대단한 눈인가!"라고 감탄한 바 있다. 내가 재미있게 느끼는 것은, 고전 회화에 대한 인상파의 도전과 관련된 회화사의 혁명적인 이론을 통째로 옮겨와 상형문자를 설명하는 데 적용해도 무방할 것 같다는 점이다.

갑골문의 세계에서 부릅뜬 눈의 부호를 갖고 있는 글자를 나는 가장 좋아한다. 시각은 가장 분명하고 보편적이며 직접적인 감각기관일 뿐 아니라, 감각기관의 시작이자 우리에게 사유의 재료를 공급하는 최대 공급자다. 나는 늘 당시 문자를 만든 사람들의 그 탐욕스런 눈(조자로 인해 새로운 시각과 용도를 발견하게 된데다 알고 보니 상당히 쓸모 있다는 깨달음에 상당한 놀라움과 기쁨을 느꼈을)으로 대체 무엇을 보고, 무엇을 훑어냈을까 하는 데 대해 호기심을 느껴왔다. 더 좋은 것은 당시의 문자가 고도로 상형화된 형태(순수한 상형자에만 있는 것은 아니었다)를 보존하고 있다는 점이다. 또한 상당히 충실하게, 일부는 인상파 화가들처럼 그 순간 눈으로 본 사물을 정확하게 포착하여 전달해주기도 했다. 뭐라고 말로 표현할 수 없는 감격이다. 이에 대해 무한한 감사를 보내고 싶다.

모네의 눈이란 1.5 내지 2.0 정도의 시력에 대한 안과 의사의 감탄이 아니다(잘 알려져 있다시피 모네는 만년에 백내장을 앓았고 안료에 표시한 꼬리표를 보고 색깔을 선택할 정도로 증상이 심각했다). 나는 모네가 공간적 구도를 잘 선택하고 아름다운 시각적 초점을 장악하는 데 그친 것이 아니라, 사물을 정확하고 연속적이며 조밀하여 분리될 수 없이 바라본, 단 한 번, 한 찰나도 머뭇거린 적이 없는 시간의 흐름에서 하나의 수학점數學點을 포착하여 잘 정돈된 상태로 보존한 것이라고 생각한다. 이렇게 기적에 가까워진 시간의 눈은 정말 찬탄할 만한 것이었다. 이 때문에 성서에 나오는 하나님 야훼의 "나 외에 누가 해를 멈추게 할 수 있겠느냐?"라는 말이 허풍이 될 수도 있다.

모네의 인상파 회화는 조용한 정태靜態에서 아무런 의견도 제시하지 못하는 사생도 아니고, '스스로 변하지 않으면서 관망만 하는' 고정돼 있는 풍경의 모사도 아니다. 인상파는 광선의 변화를 강조하고 사물의 한순간을 강조한다. 광대하고 아득한 시간의 긴 흐름 속에서, 그들은 영혼과 심장을 뒤흔드는 놀라운 한순간만을 취하는 것이다. 이런 시간과의 용감한 싸움이야말로 인상파의 가장 견고하고 깊이 있는 철학적 기초이다. 가장 짧고 안정적인 광선과 형상의 포착을 기초로, 인간의 사유 내지 모든 문학예술에 남아 있는 가장 아름다운 극단적 갈망을 포착해내고, 더 나아가 구체적이고 날카로운 실천을 통해 외부로 드러내는 것이 인상파 회화의 요체이다. 하지만 이 날카로운 싸움의 정점에서는 문학예술이 갖는 항구적인 시간의 모순도 확대된다. 어떻게 시간을 소모하여 거의 시간을 점유하지 않는 한 점을 포착해낼 수 있단 말인가?

생각이 움직이기 시작하는 순간 붓에 적절한 안료가 찍히지 못한다면 눈앞에 펼쳐지던 영상은 이내 사라져버릴 것이다. 구름은 다시 밀려가버릴 것이고 바람도 멎을 것이다. 강을 건너던 배는 이미 하류를 향해 떠내려갔을 것이다. 이처럼 '말하는 시간은 이미 늦고, 가는 시간은 빠르게 앞서가는' 두 가지 모순이 존재하게 된다. 대만의 유명 소설가 장다춘張大春은 이 문제에 관해 깊이 있는 사유를 진행하여 그 결과를 논문으로 발표하기도 했다(《소설패류小說稗類》라는 잡지에 수록된 것은 분명한데 몇 호에 실렸는지는 기억이 나지 않는다. 그는 정말로 너무 빨리, 너무 많은 글을 쓴다). 하지만 소설 속에서는 이런 모순을 발견해내기가 쉽지 않다. 이런 모순은 인상파의 회화에 이르러서야 모든 사람이 볼 수 있도록 절박하게 떠오르게 됐다.

인상파는 그 순간 눈앞에 펼쳐진 진실을 강조한다. 이것을 통해 상상화식의 구약성서 인물 초상화에 저항했던 것이다. 하지만 그들이 진정으로 그려낼 수 있었던 것은 기억일 뿐이다. 기억은 시간의 열차가 처음으로 멈춰 서는 정거장이다. 승객들은 이 정거장에 내려야만 시와 소설, 역사와 회화, 조각으로 가는 열차로 갈아탈 수 있다. 인상파 화가들은 마음속의 빛과 그림자가 어우러진 매혹적인 순간의 화면을 꺼지지 않는 불씨처럼 보존하여 집으로 돌아가서는, 자신의 화실에서 한 획 한 획 한밤중의 등불 아래서 조용하게 재현하여 한 폭의 그림으로 그려냈던 것이다.

모네의 눈은 생물학자들이 이야기한 것처럼 신경이 대뇌에 연결돼 있고, 철학자들이 믿고 있는 바처럼 아무도 어디에 있는지 모르는 영혼에도 연결돼 있다. 한편으로 모네의 눈은 직업에 아주 잘 맞는 훌륭한 재료 공급 상인이다. 하지만 정말 위대한 것은 눈을 이끌어주는 뇌와 영혼이다. 그리고 우리가 범접할 수 없는 마술 같은 모네의 손이다. 기억 속의 일부 화면은 놀랍게도 잊히지 않는 경우가 있다. 하지만 조금만 잘못해도 '진보적인' 추상화가 돼버리고 만다.

그렇다. 눈은 곧장 손으로 연결되는 것이 아니다. 눈과 손이라는 두 정거장 사이에는 반드시 뇌와 영혼을 돌아가는 우회로가 있고, 그곳에 기억의 형태로 가라앉아 있던 것이 가장 아름다운 그림으로 보완돼 나온다. 여기에 필요한 열차 갈아타기가 바로 황진수가 말하는 전유의 과정인 것이다. 눈이 보내오는 원시적 자료가 바로 이곳에서 선별과 검증을 거쳐(때로는 자동적으로 이루어지기 때문에 자각하거나 고찰하는 것이 쉽지 않다) 남아돌거나 중복되는 것, 그다지 중요하지 않은 것들은 제거되고, 가장 훌륭하고 잘 가공된 것들만 더욱더 갈고닦게 된다. 그림을 몹시 좋아하고 그림 솜씨에 대해 특별한 관심을 갖고 있는 레비스트로스는 아무리 솜씨가 좋아도 중요한 것은 두뇌고 다음이 손이라고 말한다.

"사람의 손은 두뇌에 비해 여전히 서툴고 둔한 도구이다."

그는 또 '핍진한 그림'은 절대로 눈이 본 실물의 단순한 모사가 아니라 화가와 회화 대상 사이의 '주체와 객체를 하나로 결합한 것'이라고 강조한다. 이처럼 꼭 필요한 합일(기억 속에서)을 통해 단순하고 평면적이던 그림에 점차 초점과 의지가 갖춰지고, 이것이 발전하여 2차원의 캔버스에 3차원의 화면과 4차원의 사유 정보를 담을 수 있는 것이다. 이렇게 해서 마침내 좋은 그림 한 점이 완성되고, 관람자의 눈이 화폭에 멈춤과 동시에 관찰과 감상, 영혼의 교감이 이루어진다.

문자의 백 년 동안의 고독

우리는 '뇌雷' 자와 '홍虹' 자가 어떻게 처음부터 괴상한 형상을 갖게 됐는지, 조자 초기에 어떻게 '상형자'가 의미 깊고 정확한 글자로 인식됐는지를 이해하게 됐다. 생물학자들은 눈의 물리적 구조는 변하지 않고 서로 다른 부분은 내면 깊은 곳(뇌와 영혼)에서 유래한다고 말한다. 이것은 유심적唯心的인 것이 아니라 눈앞의 객체와 마음속의 사유 기억이 중첩된 것이다. 눈이 투사하는 깨끗하고 소박한 선조에 점차 변화가 발생하여, 흔들리고 모호해지기 시작하면서 어떤 자태를 만들어내고 우리를 왜곡시키거나 변형시키기도 한다. 눈앞의 실상에 충실하다는 것은 모사자의 지각에 있어서는 대단히 의미 있는 일이다. 최초로 무지개를 모사한 사람은 사실 자신이 눈앞에 없는 두 개의 용머리를 첨가하고 있다는 사실을 알지 못했을 리가 없다. 하지만 모사자에게 이런 변형과 첨가를 선택하는 것은 '아주 자연스러운' 일일 수 있다. 그는 그것이 더 옳고 완전하며 충실하고 책임감 있는 것이라고 생각한다. 그는 자신이 상형한다고 말하지 않는다. 자신은 그저 지각을 이용하여 작은 일부분의 시각을 누릴 뿐이라고 말한다. 상형은 우리가 나중에 편의상 문자를 만든 사람들에게 붙여준, 조자 원리도 아니고 미학의 원칙도 아닌 이름에 지나지 않는다.

'상형'이라는 표첨標籤(표식 혹은 로고-옮긴이)에 문제가 생기면 우리의 인식을 잘못 인도하고 작은 것 때문에 큰 것을 잃게 할 수 있다. 나는 개인적으로 그것을 당장 취소하고 없애버릴 것을 건의하고 싶다.

이것은 '진실'과 '실재'라는 골치 아픈 인식론의 문제와도 부딪친다. 우리는 조자의 시작이 천지개벽처럼 아주 힘들긴 하지만 매우 창조적인 대사건이었다고 말하는 것이 옳을 것이다. 문자를 만드는 사람들의 마음속에는 이해할 수 없는 일들이 적지 않았을 것이다. 그들은 사진을 찍어 기념으로 남기려는 여행자들에 불과한 사람들이 아니었다. 이런 동기로는 그들을 움직일 수 없었을 것이다. 그들이 가졌던 상상과 기대, 야심은 이보다 훨씬 컸을 것이다. 그들은 사물의 모습 밖에 있는 형태도 없고 상태도 없는, 눈의 시각적 기능만으로는 보기 힘들고 잠깐 반짝이며 지나가버리는 사물들까지 포착했다. 세상 만물이 모두 영혼을 가지고 있는 현실 속에서는, 하늘 가득히 날아다니긴 하지만 눈으로는 '거의' 볼 수 없는 사물들이 오늘날보다 훨씬 많고 '의심할 여지 없는 진실'로 여겨졌을 것이다.

그렇다면 결과물을 살펴보도록 하자. 결과물로 나오는 물건을 보는 것이 때로는 가장 좋은 방법이기도 하다. 어떤 사람은 공상과학영화에 나오는 우주의 무수한 별들을 모사한 화면을 좋아하고, 어떤 사람은 반 고흐가 별빛을 회전하는 형상으로 그려놓은 〈론강의 별밤〉을 좋아할 것이다. 어떤 그림이 더 진실하고 확실하게 우리의 눈과 마음을 사로잡아서, 고개를 들어 하늘을 쳐다보며 신비로운 연상을 하게 할지는 알 수 없다.

눈이 있다는 것은 참 좋은 일이고 감사한 일이다. 하지만 우리에게는 이것 말고도 훨씬 더 의미 있고 정교한 지각이 있기 때문에 굳이 두 눈이 전제통치를 하게 놔둘 필요는 없다.

또 다른 좋은 결과물로 가르시아 마르케스를 들 수 있다. 그는 '눈이 우리와 다르게 생긴' 사람이다. 그 자신의 기억에 따르면 그의 눈이 변한 것은 유년 시절부터였다. 그는 외조부모가 살던 아라카타카의 대저택에서 태어나, 내전의 영웅인 외할아버지와 머릿속에 온갖 미신이 가득 차 있는 외할머니 밑에서 성장했다. 외할아버지는 그에게 콜롬비아를 넘어 라틴아메리카를 뒤흔든 혁명 이야기를 들려주어 그를 진실한 사자死者들에게 빠지게 했다. 외할머니는 나중에 노벨상 수상자가 된 이 손자를 어디로도 함부로 도망치지 못하게 의자에 얌전히 앉혀놓았다. 그런 다음 끊임없이 온갖 귀신 이야기로 아이를 놀라게 했다. 각양각색의 귀신들과 온갖 흉조가 재스민 꽃향기와 잠자리의 울음 사이를 맴돌았다. 어린 마르케스는 죽음의 메시지를 전하는 검정 나비가 집 안에 들어온 것을 보았고, 미사 도중 갑자기 허공으로 사라진 신부님을 보았으며, 산 사람들과 똑같이 기거하면서 활동하는 아주 조용한 사자들을 보았다. 그리고 밤만 되면 허공을 가득 메우는 무수한 저승의 영혼들을 보았다.

이것은 무엇이었을까? 마르케스가 내린 정의는 '비현실적 사물의 현실주의' 또는 '인간의 보통 감정에 부합하는 비현실'이었다. 그의 전기를 쓴 살디바르Dasso Saldivar는 대단히 훌륭한 주석을 가미했다. 그는 "(이것은) 신화와 전설, 신앙과 미신 등으로 이루어진 객관적인 현실 자체만큼 강대하거나 그보다 더 강대한 준準현실의 틀로서, 사람들의 사상과 행동을 결정한다. 때문에 그의 작품에서는 '현실'이라는 개념의 내포가 대단히 넓고 복잡하다. 이런 현실을 위해 그가 작가로서 부담하는 책임도 확대되고 복잡해진다"라고 말한다.

가장 중요한 것은 이것의 총체가 바로 《백 년 동안의 고독》이라는 사실이다.

4

모니터 커서 같은 막대 부호, 지시문자

이번에는 지사자指事字의 문제를 요리해보도록 하자. 지사자는 갑골문 중 가장 희소한 유형의 글자이지만 지사자가 있어서 정말 좋은 분야도 있다. 예를 들면 순수 추상 지사 부호의 발명과 응용이다. 이 추상 부호의 존재는 문자가 추상 개념으로 표현되는 힘든 단계로 진입하기 위해 극한의 능력을 다해 어려움을 극복해야 했다는 사실을 잘 보여준다. 그리고 다른 한편으로는 구상 표현에 집착하던 옛날 중국인들이 그토록 융통성 없이 꽉 막혀 있었던 것은 아니라는 점도 설명해준다.

통상적으로 지사 부호는 옆으로 그은 막대 부호 '-'이다. 이 부호는 컴퓨터 모니터의 위치 부호와 같아서 우리 눈빛 초점이 이리저리 옮겨 다녀야 한다. 민첩하기 그지없는 부호다.

위에 있는 세 갑골문자는 얼핏 보아도 목본 식물인 나무와 관련이 있음을 알 수 있다. 이 세 글자를 한꺼번에 늘어놓으면 초등학교 교과서에 나오는 수목의 도해·설명과 다를 바 없다. 위치 부호가 처럼 위로 올라가면 우리는 나무 꼭대기의 이 한 부분만 볼 수 있게 된다. 이 글자가 바로 '말末' 자로서 나뭇가지에 가장귀가 뻗어 있는 것을 나타낸다. 위치 부호가 가운데 위치하여 의 모양이 되면 '주朱' 자가 된다. 이것은 나무의 줄기 부분을 가리키는 것으로 '주株'의 원형자이기도 하다. 위치 부호가 좀 더 내려와 맨 아랫부분에 위치하면 의 형태가 되어 '본本' 자가 된다. 이것을 유추해보자면 당연히 나무의 뿌리를 의미한다.

오늘날 이 세 글자는 모두 전주轉注 또는 가차假借됐지만 그다지 멀리 도망치지 못했다. 지금이라도 얼마든지 되돌릴 수 있다.

위치 부호는 꼭 횡으로 그은 직선 형태를 고집한 것은 아니었다. 예컨대 대표적인 것으로 를 들 수 있다. 는 '도刀'의 상형자다. 위치 부호가 가장 날카로운 부분에 위치한 글자 는 '인刃' 자로서 칼날을 의미한다. 를 보면 위치 부호가 둘로 나뉘어져 인체를 나타내는 부호의 양쪽 겨드랑이에 붙어 있다. 이것이 오늘날의 '역亦' 자로 겨드랑이를 나타내는 '액腋' 자의 원형이기도 하다. 나중에 이 글자는 가차되어 어찌 된 일인지 한참이나 수족을 움직인 뒤에야 잃어버렸던 전속專屬 지칭을 새로 얻게 됐다. 이런 재건의 과정은 대충 이렇다. '역亦'은 원래 성부로 기능하다가 의 결합하게 됐다. 다시 말해서 달을 나타내는 의부와 결합하여 새로운 형성자 가 된 것이다. 이것이 '야夜' 자다. (인간에게 주어진 시간의 딱 절반인 밤을 나타내는 글자는 뜻밖에도 이렇게 늦게 출현했다. 옛사람들의 천체 순환이 지금과 어떻게 달랐는지는 알 수 없다. 다만

조명이 발달하기 이전 시기에 해가 지고 빛이 사라진 긴 밤이 존재하긴 했지만, 생활에 실질적인 의미는 전혀 없었기 때문에 이것을 전문적으로 표시할 필요가 없었다는 것을 알 수 있을 뿐이다. 물론 옛날에도 아무 일도 할 수 없는 어둠의 시간을 나타내는 다른 글자가 있었을 것이다. 예컨대 갑골문자 중 간절하고 성실한 의미로 가득한 글자 가 있다. 이것은 공손하게 무릎을 꿇고서 달을 영접하는 모습을 담은 아름다운 글자다. 이것이 오늘날까지 원래의 의미를 그대로 보존하고 있는 '숙夙(새벽)' 자다.) 그 뒤로 이 '야夜' 자를 성부로 하고 신체를 나타내는 '월月'( ) 자를 의부로 하여 완전히 새로운 '액腋' 자가 탄생하게 됐다.

더 재미있는 것은 이 '액腋' 자가 달을 나타내는 부호를 지니고 있기는 하지만 우리가 알고 있는 달 월 변은 아니라는 점이다. 이 글자가 갖고 있는 달 월 변은 원래 몸을 나타내던 부호가 자형의 변화 과정을 거치면서 만들어진 것으로, 달이 글자 속으로 들어가 알아보기 힘든 모습을 갖게 됐다고 할 수 있다.

'역亦' 자에 관해 언급하다 보니 내가 무척 좋아하는 글자 가 생각난다. 이 글자는 지사자가 아니라 아주 아름다운 회의자다. 사람의 두 겨드랑이 아래에 그물눈이 확장된 듯한 직물 형태의 부호가 붙어 있다. 이것은 아주 가볍고 시원하게 공기가 통하는 마麻나 거친 베葛 같은 여름옷을 나타내는 동시에, 인체에서 가장 땀이 많이 나는 부분인 겨드랑이를 정확하게 표시해주고 있다. 이 글자가 상쾌하다는 의미의 '상爽' 자다. 이 글자만 보면 정신이 맑아지고 땀 한 방울 흐르지 않는 청량하고 쾌적한 기분이 느껴진다.

곡선형 지사指事 부호

둥글게 구부러져 곡선 형태를 하고 있으며 더 정확한 지사를 추구하는 부호를 살펴보자.

먼저 를 보자. 는 손으로서 곡선의 부호가 우리에게 이 마디가 필요하다고 말해준다. 이것은 대체로 팔뚝 부위에 해당한다. 이 글자는 '굉厷(팔뚝)' 자가 된다. 이것은 '굉肱'의 원형자이기도 하다.

에서도 마찬가지의 상황이 펼쳐진다. 이 글자는 '고尻' 자로 둔부 또는 엉덩이를 의미한다. 같은 방법으로 곡선의 부호가 전달하고자 하는 부위에 걸쳐져 있다. 안타깝게도 이 '고尻' 자를 알아보는 사람은 갈수록 적어지고 있다. 사멸된 지 얼마 되지 않은 이 글자를 우리는 동쪽의 이웃나라 일본에서 찾아낼 수 있다. 일본 홋카이도 외해에 이 고도利尻島라는 이름을 가진 작은 섬이 하나 있다. 이 섬에서는 일본 최고의 성게 알과 다시마가 생산된다. 홋카이도 최북단의 와카나이稚內에서 배를 타면 섬으로 가는 길 내내 갈매기들이 동반자가 돼줄 것이다.

다소 논쟁의 대상이 되고 있는 지사자 도 있다. 곡선형 부호가 정확히 사람의 배 한가운데를 나타내고 있다. 이 글자가 몸을 나타내는 '신身' 자로서, 약간 뒤에 나타난 형성자 '복腹(배)'과 '두肚(배)'의 원초적인 형태이다. 골치 아픈 것은 또 다른 '신身' 자의 갑골문은 배의 빈 부분에 점이 하나 찍혀 의 형태를 하고 있다는 사실이다. 추상적 지사 부호가 점차 실체의 배와 배꼽을 갖고 임신을 하게 되어 아이를 갖는다는 뜻을 갖는 또 다른 유형의 '신身' 자가 됐다(타이완어에서는 지금

도 이렇게 말하고 있다). 노자가 "내게 큰 우환이 있다면 그것은 오로지 내 몸 안에 있다吾之有大患唯吾有身"라고 한 것은 탁월한 철학적 예지가 담긴 말로서, 인간이 자기 신체에 대해 갖고 있는 깊은 반성적 사유와 그 초월이었다고 할 수 있다. 그러나 지금은 타락한 10대 남녀 아이들이 불장난을 하고 나서 직면하는 절망적인 깨달음이 되고 말았다.

"나 큰일 났어. 아무래도 임신한 것 같아."

작은 점의 세 가지 변화

이른바 '육서六書'라는 것은 중국의 조자가 일단락을 고한 뒤에 시험적으로 분류와 해석을 가한 것이다. 아직 갑골문을 보지 않은 상황에서 내린 상당히 추측에 가까운 분류와 해석이었다. 사전에 설정된 조자의 원칙도 없었을 뿐만 아니라 완벽하거나 정확하지도 못했다. 예컨대 갑골문 안에는 또 다른 추상적 부호가 상존했으면서도, 앞에서 말한 지사의 부호로 병합되는 것이 상당히 어려웠다. 이런 글자들은 종종 기상천외한 부호가 되어 현대적인 느낌을 줄 뿐만 아니라 심지어 카툰화되어 사람들을 웃게 만들곤 한다.

한 가지 지적하고 넘어가야 할 것은 모든 갑골문 속의 작은 점이나 작대기 하나가 추상적 부호는 아니라는 사실이다. (갑골문은 칼로 새긴 것이기 때문에 원형이라 해도 충분히 둥글지 않고 작은 점이나 막대기도 분별하기 어려울 때가 많다.) 작은 점이나 막대기는 바닥에 떨어지거나 허공에 흩날린 작은 물방울일 경우가 많다. 거기에는 핏방울이나 빗방울도 포함된다. 예컨대 '제祭' 자인 에서 작은 점은 제사를 올릴 때 손으로 집어 상에 올리는 고깃덩어리에서 떨어지는 핏방울을 가리키고, '우雨' 자인 와 뇌우가 하늘의 구름층을 잘라 깨끗이 씻어내는 듯한 느낌을 주는 '뇌雷' 자 에서 작은 점은 모두 빗물을 가리킨다. 우물물도 예외가 아니다. 예컨대 지렛대 원리를 이용하여 힘을 덜 들이고 물을 깃는 도구를 발명했다는 증거인 '록彔' 자 는 우물 위에 설치된 도르래로 물을 깃는 과정에서 사방으로 물이 튀고 있는 모습을 나타내고 있다. 또한 사람의 침도 여기에 포함된다. 이것은 절대 과장해서 하는 이야기가 아니다. 재미있는 글자 는 사람이 무릎을 꿇고 앉아 이야기를 하는 모습으로 자연스럽게 침이 튀고 있다. 물론 이것은 그다지 우아하지 않은 경지다. 이 글자가 '차次' 자로서, 대체로 남의 '저급함'을 지적하여 비난하는 뜻을 담고 있다. 이런 사람들과 가까이하다가는 사람들에게 똑같은 인상을 주게 되고 말 것이다.

작은 점은 액체 상태인 물뿐만 아니라 고체 상태의 사물을 나타내기도 한다. 예컨대 는 '도稻(벼)' 자로서 (여기서 벼 화禾는 나중에 첨가된 의부다) 용기에 다 담을 수 없을 정도로 가득 넘치는 것은 쌀임을 분명하게 알 수 있다. 또한 작은 점은 기체 상태를 나타낼 수도 있다. 는 '향香(향기)' 자로서 곡식을 찔 때 나는 구수한 냄새를 상징한다. 이것은 배가 몹시 고픈 상태의 초등학생이 학교를 파하고 집으로 돌아갈 때 가장 견디기 힘든 아름답고 달콤한 냄새다. 한편 는 '린燐' 자로서 사람 모습의 사물 주위에 발산되는 으스스한 인광燐光을 가리킨다. 생각해보면 이것이 살아 있는 사람의 몸에서 발산되는 빛일 가능성은 거의 없는 듯하다.

말초신경을 자극하는 글자들

추상 부호로 돌아가보자. 후대 사람들은 지사 부호를 이용하여 사물을 분류하려 시도했지만, 이것은 조자의 자유로움과 그 화려한 상상력을 너무 무시한 것이었다.

, 이 글자를 살펴보자.

기상천외한 창조라 할 수 있는 이 갑골문자의 왼쪽에 있는 는 '고鼓(북)' 자다. (하지만 갑골문의 '고鼓' 자는 손에 북채를 들고 북을 두드리는 그림이 추가되어 의 모양을 하고 있다.) 오른쪽에 비스듬하게 찍혀 있는 세 개의 작은 점은 추상 부호라고 해야 하지 않을까? 왜냐하면 이것은 북을 칠 때 나는 진동을 묘사한 것으로 육안으로는 볼 수 없기 때문이다. 하지만 귀 고막이나 피부 표층의 말초신경들은 그 진동을 선명하게 느낄 수 있다. 때문에 글자를 만든 사람은 공기 속에서 투명하게 진동하는 소리를 애써 실상으로 그려냈다.

이 글자는 '팽彭' 자로서 북소리를 나타낸다. 《시경詩經》에서도 이 글자를 차용하여 수레나 필마가 대규모로 움직일 때 나는 요란한 소리를 표현한 바 있다. 오늘날 우리도 이 글자를 소리글자로 차용하기도 한다. 파도가 부딪치는 소리를 '팽澎'으로 나타낸 것이 그렇다. 하지만 이 글자는 모든 의미를 잃어버리고 결국은 성씨로만 남게 됐다.

이 글자는 '육서六書' 중 어떤 글자로 분류될까? 이 글자는 지사자도 아니고 형성자도 아니며 회의자라고 하기에는 다소 억지스럽다. 가장 그럴듯한 것은 상형자로 분류하는 것일 것이다. 다시 말해서 '귀가 뭔가를 듣고 있는 것을 보여주는 상형자'이거나 '피부가 뭔가를 감지하는 것을 보여주는 상형자'라는 것이다.

북소리는 보편타당한 감염력을 가진 대단히 감동적인 소리이다. 북이야말로 인류 최초의 발성 악기이고(이 세상 이런 악기를 갖고 있지 않은 민족이 없다) 이것을 통해 융Carl Gustav Jung이 말한 가장 오래되고 원초적인 집단적 향수의 기억을 불러올 수 있기 때문인지도 모른다. 또는 우리의 기본적인 생물학적 구조 때문인지도 모른다. 북소리가 우리 생명의 상징인 심장의 박동 소리를 흉내 내거나 서로 잘 어울리기 때문일 수도 있을 것이다. 이 때문에 우리 혈맥의 리듬이 쉽게 북의 진동 소리에 맞춰 박자를 같이하는 것이 아닐까? 《예기禮記》에서는 이런 효과에 대해 아주 정확한 인식을 바탕으로 "북소리는 즐겁고, 즐거움은 움직임으로 이어진다鼓聲歡 歡以立動"라고 지적한 바 있다. 확실히 둥둥 북이 울리는 소리는 사람들의 혈액순환을 빠르게 해주고 자기도 모르게 벌떡 일어서 뭔가 시작됐음을 알게 해준다. 예컨대 수렵 활동이나 전쟁이 시작됐음을 알리기도 하고 오늘날에는 클럽에서 한바탕 땀을 흘리는 뜨거운 춤의 마당이 시작됐음을 알리기도 한다.

이처럼 북은 주로 시작을 알리는 데 사용된다. 유일한 예외가 있다면 아마도 맑은 마음으로 수행에 정진해야 하는 절에서일 것이다. 절에서는 반대로 이른 아침에 종을 치고 저녁 무렵에 북을 두드린다. 나의 옛 스승님은 내게 "종소리는 깊고 그윽한 생각을 유발하는 데 비해 북은 충실한 존재와 행동을 야기한다"라고 말씀하신 바 있다. 아마도 득도한 고승들은 출근할 때는 조용하고 멀리 가는 깊은 생각을 필요로 하고, 퇴근할 때는 우리와 마찬가지로 둥둥 울리는 북소리가 가져다주는 활기 넘치는 느낌을 필요로 했던 모양이다.

3,000년 전에 북소리를 나타냈던 이 세 글자, 특히 세 개의 진동 부호를 바라보다 보면 조금도 낯설지 않은 친근한 느낌이 들 것이다. 이것은 오늘날 카툰 영화나 만화에서 많이 사용되는 수법이기 때문이다. 우리는 어려서부터 이런 부호들과 함께 생활해왔다. 단지 그것이 3,000년은 될 정도로 오래된 것이라는 사실을 알지 못했을 뿐이다.

눈의 착각에 기초한 문자

마지막으로 보다 카툰화돼 있고 보다 만화 같은 글자를 살펴보자. 이것은 쉬진슝許進雄 선생의 책《중국 고대사회-문자와 인류학의 투시》에서 배운 글자다. 갑골문의 세계에서 사람들은 두 발로 걸어 다니는 모습이 세 가지 형태로 변화하는데, 그중 가장 기본적이고 안전한 형태가 '보步(걷다)' 자다. 갑골문에서 로 표현되는 이 글자는 짚신과 헝겊신이 지그재그로 교차하면서 앞으로 나아가는 형상으로, 도로 부호를 첨가하여 (왼발이 앞에 있든 오른발이 앞에 있든 큰 의미에는 아무런 영향을 미치지 않는다)로 나타내기도 한다. 이것은 대문을 열고 대로로 나서는 것을 표현하고 있다.

정말로 급한 일이 있어서 걸음을 약간 서두를 때에는 '주走(달리다)' 자로 표현한다. 이 글자는 갑골문에는 나타나지 않지만 그 다음 단계인 금문에서는 로 표현돼 있어 그 형태를 선명하게 알아볼 수 있다. 큰 걸음으로 질주하는 사람의 왼손과 오른손이 큰 폭으로 들려 올라가는 것이다. 빨리 걷는 것을 나타내는 이 '주走' 자는 소리에서 자의에 이르기까지의 과정이 오늘날 타이완어에 고스란히 남아 있다. 타이완어에서는 기본적으로 나중에 대체된 '빨리 달린다'라는 의미의 형성자 '포跑' 자가 없이 줄곧 이 옛 글자를 연용하고 있다.

그럼 맹수나 빚쟁이가 쫓아올 때, 또는 화난 마누라가 남편을 죽이려고 덤벼들 때처럼 더 빨리 달려야 하는 순간에는 어떻게 한단 말인가? 이 때문에 원래 힘을 주어 앞으로 걷던 사람들은 속도를 높여 미친 듯이 달리는 모습을 글자 로 표현하게 됐다. 이것이 오늘날의 '분奔(급히 달리다)' 자다. 이 글자를 창조하는 과정에서의 핵심은 당연히 아랫부분에 있는 세 개의 발자국 부호이다. 이것은 사람의 발이 아니라 발이 아주 많은 지네나 그보다 더 많은 절지동물 노래기의 모습을 하고 있다. 물론 이처럼 많은 발은 이미지일 뿐 절대로 실체가 아니다. 하지만 글자를 만든 사람이 눈으로 목도한 확실한 기록이기도 하다. 이 영상은 이상하지도 않고 신비하지도 않다. 실제 이미지를 기초로 한 일시적인 착시에서 온 것일 뿐이다. 우리 눈의 반응이 정확하고 민첩하지 못해서 생기는 착각인 것이다. 하지만 이런 결함이 존재한다는 것이 오히려 다행이다. 그렇지 않다면 우리가 오늘날 볼 수 있는 영화나 텔레비전, 컴퓨터 게임 등에 활용되는 3D 입체 영상 화면은 신기한 마력과 효과를 모두 상실하게 될 것이고, 우리가 볼 수 있는 것이라고는 한 칸 한 칸 분할된 만화책 같은 밋밋한 화면뿐이었을 것이다. 그리고 수많은 사람들의 저녁과 휴일의 여가 시간은 어떻게 됐을지 알 수 없다.

마찬가지로 골치 아픈 문제가 있다. 이 '분奔' 자를 지사자로 볼 것인가 아니면 회의자나 형성자로 볼 것인가이다. 한대漢代 허신의 《설문해자》에서는 왕성한 풀의 소리를 따르고 있다고 설명하고 있지만, 이것은 잘못된 견해다. 내 생각으로 이 글자는 눈으로 직접 본 것을 기초로 한 상형자다. 를 '귀가 뭔가를 듣고 있는 것을 보여주는 상형자' 또는 '피부가 뭔가를 감지하는 것을 보여주는 상형자'라고 한다면, 은 '눈이 잘못 본 것을 나타낸 상형자'라고 할 수 있지 않을까?

5

하늘 아래
새로운 문자는 없다,
전주와 가차

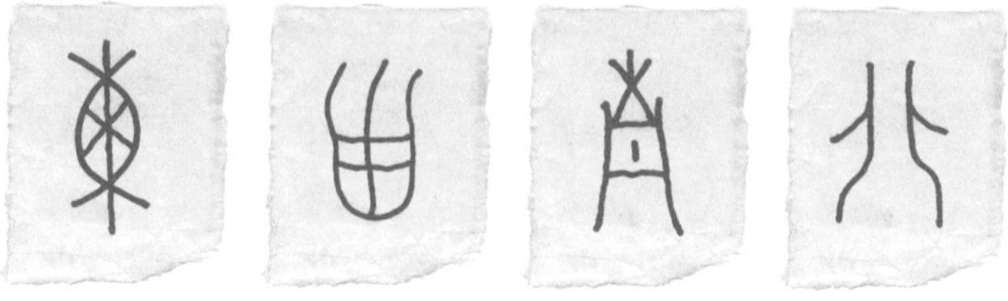

위에 있는 이 네 개의 글자는 각각 '동東', '서西', '남南', '북北'의 갑골문자다. 이 글자들에 관해 설명하기 전에 먼저 광고를 하나 하고 싶다.

내가 이 네 글자에 관심을 갖게 된 것은 쉬진슝 선생의 훌륭한 저작 《중국 고대사회—문자와 인류학의 투시》 덕분이었다. 대만 상무인서관商務印書館에서 출간된 이 책은 중국의 문자에 관심이 있는 사람, 또는 아직까지도 중국 문자에 어떤 재미가 있는지 알지 못하는 사람들이라면 반드시 한 번쯤 읽어봐야 할 책이다. 정가는 대만 달러 580위안으로 다소 비싼 편이지만 그 내용이 책값을 하기에 충분하다. 이 책을 사 보고서 만족하지 못하는 사람이 있다면 내가 기꺼이 책값을 보상해주겠다. 사실 나는 이 책을 열 권 넘게 사서 여러 사람들에게 나눠준 바 있다. 나와 마찬가지로 이 책을 극력 추천하고 있는 대만의 문화학자

잔홍즈詹宏志가 산 수량도 나보다 적지 않을 것이다. 앞으로도 우리는 계속해서 쉬진슝 선생의 이 책에 담긴 놀랍고 감동적인 발견과 통찰력을 언급해나갈 것이다.

자, 유사 이래 가장 진실한 광고는 이것으로 마무리하고 다시 동서남북으로 돌아가보도록 하자.

동서남북을 360도 방위의 기본적인 네 개의 고정점으로 삼는 것은 상당히 보편적인 방위 표시 방식이다. 하지만 이 방위는 실존하는 것이 아니라 인간이 발명해낸 것이다. 그리고 당연히 이 발명 속에는 수많은 구멍이 남아 있다. 이 방위들은 해가 뜨고 지는 위치에 근거하여 발명됐지만, 북극성이 움직이지 않는 곳과 자침을 끌어당기는 지구의 자극磁極 사이에는 미세한 차이가 존재한다. 또한 동서남북은 2차원의 평면 세계에서 설정된 방위 기준이라서, 유럽식 기하학이 일정한 결함을 지니고 있는 것처럼 이 방위들도 3차원의 비유럽식 기하의 실제 상황에 적용하다 보면 문제가 발생하는 것을 면하기 어렵다. 여러분은 비유럽식 기하의 구면球面과 쌍곡포물면双曲抛物面에 관해 들어보았을 것이다. 이런 이유들 때문에 남극점에 서면 어느 방향으로 가든지 북쪽으로 가는 괴이한 현상이 나타나게 된다.

물론 우리 같은 정상인들의 생활에서는 동서남북에 겨우 2도 정도의 미세한 차이가 나는 것은 얼마든지 무시할 수 있다. 게다가 '남극의 남쪽'에 위치한 사치스런 남극점은 사람들이 수시로 왕래할 수 있는 곳이 아니다. 때문에 동서남북의 방위는 여전히 보편적으로 유용하게 사용되고 있다. 단지 우리가 반드시 이 방위에 의지하여 우리 생활 속의 행동 방향을 설정하지 않는 것일 뿐이다. 특히 도시에 사는 사람들은 더 그렇다. 높이 솟은 고층빌딩들이 더 멀리 바라보고 싶은 사람들의 시야를 가로막고, 평평하고 곧은 지평선도 고저가 굽이치는 성벽 모양의 스카이라인에 가려져 있으며, 해는 아주 높이 솟은 뒤에야 눈으로 볼 수 있다. 해가 뜨고 달이 지는 일은 우리의 일상생활에서 멀어져 레저의 범위로 진입한 지 오래다(대만 사람들은 이제 위산玉山이나 화롄花蓮의 해변에나 가야 제대로 해를 구경할 수 있게 됐다). 가장 밝은 별이라는 북극성은 평생 듣기만 하지 보지는 못하는 별이 됐고, 진정으로 우리의 방향을 이끌어주는 것은 인공적인 건축물인 도로와 건물들이 대신하게 됐다. 동서남북은 매주 주말 이틀을 마작으로 보내는 사람들이나 마음에 두는 개념이다(마작의 패에 동서남북이 있는 것을 말한다-옮긴이).

하지만 모든 도시인들이 다 이런 것은 아니다. 예컨대 베이징 사람들(50만 년 전에 살았던 사람들, 처음에는 국보가 됐다가 나중에 어디론가 사라져버린 유골의 주인들이 아니라 오늘날의 베이징 사람들)은 동서남북의 방위에 익숙해 있다. 내 추측으로는 이것이 베이징이라는 도시가 너무 오래, 그리고 대단히 중요하게 보존돼왔기 때문인 것 같다. 방위 표시가 정확한 동서남북의 네 성문이 도시의 도로 시스템과 생활의 동선을 제약하고, 이 방위들이 사람들의 의식과 언어 속에 깊이 침전돼 있기 때문이다. 한번은 우리 친구들 몇몇이 이런 이야기를 주고받고 있을 때 마침 베이징에서 온 학자인 다이징화戴景華 교수가 그 자리에 있다가 말을 받았다.

"맞아요, 우리 베이징에서는 한밤중에 남편이 침대 위에서 몸을 뒤척이다가 아내를 옆으로 밀어낼 때도 '남쪽으로 좀 붙구려'라고 말하곤 하지요."

쉬진숑 선생의 해석에 따르면 '동東' 자인 는 양 끝이 꼭 조인 자루를 형상화하고 있다. 종이봉투나 비닐봉지가 개발되기 아주 오래전에, 아마도 동물의 텅 빈 위를 표현했을 것이다. '서西' 자인 는 등나무 줄기 같은 재질로 짠 바구니 같고, '남南' 자인 는 허공에 매단 종이나 방울 같은 악기류인 것 같다. '북北' 자인 는 두 사람이 서로 등을 맞댄 형상이다. 이 중 '북北' 자만이 추적이 가능하다. 이 글자는 틀림없이 '배背(등지다)' 자의 원형일 것이다. 하지만 나중에 억지로 방위를 나타내는 글자가 되면서 하는 수 없이 원래의 글자 아래에 육체를 나타내는 부호 '月'을 넣어 서로 구별하게 된 것이다.

변해온 길이 이미 남루해져 4분의 3은 더 이상 원초적인 상태를 추적할 수 없지만 갑골문에 남아 있는 형상을 이용하여 적어도 이 네 글자의 조형造型이 방위와 불가분의 관계에 있다는 것을 확인할 수 있고, 또한 네 글자가 담고 있는 사물이 모두 인공적인 사물로서 자연계의 천지나 산하와는 아무 관계도 없다는 것을 알 수 있다.

여기서 우리가 전주와 가차에 관해 이야기하는 것은 둘 다 육서六書의 조자 원리에서 축출돼 나왔기 때문이다. 적어도 내 개인적인 생각으로는 전주轉注와 가차假借가 중요하지 않기 때문이 아니라 너무 중요하기 때문이다. 그래서 따로 분리해서 알아볼 필요가 있는 것이다.

문자의 확장된 사용

우리는 형성자가 더 이상 새로운 글자를 만들어내지 않고 조합의 방식으로 글자를 만들고 있다고 말한다. 가차와 전주에서는 애당초 새로운 글자가 나타나지 않을 뿐만 아니라 기존 문자의 폐물이 이용된다. 그러다 보니 '창조造'는 없고 '사용用'만 있는 상황이 되고 말았다. 이렇게 세밀하게 따지는 것도 사실은 매우 의미 있는 일일 것이다.

전주란 무엇인가? 전주는 기본적으로 문자가 가지고 있는 원초적인 의미의 복사輻射로서, 확장과 연상을 통해 새로운 의미와 사용 방식으로 확대되는 것이다. 해가 질 때의 황혼을 나타내는 '막莫' 자가 '해서는 안 된다'는 뜻으로 전화되고, 십자로를 의미하던 '행行' 자가 동태의 움직임을 나타내거나 더 나아가 인간의 행동거지를 나타내는 것으로 전화한다. 문자의 전주는 원래 의미와 새로운 의미 사이에서 끊어지지 않는 연결을 유지하고 있다. 물론, 문자가 장기적으로 사용되면서 한 글자가 극도로 많은 전주를 거칠 수도 있다. 게다가 문자의 발전 과정에서 흔히 나타나는 현상이지만, 사용자들이 의미에 대한 오해나 오독 내지 단순히 글자를 잘못 쓰는 등의 실수로 인해 의미상의 '단교斷橋 현상'이 발생한 다음, 다시 그 길을 되찾지 못하는 일도 있을 것이다. 그리하여 오늘날의 우리는 글자의 제대로 된 의미를 찾지 못하고 문자의 중복 전주라는 굴레에 빠져들거나 혹은 단순한 가차를 통해 도약하게 된다.

또한 원래 단일하고 소박한 의미의 글자가 점차 전주를 거쳐 오늘날의 글자로 변한 것인지, 아니면 본래 똑똑했던 사람들이 생활 속의 구상적인 사물을 이용하여 추상 관념을 표현해온 것인지 알 방법이 없는 글자들도 있다.

먼저 '맨 처음'의 의미를 갖는 '초初' 자를 살펴보자. 갑골문에서 이 글자는 대단히 구체적인 의 형상을 하고 있다. 왼쪽의 는 옷섶이 겹쳐진 모양의 상형인 '의衣' 자이고 오른쪽은 칼을 나타낸다. 뜻밖에도 이 글자가 원래는 옷을 봉제하는 순서를 나타내는 글자였던 것일까? 아니면 '첫 번째 칼'이라는 개념으로 '시작'이라는 뜻을 나타냈던 것일까? 또 갑골문에서 볼 수 있는 '즉卽(곧)' 자와 '기旣(이미)' 자를 예로 들어보자. 원시적인 자형으로 따져보자면 이 두 글자는 서로 반대의 뜻을 갖는 글자여야 한다. 두 글자는 각각 , 의 모습을 하고 있다. 왼쪽의 는 '두豆' 자로 당시의 식기를 나타낸다. 두 글자의 차이는 오른쪽에 무릎을 꿇고 앉아 있는 사람의 형상에 있을 뿐이다. 전자는 앞을 향하고 있고 후자는 등을 돌리고 있다. 아마도 이 두 글자는 밥상을 올리는 과정에서 시작과 끝이라는 두 개의 순서를 알리는 전속 지칭이었는데, 전주되어 '가까이 다가감'과 '완성'이라는 추상적 개념 의미를 갖게 된 것 같다. 아니면 조자 초기부터 이 두 글자를 차용하여 매일 두 차례씩 일어나는(고증에 따르면 상대商代에는 하루에 식사를 두 끼만 했다) 익숙한 행위를 나타내는 추상 개념으로 활용한 것인지도 모른다.

보르헤스Jorge Luis Borges의 능글맞은 표현을 빌리자면(물론 보르헤스 본인은 정말로 능글맞지 않고 겸손하기만 하다. 우리야말로 정말로 능글맞다), 다행스럽게도 우리는 전문적인 교수나 학자가 아니기 때문에 머리를 써가면서 이렇게 전문적이면서도 재미없는 문제를 이해하려고 애쓸 필요가 없다. 우리는 그저 원시적 구상의 자형과 오늘날의 추상 개념 사이의 아름다운 연결을 즐기기만 하면 되는 것이다. 이 얼마나 재미있는 일인지 생각해보라. '즉卽' 자가 갖고 있는 '가까이 다가감'이라는 의미 속에는 공기 중에 맛있는 냄새가 떠다니고 있는 정경이 담겨 있었다.

맛있는 음식 냄새가 나면 수탉마저도 직업 수칙을 어기고 요란하게 울어댔던 것이다(밥 냄새가 풍길 때는 오후인데도 닭이 운다飯香時節午鷄啼). '기旣' 자가 나타내는 '완성'에는 밥과 술을 배불리 먹고 난 뒤의 상황이 담겨 있다. 이때부터 사람들은 평화롭고 즐거운 광경으로 눈을 돌리기 시작한다.

글자의 무한한 차용

가차는 전주보다 훨씬 야만적이다. 가차는 글자의 무한한 차용이라고 할 수 있다. 차용할 때는 의미의 연결을 고려하지 않고 소리에만 근거하여, 문자가 소리를 기록하는 도구로만 기능하게 만든다. 이것은 중국 문자의 발전 과정에서 사용됐던 방법 중, 서양 병음문자의 추상적 언어(즉, 소리) 기록에 가장 근접한 방법이다.

가차에 관해 논한다는 것은 너무 예의바른 일이다. 가차는 방파幇派(중국의 전통적 폭력 조직-옮긴이)의 형제들이나 정치 인물들이 공영 은행에서 돈을 빌리는 방법과 같다. 롤랑 바르트의 말을 빌리자면 일종의 찬탈이자 또 다른 문자 사용의 납치라고 할 수 있다. 당연한 일이지만 빌린 다음에 돌려주지 않는 것은 말할 것도 없다(대만의 속담에는 "돈을 빌린 다음에 갚아야 한다면 누가 감히 돈을 빌리겠는가?"라는 말이 있다). 만약 선량한 사람이라면 두 가지 선택 사이에서 약간의 여지가 있을 수도 있다. 하지만 대부분의 상황에서 가차는 원래의 의미를 완전히 지워버림으로써, 원초적인 조자 형태와 오늘날 사용하고 있는 새로운 의미의 관계를 완전히 단절시켜버린다.

동서남북의 네 글자는 모두 이런 경우에 해당된다. 더 아름답지만 무참히 약탈당한 글자들을 살펴보자. 통속적인 이야기에 등장하는 박절한 운명을 가진 홍안박명紅顔薄命의 사랑처럼, 이 글자들은 전주된 글자들이 보여주는 '아 그랬었구나!' 하는 느낌이 들 정도의 멋진 궤적을 보여주지 못하고 무슨 뜻인지 알 수 없는 시를 읽는 것처럼 서로 잘 맞지 않는 이상한 도약을 보여준다.

'래來' 자는 누구나 다 아는 글자다. 이 글자의 원래 형태는  자다. 아주 멋지게 펼쳐 놓은 곡류 식물로서 연구 결과에 따르면 보리라고 한다.

'만萬' 자도 지금까지 상용되는 글자다. 원래 이 글자는 무서운 동물인 전갈 즉, 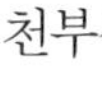를 지칭하는 글자였으나, 전주를 거쳐 천부적으로 이상한 여성을 지칭하는 것으로 변했다. 초두 변은 전갈이 갖고 있는 멋진 두 집게가 변한 것이다. 이 글자는 약탈된 뒤에 원래의 글자에 '충虫'의 의부가 더해져 새로운 형성자가 됐다. '벌과 전갈蜂蠆'을 말할 때의 '채蠆' 자다. 독이 있어 사람을 쏠 수 있는 동물이다. 하지만 이 글자는 오늘날 거의 사용되지 않고 있다.

'개改', 이 글자를 모르는 사람은 거의 없을 것이다. 하지만 이 글자가 원래 재앙을 제거하는 용감한 행동을 의미했다는 사실을 아는 사람은 아주 드물다. 갑골문 시대에는 이 글자의 모양이 였다. 왼쪽에 있는 삼각형 머리의 살아 있는 동물은 독사이고, 오른쪽에 보이는 것은 사람이 막대기를 들고 이것을 공격하는 모습이다. 이것은 인류의 초기 주거 생활에서 '뱀과 함께 춤을 춰야 하는' 상태에 처해 있을 때 흔히 발생하던 위험이었다. 당시는 오늘날처럼 소방서에 전화를 걸어 처리를 부탁할 수 있는 편리한 상황이 아니었다(이상하게도 대만의 각 현과 시의 소방서들은 뱀을 잡거나 먹는 일에도 관여하고 있다. 어떻게 이렇게 된 것인지는 모르겠다).

'구舊' 자는 쓰기 불편하지만 항상 사용되고 쉽게 이해할 수 있는 글자다. 이 글자의 원래 자형은 아주 아름다운 의 형태였다. 《설문해자》에서 허신은 우리에게 부엉이에 관해 설명해주고 있다. 부엉이는 전 세계에서 가장 많이 완구로 만들어지는 동물 중 하나다. 나무로 만든 부엉이도 있고 플라스틱이나 도자기, 쇠로 만든 것도 있다. 남을 해치고 싶다면 첫째, 출판사를 차릴 것을 권하거나(요즘은 인터넷 관련 사업을 하라고 하는 것이 나을지 모른다) 둘째, 부엉이를 조형한 완구를 수집할 것을 권하면 된다. 틀림없이 파산할 것이다.

오늘날 우리가 부엉이를 나타낼 때 자주 사용하는 '목梟' 자도 여전히 아름다운 글자 중 하나로, 나무 위에 신기하게 앉아 있는 커다란 새를 나타낸다. 다양한 크기와 색깔, 성격을 가진 새들이 모두 나뭇가지에 내려앉는 습성을 갖고 있긴 하지만, 글자를 만든 사람들에게는 가장 대표적인 새가 깊은 생각에 잠겨 있는 것 같기도 하고 숲 전체를 꿰뚫어보는 지혜의 화신처럼 보이기도 하는 부엉이였던 것이다.

더 이상 문자 조합의 주인공이 아닌 전주와 가차

이것이 전주와 가차의 대략적인 의미다. 강제적인 응용을 통해 어렵사리 글자를 다시 만드는 것을 대체한 셈이다. 손에 쥔 글자에 한계가 있다 보니, 과감한 차용을 통해 끊임없이 생겨나고 무한히 번성하는 구체적 사물들과 추상적 관념들을 표현해야 했다. 따라서 전주와 가차는 한순간도 멈췄던 적이 없다. 우리가 문자를 논하고 있는 이 시각, 이 순간에도 수시로 전주와 가차는 발생하고 있을 것이다. 새로운 사물과 새로운 개념과 언어가 끊임없이 발생하고 있기 때문이다. 문자는 적시에 이들을 피드백할 의무가 있다. 예컨대 오늘날 우리가 전혀 사용하지 않던 '구糗' 자는 가차되어 부활하면서 형용사로 쓰여 사람의 어색하고 추한 모습을 나타내기도 하고, 동사로 쓰여 남을 비웃거나 조롱한다는 의미로 쓰이기도 한다. 하지만 원래 뜻은 멀리 전쟁에 나갈 때 휴대하는 건량乾糧을 의미했다. 지금 이 글자의 원래 의미를 알고 있는 사람은 매우 드물다. "당신은 너무 겸손해요你眞太遜了"라고 말할 때 '손遜' 자는 원래 '몸을 낮추다', '우두머리가 되지 못하다', '나이는 먹었는데 힘을 쓰지 못하다' 등의 의미를 갖는 글자였다. 대략적인 의미를 통해 비천하여 낮은 자세로 앉거나 엎드려 있는 모습을 나타냈던 원래의 뜻이 겸손하다는 의미로 변했음을 이해할 수 있다(많은 덕행을 쌓은 것이 가치관이 다른 사회에서는 오히려 약점이 될 수 있다는 것은 이미 상식이 되어 있다. 2,000년 전에 《손자병법》은 이미 이 점을 간파하고 있었다). '구糗' 자는 가차이고 '손遜' 자는 전주라고 할 수 있다.

전주와 가차는 대규모로 문자가 만들어지고 있을 때부터 일찌감치 시작되고 있었다. 대규모로 문자가 만들어지는 시대가 아주 빨리(역사적 시간이라는 측면에서의 '빠름'의 의미다) 일단락된 뒤에도 1,000년이 넘는 세월 동안 빠른 속도로 진행돼오면서, 문자로 의미를 나타내는 중대한 책임을 거의 모두 도맡아왔다. 한번 상상해보자. 특히 대대적인 조자가 일단락된 후 1,000년의 세월 동안 인류 사회는 빠르게 발전하고 새로운 사물과 개념이 끊임없이 생성되고 있는데 비율에 맞지 않게 약간의 형성자만 만들어내고 있었다면, 나머지는 모두 가차와 전주에 의지하는 수밖에 없었을 것이다. 전주와 가차가 이처럼 중요한 것인데도 왜 이것을 육서六書의 꼬리에 갖다 붙여 경시하는 것인지 도무지 알 수 없다.

레비스트로스의 '수선공'

생각의 표현과 기술을 위한 재료로서의 문자는 더 이상 증가하지 않고 있지만, 새로운 기능에 대한 요구는 끊임없이 출현하고 있다. 이런 상황을 나는 레비스트로스의 '수선공' 비유로 설명하고 싶다.

레비스트로스가 말하는 수선공이란 상자 하나 또는 수레 한 대에 온갖 잡동사니들을 싣고 다니며 집 안의 각종 기물을 수선해주던 떠돌이 장인들을 가리킨다. 그들이 사용하는 도구와 자재들을 다 합쳐도 상자나 수레에 싣고 다닐 수 있는 정도에 불과하지만, 그들이 맡는 일들은 무수히 다양하고 온전히 고객들의 수요에 의해 결정된다. 침대나 탁자, 의자, 바구니, 창문 등등 온갖 물건을 수리해주는 떠돌이 장인들은 1960년대 이전까지 대만에도 존재했었다. 그들은 소도시와 시골의 마을들을 두루 돌아다녔지만 농촌에는 갈 필요가 없었다. 농촌은 집과 집 사이의 거리가 너무 멀어 타산이 맞지 않았고 수선이 필요한 대부분의 것들은 농민들이 스스로 해결했기 때문이다. DIY라는 실질적인 수선 방식과 수선공 사이의 거리는 그리 멀지 않다.

수선공들은 어떻게 일을 하는 것일까? 한 가지 일이 생길 때마다 그들은 고개를 들어 물건을 살피는 동시에, 자신이 갖고 있거나 사용한 적이 있는 온갖 자재와 도구들을 머리에 떠올린다. 뒤를 돌아보는 동시에 앞을 내다보는 것이다. 수선의 본질은 물건을 이전의 상태로 완벽하게 재현하는 것이 아니라 '계속 사용할 수 있게' 하는 것이다. 입방형의 상수리나무를 쐐기로 삼아 길이가 부족한 소나무판을 대신할 수도 있고, 기좌支座로 삼아 오래된 목기의 무늬나 광택을 돋보이게 하기도 한다.

레비스트로스는 이렇게 말한다.

"수선공이 지닌 공구의 세계는 폐쇄적이다. 이 도구들의 조작 원칙은 항상 손에 가까이 있는 물건들을 이용하여 진행된다. 이것이 유한한 시간에 천차만별로 움직이는 공구와 재료들이다. 이 물건들이 포함하고 있는 내용은 눈앞의 계획과 무관하고 어떤 특수한 계획과는 더더욱 무관하기 때문이다. 이 물건들은 이전에 일어났던 모든 상황의 우연적 결과일 뿐이다. …… 다시 말해서 '수선공'의 언어로 말하자면 모든 부품들이 '결국은 그것들이 어딘가에는 쓰일 데가 있다'는 원칙에 따라 수집되거나 보존되고 있는 것이기 때문이다. 이런 부품들은 하나같이 대단히 전문적인 기능을 갖고 있지 않다. 모든 업종의 설비와 지식을 갖춰야 할 필요가 없는 '수선공'에게는 사용하기에 충분한 부품들이지만, 어떤 전문적인 용도를 놓고 볼 때는 제대로 갖춰지지 않은 셈이다."

이 '수선공'의 개념과 논술은 원래 레비스트로스가 '야만인'들의 신화 형성에 관해 설명하면서 제시한 것이다. 미래의 일이란 불투명하고 예측이 불가능한 법이다. 때문에 정확한 재료들을 모두 준비할 방법도 없고 능력도 없다. 새로운 일이 생기면 한 걸음 나아가기 전에 뒤를 돌아보고서 이미 준비돼 있는 재료 중 일부를 선택한다. 결국 손에 쥔 재료는 우연의 결과일 수밖에 없다. 수선 작업을 거친 물건은 계속 사용할 수는 있지만 절대로 완벽할 수 없다는 숙명을 지니고 있다. 이런 상황은 문자의 사용을 설명하는 데 그대로 적용될 수 있다.

상형과 회의, 지사, 형성은 우리의 트렁크나 자동차 안에 넣고 다닐 수 있는 유한한 재료의 전부이다. 그리고 전주와 가차는 문자 수선 기술인 셈이다. 우리는 수천 년 동안 이 장사를 계속해오고 있다. 게다가 앞으로도 계속할 수 있을 것 같다. 어쩔 수 없이 전업해야 하는 날은 오지 않을 것이다.

나무 무늬 속의 세계

유한한 문자와 무한한 지사 대상의 불균형 상태가 문자의 끊임없는 중복 사용을 유도했다. 전주를 통해 끊임없이 인접한 의미로 확장됐고 가차를 통해 끊임없이 아주 멀고 아무런 상관도 없는 의미로 도약했다. 문자는 맨 처음에 가졌던 의미를 지켜낼 수 없게 됐고, 내재적인 의미는 계속 축적되고 외재적인 의미는 부단한 시도와 탐색을 계속해왔다. 문자는 점차 고도로 다기화多技化되고 불안정해졌으며, 고체의 딱딱함과 액체의 질편함, 그리고 기체의 확산이 존재하게 됐다. 이것은 오늘날 우리가 문자를 정확하게 장악할 수 없음에 대해 골치 아파하면서도 놀라움을 금치 못하는 주요 원인이기도 하다.

문자에 대한 사랑과 미움의 비율에도 차이가 있다. 그중 행복과 불행의 비율은 문자 사용자의 업종과 관련돼 있다. 과학이나 법률 연구에 종사하는 사람들처럼 정확함과 투명함을 중시하여 아주 선명하게 표현할 수 있는 문자를 찾는 사람들이라면, 번개처럼 이리저리 재빨리 움직이는 문자의 불안정한 본질에 치가 떨릴 것이다(물론 변호사처럼 사람들의 비위를 맞추지 않아도 되는 직업은 그나마 좀 나을 수도 있다. 문자의 다기성과 불안정성이 개척하는 공간이 그들로 하여금 더 아름다운 생활의 가능성을 갖게 만들기 때문이다). 아인슈타인을 대표로 하는 절대다수의 물리학자들이 이렇다. 그들의 마음속에서 가장 아름다운 표현 방식은 $E=mc^2$ 같은 것이다. 광대한 우주의 심오한 비밀은 이렇게 확실하고 시원하다. 단 세 개의 글자 안에 멋지게 들어가 있는 등호와 숫자 부호로 하나의 방정식을 완성한다. 아인슈타인은 이런 세계를 추구하면서 이것을 '대리석 무늬 속의 세계'라고 불렀다. 너무나 평범하고 매끄러운 세계가 아닐 수 없다. 하나는 하나고 둘은 둘인 것이다. 마치 〈창세기〉에서 야훼가 빛이 있으라 하니 빛이 생긴 것과 같다.

빛과 어둠이 확연히 갈라지는 세계와는 다르게, 질척하고 우연적이며 기회주의적이고 의미가 여러 갈래로 기복하는, 아인슈타인이 참지 못하는 골치 아픈 진실의 세계도 있었다. 그는 이것을 '나무 무늬 속의 세계'라고 불렀다.

문자의 세계는 수선공이 거주하고 작업하는 공간으로서 기본적으로 나무 무늬 속의 세계라고 할 수 있다. 수선공이 사용하려고 선택하는 재료는 이미 다른 곳에 사용했던 것들이다. ("신화의 세계가 건립되는 것은 파괴됨으로써 그 파편들로 새로운 세계를 만들기 위한 것이다"라는 인류학자 보아스Franz Boas의 말처럼) 부서졌다가 다시 사용되는 나무 위에는 못이 박혔던 흔적이나 파인 홈, 그리고 특수한 호도弧度가 남아 있다. 이런 부호가 갖는 의미의 퇴적과 복사에 거의 미칠 지경이 된 롤랑 바르트는 용감하긴 하지만 매우 어려운 실험을 시도하게 된다. '조금도 오염되지 않은' 순정한 글쓰기 재료를 찾으려 한 것이다. 하지만 우리가 잘 아는 바와 같이 수선공의 상자 안에는 이런 재료가 존재하지 않는다.

정신을 못 차리고 갈팡질팡하다가 사방으로 눈을 돌려 세계의 도상圖像들을 살펴보고는 말할 수 없는 공포감에 빠진 롤랑 바르트는 (그는 "나는 그곳에 서서 바다를 마주하고 있었다. 물론 바다 그 자체는 어떤 정보도 지니고 있지 않았다. 하지만 모래밭 위에는 그토록 많은 기호학의 재료들이 쌓여 있었다! 깃발과 표어, 광고판, 의복, 심지어 햇볕에 붉게 그을린 피부까지, 이 모든 것들이 내게는 일종의 정보였다"라고 말한 바 있다) 두 눈으로 사물들을 응시할 수 없었지만, 생각이 맑고 정확한 보르헤스는 이에 대해 아주 적절한 말을 해주었다. 그는 인간 세계에는 완벽한 사전이 존재하지 않고, 모든 문자를 모두 수록하고 있어 현실 세계의 모든 사물에 일일이 대응할 수 있는 슈퍼급 대사전이 있을 가능성도 전혀 없다고 말했다. 우리의 모든 감정과 우리가 끊임없이 새로 만들어내는 개념과 창조물, 그리고 눈 깜짝할 사이에 사라져버리는 생각들은 재빨리 찾아서 신나게 표현해낼 수 있는 그런 사전은 존재하지 않는다. 이렇게 좋은 일은 있을 수 없다. 이런 사전이 존재한다면 갈망의 표현만을 수록할 수 있을 뿐이다. 하지만 이런 사전은 영원히 편찬되거나 개정되지 못할 것이다. 이런 사전이 현실 세계에서 수집하여 확보할 수 있는 문자는 항상 그 수량에 제한이 있기 때문이다.

우리를 골치 아프게 만드는 못자국과 파인 홈, 호도와 형상 등이 남아 있는 오래된 문자들을 직업과 생각을 바꿔서 살펴보는 것도 나쁘기만 한 일은 아니다. '총을 든 채 투항해오는' 이 문자들은 우리가 이미 잘 알고 있어서 새로운 대화의 가능성을 제공해줄 수도 있다. 청말 중화민국 초년에 금석 서화의 기인이었던 치바이스齊白石는 만년으로 갈수록 전각에 필요한 돌을 고르지 않았고, 심지어 형편없는 돌을 전각에 사용하는 것을 커다란 즐거움으로 삼았다. 돌에 함유돼 있는 잡다한 성질의 모래 알갱이들이 칼날에 자연스럽게 떨어져나가면서, 기술로는 통제할 수 없고 애당초 기술의 통제가 미치지도 않는 천연 침식의 미학적 효과가 나타났던 것이다. 자연의 시간 속에서 바람과 비의 침식, 냉기와 온기에 의한 수축과 팽창, 물과 햇빛의 연마에 쉽게 성질이 변하는 모래알갱이들을 만나면, 금석가의 조각칼은 수억 수만 년 동안 천지를 조각한 신공神工의 도끼로 변할 수 있는 것이다. 이것은 일종의 시간의 소환이자 응결이라 말할 수 있다. 시간의 기이한 초혼술招魂術이자 칼비노Italo Calvino가 말한 '시간이 발휘하는 마법'이라고 말할 수 있다.

이 오래된 문자들 위에 남아 있는 모든 못자국과 홈, 호도 등은 이 문자들의 유구한 역사와 사라지지 않는 경력을 기억하고 있을 것이다. 이 기억들은 굴원을 따라 마지막 해답을 찾아가다가 메말랐지만 향기가 촉촉한 나무를 묘사하기도 했을 것이고, 장자가 묘사한 하늘 구름 아래로 날개를 내려뜨린 대붕의 등에 올라타 구천의 하늘을 날았을 것이며, 사마천과 어깨를 나란히 하여 번화함이 다한 강산의 무상함을 한탄하기도 했을 것이고, 조조와 함께 창을 휘두르고 이백과 더불어 술에 취하며 두보와 함께 태풍과 폭우를 견디면서 긴긴 밤을 굶주림으로 지새우기도 했을 것이다. 심지어 안진경顔眞卿의 곧고 강직한 필치나 조맹부趙孟頫의 난초 꽃과 입새처럼 부드럽고 아름다운 필치에 의해 종이 위에 단정하고 우아하게 쓰였을지도 모른다. …… 이런 기억들이 서로를 끌어당기며 도약하면서 어떤 의미의 광휘를 이루고 있어 지금 우리가 그 핵심적인 의미를 찾으려고 노력하는 것이다. 오래된 문자들은 관중管仲이 언급했던 말馬처럼 스스로 길을 찾아갈 수 있을 것이고 잭 런던Jack London이 묘사한 늑대처럼 소리와 숨결이 서로 통하는 같은 무리들을 불러 모을 수 있을 것이다. 이런 효과는 문자 사용 중에 나타나는 '보이지 않는 손'이라 할 수 있다. 애덤 스미스Adam Smith가 경제의 세계에서 정교하게 발견해낸 원리처럼 오래된 문자들도 이와 비슷한 효과를 발휘하고 있는 것이다.

모든 문자는 그 자체가 의미의 '무리群'이자 축적된 전고典故로 시공을 가로지르는 기계다. 이것은 오래된 문자들을 끊임없이 사용하는 과정에서, 특히 끊임없는 전주의 확장과 가차의 도약을 통해 얻는 결과다. 자연스럽게 생장돼 나오는 이런 효과를 통해 은유의 차원과 방향이 훨씬 풍부해져, 우리가 '엽葉(잎)' 자 하나를 썼을 뿐인데도 자연스럽게 가을 숲의 이미지가 가득해질 수 있다.

여기서 '엽葉' 자를 살펴보자. 열심히 찾아본 결과 나는 뜻밖에도 갑골문에 이 글자가 남아 있지 않다는 사실을 발견하게 됐다(그럼에도 불구하고 나는 직감적으로 이 글자가 아주 이른 시기에 만들어졌을 것이라 믿어 마지 않는다). 하지만 금문 시기에는 이 글자의 자형이 아주 선명하게 보존돼 있어 원초적인 형태가  또는 라는 것을 충분히 상상할 수 있다. 이 글자들은 엽맥葉脈을 시각의 초점으로 삼아 입새 하나를 표현한 것이 아니라 가지 전체가 넓게 전개된 큰 나무를 표현하고 있다. 맨 꼭대기에는 햇빛을 받아 광합성 작용을 함으로써 나무가 생장하는 데 필요한 영양을 공급하는 나뭇잎이 자라나 있다.

《사원辭源》(대만에서 출간된 유명한 중국어 자전-옮긴이)에 기록된 '엽' 자에 대한 해석 중 가장 중요한 부분은 '식물의 영양 기관 중 하나'라는 것이다. (우리가 너무 잘 아는 사물이 이처럼 엄숙한 자전의 해석을 거치다 보면 항상 낯설고 우스운 이해에 이르게 된다. 이것은 완전히 도치되어, 미지의 내용을 통해 이미 알고 있는 내용을 설명하는 아주 재미있는 해석 방식이라고 할 수 있다.) 이 밖에도 '엽' 자에는 '꽃잎', '책의 한 페이지', '시기'(예컨대 성당盛唐 중엽中葉), '작고 가벼운 물건'(소동파蘇東坡의 시구 중 '일엽편주一葉片舟를 몰고' 같은 대목) 등 다양한 함의가 내포돼 있다. 또한 '엽'의 파음破音은 '색嗇'이다. 이 글자는 춘추시대 초나라 대읍의 명칭으로서 사람의 성씨로 사용되기도 했다.

이처럼 복사되고 확장된 의미를 통해 이 글자들이 우리를 안내하는 곳은 가을에 그치는 것이 아니다. 시간과 역사의 기록으로서의 글쓰기와 작은 배가 강과 호수 위를 떠다니는 무한한 자유를 생각할 수 있을 것이고, 본원으로 돌아가려는 어떤 향수나 봄날의 진흙이 되어 대자연 속에서 꽃의 부드러움을 보호하는 생사의 순환을 생각할 수 있을 것이다. 송대宋代 조번趙蕃의 백발시白髮詩에 이런 구절이 있다.

잎이 떨어져 뿌리로 돌아가는 것을 슬퍼하지 말라

봄바람이 땅을 녹이면 이듬해의 가지가 되리니

葉落歸根莫謾悲, 春風解發次年枝

그리 훌륭한 시는 아니지만 거의 이런 뜻에 가깝다.

6

갑골문 속의 첫 번째 시계를 찾아서

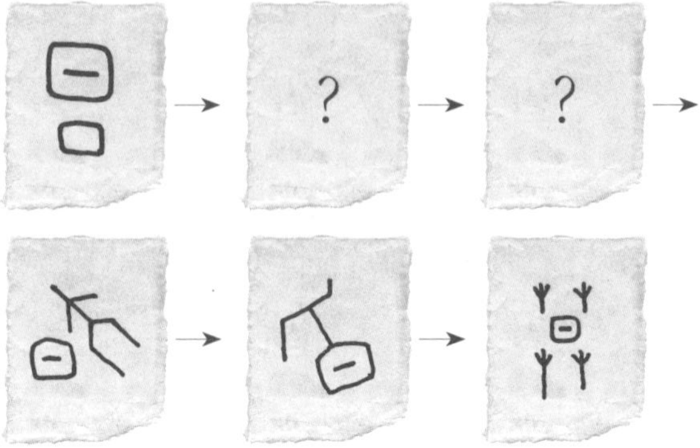

우리가 팔에 차고 있는 손목시계나 벽에 걸어놓은 벽시계에서 원판이 12등분돼 있는 부분은 디자이너들의 솜씨를 가장 잘 드러낼 수 있는 곳이다. 우아하게 로마 숫자로 시간을 나타낼 수도 있고 모던하게 광점으로 표시할 수도 있다. 상대방에게 점수를 따고자 할 때, 특히 방파의 형제들이나 뇌물을 챙기는 경찰에게 선물할 때는 시간을 나타내는 자리에 다이아몬드를 박기도 한다. 하지만 맨 처음에는 역시 아라비아 숫자 1에서 12까지가 주로 사용됐다.

앞에서 갑골문 중 회의자가 인류가 만든 가장 아름다운 문자 부호라고 말한 바 있다. 갑골문은 고대 이집트에서 아직 병음이 시작되기 전의 아름다운 상형자보다 더 아름답다. 또한 갑골문에는 추상적 사물과 개념에 직면하여 만들어진 지성적 아름다움과 경이로울 정도의 상상력이 더해져 있다.

어느 날 나는 무모한 짓이 하고 싶어졌다. 갑골문자 중 시간을 세는 회의자를 찾을 수 있는지 시험해보려는 것이다. 가장 바람직한 것은 그런 글자 12개를 찾아내 상商나라의 갑골문 시계를 완성하는 것이다.

결과부터 이야기하면 실패였다. 문자의 소실을 인력으로 막기 어려운 것도 있지만, 이 실패에는 그럴 만한 이유가 있다. 당시 사람들에게는 시간 감각이 없었기 때문에 시간을 재면서 자신의 노동과 휴식을 계획할 필요가 없었다는 뜻이 아니다. 처음에는(처음이란 체계적인 구조의 천문학이 형성되기 이전을 말한다) 시간의 측량 방식이 소박하게 실제 생활의 리듬에 따랐기 때문에, 오늘날 사용하고 있는 것처럼 하루를 두 차례의 열두 시간으로 나누고 한 시간을 60분으로 나누며 1분을 60초로 나눌 필요가 없었다는 뜻이다.

하늘은 사람이 원하는 바를 따라주지 않는다. 나는 뜻을 이루지 못한 것이 무척 애석하기만 했다. 원래는 시계사상 가장 아름다운 부호와 디자인을 찾은 다음, 내친김에 전매특허를 따내 오메가Omega나 론진Longines 같은 대형 시계 회사에 팔아 한 밑천 잡아볼 생각이었다.

앞에 열거한 글자들 중 첫 번째 글자는 '단旦' 자고 마지막 글자는 '막莫'(모暮) 자다. 둘 다 이미 살펴본 글자들이다. 물음표를 붙여둔 글자는 우선 접어두기로 하자. 그러면 우리가 알지 못하는 두 개의 글자가 남게 된다. 그중 는 '측昃(기울다)' 자로서 이미 사용하지 않는 글자가 됐다. 하지만 갑골문 시대에는 이 글자의 모양과 의미가 대단히 분명했다. 이 글자는 해가 서쪽으로 기울면서 사람의 그림자를 비스듬하게 늘여놓은 모습을 표현하고 있다. 는 '혼昏(어둡다)' 자로서 해가

낮아져 사람의 발 아래 있는 것을 나타낸다. 이 글자들이 우리에게 전달하고자 하는 정보는 '얼굴에 선명하게 쓰여 있다'. 그림 속의 모습 그대로인 것이다. 아주 긴 세월 동안 인류에게 이것은 날씨가 좋기만 하면 매일 경험할 수 있는 일이었다. 이런 글자를 보면 초등학교 때 학교가 파하면 큰 책가방을 메고 긴 그림자를 밟으며 집으로 돌아가던 장면이 떠오른다. 그러고 보니 내가 6년 동안 다녔던 이란의 역행力行초등학교는 우리 집 서쪽에 있었던 것 같다.

이 회의자들은 모두 진실한 태양 부호를 지니고 있다(형성자에서 태양 부호가 종종 개념에 그치는 것과는 다르다). 게다가 하나같이 구상적인 도상으로 아주 확실하게 시간을 나타내고 있다. 이렇게 생각하다 보니 이 글자들이 더 멋지게 느껴진다.

가장 먼저 태양을 보다

해가 뜨면 나가 일하고 해가 지면 집에 들어와 쉰다. 우리가 수많은 태양 대체품(시계, 난방기구, 온수기, 건조기…… 등등)들을 개발해내기 전까지만 해도 태양과 사람의 관계는 너무나 우호적이고 밀접했다. 머리로나 가슴으로나 태양이 우리에게 얼마나 중요한지 잘 알고 있었다. 그 정도는 오늘날과 비교도 할 수 없었다. 석유나 전력, 육류와 야채가 포함된 음식 등 거의 모든 에너지가 직접 태양에서 나오거나, 간접적으로 태양이 장기간 지구에 축적해놓은 물질과 장소에서 나온다. 하지만 아주 오랜 세월을 지나오면서 태양은 갈수록 사람들이 싫어하는 존재가 됐다. 그것(보라, 우리는 존경의 의미는 눈곱만큼도 찾아볼 수 없는 '그것'이란 호칭으로 태양을 지칭하고 있다)은 얼굴을 검게 태우고 미백 상태를 회복하는 데 많은 시간과 돈을 지불하게 한다. 또한 암의 원인이 되는 방사능을 쉴 새 없이 얼굴에 쏘아대기도 한다.

하지만 일찍이 태양은 대형 전력 회사였고 대규모 식품 공급 회사였으며 수많은 가전업자들에게는 생활 자원의 제공자였다. 또한 태양은 위대한 지자智者요, 철인哲人으로서 인간의 사유를 이끌어주었을 뿐만 아니라 아예 하나의 신으로 간주됐다. 태양은 엄연히 빛과 지혜, 창조의 신이었던 것이다.

우리가 초기 인류 중 한 명이었다고 가정해보자. 우리가 보는 것은 어떤 광경이었을까?

내 생각으로는 굳이 힘들이지 않더라도 확실한 근거를 찾을 수 있을 것 같다. 아마 초기 인류에게 태양은 그냥 중요한 것이 아니라 가장 중요한 존재였을 것이다. 인류에 의해 관찰되고 사유되며 심지어 경외의 대상이 되는(칼비노가 한 말인지 벤야민Walter Benjamin이 한 말인지 잘 기억이 나진 않지만, 인간은 동일한 사물에 대해 아주 오래 생각하다 보면 신비주의적 경향이 생긴다고 한다) 거대한 존재였던 것이다. 머리 위에 아주 높이 걸린 태양은 대단히 밝고 뜨겁다. 게다가 매일 우리와 함께하면서 영원히 변치 않는다. 쉬지 않고 움직일 뿐만 아니라 구름처럼 난폭하거나 변덕스럽지도 않다. 대단히 규칙성 있게 인내심을 가지고 움직일 뿐만 아니라 불굴의 의지와 목적을 가지고 있다. 그리고 매일 절반의 시간 동안은 어디론가 알 수 없는 곳으로 숨어버린다. 태양이 없는 동안은 우리의 행동이 마비될 뿐만 아니라 천지도 암흑에 빠진다. 세상이 아주 무섭게 변하는 것이다.

사람들은 아주 빨리 태양이 생존(인간의 생존을 지탱해주는 동식물의 생존도 포함된다)과 아주 밀접한 관련성을 갖고 있다는 사실을 깨닫게 됐다. 불로 태양을 상상하여 의미를 연결할 수도 있었다. 하지만 왜 태양은 흔히 사용하는 불처럼 형체가 없거나 일시적이지 않는 것일까? 무엇을 근거로 태양은 영원히 꺼지지 않는다고 말하는 것일까? 언젠가 정말로 태양이 꺼진다면 어떤 일이 일어나게 될까?…… 눈을 들어 볼 수는 있지만 너무 깊고 멀어 뭐라고 말로 표현하기가 어렵다. 밝고 환하면서도 신비롭고 이상하기만 하다. 인간이 이리저리 사유하기에 절대적으로 좋은 재료다.

초기 원시인의 종교와 신앙을 살펴보려면 단 하나의 예외도 없이 모든 부락을 대상으로 해야 할 것이다. 태양은 거의 모든 지역에서 신이었다. 그것도 모든 것을 총괄하는 주신主神이었고(일본이나 이집트에서처럼) 그 순위가 절대로 3위권 밖을 벗어나지 않았다(그리스의 아폴론처럼).

우리는 태양이 하늘 위를 운행하면서 자강불식自強不息하는 부분적인 특징만 취할 수도 있을 것이다. 태양은 영원하고 규칙적이며 그 이동 방식을 관찰할 수 있어서, 사람들이 생활 속에서 노동과 휴식을 조절하는 근거가 된다. 때문에 태양은 자연스럽게 인류 최초의 시계가 됐던 것이다.

완벽한 시계는 만들 수 없다

우리는 시간이 눈으로 볼 수 있는 사물이 아니라는 사실을 잘 알고 있다. 심지어 그것이 실제로 존재하는 것이라고 단언하지도 못한다. 차라리 사물이 변화하는 속도에 접근할 수 있는 일종의 지각이라고 규정하는 것이 더 정확한 표현이다. 우리는 시간을 안정적이고 도량度量이 가능한 질서로 정리해낼 수 있어야 한다. 그래야 알라딘의 램프 속 지니처럼 우리의 여러 가지 필요에 맞게 쓸 수 있다.

당시에 눈으로만 사물을 변별할 수 있었던 인간은 당연히 석영이 진동할 때의 주파수 같은 것으로 시간을 정리하는 근거를 찾아내지 못했을 것이고, 그럴 필요도 없었다. 태양은 인간이 변화를 편리하게 관찰할 수 있는 안정적인 리듬을 가진 최고의 선택 대상이었을 것이다. 그 다음은 안정적이면서 끊임없이 흐르는 물줄기였을 것이다. 태양은 흐르는 물보다 확실한 두 가지 이점을 가지고 있었다. 첫 번째는 변화를 측량하기 쉽다는 점이다. 우리는 태양과 인간의 상대적 위치 변화, 다시 말해 그림자의 길고 짧음을 쉽게 관찰하고 측량할 수 있다. 두 번째 이점은 태양이 동시에 천지를 밝히는 등불 역할을 하고 있기 때문에, 그 변화가 사람들의 소박한 일상생활과 보조를 같이하고 있다는 점이다. 이런 점에서 도도하게 '주야를 가리지 않고 흘러가는' 태양은 '같은 물에 두 번 발을 집어넣을 수 없는' 물과는 다르다. 흐르는 물의 기본적인 조형이 시간에 대한 우리의 감각에 더 가깝긴 하다. 하지만 그것이 상기시키는 것은 측량 가능하고 사람들이 주거 생활과 일에서 고개만 돌리면 즉시 지금이 언제인지 알 수 있는 시간의 각도가 아니라, 보다 철학적이고 생명 본체에 가까운 시간 감각이다.

우리가 갑골문에서 태양 시계의 영웅적인 업적을 찾고자 할 때 약간의 어려움에 부딪힐 수 있다. 도상이 완전하지 않은 것은 그만두고라도, 동쪽에서 해가 떠오를 때의 모습을 표현한 '단旦' 자가 단숨에 해 그림자가 기울기 시작하는 오후에 가 있는 난처한 상황에 부딪치게 되는 것이다. 시간이 아무리 빠르다 해도 시차의 틈이 너무 작다는 느낌을 피할 수 없다.

때문에 우리는 주관적으로 근거 없이 그 안에 두 개의 신호를 끼워 넣음으로써 우선 그 위치를 보전하게 된다. 나는 대부분의 사람들이 맨 처음 느끼는 감각이 나와 다르지 않을 것이라고 믿는다. '단旦' 뒤에 반드시 '신晨(새벽)' 자를 끼워 넣어야 또다시 시간의 표시인 일부日符가 들어가 제대로 된 연결이 되지 않겠느냐는 것이다. 그러나 정말 골치 아픈 것은 갑골문 중에 '신晨' 자가 있으며, 그 글자가  같이 생겨먹었다는 것이다. 상단에는 두 개의 손을 펼친 것 같은 부호가 있다. 하단의 (즉 '신辰' 자)는 방각류蚌殼類 동물로서 대략적인 의미는 손으로 방도蚌刀(초기 인류의 가장 간단한 농기구)를 들고 아침 일찍 밭에 나가 일한다는 것이다. 이미지로 이른 아침의 시간을 대신하고 있는 셈이다. 따라서 여기에는 그림자가 이동하는 태양이 존재하지 않는다. 이것은 문자가 변화하는 긴 과정에서 만능 부호인 두 손이 잘못 인식되어 오늘날과 같이 변화한 것이라고 할 수 있다(이는 문자의 역사에서 아주 흔히 찾아볼 수 있는 사례이다).

괴로워하는 건 괜찮지만 부끄러워할 필요는 없다. 지난 1,000년 동안 중국인들이 문자학에서 부동의 교과서로 간주하고 있는 《설문해

자》의 저자 허신도 같은 시간, 같은 지점에서 실수를 했기 때문이다. 허신은 전자篆字 를 찾아내 아주 높이 걸린 사람의 머리라는 해석을 달았다. 가리키는 시간(새벽)과 전혀 맞지 않는다는 문제는 염두에 두지 않았다. 자형만 놓고 따지자면 허신의 이 글자는 광활한 천지에서 태양과 사람이 대결을 벌이는 뜨거운 상황을 묘사하고 있다. 갑골문에 이런 글자가 있었다면 더 좋았을 것이다. 이 글자를 가져다가 정오의 공백을 메울 수 있었을 것이고, 이것을 근거로 이 글자가 '오午(낮)' 자의 원형이라고 추론할 수 있을 것이기 때문이다.

어떤 의미에서 허신의 오류는 충분히 동정할 만하다. 가장 치명적인 약점은 그가 갑골문을 보지 못했고, 근거로 삼을 수 있는 글자들이 갑골문보다 다소 뒤에 나타난 전자篆字였다는 것이다. 전자의 선조線條는 독립적으로 미학화되어 수많은 글자가 원래의 실상에서 많이 이탈돼 있다. 때문에 연구 과정에서 해석의 함정에 빠지기 십상이다. 이런 사실은 우리에게 《설문해자》를 참고할 때 신중해야 한다는 경고의 메시지를 전한다.

《설문해자》의 가장 대표적인 착오는 '무武' 자다. 이것은 허신이 《좌전左傳》의 내용을 그대로 답습하면서 속아 넘어간 것으로 추정된다. 전해지는 바에 따르면 춘추 시대 남방의 초나라에서 해가 떠오르듯이 일어난 젊은 군주 장왕莊王이 이 글자에 대해 거침없는 해석을 내림으로써 모양과 뜻이 모두 아름다운 글자로 만들었다고 한다. 그는 '무武' 자를 사람을 죽이는 창을 나타내는 '과戈'와 고귀한 심리적 극복을 나타내는 '지止' 자가 결합된 글자로 해석하면서, '무武'의 진정한 핵심은 '폭력을 금지하고禁暴', '병력을 거둬들이며戢兵', '보호를 확대하고保

大', '공로를 정하며定功', '백성들을 편안하게 하고安民', '민중을 화목하게 하며和衆', '재물을 풍부하게 하는 것豊財' 등이라고 생각했다. 한마디로 말해 '무武'의 최고 경지가 '불무不武'라는 것이다. 허신은 이런 해석을 그대로 받아들였고 이것이 "싸움을 거둬들이는 것을 무武라고 한다"라는 해석을 내리게 된다.

하지만 갑골문의 '무武' 자를 자세히 살펴보면 당장 책상을 내려치게 된다. 의 상단부가 '과戈' 자인 것은 분명하다. '지止' 자는 발자국으로서 '발걸음'과 '이동'을 나타낸다. 따라서 이 글자는 일종의 군사적 행동, 다시 말해 제신祭神과 기복祈福, 병력의 과시, 공적의 기록, 그리고 실제로 병사들을 훈련시키는 데 사용되는 이른바 전무戰舞를 나타내는 것으로 추정할 수 있다. 당 태종 이세민李世民의 〈진왕파진악秦王破陣樂〉이나 산시陝西 일대의 호방하고 통쾌한 요고무腰鼓舞를 실례로 들 수 있을 것이다. 영국식 럭비 팬들이 무척 좋아하는 뉴질랜드 올블랙 팀의 포워드들이 일종의 의식 같은 하카Haka 춤으로 사기를 북돋우면서 상대 팀(통상적으로 남아공 팀이나 호주 팀이다)을 위협하는 것도 이런 행위와 맥락을 같이 한다고 볼 수 있다. 이 춤은 그들이 마오리 원주민들로부터 배운 전통 무용이다.

따라서 손과 발이 마음대로 움직이는 것을 나타내는 '무武' 자는 오히려 독음이 비슷한 '무舞' 자에 더 가깝다고 하는 것이 정확한 인식일 수 있다. 차이가 있다면 단지 도구가 다르다는 것뿐이다. 갑골문에 나오는 '무舞' 자의 원형은 로서 춤을 추는 사람이 두 손에 채찍 모양의 술 장식 같은 물건을 쥐고 있는 것을 나타낸다. 이것이 오늘날 가차되어 사용되고 있는 '무無' 자다. 때문에 춤사위를 나타내는 그림으로

설명할 수 있도록 발자국 부호를 더해 '무舞'를 만들게 된 것이다.

'무武' 자에 대한 또 다른 해석의 가능성은 북을 치고 징을 울려 조심스럽게 경계하는('계戒' 자는 두 손에 창을 들고 있는 의 형상이다) '행군' 또는 '순찰'로 이해하는 것이다. 이것은 도로를 나타내는 또 다른 부호가 첨가된 갑골문의 조형 에서도 확인할 수 있다.

허신과 1,000년 뒤의 중국인들이 전자篆字만을 근거로 하여 힘들고 위험하게 온갖 문자들을 해석하고 있을 때, 이 갑골문자들은 도대체 어디에 가 있었던 것일까? 해답은 두 가지다. 첫째는 아직도 땅속 깊은 곳에 매장돼 있다는 것이고, 둘째는 중국인들의 약재가 되어 뱃속에서 소화돼버렸다는 것이다. 전해지는 바에 따르면 아주 긴 세월 동안 갑골문의 유일한 기능은 효과가 뛰어난 약재가 되는 것이었다고 한다. 이것은 절대 과장도 아니고 희한한 일도 아니다. 수많은 고고학의 증거들이 이와 비슷한 일을 겪었다. 공룡의 화석인 '용골龍骨'은 시골 의사들에 의해 약재로 사용됐다. 아마도 칼슘을 보강하여 골밀도를 높이는 효과가 있다고 판단됐던 모양이다. 그러다가 1899년 금석학자 왕이룽王懿榮이 병으로 몸져누웠을 때, 뜻밖에도 그는 약재 속에서 문자가 새겨진 뼈 조각을 발견하게 됐다. 그는 직업적인 민감성을 발휘하여 무언가가 잘못됐다는 사실을 깨달았다. 이 일을 계기로 갑골문은 의학원에서 문학원으로 자리를 옮기게 됐다.

다시 본론으로 돌아가보자.

갑골문에서는 정확한 정오, 하늘의 해가 아무런 그림자도 만들지 않는 시각을 나타내는 '오午' 자를 아주 간단하게 또는 로 표현하고 있다. 학자들은 이 작대기 모양을 해가 하늘 한가운데 떠 있는 것이라고

설명했다. 그러나 첫째, 그 의미가 애매하고 둘째, 우리가 사용하는 태양 시계에 필요한 구상적인 미학 효과를 찾을 수 없어 생각에 어려움을 초래한다.

사실 내가 개인적으로 중간에 끼워 넣고 싶은 글자는 아무런 관계도 없는 글자 [illegible], 바로 '중衆' 자다. 이 글자에는 원래 해가 필요치 않다. 두 사람이 함께 있는 것을 '종從'이라 하고 세 사람이 함께 있는 것을 '중衆'이라 하여, 순수하게 의미의 기능만으로 이미 표현이 완성됐기 때문이다. 두말할 필요 없이 야간에 활동이 편리하지 않았던 상나라 사람들에게는 이런 일이 주로 대낮에 일어났을 것이다.

고대 항아리 위에 많은 힘과 시간을 들여 그려진 아름다운 무늬들은 용도가 무엇일까? 청동기 위에 어렵게 새겨져 주조를 실패로 돌아가게 했던 장식물들은 어디에 사용됐던 것일까? 이것은 예술가들의 작업이 성공을 거두었음을 의미하기도 하지만, 예술가들을 지치고 슬프게 만들었던 요소이기도 하다. 이런 장식들은 너무 화려하고 중요해서 그것들이 없이는 그릇 자체가 존재할 수 없는 거처럼 느껴진다. 하지만 이런 장식들은 아무런 소용도 없고 그릇의 용도와 전혀 관계가 없다. 만일 우리가 편리한 방법으로만 따진다면 [illegible]로 충분할 것이다. 사람들 머리 위에 있는 아름다운 해는 생략해도 된다.

이 외에 또 하나의 멋진 글자 [illegible]가 있다. 사람 하나와 그 그림자로 구성돼 있지만 오늘날에는 그 의미가 가차돼버렸다. 이 글자는 다름 아닌 '승乘(오르다)' 자다.

누가 어떤 시간의 눈금을 필요로 했는가?

우리가 찾기를 바라는 글자들은 땅속에 묻혀 있거나 사람들의 뱃속에서 소화돼버렸다. 좀 더 본질적인 문제도 있다. 상나라 사람들은 완벽한 시계를 만들겠다는 생각을 갖지 않았다. 그들에게는 엄밀한 질서를 갖춘 시간의 제도가 필요치 않았기 때문이다.

필요했건 아니건 간에 시간의 제도는 당시 생활 및 휴식의 리듬과 직접적으로 관련돼 있다. 그리고 이 생활과 휴식의 리듬은 우리가 종사하는 일(순전히 경제적 성격을 지닌 노동만으로 제한할 필요는 없다)에서 단서들을 찾을 수 있다. 예컨대 오늘날에는 물리학자들이 필요로 하는 시간의 눈금이 가장 정밀할 것이다. 분자와 원자와 수많은 미립자들의 반응을 관측하고 통제하기 위해서는 100만 분의 1초까지 구분해야 하기 때문이다. 육상이나 구기 종목 선수들에게는 소수점 두 자리의 수치가 매우 큰 차이를 만들 수 있다. 택시 기사들의 미터기는 2분 내지 4분에 한 번씩 눈금이 올라가고 학교 선생님이나 학생들은 기본적으로 한 시간 단위로 생활의 주기를 분할한다. 샐러리맨들은 일반적으로 시간에 거의 마비돼 있어서, 오전과 정오, 오후만 구분한다. 범죄자나 변호사, 법관들은 한 달 단위로 시간을 구분하고 1년, 3년, 7년, 10년, 15년, 20년 내지 무기징역으로 개인의 인생 구간을 결정한다. 신부나 목사, 법사, 승려 등은 인생 전체를 하나의 구간으로 사유하고 계산한다(하지만 그들이 요구하는 헌금의 단위는 갈수록 높아져 억대를 초과하는 경향이 있다). 고고학자들은 수십 수백 년을 단위로 시간을 구분하고 지질학자들은 1억 년을 단위로 삼기도 한다. 이렇게 긴 시간의 눈금을 사용하는 직종은 한 바퀴 순환하여 다시 물리학자들에게로 돌아오는데, 그것은 다름 아닌 천체물리학자들의 경우다. 그들은 밀리언Million, 빌리언Billion에 해당하는 '억만 또 억만'(유명한 과학 판타지 작가 칼 사강Carl Sagan 소설의 중국어판 제목이기도 하다. 아주 훌륭한 제목이라고 생각한다)의 시간을 단위로 삼는다. 이것은 우주의 생성과 종말을 알 수 없는 것과 마찬가지로 막연한 단위다. 한편 시인들은 이런 시간의 눈금을 사용하는 계층에 포함되지 않는다. 시인은 시간을 잃은 사람들로서, 애당초 시간에 대해 어떤 눈금을 사용해야 할지 알지 못한다. 그저 애매하게 '아주 오래', '영원히' 같은 무능한 범칭泛稱을 반복적으로 사용하여, 시간을 끊임없이 흘러가는 만물들 속으로 돌려보낸다.

갑골문 시대에 글자를 만들던 사람들은 통상적으로 어떤 일을 했을까? 아마도 이런 일들을 했을 것이다.

1. 채집(采) : 손으로 열매나 줄기 같은 식물의 식용 가능한 부분을 채취했다.

2. 어렵(漁) : 낚시로 물고기를 잡았다.
3. 목축(牧) : 막대기를 들고 양이나 소를 방목했다.

4. 농경(農) : 숲 언저리나 숲과 숲 사이의 빈 공간에서 원시적인 형태의 방도蚌刀를 가지고 땅을 정리했다.

우리는 이 모든 행위들이 힘과 시간이 소요되는 노동으로서 그 성과가 아주 미미하지만 바쁘지도 않고 끝이 나지도 않으며, 심지어 시간을 다투는 급한 일은 절대 아니라는 것을 잘 알고 있다.

나도 30년 전에 이란현 우제伍結향, 샤오웨이孝威촌에서 농촌생활을 한 적이 있기 때문에 농민들의 생활이 아주 힘들다는 것을 잘 안다(특히 모를 심은 논에서 잡초를 제거하는 일이 힘들다). 하지만 힘들다는 것이 반드시 바쁘다는 것을 의미하지는 않는다. 사실 농사짓는 생활의 리듬은 식물이 생장하는 속도와 변화에 의해 결정된다. 서두를 수도 없고, 수확을 앞당기기 위해 싹을 미리 뽑아 다 죽이는 우를 범해서도 안 된다. 농부에게 필요한 것은 인내심과 기다림이다.

일반적으로 말해 농번기는 벼농사에 집중되며 한 해에 두세 번씩 5~6일이면 지나간다. 특히 모가 카펫처럼 초록색으로 모판에 촘촘히 자라나서 이것을 논에 이앙할 때가 가장 중요하다. 이 모내기는 절대 시기를 늦춰선 안 된다. 모내기가 늦으면 벼의 생장에 치명적인 악영향을 미칠 수 있기 때문이다. 그 다음은 추수할 때이다. 이때는 가용한 모든 인원이 동원되고 때로는 하루 다섯 끼의 식사와 참을 제공하면서 삯꾼을 고용하기도 한다. 이렇게 서두르지 않다가는 우기를 만나 벼가 변질되어 식용으로 사용할 수 없게 된다.

농번기를 제외한 나머지 긴 시간은 이런저런 잡일을 하거나 닭과 오리, 돼지 등을 키우면 소일한다. 공연히 아이들을 때리기도 하며 시간을 보내다 비라도 오면 마음이 초조해지다가 해가 빨리 움직이지 않는 것을 탓하기도 한다. 해가 지면 아무 일도 하지 않는다. 타작마당에 앉아 귀신 이야기를 하거나 마을 사람들의 장단점을 입에 올리며 잡담으로 시간을 보낸다(농촌 생활에는 비밀이 있기 어렵다). 아니면 일찌감치 잠자리에 든다. 농가에서는 저녁 일고여덟 시에 잠자리에 들면 다음 날 새벽 네다섯 시에 일어나는 경우가 많다.

중국 화베이에 농번기가 한 번 있는 것과는 달리, 대만에는 두 번의 농번기가 있다. 게다가 논에서 생장하는 벼를 관리하는 일은 북방의 메마른 땅에서 자라는 보리나 수수를 관리하는 것보다 훨씬 힘이 많이 든다. 또한 사계절의 변화가 뚜렷한 북방의 대륙성 기후와는 달리, 대만의 겨울은 해가 짧지 않고 얼음이나 서리도 없다. 한편 북방에서는 겨울이 되어 초목의 생장이 중지되고 빙설이 천지를 뒤덮으면, 그저 조용히 봄이 찾아와 천둥이 치고 비가 오면서 만물이 소생하기를 기다리는 수밖에 없다.

이런 생활 방식은 정밀한 시간의 눈금을 필요로 하지 않는다. 샤오웨이촌의 외할머니 댁에 있는 오래된 시계는 실용적 가치보다 '유행을 따른다'는 과시의 요소가 훨씬 컸다. 당시에는 일하는 시간이 얼마나 되는지 엄밀하게 따지지도 않았고, 잠자는 것을 제외하고는 일과 휴식이 엄밀하게 구분되지도 않았다. 예컨대 우리 사촌형은 제방 밖에 있는 란양蘭陽 줘수이시濁水溪에 가서 오후 내내 낚시로 물고기나 새우를 잡곤 했다. 이것이야말로 한가롭게 여유를 즐기면서도 보조적으로 저녁 식사에 찬거리를 더해주는 일이 아니겠는가? 사람은 이처럼 서로 구별되지 않는 시간 속에 놓여 있으면 노동과 휴식을 구분할 수 없게 된다. 이런 생활환경 속에서 충분한 여유를 즐기면서 이야기와 전설, 노래, 그리고 갖가지 수공 기예를 창조해낼 수 있었던 것이다. 이것은 벤야민이 말한 인류의 이야기 전통의 양대 원천 중 하나이기도 하다(다른 하나는 상업 행위를 위해 하늘 끝처럼 먼 곳까지 가서 등에 잔뜩 지고 오던 상품들이다).

목축과 관련한 글자들

농경에 있어서 노동 리듬의 근거가 식물의 생장 속도와 변화라고 한다면, 목축에서는 동물의 생장 속도와 변화가 노동 리듬의 분명한 근거라고 할 수 있다. 농경의 리듬보다 더 급할 필요도 없고 급할 수도 없다는 뜻이다.

갑골문의 시대에 사람들은 어떤 가축들을 키웠을까? 소와 양은 가장 온순하고 키우기 쉬운 가축이라 방목의 방식을 취했을 것이다. 그래서 '목牧'의 자형은 와 같고, 이것을 좀 빠른 양으로 바꿔 또는 의 형태를 취하기도 한다. 도로를 나타내는 부호를 첨가하여 공간을 표시한 것이다. 가축들에게 야생의 푸른 풀을 마음껏 뜯어먹게 하고 날이 어두워지면 목축을 마치고 안전하게 집으로 돌아오는 상황을 나타내는 글자는 또는 다. 이 두 개의 글자 모두 '뢰牢(우리)' 자의 초기 자형이다.

말은 야성이 매우 강한 동물이다. 에는 긴 얼굴과 크고 총명해 보이는 눈, 그리고 바람에 휘날리는 듯한 갈기가 형상화돼 있다. 시종 순종과 불순종의 사이에 있는 모습으로서, 사람들이 항상 마음대로 통제하고 관리할 수 있는 모습이 아니다. 전문직에 속하는 특수한 훈련을 받아야만 관리가 가능하다. 말은 당시의 자연경제 체제 속에서 집에서 흔히 기를 수 있는 가축이 아니었고, 오히려 국가나 부족과 관련된 군사 산업에 귀속되는 경향이 강했다. 이런 상황은 오랫동안 지속되어 진한秦漢과 수당隋唐을 거치는 동안에도 계속 유지됐다. 때문에 고대 중국에서는 위험한 사물을 묘사할 때 흔히 말을 길들이는 일에 비유하곤 했다. 그리고 조보造父(주周나라 목왕穆王 시대에 말을 잘 몰아 왕에게 총애를 받았으며, 왕에게 팔준마八駿馬를 선물했다-옮긴이)처럼 말을 길들이고 복종시키는 데 능한 사람이나 씨족은, 특수한 지위와 명성이 따르는 중요한 인사나 씨족이 될 수 있었다.

갑골문에서 말을 사육하는 것을 나타내는 글자는 다. 이 글자는 말 우리를 일반적인 글자 '뢰牢' 자로 통칭하지 않고, 독립적으로 구별하여 나타내기 위해 만들어진 '구廏(마구간)' 자다. 이것은 가축을 사육하는 사람들이 말과 양이나 소의 본질적인 차이를 확실하게 의식했다는 것을 의미한다. 따라서 이 글자는 대단히 의미 있는 기록이라고 할 수 있다.

비교적 우여곡절이 많은 것이 돼지로서 ('시豕', 원래의 '저猪' 자)로 나타냈다. 돼지는 원래 용맹하고 포악한 동물이었나. 대만이나 일본의 작은 섬에서는 야생 돼지가 숭배의 대상이 됐던 기록도 있다. 심지어 일본 전국시대의 무사들은 '한 마리 돼지가 되겠다'는 각오로, 투구와 갑옷의 도안을 모두 야생 돼지의 모습에서 취해 용맹의 상징물로 삼기도 했다. 물론 이것은 많이 먹어 살이 찌고 더럽다고 자기를 비하하는 것이 아니라, 미야자키 하야오宮崎駿의 애니메이션 〈원령공주〉에 나오는 것처럼 죽음을 두려워하지 않는 전투 정신을 의미한다.

돼지와 관련된 갑골문에서도 처음에는 돼지를 사냥의 대상으로 표현했다. 오늘날의 '체彘(돼지)' 자가 그 글자로서 해서楷書의 자형에 '시矢(화살)' 자가 그대로 보존돼 있다. 죽음에 이르게 하는 탄두가 시신에 그대로 박혀 있다. 원래는 로 표현된 글자로서 화살 하나가 돼지의 몸을 관통하고 있다. 이 글자를 보면 대만 원주민들은 금세 무슨 뜻인

지 알아차리고는 지나간 세월(한인들이 이주해오기 전에 원주민들만 수렵생활을 하면서 살던 시절)을 그리워하면서 눈가를 적시게 될 것이다.

는 야생 돼지를 길들이고 사육하는 일과 관련된 아주 재미있는 갑골문이다. 이것은 '축豖' 자로 거세를 당한 내시 돼지를 가리킨다. 생식기와 본체가 이미 완전히 분할되어 더 이상 발정을 하지 않고 용감한 투사의 기질을 지탱해주던 힘도 바람 빠진 풍선처럼 사라져버렸다. 요란하게 꽥꽥거리는 가축으로서의 돼지가 된 것이다.

거대한 자연계에서 가장 프로이트적인 동물인 돼지는 이때부터 주거형 동물로서 더 이상 반항을 하지 않고 자포자기한 것처럼 미친 듯이 먹어대면서 살만 쪘다. , 즉 '집家'은 우리에게 가장 따뜻한 공간이자 고향을 멀리 떠나 있을 때 그리워하면서 눈물을 흘리는 대상이다. 돼지는 이제 즐거운 마음으로 이곳에서 뿌리를 내리게 됐다.

개 즉, 는 대단히 충성스럽고 자기를 관리할 줄 아는 동물이다. 동물학자들의 연구(예컨대 로렌츠Konrad Lorenz 박사의 《인간, 개를 만나다Man Meets Dog》 같은 저작)에 따르면, 인간과 소통한 시간이 가장 길고 인간의 생활 가장 깊숙이 들어와 있는 동물이 바로 개라고 한다. 가끔씩 식용으로 희생되기도 하지만, 기본적으로 개는 인간의 친구이자 피고용인이며 경제적인 생산 도구로서 목축과 사냥을 도울 수 있다. 때문에 '수獸(짐승)' 자의 갑골문은 와 같은 형태를 하고 있다. 이것은 네 발 달린 동물을 통칭하는 개념적 글자가 아니라 수렵의 도구를 펼쳐놓은 그림이라 할 수 있다. 들판에 펼쳐놓은 그물과 사냥개를 형상화하고 여기서 사냥의 뜻을 회의會意해낸 것이다. (는 또 다른 해석도 무척 재미있다. 는 인류가 최초로 사용한 Y자형 나뭇가지 무기로서 나중에 여기에 예리한

돌조각을 장착해 살상력을 높이게 되면서 가 됐다. 이것으로도 부족하여 나중에는 돌덩이에 자루를 달아 대상을 내려치는 데 사용하게 되면서 로 변형됐다고 한다.)

아름다운 사슴 도 있어 여전히 들판을 우아하게 돌아다니면서 무리를 지어 몰래 농작물을 훔쳐 먹곤 한다. 특히 시국이 불안하여 전답을 관리하는 사람이 도망쳐버리기라도 하면 곧바로 '성 밖에 크고 작은 사슴들이 자생하는' 난세의 상황이 펼쳐지게 된다. 하지만 초기 원시 인류가 이가 갈리도록 미워했던 동물인 사슴은 멀리서 바라보면 아주 아름다운 동물이기도 했다. 특히 머리 위에 교차돼 있는 큰 뿔은 우아하기 그지없었다. 때문에 아름다움을 나타내는 '려麗' 자의 갑골문 가 사슴을 모델로 하고 있는 것이다. 이 글자에서 특별히 강조되고 있는 것은 하늘로부터 독보적인 선물로 받은 커다란 뿔이다.

지금까지의 이야기를 정리해보자. 사슴은 들판에 있기 때문에 돌보려고 해도 돌볼 수 없고 개는 놀이와 일의 동반자라 돌볼 필요가 없다. 말은 특수한 대상이라 일반적으로 보살피기가 어렵고 양이나 소는 순순히 복종하는 동물이라 관리하기가 쉽다. 양주楊朱가 《설원說苑》이라는 책에서 말한 것처럼, 삼척동자도 손에 작대기 하나만 쥐면 100마리가 넘는 양이나 소를 동쪽에서 서쪽으로, 서쪽에서 동쪽으로 조금도 어려움 없이 마음대로 몰고 다닐 수 있다. 한편 돼지는 비교적 힘이 든다. 너무 많이 먹기 때문이다. 다행스러운 것은 음식을 가리지 않는다.

사냥과 관련한 글자들

일반적으로 채집은 수렵과 함께 어울려 동시에 진행됐다. 이렇게 하는 것이 둘 중 한 가지 방법으로만 사람들을 먹여 살리는 것보다 훨씬 나았기 때문이다. 앞에서 이야기했던 레비스트로스의 《슬픈 열대》에 나오는, 인디언들이 남자는 사냥을 하고 여자는 채집을 하는 서글픈 장면도 이런 상황이다.

〈디스커버리Discovery〉나 〈내셔널지오그래픽National Geographic〉 같은 잡지, 또는 자연 다큐멘터리 프로그램을 보면 대자연 속의 육식동물 포식자들은 날카로운 이빨과 예리한 발톱, 강력한 근육을 갖추고 있어 언제든지 마음껏 다른 동물들을 잡아먹는 것처럼 보인다. 하지만 실은 정반대다. 이 포식자들은 평소에는 아주 오랫동안 굶주리다가 어렵사리 재수가 없어 걸려든 연약한 동물이나 몸에 병이 나거나 부상을 당한 영양 따위를 잡아 배를 채우는 것뿐이다. 냉장고도 없고 육류를 장기간 보관하는 기술도 없다 보니, 남은 고기와 뼈는 하이에나나 독수리, 파리, 그리고 미생물들에게 처리하도록 맡기는 수밖에 없다(이 중 아메리카사자만이 남은 고기를 땅에 묻었다가 다음 날 다시 꺼내 먹는 습성을 갖고 있다). 그런 다음에는 다시 며칠 동안 긴 기아의 상태로 돌아가는 것이다.

우리가 주목해야 할 것은 이런 표범속屬에 속하는 포식 동물들은 거의 대부분이 단거리 경주의 고수(치타는 지구상에서 가장 빠른 단거리경주 기록 보유자이다)들이지만, 장거리를 달리는 데 필요한 지구력은 갖추지 못하고 있다는 사실이다. 이것은 사냥 행위의 필요에 따른 것으로서,

떼를 지어 몰려다니는 사자이건 외롭게 혼자 다니는 치타이건 간에 먹이를 사냥할 때는 인내심과 냉정함, 그리고 기다림이 필요하다는 것을 의미한다. 천천히 먹잇감에게 접근한 다음에는 아주 짧은 찰나의 순간에 잡아채야 하기 때문에, 대단한 폭발력으로 돌진한다.

이처럼 자연계에서 사냥의 강자로 자리 잡고 있는 동물들은 대개 좀 게을러 보인다. 절대로 바쁜 모습을 찾아볼 수 없다. 사실대로 말하자면 바쁠 일이 없다. 우아한 한가함과 가혹한 굶주림이 공존하는 상태라고 할 수 있다.

자연계에서는 인간도 포식자로서 원래는 그 지위가 그다지 높지 않았지만, 포식 도구의 발명과 끊임없는 개량을 통해 지금은 비교의 대상이 되는 동물이 없을 정도로 높은 지위에 올라가 있다. 우리는 갑골문을 통해 당시 사람들이 아무리 강대한 동물이라도 제압할 수 있었다는 것을 확인할 수 있고, 확신할 수도 있다. 먼저 사냥과 별 관계가 없는 글자 두 개를 살펴보도록 하자.

첫 번째 글자는 '희戲(놀이하다)' 자다. 오늘날 우리가 대체로 어린아이들의 영역으로 분류하고 있는 '희戲' 자의 가장 오래된 기록은 사실 대단히 위험하고 자극적인 죽음의 게임을 표현하고 있다. 에서 몸에 꽃무늬 반점이 가득하고 핏자국이 선명한 커다란 입을 가진 동물 는 중국 화북 지방에 사는 동물의 왕 '호랑이虎'이고, 호랑이가 대면하고 있는 것은 '창戈'이다. 사람이 창을 들고 둥글게 에워싼 채 호랑이와 싸우는 것이 바로 '놀이戲'였다. 상나라 사람들이 즐기던 이 놀이는 나중에 로마인들이 원형경기장에서 기독교 신자들을 박해할 때 사용하던 놀이가 됐다(호랑이가 사자로 대체됐을 뿐이다). 더 격렬한 글자로 가

있다. 맨손으로 호랑이를 붙잡고 있는 모습 같은 이 글자는 '괵虢(호랑이 발톱 자국)' 자로서 나중에는 씨족의 이름으로만 남게 됐다. 사람들이 더 이상 이처럼 용기는 있지만 지혜는 없는 일을 하지 않았기 때문이다. 용맹을 떨치던 이 씨족의 선조들이 맨손으로 호랑이를 잡은 것이 송나라 때의 영웅 무송武松이 술에 취해 억지로 적진에 나가 맨손으로 호랑이를 때려잡은 것보다 2,000년이나 앞선 일이었다.

사냥의 도구와 관련하여 우리는 이미 낚싯대로 물고기를 잡는 것도 보았고 들판에 올가미를 놓거나 개를 이용하여 사냥감을 잡는 것도 보았다. 이 밖에 또 어떤 도구들이 있을까?

물론 물고기는 그물을 던져 한꺼번에 많이 잡을 수도 있다. 물고기를 잡는다는 뜻의 '어漁' 자의 또 다른 자형은 이다.

활로 돼지를 잡는 모습에서 확인할 수 있는 것처럼 들짐승을 잡는 데는 주로 투척 기구인 활 즉, 를 사용했고, 이것을 이용하여 투척하는 탄환은 '화살矢' 즉 나 '탄알彈' 즉 였다. 이 외에 함정을 설치하는 방법도 있었다. 함정을 나타내는 '정阱' 자의 갑골문은 로서, 눈도 크고 뿔도 큰 사슴 한 마리가 함정에 빠진 비참한(입장에 따라 즐거울 수도 있다) 모습을 그린 도상이다.

새를 잡는 방법은 갑골문에 아주 상세하게 나타나 있다. 가장 원시적인 단계에서는 손으로 새를 잡았다. , 이 글자는 다름 아닌 '척隻' 자로 '획獲(얻다)' 자의 원형이지만 전주되어 주로 물건을 셈하는 단위로 쓰이고 있다. 새를 처럼 회수하기 좋도록 줄을 매단 화살을 쏘아서 잡을 수도 있었고, 처럼 그물을 이용하여 잡을 수도 있었다. 이 글자는 한 손으로 새를 향해 그물을 던지는 모습을 형상화하고 있다. 또

한 대만 핑둥屛東 헝춘恆春의 새 꼬치구이 집에서 파는 냐오즈타鳥仔踏는 함정에 걸려든 새를 잡아서 만드는데, 이와 비슷한 방법의 도상인 도 있다. 활로 새를 잡는 와 그물로 잡는 , 함정을 놓아 잡는  등 세 가지 새를 잡는 방법과 관련된 글자는 어떻게 읽는지 알 수가 없다. 이 글자들로부터 연역되어 나온 또 다른 글자가 없기 때문이다. 잡는 방법은 각기 다르지만 결과는 같기 때문에 모두 '척隻' 자 안에 병합된 것인지도 모른다. 하지만 그 뜻은 분명하게 알 수 있다.

갑골문에 나타난 손들은 인간이 새나 짐승, 벌레, 물고기 등을 잡았다는 것을 나타내지만, 아주 효율적으로 대량 포획을 할 수 있었던 것은 아니었음을 보여준다. 사실 사냥의 사슬에서 가장 높은 단계에 올라 있는 인간은, 먹잇감을 사냥하는 사자나 치타와 마찬가지로 공급이 불안정한 처지에서 벗어나지 못했다. 게다가 계절과 기후, 지형 등 통제할 수 없는 자연 요소들의 영향을 받았다. 때문에 나태하고 항상심이 부족한 사람들을 비웃는 "이틀 고기를 잡고 사흘 그물을 말린다"라는 속담은, 사실은 인간의 사냥 현실을 편견 없이 묘사한 표현이라 할 수 있다.

사냥은 확실히 용감하고 개척 정신이 강하며 대단히 자유로운 경지의 행위로서 특별한 매력을 지니고 있다. 하지만 시시때때로 굶주림에 시달리는 배를 뱃가죽으로 지탱한다는 것은 상상만 해도 대단히 어리석은 일이 아닐 수 없다. (예컨대 안톤 체호프Anton Pavlovich Chekhov의 소설에 나오는 사냥꾼 가족들은 하나같이 어렵고 넉넉하지 못한 생활을 하고 있다. 반면에 의식주 걱정이 없는 왕공 귀족이나 지주, 부호들만이 사냥을 할 수 있었다는 사실도 언급할 필요가 있다.) 때문에 이런 생활 방식은 목축과 농경으로 대체

됐다. 이것은 좀 더 안정적인 음식물 공급에 대한 인간의 요구를 반영하는 동시에, 인간이 더 바쁜 생활 방식의 단계로 접어들었음을 의미한다. 어쩌면 일이 많아 바쁘면서도, 기꺼이 그런 바쁨을 즐기는 생활 방식을 갖게 됐다고 하는 것이 더 정확한 표현인지도 모른다.

여유와 창조

훗날 공산주의자들은 보편적으로 인간의 모든 발명과 창조가 노동에 기인한다고 굳게 믿었다. 집단 협동으로 노랫소리가 어우러지는 가운데 힘들고 슬프면서도 즐거움을 느낄 수 있는 바쁜 노동(솜 틀기 같은 일을 예로 들 수 있다) 속에서 갖가지 창조와 발명이 이루어졌다는 것이다. 물론 이것은 지나치게 편협한 주장으로서 오류라고 하기에 충분하다. 그들의 영원한 스승인 칼 마르크스Karl Heinrich Marx는 그들보다 훨씬 더 똑똑했고 용감하고 정직했다. 마르크스는 인간의 창조와 발명의 진정한 근원은 한가함이라고 생각했다. 아무 관련도 없이 빛나지만 절대로 밥이 될 수는 없는 월계관을 고통스럽게 일하는 민중의 노동에 바치는 것과는 전혀 다른 태도였다.

마르크스의 '유한창조설有閒創造說'이 참고하고 있는 인식의 틀은 고대 그리스였다. 이와 관련하여 버크 버넷Burk Burnett은 고대 올림픽에 빗대어 "가장 낮은 계층은 운동장 주변에서 물건을 파는 노점상들이고, 중간 계층은 경기장 안에서 시합을 하는 선수들이며, 가장 높은 계층은 할 일이 없어 한가롭게 경기를 관람하는 사람들이다"라고 말한 바 있다. 마르크스는 생산력이 매우 낮았던 고대에는 사회의 광대한 하층 계급이 사회 전체의 생계를 부담했고(물론 자발적으로 그랬던 것은 아니다. 그렇게 멍청한 인간은 존재하지 않는다) 이에 따라 일부 사람들은 시간과 마음을 다른 곳에 쓸 수 있는 해방의 기회를 누릴 수 있게 됐다고 믿었다. 때문에 이들이 우아하고 한가롭게 하늘의 별을 관찰하거나 자연계의 온갖 생물과 수많은 중생들의 불요불급한 일들을 연구할 수 있었다는 것이 마르크스의 생각이었다. 실제로 고대 아테네에서는 엄청나게 많은 이민족 노예들에게 노동을 떠맡겼다. 탈레스처럼 사지가 부실한 사람은 하루 종일 고개를 들어 하늘을 쳐다보면서 명상에 잠길 수 있었다. 그러다가 조심하지 못해 발을 헛디뎌 우물에 빠지는 바람에 옆에 있던 트라키아에서 온 하녀가 웃음을 터뜨리기도 했다.

하지만 이런 그리스 모델은 너무 단순한 면이 있다. 그렇다고 더 이전 시기까지 거슬러 올라가 신석기시대 인류까지 따져본다고 해서 더 찬란한 세월을 창조할 수 있는 것도 아니다.

정말로 인류를 바쁘게 만든 핵심적인 변화는 교환경제 사회의 발생과 확립이라고 할 수 있다. 노동의 성과가 상품 형식으로 산출되고, 화폐를 통해 영원히 썩거나 파괴되지 않고(성경 〈마태복음〉 6장 19절에서 "좀이 먹거나 녹슬어 못쓰게 되고 도둑이 와서 훔쳐갈 것이다"라고 말한 것이나 경제학자들이 말하는 통화 팽창 분석처럼 물리적으로 썩지도 않고 파괴되지도 않는 것은 아니다) 그대로 축적되게 된다. 노동 자체가 점차 생산된 상품으로 인한 만족에 제한받지 않게 되면서 다다익선으로 영원히 그치지 않고 진행되게 됐다. 멈춤이 있는 것은 오히려 극도의 제한을 받는 인간의 육제와 정신이었다. 바쁘다는 것은 이런 상황을 말한다. '일을 그날 하루에 다 해내지 못하는' 끝없는 바쁨인 것이다.

사람들이 바쁘게 된 것은, 특히 산업혁명 이후 기계가 노동의 리듬을 결정하게 되면서 절정에 이르렀다. 인간은 하루에 열여덟 시간, 심지어는 그 이상의 노동에 시달려야 하는 지경에 이르렀다. 마르크스를 비롯하여 존경할 만한 사회학자들이 직면한 것은 바로 이런 사회였다. 그들은 이처럼 놀라운 광경 속에서 수많은 역사의 진상을 관찰하기 시작했다. 물론 이처럼 강렬하고 진실한 경험으로 인해 오래전의 낙후되고 생산력이 낮았던 인류 사회에 대한 국부적인 회고로 잘못된 이미지를 만들어내기도 했다(이런 식으로 추론하면 고대 노예들은 하루에 서른 시간을 일했다는 결론이 나올 수도 있지 않을까?).

대규모로 문자가 만들어지던 시대에 아직 자연 경제 시대에 살았던 인간의 슬픔과 고통은 바쁨이 아니라 오히려 바쁠 일이 없다는 사실에서 왔다. 그들의 노동 생산은 극복할 수 없는 자연 요소에 의해 겹겹이 제한을 받았기 때문이다(예컨대 햇빛과 기후, 계절, 동식물의 생장 조건 및 속도, 지형과 지물 등이다). 체호프가 러시아 죄수들의 유배지인 사할린 섬을 관찰하고 나서 쓴 《사할린 섬》에서 묘사한 것처럼, 현지의 혹한 기후와 메마른 땅은 사람들로 하여금 아무런 계획도 세우지 못하게 했다. 그저 러시아 정부가 지급하는, 배불리 먹지는 못하지만 굶어죽지 않을 정도의 식량으로 연명하면서 생존의 경계선에서 몸부림칠 뿐이었다. 하지만 그들에게 가장 절망스러웠던 것은 할 일이 없다는 사실이었다.

다시 말해서 한가함은 먹고 입을 것을 걱정하지 않아도 되는 부유함과 공생하는 것이 아니라 굶주림이나 가난과 공생한다고 할 수 있다.

반 고흐도 그랬고 발터 벤야민도 그랬으며 마르크스도 그랬다. 내 생각에는 대규모로 문자가 만들어지던 시대의 이름 없는 발명가들도 어느 정도는 그랬을 듯하다.

완전히 새로운 시계

이제 우리도 할 일이 없다는 절망에 맞닥뜨리게 됐다. 갑골문 시대에는 우리가 상상하는 그런 시계가 없었던 것이다. 그들은 시시각각 자신들의 시간이 기다리지 않고 흘러가고 있다는 사실을 신경질적으로 일깨워주는 시계가 필요치 않았다. 《이상한 나라의 앨리스Alice's Adventures in Wonderland》에서 약속된 시각에 도착하지 못하게 될까 두려워 시시각각 시계를 쳐다보는 토끼처럼, 밥 먹는 것을 포함하여 다음날로 미루면 절대로 안 되는 일은 없었던 것이다.

시간은 변하지 않았지만 인간은 시간에 대한 인식으로 인해 직접적인 변화를 겪어왔다. 우리는 더 긴 시간의 눈금을 훔쳐 시계의 문자반을 장식해볼 수도 있을 것이다. 좀 억지스런 면이 있기는 하지만 대단히 아름다울 수도 있다. '춘春', '하夏', '추秋', '동冬'의 네 계절을 지칭하는 글자를 시계의 3, 6, 9, 12에 끼워 넣는 것이다.

'춘春'은 기본적으로 형성자로서 나무를 나타내는 의부에 '둔屯'이라는 소리를 더한 것이지만 형성자답지 않게 무척이나 아름답다. 는 '둔屯' 자() 자체가 초목에 싹이 돋은 아름다운 모습을 형상화하고 있다. 때문에 이것을 조합하면 숲 속에 새싹 하나가 바람 속에 아주 위태

로운 모습으로 서 있는 감동적인 이미지(미야자키 하야오의 작품 〈바람 계곡의 나우시카〉의 맨 마지막 장면 같은)를 연출하게 된다. 때로는 여기에 처럼 햇빛에서 복사되는 빛의 기둥이 첨가되어 더 그럴듯한 조명 효과를 발휘하기도 한다.

'하夏' 자는 갑골문이 없기 때문에 주周나라 때의 금문을 차용하는 수밖에 없다(갑골문에 이 글자가 없다는 이유로 중화민국 초기의 의고학자疑古學者들은 하夏나라가 허구의 왕조라고 단언하기도 했다). , 이 전자篆字는 비교적 난해하긴 하지만 나는 쉬징슝 선생의 해독이 가장 멋지다고 생각한다. 그는 이 글자가 기우제를 올리는 무당의 모습을 형상화한 것으로서 발 아래에 있는 발걸음 부호들은 메마른 여름에 비를 내려 달라고 간절히 비는 제신祭神의 춤을 표현하고 있는 것이라고 설명했다.

'추秋' 자는 소전小篆(진시황 때 이사李斯가 대전大篆을 간략하게 변형하여 만든 글씨-옮긴이) 이후에 간화되어 처럼 곡물의 줄기나 잎을 태우는 모습을 하고 있다. 내 기억으로는 이럴 때 나는 냄새가 가장 좋았던 것 같다. 또한 이 냄새는 사계절이 불분명한 대만에서 가을의 맛을 가장 제대로 느낄 수 있는 냄새이기도 하다. 하지만 순수하게 미학적으로 말하자면 갑골문의 원형은 이보다 훨씬 아름다운 가 될 것이다. 상단부에 있는 것은 신나게 곡식을 먹고 있는 황충蝗蟲이고 하단부에 있는 것은 불이다. 이것은 농작물이 무르익는 계절에 불을 피워 황충을 쫓아버리던 기억을 묘사한 것일 가능성이 매우 높다. 중량감과 생활의 질감으로 가득한 기억이 아닐 수 없다.

'동冬' 자는 조형이 매우 단순하여 와 같다. 초목이 시들어 늘어진 모양이라는 견해도 있고, 얼음이 언 것을 나타내는 형상이라는 견

해도 있다(참고로 금문의 '빙冰' 자는 仌 와 같다). 어쨌든 둘 다 겨울에 만물이 생장을 멈추면서 모두들 할 일이 없게 된 것을 나타내는 조형이다. 한 해를 정리하고 다음 한 해를 기다리는 추운 시절의 모습인 것이다. 이 네 글자를 통해 봄, 여름, 가을, 겨울을 살펴보면 더 이상 투명한 추상적 시간이 아니라, 인상파 후기에 나타나기 시작한, 서민들의 생활을 담은 네 폭의 그림 같다는 생각이 든다. 나는 이것이 더없이 좋은 시계의 문자반이 될 수 있을 것이라고 굳게 믿고 있다.

7

가장 벤야민다운 문자는 무엇인가?

해마다 때가 되면 신문과 잡지들에서는 금세기의 가장 위대한 기획이라며 우리에게 아주 재미없는 질문을 던지곤 한다. 황량한 무인도에 남게 됐을 때 혹은 세상의 마지막 날에 이르렀을 때, 단 한 권의 책만 가지고 갈 수 있다면 어떤 책을 선택하겠느냐는 것이다.

물론 나는 그들이 이런 질문을 던지는 의도를 잘 알고 있다. 그저 가장 좋아하는 책, 항상 옆에 두고 싶어 하는 책의 제목을 묻는 것에 다름 아니다. 하지만 이런 질문이 사람들을 얼마나 짜증나게 하는지 모른다. 심지어 좋은 대답을 못 듣는 경우도 많을 것이다. 세상의 마지막 날에 황량한 무인도에 떨어지는 순간까지 여유를 부리며 책을 한 권 가지고 가서 무얼 한단 말인가? 이런 여유가 있다면 차라리 통조림을 하나 더 들고 가는 것이 낫지 않을까? 심지어는 약간의 청산가리를 가져가는 것이 더 유용할지도 모른다. 나는 아직 먹어보지 못했지만 한 순간에 고통 없이 세상을 떠날 수 있다고 한다. 게다가 사망한 뒤에도 두 뺨 위의 홍반이 그다지 흉하지 않다고 한다.

어쨌든 좋다. 황량한 섬에 떨어져 내일이면 세상의 종말이 온다고 가정해보자. 이런 상황에서 갑골문자 하나를 가지고 갈 수 있다면 당신은 어떤 글자를 가지고 가겠는가? 나라면 옆 페이지의 저 이상하게 생긴 글자를 택할 것 같다. 이 글자는 커다란 눈 하나가 사거리 한가운데서 사방을 둘러보고 있는 모습이다. 산보하는 글자, 한가한 나그네들의 글자, 가장 벤야민적인 글자라 할 수 있다.

> 여기 이런 사람이 있다. 그는 수도에서 매일 쓰레기를 수거한다. 이 도시에서 버려지고 분실된, 이 도시가 포기했고 무수한 발에 짓밟힌 물건들을 그는 일일이 종류별로 분류한다. 그는 욕망의 편년사, 누적된 낭비를 세밀하게 조사한다. 그는 물건들을 분류하여 정교한 취사선택을 하고, 그렇게 챙긴 물건들을 수전노가 재물을 지키듯 소중하게 보관한다. 이 쓰레기들은 '산업 여신'의 상악과 하악 사이에서 유용한 물건 또는 사람들이 좋아하는 물건으로 변신하게 될 것이다.

> 한 문인과 그가 살고 있는 사회 사이의 동화작용은 일종의 유행을 통해 거리 위에서 발생한다. 거리에서 그는 그 다음 돌발 사건과 그 다음 농담, 그 다음 소문에 잘 대응할 수 있도록 자신을 잘 준비시켜야 한다. 여기서 그는 그와 동료들, 그리고 도시 사람들 사이에 전체적인 연계망을 펼치게 된다. 그가 그들의 성과에 의지하는 것은 창녀가 요염하고

> 교태가 넘치는 화장에 의존하는 것과 같다. 거리에서 그는 군중 앞에서 나태하고 산망한 모습을 보여주는 데 시간을 사용한다. 이것은 그의 일 중 한 부분이다. 그의 행위는 마치 마르크스에게서 상품의 가치가 그것을 생산하는 데 필요한 노동 시간에 의해 결정된다는 사실을 배웠다고 말하는 듯하다. 사람들 앞에서 한가한 시간을 연장하는 것은, 그 자신이 노동자이고, 노동의 가치가 사람이 만지는 것으로는 헤아릴 수 없을 정도로 크다는 것을 인식하는 데 반드시 필요한 행위인 것이다.

이 두 단락은 비범한 말이다. 앞 단락은 보들레르Charles Baudelaire가 한 말이다. 그 유명한 '자본주의/도시/한가한 유랑자'의 논술을 전개한 바 있는 보들레르는 벤야민이 가장 좋아했던 시인이다. 두 번째 단락은 벤야민이 한 말이다. 지금 그를 좋아하는 많은 사람들이 역사상 그만큼 마르크스를 이해하고 마르크스의 엄정한 '노동 가치론'을 사용한 사람은 없다는 사실을 깨닫고 있다.

벤야민은 어떤 사람인가? 나는 그가 20세기 인류를 통틀어 가장 날카롭고 신비하며 자유로웠던 영혼이었다고 생각한다. 그는 시도 쓰지 않았고 소설도 쓰지 않았으며 전문적으로 철학이나 역사 분야의 저술 활동에 종사하지도 않았다. 따라서 그는 시인이나 소설가도 아니고 철학자나 역사학자도 아니다. 벤야민은 이 모든 것을 초월하거나 유체 이탈하는 형식으로 지식의 모든 분야를 돌아다녔다. 어떤 의미에서 그는 세상에서 마지막으로 완전한 영혼이었다고 할 수 있다. 마음으로 세상을 이해한 한가로운 구경꾼이자, 그 자신의 용어를 빌려 말하자면 그냥 '문인'이었다. 그리고 그를 어떤 유형으로 분류할 수 없다는 이유 때문에 인류의 현실 생활의 운용 메커니즘으로는 그를 등록시키거나 인정하기가 어렵다. 결국 그는 '사회에 대해 반항하는 다소 낮은 지위에 있었고, 어느 정도는 하루하루를 보장할 수 없는 불안한 생활을 했다.'

벤야민은 내가 개인적으로 가장 가슴 아파하는 사람, 가장 애석한 영혼이기도 하다(그 다음으로 애석한 인물은 폐병으로 마흔넷의 나이에 세상을 떠난 러시아의 위대한 소설가 체호프이고 그 다음이 반 고흐다. 고흐는 자신을 '완전히 불태우고 나서' 총으로 자진했다). 그는 좌익 유태인이라는 신분 때문에 제2차 세계대전 동안 내내 게슈타포의 추적과 박해에 시달려야 했고, 생의 마지막에는 가난과 병이 한꺼번에 닥치면서 1940년 프랑스와 스페인의 국경에서 절망적인 자살을 선택하게 됐다. 마흔여덟의 나이, 당연히 그의 사상도 가장 성숙했을 시기였다.

벤야민 생전에 그의 가치를 알아준 사람은 세상 전체를 통틀어 브레히트Bertolt Brecht를 비롯하여 한두 명에 불과했고 그의 저술은 모두 유작의 형식으로 세상에 공개됐다. 게다가 수십 년이 지나서야 사람들은 조금씩 그를 이해하기 시작했다. 이 세상의 진실한 진보와 사람들의 처지에 관해 조금 드라마틱하게 말하자면 벤야민은 상고시대의 전설에 나오는 선지자 같았다. 그가 아주 오래전에 써내려갔던 통찰과 견해는 흰 종이와 검은 글씨 속에 밀봉돼 있다가 반세기가 지나서야 후대 사람들에게 알려지고 인식되게 됐다.

아마도 벤야민은 3,000년 전에 중국인들이 이처럼 한가한 글자를 만들어 마치 자신의 논술과 발견을 예고하듯 갑골 위에 새겨놓았다는 사실을 알지 못했을 것이다. 가장 궁금한 것은 벤야민이 이렇게 오래된 한자들을 눈앞에서 보게 된다면 어떤 생각을 할까다. 그가 큰 소리로 웃어댈까? 그의 얼굴에는 어떤 표정이 떠오를까?

눈이 부신 글자들

이 벤야민적인 글자는 유감스럽게도 훗날 싸워 이겨선 안 될 사람이 이기는 바람에 맛없는 의미로 채워지고 말았다. 이 글자는 다름 아닌 오늘날의 '덕德' 자다. 좋은 뜻의 격려성 작명(인명이나 상점 이름, 회사 상호 등)의 영역 안에서 한 걸음도 벗어나지 못하고 있다.

하지만 이 글자의 원초적인 형태를 본 사람이라면 유가儒家의 주장에 절대로 동의하지 않을 것이다. 특히 송대 이후 유가의 엄격한 윤리에 갇혀 있는 형식적 해석은 절대 받아들일 수 없다. 이 글자는 사람들이 오가는 대로 위에서 배회하는 모습을 형상화한 것이 분명하다. 자유롭고 한가하며 눈앞에 있는 모든 것들에 대한 어린아이 같은 호기심으로 가득하다.

여기서 우리는 또 다른 글자를 살펴봄으로써 부패하고 아름답지 못한 맛을 깨끗이 씻어버릴 수 있다. 게다가 나는 개인적으로 이런 가능성이  자 바로 다음의 반응, 바로 다음의 표정일 것이라고 믿는다.

 자도 여전히 크게 뜬 눈이고 사방에는 반짝거리는 광점들이 있다. 대단히 눈이 부신 글자이자 통상적으로 몸이 대로 한가운데 있을 때만 나타날 수 있는 글자다. 우리가 사는 집 주변에 있는 모든 것들에 대해서는 투명에 가까울 정도로 너무 잘 알고 있기 때문에 호기심이

생길 가능성이 낮다. 때문에 집에서는 이런 반응이 일어날 수가 없다. 시골의 들판 풍경은 또 너무 그윽하고 고정돼 있다. 때문에 눈이 쉴 수 없을 정도로 바쁘게 움직이지 않는다.

이 눈이 부신 글자를 오늘날 해서로 쓰면 '嚚'이 되고 발음은 '은'이다. 지금은 거의 사용되지 않고 있는 죽은 글자다. 이 글자가 마지막으로 사용된 것은 순 임금의 모친을 언급할 때였을 가능성이 크다. 순은 아버지가 완頑이고 어머니가 은嚚이었다. 아버지는 성격이 거친 무뢰한이었고 어머니는 몹시 어리석고 수다스런 여자였다. 하늘이 맺어준 이 대단한 부부는 어린 아들 상象을 총애하면서 효성스런 아들 순을 지속적으로 박해하여, 중국 역사상 최초의 가족폭력 사건의 가해자가 됐다. 하지만 하늘에도 눈이 있고 동물도 감정이 있는 법이라, 순이 밭을 갈면 작게는 새로부터 크게는 코끼리에 이르기까지 수많은 동물들이 앞다퉈 도왔다. 그중 밭을 가는 데 가장 큰 힘을 보탠 동물이 바로 코끼리였다.

중국 화베이 지방에 코끼리가 있었을까? 그 시대에는 있었다. 당시에는 화베이 지방의 기온이 지금보다 높았고 강우량도 훨씬 풍부했다. 땅 위의 풍경도 오늘날보다 푸른빛이 훨씬 진해 《시경》에서 묘사하고 있는 것과 다르지 않았다. 때문에 당시의 환경은 코끼리가 살기에 아주 적합했다. 갑골문에도 이런 사실을 뒷받침할 만한 철석같은 증거가 남아 있다. , 즉 '상象' 자는 긴 코와 긴 이빨을 갖고 있어 특징이 아주 명확하다. 그리고 코뿔소를 나타내는 '시兕' 자 또는 '서犀' 자가 있다(두 글자는 자원이 같다). 는 중국에서 멸종된 외뿔소의 이미지를 더 분명하게 강조하고 있다. 코끼리는 성정이 온순하고 총명하여 사람들

과 잘 통하기 때문에 가장 먼저 길들여진 농사용 동물일 가능성이 크다. 갑골문의 '위爲' 자 는 사람이 손으로 커다란 코끼리의 코를 잡아 당기는 모습을 형상화한 것으로서, 어떤 행동을 통해 일정한 공을 이루었다는 뜻을 나타낸다.

순임금이 거칠고 어리석은 부모들로부터 학대를 받으며 살았다는 이야기는 전설일 가능성이 많지만, 그 안에 담겨 있는 경험과 디테일은 충분한 근거를 갖고 있다고 할 수 있다. 적어도 큰 코끼리들이 그의 농사를 도왔다는 대목은 충분히 일리가 있는 이야기이다.

한편 '은嚚' 자는 어떤 일을 해내지 못한다는 뜻을 갖게 됐다. 나는 이것이 문자의 전환과 변이 과정에서 나타난 하나의 분화로서 오해의 발생에 의한 것이라는 의심을 떨칠 수 없다. 그 과정은 아마 이럴 것이다. 자는 전자篆字로 선조線條화되는 과정에서 그 형태가 嚚로 변했을 것이다. 그리하여 원래 감각기관이 집중돼 있던 큰 눈이 슬그머니 '신臣' 자로 변하고 원래의 반짝이는 광점 부호들은 '구口' 자가 되어버린 것이다('구口' 자는 갑골문에서 통상 광점 부호 같은 마름모꼴이나 네모꼴의 형태를 취하는 게 아니라 ㅁ의 형태로 그려지곤 했다). 이리하여 맨 처음에 눈을 아찔하게 만들었던 멋진 그림은 사라지고 네 개의 커다란 입이 주위를 에워싸고 있는 듯한 무서운 모습이 되고 말았다. 물론 이것은 '쉬지 않고 잔소리를 쏟아내는' 순 임금의 계모의 특징을 멋지게 모사한 것이다.

나는 개인적으로 원래의 자의 다음 반응은 오늘날에도 여전히 사용되고 있는 '효囂(시끌벅적하다)' 자일 것이라고 믿는다. 이 글자는 눈의 어지러움에서 뇌 속의 소화불량으로 내면화되어 발전한 글자다. 갑골문에는 없고 전자에는 로 표기하고 있다. 우리가 알고 있는 바와 같이 중간에 대체된 '혈頁(머리)' 자는 갑골문에서는 로 표기하고 있다. 사람이 무릎을 꿇고 앉아 있는 모습에서 이마 부분을 과장하여 확대한 보습이다. 알고 보니 이 글자는 바로 '두頭(머리)' 자의 원형이었다. 때문에 오늘날 우리가 사용하는 두부頭部와 관련된 글자들 중 여전히 '혈頁'의 의부가 충실하게 보존돼 있는 것이다. 예컨대 '두頭', '안顏(얼굴)' 또는 '고顧(고개를 돌리다)' 같은 글자들이 그렇다.

감각기관의 위치 이동

문제가 계속 늘어나고 있다. 하나하나 풀어나가기로 하자. 벤야민은 잠시 기다리게 해도 무방할 듯하다.

감각기관은 눈에서 입으로 옮겨가고 뇌에서 입으로 이동했다. 이런 감각기관의 위치 이동 현상은 문자 발전 과정에서 의심할 수 없는 것임에 틀림이 없다. 그럼 여기서 감각기관이 코로 옮겨간 두 가지 실례를 살펴보도록 하자.

우선 '문聞' 자는 갑골문에서 국부적인 기관을 지나치게 확대하여 표현하는 방식을 사용하고 있다. 아주 커다란 귀를 가진 사람이 무릎을 꿇고 앉아 있는 모습, 즉 를 하고 있다. 하지만 오늘날에는 고시古詩에 남아 있는 "그대가 다른 뜻을 품고 있다는 이야기를 듣고서 이렇게 이별의 결정을 알리러 왔습니다聞君有二意, 故來相訣決"나 "듣자하니 쌍계에 봄빛이 한창 좋다고 하더군요聞聽雙溪春尙好" 같은 구절

외에 백화문에서 사용하는 '문聞' 자는, 거의 대부분 코가 갖고 있는 후각 기능의 영역으로 옮겨가 버렸다. 사실 '문聞' 자 안에 있는 '門' 자의 형태도 미묘한 방법으로 변화되어 나온 것으로서, 원래는 문 뒤에 숨어서 몰래 엿듣는 아낙네들을 암시하는 뜻은 전혀 없었다.

정말로 코나 후각 기관과 관련이 있는 갑골문은 대부분 '자自'의 부호를 갖고 있다. 이것은 조금 민감한 사람이라면 쉽게 통찰해낼 수 있는 사실이다. '자自', 즉 는 상형된 '비鼻' 자에 다름 아니다. 후각을 나타내는 '후嗅' 자의 갑골문은 총명하게도 아주 커다란 코를 후각이 가장 뛰어난 개의 머리에 장착하여 의 모습으로 나타내고 있다. 이것이 '취臭(냄새)' 자다. 하지만 이 글자는 나중에 안 좋은 냄새만 나타내는 글자로 타락하고 만다. 때문에 원래의 글자에 '구口' 부호가 첨가되어 '후嗅' 자가 된 것이다.

우리가 오늘날 관용적으로 사용하고 있는 '맛味道'이라는 단어에서 '미味' 자는 '구口' 자의 의부를 갖게 되면서 형성자가 됐다. 물론 원래는 혀가 관할하는 미각의 영역에 속했지만('설舌', 즉 는 혀 위의 혈관과 침을 강조하기 위한 형태였지만, 나중에는 점차 흉악해져 곤충이나 우주 밖에서 온 괴물의 입 같은 형태를 갖게 됐다. 마치 화분이 비를 맞고 있는 것 같기도 하다. 우리는 또 외형이 더 우아하지 못한 갑골문 , 즉 '음飮' 자를 찾아내게 된다. 이것은 목과 혀를 쭉 빼고서 술이나 물을 마시고 있는 모습을 형상화한 글자다) 대체로 코를 향해 옮겨갔다고 할 수 있다. 물론 미각과 후각은 서로 긴밀히 연결돼 있어 완전히 분리하기가 어렵다. 이처럼 부분적인 감각기관의 혼용과 위치 이동은 비교적 본질적인 정서에 부합하는 것이라 할 수 있다. 우리는 미식美食을 즐길 때 코의 적극적인 참여가 얼마나 중요한지

잘 알고 있다. 게다가 감기가 심해 코가 막혀 있을 때는 음식을 먹어도 그 '맛'을 잘 모르는 경우가 많다는 사실을 직접 체험한 바 있다.

이처럼 이상한 갖가지 착오들에 대해 일일이 문제를 제기할 필요가 있을까? 기어코 바로잡을 필요가 있을까? 아마 이미 때가 늦었을 것이고 바로잡을 필요도 없을 것이다. 솔직히 말해서 '잘못된 것이 쌓여서 옳은 것이 되는 것積非成是'은 원래 문자 발전 과정에 있어서 대단히 '정상적인' 부분이다. 문자는 줄곧 잘못 이해하기와 잘못 읽기, 그리고 잘못 쓰기를 거듭하면서 구불구불 발전해왔다. 온갖 이물질들과 오염을 다 수용하는 바다가 모든 것들을 조용히 받아들여 퇴적시키고 분해하는 것과 같다고 할 수 있다. 물론 모든 시대마다 눈에 모래가 들어가는 것을 참지 못하는 사람들이 있어 용감하게 이들을 바로잡으려 시도하기도 했고, 심지어 공권력을 동원하여 어떤 글자는 반드시 어떻게 써야 한다는 규정을 마련하기도 했다. 예컨대 부분을 나타내는 '분分' 자에 사람 인亻 변이 들어가야 하는지 말아야 하는지, 계획을 의미하는 '획畫' 자에 날카로운 무사의 칼 도刂를 첨가해야 하는지 말아야 하는지, '변拚'과 '병拼'은 발음과 의미가 다른 두 개의 글자인지 등이 모두 이런 식으로 규정됐다. 어쩌면 이런 변별과 노력은 모두 정당한 행위로서 이론적 근거를 갖고 있으며 일정한 시간이 지날 때마다 한 번씩 정리해주는 것이 바람직할지도 모른다. 문자도 항상 이런 지적과 조정을 반항하지 않고 묵묵히 받아들여왔다. 하지만 그러면서도 동시에 갖가지 착오를 범하면서 구불구불한 길을 계속 걸어왔다.

갑골문 거리

자, 눈을 크게 떠보자. 한 구경꾼이 느린 걸음으로 큰 사거리 위를 걸어가고 있다. 그의 눈앞에는 빛과 그림자가 마구 흔들린다. 우리도 그의 눈길을 따라 길 위에 있는 모든 것을 바라보고 있다.

이 길은 어떻게 생겨난 것인가? 길이란 당연히 사람들이 걸어왔기 때문에 생긴 것이다. 하지만 교훈의 의미를 머금고 있는 현자들의 격언은 진실의 절반만을 말하고 있다. 맨 처음에는 사람이 아닌 새가 길을 만들었을지도 모른다. 그리고 사람이 그 뒤를 따르게 된 것이다. 예컨대 갑골문 중 오늘날에는 거의 사용되지 않고 있는 글자 에는 길을 열 수 있는 힘을 가진 짐승이 나타나 있다. 양 무리가 떼를 지어 걸어가는 모습을 형상화하고 있는 글자다. 또 뱀을 나타내는 도 있다. 이 글자가 '사蛇' 자의 원형인 '타它' 자다. '타它' 자에 자주 인용되는 또 다른 형태로 가 있다. 이것은 아마도 무의식중에 발에 밟힌 뱀이 화를 참지 못하고 사람을 향해 일촉즉발의 공격 태세를 갖추고 있는 모습일 것이다(사람은 뱀을 건드리지 않고 통상적으로 뱀도 사람을 건드리지 않는다. 사람은 뱀의 먹이가 아니기 때문이다). 이어서 쫓고 쫓기는 일이 발생하게 됐다. 오늘날의 '축逐' 자는 돼지를 쫓는다는 의미의 글자 에서 비롯됐다. 하지만 갑골문에서는 쫓기는 대상이 되는 동물로 사슴과 코끼리, 개 등의 다른 조형도 있다. 고기가 있으면 무조건 쫓아가게 되고, 쫓고 또 쫓다 보면 길이 선명하게 드러나게 된다. 그리하여 금문 이후의 '축逐' 자는 도로의 부호가 첨가되어 의 모양을 갖게 됐다.

이 시기의 길은 너무 황량하여 사냥꾼들의 차지였을 뿐 한가한 구경꾼들이 끼어들 수 없었다. 구경꾼들이 필요로 하는 길은 더 좋고 사람들이 많이 모이며 경관도 아주 번화한 대로였다. 때문에 구경꾼들은 인내심을 갖고 이 자연적 도로가 사람들에 의해 가공될 때까지 기다려야 했다. 갑골문의 '건建' 자와 '율律' 자는 아마도 뿌리가 같은 글자로서 의 모양을 하고 있었을 것이다. 여기에 발자국 부호가 첨가되어 의미가 더 분명해진 는 손에 붓을 들고(당시에도 붓이 있었다. 나중에 진秦나라의 명장 몽염蒙恬의 발명을 기다릴 필요가 없었다. 그 뒤에 출토된 전국시대의 붓들도 중국 역사상 최초의 붓은 아니다) 도로를 이리저리 재면서 건설 공사를 위한 계산을 하는 모습이다. 이처럼 대단한 기상을 갖고 있는 '건建' 자와 '율律' 자는 우리에게 당시의 거대 건설 공사의 위대한 증거를 보여주고 있다.

"우리가 길을 닦아놓으면 그들이 온다."

새로 건설된 도로 위에는 여전히 소나 양이 걸어 다닌다. 그리고 그 뒤를 유심히 살펴보면 지팡이를 든 목동들이 따라오고 있다('목牧' 자는 앞에서도 살펴보았지만 여기에 도로의 부호가 첨가된 나 같은 글자들도 있다). 이 목동들의 뒤를 따라가보면 더욱 흥미진진해진다. 기대하지도 않았던 유쾌한 심정을 맛보게 되기도 하고('역逆(거스르다)' 자,), 가벼운 마음으로 사람을 등에 업고서 천천히 걸어갈 수도 있을 것이다('지遲(더디다)' 자인 는 다른 사람을 업고 있기 때문에 걸음이 무겁고 느린 사람을 나타내고 있다). 하지만 길 위의 풍경이 모두 즐거운 것일 수만은 없다. 노예처럼 어디로 가는지 모르고 끌려가는 사람도 있다. 자세히 살펴보면 이 노예들의 발에는 도망치는 것을 방지하기 위해 밧줄이 메어져 있다. 때문에 거동과 보행이 아주 어려우면서도 아주 빨리 사람들의

등 뒤로 사라져간다('후後' 자인 는 사람의 발에 밧줄이 메어져 있는 것을 나타낸 회의자다).

길가에는 또 무릎을 꿇고 제배祭拜를 올리거나 어떤 의식을 거행하는 경건한 사람들('어御' 자인 는 가차된 뒤로 원래의 뜻이 사라졌다)도 있다. 이 밖에 길을 걷고 싶지 않은 사람들도 있다. 신체적인 여건을 고려한 것인지 아니면 그저 신분과 지위를 과시하기 위한 것인지 두 사람이 메는 편안한 어깨 가마를 탄 사람도 있다. ('여輿' 자인 또는 '흥興' 자인) 도로 위에는 이리저리 오가는 각양각색의 화려한 수레들도 있다(와 , , , 는 모두 '거車' 자다). 길가에 멈춰 서 있는 수레 옆에는 어떤 사람이 수레에 오를 준비를 하고 있고 그 옆에는 다른 사람이 수레에 무사히 오를 수 있도록 도와주고 있다(가 바로 이런 상황을 나타내는 '등登' 자다). 다행히 당시에는 수공으로 만들어졌던 수레의 수량이 제한적이었고 속도도 그다지 빠르지 않았기 때문에, 한가하게 길을 걷는 사람들에게 전혀 위협이 되지 않았다. 그저 눈앞에 펼쳐지는 풍경과 속도와 리듬의 변화를 더해주었을 뿐이다. 거마車馬의 대대적인 발전이 런던 거리에서 사람들이 걸을 수 있는 공간을 빼앗아버린 데 비해 파리에서는 아직 사람들의 보행 공간을 침범하지 않아 여행자들이 한가하게 거닐 수 있는 여지가 있었다는 벤야민의 말과 비슷한 상황이었던 것이다.

파리의 한가한 구경꾼들에게 백화점이나 쇼윈도 같은 구경을 위한 회랑 공간이 필요했던 것처럼 갑골문의 대로 양쪽에도 변화가 나타나기 시작했다. 양식과 기능, 의미가 각기 다른 건축물들이 들어서기 시작한 것이다. 점유하는 땅이 비교적 크고 권력을 장악한 사람이 그 권

력을 행사하는 궁궐('궁宮' 자는 와 같다)도 있었고, 제사를 위한 묘당('향享' 자는 와 같다)도 있었으며, 일반인들의 주택 사이로 높이 솟은 대형 호화 주택('경京' 자는 , '고高' 자는 의 형태였다)도 있었다. 사람 '인人' 자 모양의 지붕은 원래 비나 눈이 쌓이는 것을 피하기 위해 꼭 필요한 디자인이었지만, 이 덕분에 하늘이 훨씬 드넓게 확 트여 완정完整한 모습을 유지할 수 있었다. 이런 가옥들에는 한쪽 또는 양쪽에 문이 설치돼 있었고(양쪽 문인 '문門' 자는 의 형태였고 한쪽 문인 '호戶' 자는 의 형태였다) 쉽게 안을 들여다볼 수 없는 창문도 설치돼 있었다. 이런 창문 중에는 도기의 질감을 갖춘 것도 있어 화려하게 장식된 창문에 그윽한 빛과 그림자가 어우러지기도 했다(빛나다는 의미의 '경囧' 자는 와 같은 형태였다).

이처럼 사람들의 거주 공간과 인구가 밀집되다 보니 자연스럽게 장사하는 사람들도 생겨났다. 이것은 인구가 밀집되고 분업이 점점 세분화된 이후에 필연적으로 나타나는 국부적인 교환경제로서, 당시 사람들은 실물의 성격을 지닌 도끼('근斤' 자는 의 형태로 도끼의 원래 모양을 나타냈지만 나중에 도량형의 단위로 변하면서 이런 교역의 경험을 완벽하게 기억하게 됐다)와 멀리서 가져온 아름다운 바다 조개('패貝'자, 즉 는 나중에 상업 활동과 관련된 문자들의 가장 중요한 구성 부분이 됐다. '매買'와 '매賣', '화貨', '대貸', '질質' 같은 글자들이 그 예다)를 교역의 매개 수단으로 삼았다. 이처럼 새롭게 흥성한 경제활동은 제법 전망도 좋고 상당한 이윤도 남길 수 있었던 것 같다. 갑골문에 나타난 '득得' 자는 의 형태로서 큰 길에서 한 손에 조개를 들고 있는 모습을 나타낸다. 이것은 운이 좋아 길에서 주운 것이 아니라 정당한 상업적 소득을 상징하는 듯하

다. 대로변에서 귀한 바다 조개를 쉽게 줍는다는 것은 너무 과장되고 시기적으로 이르다는 판단이다. 이것은 세월이 지나서 거리가 더 번화해지고 사람들도 많아져 서로 어깨를 스칠 수 있는 정도가 되어야 생길 수 있는 일이다.

한가한 구경꾼이나 길을 걷는 사람들에게 관심의 대상이 되는 것은 상업의 발전이나 역사적 의미 같은 요원한 것들이 아니었다. 이들의 눈길을 끄는 것은 눈앞에 펼쳐지는 활동들 자체와 거리의 변화였다. 길에서는 인근의 농부나 사냥꾼, 장인 등이 여행자들에게 현지 생산품들을 판매할 수도 있었을 것이다. 이런 물건들은 그 지역에서의 활동에 대한 종합적인 표현이라고 할 수 있다. 때로는 아주 낯설고 먼 곳에서 상인들이 길을 따라 찾아와 한 번도 본 적이 없는 동물이나 물건들을 선보일 수도 있었을 것이다. 가장 많은 사람들의 발길과 눈길을 끄는 것은 길 위에서 부정기적으로 펼쳐지는 축제였을 것이다. 신기하고 이름도 모르는 갖가지 상품들과 판매자들 자체가 하나하나 한 번도 들어본 적이 없는 이야기들을 간직하고 있었고, 이 이야기들은 이름을 들어보지도 못한 지역과 경험에서 유래하고 있었다. 낯선 행상인들의 설명은 대부분 과장되고 황당하며 속임수가 섞인 것들이었다. 이런 불확실한 첨가물들이 눈앞에서 볼 수 있고 믿을 수 있으며 크기가 확실한 실물에 가득 들어차게 된다. 어쩌면 《산해경山海經》이 이런 거리 시장의 산물일지도 모른다. 괴상한 산과 괴상한 강, 괴상한 땅에 괴상한 초목들과 괴상한 조수鳥獸들이 살고 있다. 모든 자연물은 부르면 금세 다가올 수 있는 확실하고 핵심적인 실물들이지만, 그것들, 특히 변형되고 일그러지거나 잠시 나타났다가 사라지는 것들은 부조리하면서도 대단히 구상적인 실제 존재들이자 동시에 행상인들이 교활하게 지어낸 마술적 리얼리즘 작품들이기도 했다.

이리하여 사람들이 오가는 실제의 길들도 모종의 은유가 되어 외부의 알 수 없는 세계, 외부의 존재하지 않는 세계를 향해 나아가고, 또한 외부의 알 수 없는 사물을 가져오는 동시에 외부에 존재하지도 않는 물건과 사람들을 유입시키게 된다.

한가한 구경꾼들도 온갖 복잡하고 잡다한 소리에 포위되어 머리가 혼란해지기 시작한다. 우리가 말한 소란함을 나타내는 글자 '효囂' 자처럼, 구경꾼의 머리가 한꺼번에 너무 많은 정보를 수용하지 못해 계속 정보가 공기 중에서 확산되고 뒤섞이고 기회에 따라 화합하게 된다. 물건을 사라고 외치는 행상인들의 시끄러운 소리와 이로 인해 유발되는 혼란하고 무질서한 감탄과 감상, 평론 등이 즉석에서 발표되면서 논쟁이 벌어진다. 게다가 다른 장사꾼들도 이에 질세라 물건을 사라고 마구 외쳐대고 여기에 거마가 지나가는 소리가 더해진다. 이에 사람과 가축들이 지나가면서 일으키는 흙먼지와 함께 이야기를 주고받는 소리와 온갖 울음소리가 더해지면, 아무런 간섭을 받지 않고 작업 라인에서 천을 짜는 듯한 소리의 흐름이 지속된다('경經(지나다)' 자, 즉 는 실이 장착된 멋진 방직기의 모양을 나타내고 있다). 여기에 길거리 공방에서 물건을 만드느라 두드리는 소리('공攻' 자, 즉 는 어떤 기물이나 작업대를 두드리는 것을 나타낸다)와 심지어 새로 집을 짓는 공사가 진행되고 있어 달구질로 땅을 다지는 아주 둔탁하고 튼실한 저음('축築' 자, 즉 는 달구질을 나타내고 있다. 땅을 다질 때는 먼저 바깥을 나무로 층층이 고정시킨 다음 그 안에 흙을 채우고 튼튼하게 다진다. 이 글자는 약간 후기에 나타난 금문

이지만 큰 추로 달구질을 하는 모습을 생동감 있게 간직하고 있다. 대나무 죽竹 변을 사용된 것은 배경을 아름답게 하기 위한 조작이다)이 가세하며 땀을 흘리는 노동자들이 손발을 맞추느라 외쳐대는 고함소리가 더해질 수도 있을 것이다.

벤야민은 이런 대로가 항상 위험을 안고 있다고 지적한 바 있다. 범죄가 사람의 발뒤꿈치를 무는 뱀을 대신하게 된다는 것이다. 사람과 사람이 모이다 보면 주먹다짐을 참기 어렵게 된다(싸움을 나타내는 '두鬥' 자, 즉 는 서로 손이 얽히고 머리가 엉클어지며 팔다리와 몸이 일그러진 두 사람의 모양을 형상화한 것이다). 큰 거리에는 또 어린아이들을 잡아다가 파는 악독한 인신매매범들도 있다('부俘(사로잡다)' 자, 즉 는 혼자 있는 어린아이를 대로 위에서 잡아가는 모습을 형상화한 무서운 글자다).

물론 자연재해의 위협도 존재한다. 특히 화베이 지방의 유명한 수재가 그렇다. 갑골문의 '연衍(넘치다)' 자, 즉 가 바로 이런 무서운 광경을 나타내고 있다. 거리가 한순간에 홍수의 통로가 되어 모든 것을 집어삼킨 광경이다.

당시에는 이런 자연의 위협이 전쟁에서의 잔혹한 살육보다 무서웠다. 중국 최초의 성이 축조된 동기는 전쟁이 아닌 홍수 방지였고, 흙을 쌓아 조성한 성벽은 완만하게 비스듬한 형태로서 제방에 가까웠다. 성벽에는 순찰을 돌며 상황을 살피는 사람이 필요했다. 갑골문의 '위衛(지키다)' 자인 는 네 개의 커다란 발자국이 사방의 성벽을 에워싸고 있는 형상이다. 중요한 일을 맡아 큰 고생을 하고 있는 사람으로서 할 일이 없어 천천히 구경하며 돌아다니는 우리와는 선명한 대비를 보인다.

우리 시대의 가장 위대한 발명품

커다란 물줄기가 거리를 유유히 흘러가는 모습을 형상화한 '연衍' 자는 우리를 새로 건설된 시골 마을 부락으로 데려간다. 또 다른 대로 위를 역시 한가한 구경꾼이 배회하고 있다. 다름 아닌 가르시아 마르케스의 《백 년 동안의 고독》에 등장하는 마콘도의 대로다. 다국적 바나나기업의 파업 사건으로 3,000명 이상이 학살되고 기차에 실려 사라진 후, 4년 11개월 하고도 이틀 동안 쉬지 않고 비가 내려 모든 것을 삼켜버린다. 이것은 衍가 나타내는 광경과 비슷하다.

마콘도의 거리에서는 불안과 걱정들이 쉽게 정리된다.

3,000년 전 이름도 알 수 없는 새 도로에 구경할 게 무엇이 있으며 사람들의 눈을 어지럽게 할 것이 뭐가 있었을까? 아시아식 상가나 명품 거리, 일본의 백화점이나 쇼핑센터에 익숙한 사람이라면 3,000년 전 흙먼지가 날아다니던 거리는 말할 것도 없고 파리의 샹젤리제 거리나 런던의 해로즈 황실 백화점(영국 다이애나 왕비와 함께 미친 듯이 빠른 속도로 차를 몰다가 사고로 사망한 인물이 바로 이 백화점의 젊은 사장이었다)의 촌스러운 광경에 소문이 실제만 못하다며 실망을 금치 못할 것이다.

불과 몇 년 전에 나는 친구와 함께 유럽 대륙 항공 운수의 최대 중심지인 프랑크푸르트의 가장 큰 백화점을 구경한 적이 있었다. 메인 주차장 정면의 대로 위에서 나는 소박하고 실용적이며 상업적 유행에 흔들리지 않는 독일인들의 특성을 실감할 수 있었다. 타이난臺南 출신의 내 친구가 고개를 돌려 웃으면서 말했다.

"이건 내 기억 속의 20년 전 타이난시의 백화점 모습과 조금도 다르지 않군. 갑자기 고향 생각에 눈물이 날 것 같네."

우리는 반나절을 구경한 끝에 백화점에서 장모께 드릴 쌍둥이표 식칼(헹켈 사의 칼-옮긴이)을 한 세트 샀다. 독일인들의 뛰어난 제강 기술을 믿는 수밖에 없었다.

하지만 한편으로는 이곳이 가장 번화하고 빛나는 곳이자 휴일이 되면 소박하게 사는 사람들이 즐거운 마음으로 구경을 나오는 곳이고, 명절이 되면 자신과 가족들에게 큰맘 먹고 후한 선물을 하는 곳이며, 인근의 젊은이들이 놀다가 집에 돌아가기 싫으면 부모님들에게 온갖 거짓말로 둘러대는 곳이라는 사실을 잘 알고 있었다.

중국보다 나은 것이 있다면 눈을 어지럽게 하는 불빛이 고작일 터이지만 한가한 구경꾼들에게는 이것만으로도 충분하다. 한가한 구경꾼들은 마르크스가 말한 부유한 부르주아 계층(이런 사람들은 대개 집 안에서 빈둥거린다)이 아니다. 이들은 사치스런 물건들을 살 만한 충분한 재력을 갖추고 있지 못하고, 눈앞의 물건에 대한 탐욕을 지탱해줄 만한 원대한 공상을 하지도 않는다. 어떤 의미에서 한가한 구경꾼들은 아주 실속이 있는 사람들이다. 그들은 큰 거리를 이탈하여 눈을 감은 채 명상을 하지 않는다. 모든 것이 눈으로 보는 것으로부터 시작된다.

모든 시대와 지역에는 체호프가 묘사한 사할린(러시아에서 죄수들을 집단적으로 수용하던 쿠릴 섬)이나 보들레르가 묘사한 대혁명 시대의 파리 시가지 같은 공간이 있기 마련이고, 이것은 한가한 구경꾼들의 공간이기도 하다. 내가 어렸을 때 외할머니댁이 있던 이란현의 작은 샤오웨이촌에도 마을 사람들이 고개를 절레절레 흔들면서 구경을 너무 좋아하여 가정을 망쳤다고 비난하는, 아주 먼 큰아버지뻘 되는 사람이 있었다(하지만 어린아이들은 모두 그를 좋아하면서 사람 키만 한 연을 만들고 줘수이계濁水溪에서 맨손으로 팔뚝만 한 잉어를 잡는다고 칭송했다).

《백 년 동안의 고독》에 나오는 대위의 부친이자 마콘도의 건설자인 호세 아르카디오 부엔디아야말로 가장 화려하고 한가한 구경꾼이었을 것이다. 그의 한가한 구경의 기록은 마콘도에 벽돌집이 스무 채밖에 없었을 때부터 시작된다. 매년 3월이 되면 남루한 옷차림의 집시 가족이 찾아와 천막을 치고 신기한 놀이를 보여주면서 하루 종일 피리와 작은 북소리가 끊이지 않는다. 그는 먼저 수염이 아주 뻣뻣하고 두 손이 참새처럼 통통한 집시 멜키아데스에게 당나귀 한 마리와 산양 두 마리를 주고서 두 개의 커다란 자석과 바꾼다. 땅속에 있는 황금을 빨아들이기 위해서다. 하지만 결과는 15세기의 갑옷을 하나 캐내는 것으로 그친다. 이듬해 3월에 그는 또 집시들에게 자석 외에 식민지 시대의 금화 세 개를 얹어주고서 돋보기를 하나 얻는다. 돋보기로 그가 한 짓은 햇빛으로 불을 붙이려다가 손에 화상을 입고 하마터면 집까지 다 태워버릴 뻔한 것이었다. 이어서 그는 포르투갈 지도 몇 장과 기상 관측 도구, 나침반, 육분의 등 항해 도구를 구하여 밤마다 마당에 나와 별을 관찰한다. 가정에서의 모든 의무를 포기한 그는 정오를 정확히 알아내는 방법을 연구하다가 하마터면 일사병에 걸릴 뻔한다. 마침내 그는 12월의 어느 토요일에 점심 식사를 하는 자리에서 가족들에게 선언한다.

"지구는 둥글다. 귤이 둥근 것과 마찬가지다."

이어서 그는 실험실에 들어가 연금술을 연구한 데 이어 가짜 이빨을 만든다. 나중에는 모든 공구를 동원하여 땅을 정리하면서, 마을 사람들에게 '마콘도에서 세계 모든 지역으로 향해 가다가 바다로 통하는 길'을 내자고 설득한다. 그러나 결국 호세 아르카디오 부엔디아가 절망적으로 깨달은 것은 원래 마콘도가 사방팔방이 모두 물로 둘러싸여 있어 어느 곳으로도 통할 수 없다는 것이었다.

그러는 사이에 그의 아내 우르술라와 어린아이들이 '채소밭에 바나나와 갈근, 마, 호박가지 등을 심느라 너무 바빠서 허리가 다 끊어질 지경이었다.' 늙은 부엔디아가 미쳐서 마당의 왕밤나무에 묶인 채 숨을 거둔 뒤로 마콘도의 거리는 계속 성장하여 마을 사람이 더욱 많이 늘어났고 더 많은 집시들이 무리지어 찾아왔다. 서커스단의 잡기와 하늘을 나는 양탄자, 몸을 파는 창녀들, 새로 지어진 교회당, 교단의 신부들, 관리와 배후에서 전쟁을 사주하는 콜롬비아의 정부, 자동 피아노와 이탈리아인, 그리고 당연한 것이지만 상업적 약탈을 병행하는 미국의 바나나 기업도 그대로 남아 있었다.

하지만 누가 봐도 눈이 휘둥그레질 이 거리의 진정한 모습은 어떤 것이었을까? 중국 대륙에서 출판된 가르시아 마르케스의 전기 《본원으로 돌아가다回歸本源》에는 아주 희미하게 인쇄된 사진이 한 장 첨부돼 있고 '몬제니오 에스페호 거리'라는 표제가 붙어 있다. 폭이 5, 6미터쯤 되는 거리 위에는 평범한 건물 몇 동이 늘어서 있고, 그 사이로 두 개의 전신주와 대로의 허공을 가로지르는 전선, 그리고 무성하게 자란 나무들이 보인다. 길 위에는 사람들이 자전거를 타고 지나가고 있고 어린아이 둘이 장난을 치고 있다. 이것이 마콘도 거리의 원형이다.

오늘날 거리의 눈부신 모습에 정신이 어지러운 우리에게 자석 두 개와 망원경 하나, 오래된 지도 몇 장, 그리고 망가진 항해 계측기들이 관심을 끌 수 있을까? 우리에게 어떤 신비한 생각을 갖게 할 수 있을까? 하지만 또 다른 시간에 또 다른 거리에서 머리를 쥐어짜고 있는 나그네에게는 이것이 하나의 창문, 하나의 열쇠, 말로 표현할 수 없는 또 다른 세계로 들어가는 입장권이 될 수 있을지도 모른다. 그리하여 미래 세대의 사람들은 우리가 왜 이처럼 쉽게 만족하고 격동하는지 의아해하면서 도쿄 하라주쿠原宿의 오모테산도表參道 같은 촌스럽고 낙후된 거리에 뭐 그리 볼 만한 것이 있었느냐고 물을지도 모른다.

나는 개인적으로 인류의 소설 사상 가장 화려한 작품이라고 생각하는《백 년 동안의 고독》이 어떤 이미지에서 시작된 것일까 하는 생각을 해보았다. 그 이미지는 더없이 평범한 얼음 한 덩이에서 시작되어 갑자기 콜롬비아라는 얼음도 없고 눈도 없는 뜨거운 거리에 펼쳐진 것이었다.

"아우렐리아노 부엔디아 대위는 총살형을 집행하는 부대와 마주했을 때, 아버지에게 이끌려 처음 얼음 구경을 갔던 그 먼 과거의 오후를 생각했다."

새로운 집시들이 피리 소리와 북소리, 방울소리를 요란하게 내면서, 멤피스의 현자가 가장 최근에 발명한 놀라운 물건과 함께 멜키아데스가 싱가포르의 해변에서 사망했다는 소식을 가져왔을 때였다. 얼음은 솔로몬 왕의 소유였다는 천막 안에 전시됐다. 얼음을 구경하려면 입장료 30레알을 내야 했고 한 번 만지는 데 따로 10레알을 지불해야 했다. 어린 아우렐리아노는 얼음에 손을 대자마자 재빨리 손을 거둬들이면서 말했다. "펄펄 끓어요!" 하지만 늙은 호세 아르카디오 부엔디아는 얼음 위에 몇 분 동안이나 손을 올려놓았다. 두 번이나 그렇게 얼음을 만졌다(돈도 두 번 지불했다). 그러고는 큰 소리로 감탄하며 말했다.

"이건 우리 시대의 가장 위대한 발명품이야!"

8

비천한 글자와
성애의 문자

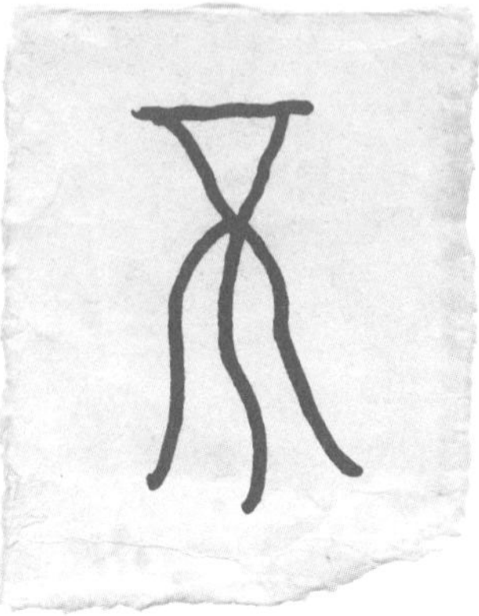

일본의 오사카에는 내가 아주 좋아하는 길이 있다. 현지의 양대 교통 요지인 우메다梅田와 나니와難波로 통하는 넓은 간선도로인 미도스지御堂筋이다. 일본에서 활동하고 있는 중국인 여가수 오우양페이페이歐陽菲菲가 부른 〈빗속의 미도스지〉에 바로 이 길이 나온다. 바다를 메워 조성한 간사이關西 공항을 경유하게 될 경우에는 비교적 참신한 기분을 느끼면서 속도도 빠르고 경제적인 남해 전철로 갈아타는 것이 바람직하다(일본에서 다른 선택의 여지가 있을 경우에는 최대한 비싸고 비효율적인 일본 국철 JR은 피하는 것이 바람직하다. 이것은 강력한 경제학 이론에 근거한 충고다). 일반적으로 사람들이 하차하는 종점은 미도스지 남쪽 끝의 나니와일 것이다. 여기서부터 시작하여 길 양옆으로 크고 아름다운 은행나무가 북쪽 하늘 끝을 향해 곧게 뻗어 있다. 가을 하늘 가득 깨끗한

금빛은 영롱한 부채 모양의 작은 이파리들이 들쑥날쑥 포개져 이루어진 것이다. 인상주의 화가 쇠라Georges Pierre Seurat의 점묘법보다 자연스럽다. 사실 초봄에 잎이 갓 돋아나 형태를 갖출 때도 투명하고 청명한 신록이 매우 아름답다. 고개를 들어 하늘빛과 구름 그림자를 바라보면 인간 세상이 아득하게 느껴지고, 길가에 서서 뼈를 푹 고아 만든 서민들의 음식인 650엔짜리 풍금룡風金龍 라멘을 먹으면 쉽게 인생의 만족을 얻게 된다.

이처럼 부드러운 모습의 은행나무가 실은 어떤 식물보다 사나운 나무라는 것은 상상하기 어려운 일이다. 은행나무는 화학물질을 분비해 주변의 나무를 공격할 뿐 아니라 천적이 없어 공룡 시대부터 지금까지 줄곧 생존해왔다.

미도스지의 화살처럼 곧고 넓은 인도에서 이따금 고개를 숙여 보면 오사카의 전용 보도블록에서 갑골문이나 금문 모양의 고대 한자 를 발견하게 될 것이다. 이 글자는 나중에 '불不' 자와 '비丕(크다)' 자로 변화됐다. 그중 '불不' 자는 가차되어 부모님이나 선생님, 정부 그리고 아름다운 여성처럼 최후의 말을 하는 권력자가 가장 즐겨 사용하는 글자가 됐다. '비丕' 자는 사정이 그나마 나았다. 그다지 활발한 역할을 하지는 못했지만(대체로 성어成語[옛사람들이 철리哲理를 담은 한 가지 이야기를 네 글자의 단어로 압축하여 만든 말-옮긴이] 속에서만 보존되고 있고, 그 의미는 현대 백화문에 순조롭게 이식되지 못했다) 여전히 '대大' 자의 긍정적이고 아름다운 의미를 보존하고 있다. 짐작컨대 바로 이런 의미 때문에 비로소 오사카大板시에 연결됐고 이 도시의 대표적인 부호로 차용됐을 것이다.

처음에 이 글자는 상형자로서 꽃의 암술이 수분受粉을 마치고 팽창하기 시작하면서 양분의 보존을 위해 곤충을 유혹할 때 사용했던 아름다운 꽃잎을 시들게 한 모양이나, 식물이 모든 절차를 마치고 다음 세대를 만들기 위해 전력을 다하는 모습을 묘사했던 것 같다. 이처럼 이 글자는 성과 관련된 글자일 가능성이 아주 크다.

이 글자에 가장 근접해 있고 관련성이 있는 또 다른 갑골문으로 가 있다. 마찬가지로 팽창하기 시작한 씨방을 묘사한 것으로서 때로는 세심하게 내부에 씨앗을 첨가해 의 형태로 쓰기도 한다. 사실은 이 글자가 여자의 음부를 묘사한 것이라고 주장하는 사람도 있다. 이 글자는 바로 '제帝' 자로서 전주되어 지고무상의 존재를 나타내는 글자가 되었다.

아주 오랫동안 초기 원시인류의 생식 숭배는 다소 과장돼왔다. 그리고 과장된 주장을 하는 이들은 형태를 연상하는 것이 언제 어디서나 풍경과 사물을 보고 감정이 동하는 번거로운 수준에 이른 사람들이었다. 하지만 초기 원시인류가 생식의 문제를 정면으로 응시하기 시작했다는 것은 기본적으로 믿을 만할 뿐 아니라 충분한 증거가 있는 사실이다. 이것은 절대로 이상할 것이 없는 일이다. 어떤 의미에서 이것은 대체가 불가능한 생물의 본능이라 할 수 있다.

내가 아는 바로는 갑골문에는 이런 사실을 뒷받침하는 완전한 기록이 존재한다.

언어 문자의 귀천과 계급

여기서 우리는 우선 생식에서 시작하지 말고, 약간 우회하여 비교적 소박한 각도에서 초기 원시인류가 어떻게 성적 행위를 대했는지 살펴보도록 하자. 인간이 문화에 아직 색깔을 입히기 전까지만 해도 성적 행위는 아주 거리낄 것이 없었고 절대로 불결한 것이 아니었다. 게다가 우리는 이에 대한 대철학자 장자의 이론적 지지도 확보하고 있다. 장자는 큰 도리大道는 결코 가장 높은 곳에 나타나는 것이 아니라 오히려 땅 위의 개미를 보고 똥과 오줌을 보아야 알 수 있는 것이라고 말했다. 이것을 일컬어 '돼지의 살이 찌지 않은 아래쪽 다리로 내려갈수록 살찐 정황을 더 잘 알 수 있다(매하유황每下愈況)'라고 하는 것이다. 다시 말해서 큰 도리는 낮은 곳에 있을수록 더 분명하게 드러난다. 여기서 '황況'은 명백하게 드러남을 뜻한다. 나중에 이 성어는 '매황유하每況愈下(상황이 갈수록 나빠진다)'로 잘못 사용되어 대만의 현재 정치경제 상황과 시국, 그리고 그에 상응하는 정부의 무능을 상징하게 됐다. 이런 잘못 읽기와 잘못 사용하기는 문자(및 언어)의 발전 과정에서 흔히 나타나는 현상이다. 이런 현상에 대해 생물의 유전자 돌연변이를 이해하는 방식으로 접근해도 무방할 것이다. 이런 현상 역시 언어와 문자의 변이를 조성하는 근원 중 하나로 반드시 나쁜 일은 아니기 때문이다.

자, 그럼 장자의 이름을 받들어 대소변에서부터 이야기를 시작해보도록 하자.

변便(똥오줌)은 '방편方便(편리함)'의 약칭으로서 편리함의 정도에 따라 큰 것과 작은 것 두 가지로 나뉜다. 하지만 사실 이 글자는 행위와

구체적인 물건 자체에는 정확히 미치지 못하는 말이다. 그렇다면 '분糞(똥)'은 어떨까? 이것은 갑골문에 이미 존재하는 글자로 아주 세밀하고 정교한 행위를 묘사하고 있다. 왼손에는 삼태기나 바구니 종류의 물건을 들고 있다. 오른손에 들고 있는 것은 청소 도구인 빗자루다. 작은 점들은 냄새가 풍기는 것을 묘사한 것일 수도 있고 아직 치우지 않은 부스러기를 묘사한 것일 수도 있다. 따라서 정확히 말하자면 깨끗이 치운다는 의미를 나타내고 있다고 할 수 있다(이런 초기의 의미는 후대의 문언文言 속에 여전히 존재하고 있다). 오늘날 우리가 습관적으로 칭하는 사물과는 상관이 없다. 우리가 오늘날 선조線條를 통해 변형된 해서체 '분糞' 자의 그림을 보고 이야기하다 보면 쌀(개념의 분류 또는 제재의 기원)이 연관되고 밭田(간략한 운용의 장소)이 연관되는 잘못된 연상이 발생할 수 있다. 이것은 완전히 우연의 소치다.

글자를 만든 초기 원시인류는 그렇게 수줍어하거나 몸을 피하지 않았다. 이 분야에서 그들은 다분히 사실적이었을 뿐만 아니라 심지어 자연주의적이기도 했다. 이것은 바로 '뇨尿(오줌)' 자이고(물론 극단적인 여권주의자는 이런 남성 중심적이고 가부장적인 조자 관점을 달가워하지 않을 것이다), 이것은 '시屎(똥)' 자다.

오늘날 이 두 글자는 초등학생이나 유치원생도 모두 아는 글자로서 우리가 매일 행해야 하는 행위를 나타내고 있다. 하지만 재미있는 점은 말을 하든 글자로 쓰든 상관없이 절대다수의 현대인이 1년에 이 글자를 두 번 사용하기도 어렵다는 점이다. 게다가 교육 정도가 높고 교양이나 신분의 지위가 높을수록 적게 사용하게 된다. 대부분의 사람들은 마지막으로 언제 어떤 상황에서 이 두 글자를 말하거나 써봤는지 기억하지 못한다.

우리는 매일 필요한 생물적 행위에서 시작하여 언어 문자의 고도의 은회隱晦에 이르기까지 변화는 물론 행위의 소실 내지 생물 구조의 변화로 인한 것이 아니라(생물학자들은 우리와 1만 년 전의 크로마뇽인의 생물적 상이성은 1퍼센트도 되지 않는다고 말한다), 인간의 의식에 비교가 발생했기 때문에 일어난 것이다. 그리고 이 의식 변화의 핵심은 대체로 인류 사회의 변화에서 비롯된다. 어떠한 변화일까? 간단히 말하면 무수한 사람들 중 일부 소수 사람들의 지위와 신분이 갑자기 고귀하고 신성해지기 시작한 것이다. 처음에는 고귀하고 신성한 이유에 진실한 근거가 있었을 것이다. 어떤 사람은 기氣와 천부적인 능력으로 수렵이나 전쟁에서 승리를 거두었을 수도 있고, 또 어떤 사람은 지혜와 특이한 능력으로 신의 계시를 받아 보통 사람들을 다스릴 수 있었을 것이다.

하지만 용기와 지혜는 사람의 눈으로 식별할 수 있는 물건이 아니기 때문에 표면적으로 더 잘 드러나고 한눈에 귀천의 차이를 알아볼 수 있는 명확한 특징이 필요했다. 그리고 막스 베버Max Weber가 지적한 바와 같이, 제1세대 카리스마형 리더가 쟁취한 지배 권력과 지위를 다음 세대에게 물려줄 때 용기와 지혜는 실질적으로 전달할 수 없는 것이 된다.

고귀하게 태어났지만 가지고 있는 것이 없는 제2세대들에게는 보통 사람들과 다른 외표가 절실하게 요구됐을 것이다. 사는 집의 모습도 달라야 하고, 몸에 걸치는 옷의 모양도 달라야 하며, 행동과 태도도 모두 보통 사람들과 달라야 하고, 마지막으로 언어와 문자의 사용에 있어서도 특별한 차별성을 갖춰야 했을 것이다. 중국의 《예기》는 바로 이런 차이를 의도적으로 섬세하게 구분해놓은 전서全書다.

성경에 나오는 종교 언어로 말하자면 이것은 "성스러움으로 구별되는 것"이라고 할 수 있다. 우선 구별이 돼야 숭고함과 신성함을 드러낼 수 있다. 구별의 방식은 위아래 두 개의 노선을 결합하여 함께 사용하는 형태였다. 위의 노선은 적극적인 추구로서 '일반 사람들이 할 수 없는 일을 하는 것'이다. 일종의 과시하는 형태의 구별 방식이라고 할 수 있다. 아래 노선은 소극적인 금기로서 '일반 사람들이 할 수 있는 일을 하지 않는 것'이다. 이것은 생활의 가장 밑바닥을 포기하고 생물성이 필요로 하는 행위에서 벗어나는 방식이라고 할 수 있다.

이처럼 '하는 것'과 '하지 않는 것'이 문자 언어의 실천에 그대로 반영되어 '사용할 수 없는 언어 문자를 사용하는 것'과 '마음껏 사용할 수 있는 언어 문자를 사용하지 않는 것'으로 나타난다. 언어 문자는 금기형의 구별 방식에서 특히 중요하다. 다른 사람이 먹지 못하는 음식을 먹고, 다른 사람이 살지 못하는 집에서 살고, 다른 사람이 낭비하지 못하는 재물을 낭비하는 것은 어렵지 않지만, 다른 사람들과 동일한 자신의 생물적 구조를 변화시켜 이상한 것들을 먹고 마시는 일은 정말로 불가능할 것이다. 그래서 언어와 문자를 이용해 교묘하게 가리는 수밖에 없다.

이리하여 언어 문자에 귀천이 생겨나고 계급이 발생하게 된다. 이것은 결코 언어 문자의 태생적인 본질이 아니다. 언어 문자의 귀천과 계급은 파생적인 것이고 진정한 원시적 근원은 사람들이 생활하고 있는 사회가 귀천, 계급, 구역 등의 분할을 만드는 데 있다. 이처럼 언어 문자를 자세히 고찰해보면 적극적 지시라는 또 다른 용도를 발견할 수 있다. 다시 처음으로 돌아가 언어 문자의 사용과 금기의 폭과 그 내용을 살펴보면 그 분야에서의 한 사회가 노정하는 진정한 모습을 깨닫고 검증할 수 있으며, 심지어 구체적으로 측량해볼 수 있는 기회를 얻을 수 있을 것이다.

예컨대 구소련의 위대한 소설들, 특히 프랑스와 러시아의 전쟁을 서사의 배경으로 하는 톨스토이의《전쟁과 평화》를 읽은 사람들은 대화 속에 끊임없이 나오는 프랑스어로 인해 큰 방해를 받았을 것이다(번역가들이 원래의 의미를 보존하기 위해 원문의 프랑스어를 그대로 쓰고 주석을 첨가하는 방식을 사용하다 보니, 프랑스어를 모르는 사람들은 앞장과 뒷장을 반복해서 넘겨가며 책을 읽는 번거로움을 감수해야 한다). 이것은 당시 유럽화된 제정 러시아의 상류사회 사람들이 구가했던, 일반 평민이나 농노들과 구별하기 위한 일종의 유행이었다. 그리고 이 '적국의 언어'는 나폴레옹군이 쳐들어와 나라가 망할 위기에 처했을 때도 여전히 거리낌 없이 사용됐다. 이것을 통해 우리는 계급적 구별 의식이 얼마나 놀라운 것인지 엿볼 수 있다.

오늘날 대만의 현실에서도 이런 예를 찾아볼 수 있다. 일부 고위 관료들과 경제 인사들만 출입이 가능한 배타적 클럽(배타적이라는 것은 매우 중요한 구별 방식 중 하나다)에서 사용되는 고귀한 언어는 주로 오늘날까지 쇠퇴하지 않고 있는 영어와 점점 더 부각되고 있는 일어다. 외국어 능력이 거의 없는 내 친구 한 명이 우연한 기회에 그 클럽에 잘못 들어가게 됐다. 그날 밤 클럽에서 나온 친구는 무려 세 시간 동안 그들이 주고받는 말을 한 마디도 알아듣지 못했다고 내게 털어놓았다. 이로써 우리는 현재 대만의 정치경제 구조가 얼마나 견고하고 흔들림이 없는지 실감할 수 있다.

너무 황당한 이야기일까? 내가 보기에는 조금도 황당하지 않다. 중국의 유명한 언어학자 천위안陳原은《언어와 사회생활》이라는 제목의 저서에서 더욱 황당한 역사적 실례를 들었다. 천위안의 주장에 따르면 수백 년 전의 영어에서는 '바지trouser'라는 단어를 사용하지 않았다고 한다. 상류사회의 위선적인 사람들이 그 단어가 고상하지 않고 사람들에게 헛된 생각을 하게 만든다고 여겼기 때문이다. 때문에 '바지'를 말해야 하는 상황이 벌어지면 "나는 묘사할 수 없는 물건indescribables을 샀다"라고 하거나 "그는 결코 언급할 수 없는 물건one-must-mot-mention-ems을 입었다"라고 말했다는 것이다.

바지도 안 되는데 하물며 똥이나 오줌 같은 단어는 어떠했겠는가.

도피와 추격의 관계에 놓인 문자

우리는 '분糞' 자가 일찌감치 전주되어 '시屎' 자 대신 사용하게 된 것이, 이런 언어 문자의 분할 효과에 기인했을 가능성이 매우 크다는 점을 의심할 수 있다. 모양과 형태를 지닌 사물을 직접적으로 말하는 것이 적절치 않다고 여겨질 때는 "당신이 매일 신경 써서 치워버리고자 하는 그 더러운 물건이 있나요?" 하고 완곡하게 에둘러 말하는 원리다. 실제로 이런 사례는 무수히 많다.

우리도 인생 경험을 되돌아보면 어렵지 않게 이와 매우 비슷한 기억을 떠올릴 수 있을 것이다. 어린 시절부터 학교 선생님들과 부모님들은 우리에게 항상 어떤 글자는 절대 말해서는 안 되고 반드시 다른 표현을 써야 한다고 당부하곤 했다. 그렇지 않을 경우 양치질을 하고 입안을 몇 번씩 헹궈야 한다면서. 이리하여 우리는 이상하게도 이론적으로 평생 사용해서는 안 되는 문자 언어를 배우게 되었다. 엄청난 재력과 물력을 동원하고 심혈을 기울여 발명해놓았지만 영원히 사용해서는 안 되는 핵무기와 다를 바 없는 언어인 셈이다.

그러나 이런 언어 문자에 대한 유용流用 효과는 오래 유지되지 못하고 다른 영향에 의해 빠르게 상쇄되고 말았다. 언어 문자와 그것이 지칭하는 사물('가리킬 수 있는 것'과 '가리키는 것'이기도 하다) 간의 관계에서 비롯된 것으로, 언어 문자를 계속 사용하는 과정에서 둘은 점점 밀접하게 결합하기 시작했다. 마치 자석이 서로 끌어당기듯이 둘 간의 거리가 사라짐에 따라 본래의 암시와 상징, 은유는 더 이상 몸을 맡길 공간이 없어졌다. 그리고 둘이 완전히 겹치는 단계에 이르게 됨으로써 언어 문자의 유용 효과는 마침내 소멸되고 말았다. 이리하여 우리는 원래의 은유적인 '분糞' 자를 다시 보고 이야기할 수 있게 됐다. 머릿속에서 한 손으로는 지우고 한 손으로는 받아들이는 부지런한 화면은 사라지고 원시적인 '시屎' 자와 별 차이가 없게 됐다.

이렇게 교양 있는 언어 문자는 우리가 가까스로 떨어뜨려놓은 거리가 사라지면서 숨어버리거나 다시 저속하고 상스러운 통속어에 함몰되게 된다. 이때 언어 문자는 다시 밖으로 도망을 친다. 부끄러움을 그 부끄러운 행위가 행해지는 장소로 대체하는 것이다. 예컨대 '측廁(뒷간)' 자가 그렇다. 또는 보다 고상하게 일을 마친 후의 편안한 느낌으로 대체하여 '방편方便'이라고 칭할 수도 있다. 하지만 이런 방법 역시 그리 오래 유지되지 못했다. 그 징그러운 모양과 형태를 지닌 실체가 그

림자처럼 따라왔기 때문이다. 때문에 우리는 좀 더 머리를 써서 장소의 지칭을 '세수간洗手間'이나 '관세실盥洗室'(관盥(씻다), 는 그릇皿 안에 손을 넣고 씻는 모습을 형상화한 것이다. 아마도 맨 처음에는 언제 어디서나 하는 일상 행위가 아니라 식사 과정의 일부였을 것이다)이라고 약간 가려서 부르거나, 최대한 아름답게 묘사하여 '화장실化妝室'이라고 하는 수밖에 없었다.

이처럼 영원히 멈추지 않는 '도망/추적'의 관계는 생물계에서 초식동물과 육식동물의 생존경쟁과 다르지 않다. 결국 언어 문자는 더 이상 도망갈 곳이 없는 막다른 골목에 이르게 되었고, 언어 문자는 '결석缺席'으로 궁극적인 저항을 하면서 자신을 놓아버리는 수밖에 없었다. 보리菩提는 원래 나무가 없고 명경明鏡 역시 화장대가 아닌 것과 마찬가지다. 실체와 냄새가 더 이상 맡길 사물을 갖지 못하는 것이다. 이리하여 우리는 우아한 여성들이 화장실을 갈 때 그냥 "잠깐 다녀올게요" 또는 "잠시 실례하겠습니다"라고 말하는 것을 듣게 되고, 심지어 고개만 한 번 끄덕인 다음 진지하면서도 이해하기 어려운 미소를 짓는 모습을 보게 된다. 이처럼 언어 문자의 극치는 침묵이다. 노자도 이렇게 말했고 비트겐슈타인Ludwig Josef Johann Wittgenstein도 이렇게 말했다.

"무릇 모르는 것에 대해서는 모두 침묵해야 한다."

이것은 비트겐슈타인의 마지막 명제였다. 언어 문자의 이런 효과에 대해 기본적으로 이해하고 있는 사람들이라면 모두 이렇게 해야 할 것이다. 절대로 말귀를 못 알아듣는 사람처럼 "어디 가는데요?", "내가 같이 가줄까요?", "내가 도와줄 일 없어요?"라고 하면서 적극적으로 추궁해서는 안 된다. 계속 추궁하다가는 오히려 "똥 싸러 간다, 됐냐!"

라는 거친 대답을 듣게 될 수도 있기 때문이다.

이처럼 인류가 1,000년이 넘도록 고생한 결과가 한순간에 물거품이 되고 말았다.

유암화명柳暗花明 이야기

가리킬 수 있는 것과 가리킨 것이 서로 근접하고 결합하고 중첩되고 떨어진 거리가 사라지면서 말하는 사람의 은유와 듣는 사람의 상상은 모두 서 있을 공간을 잃어버렸다. 언어 문자는 평평하고 투명해져서 더 이상 모호하지 않게 됐고 빛을 반사하지도 않게 됐다. 이것이 언어의 '물화物化'로서 더 부드럽게 말하자면 언어의 '둔화'라고 할 수 있다.

여기서 하던 말을 잠시 멈추고 '유암화명柳暗花明(버드나무는 어둡지만 꽃은 밝은 봄날의 아름다운 풍경-옮긴이)'에 얽힌 이야기를 해보도록 하자. 사건이 발생한 시간과 장소는 4월 벚꽃 축제 때 교토 가모가와鴨川 근처의 시라카와도리白川通에서였다.

이곳 시라카와도리는 교토의 3대 옛 거리를 성공적으로 재건한 곳 중 하나다. 내가 처음 이곳을 방문했을 때는 무너지고 파괴된 흔적이 역력하고 강 양쪽의 술집들이 이것을 등지고 있다 보니 마치 뒷골목 풍경처럼 보였다. 그중 가장 유명한 음식점 '시라우메白梅'는 여전히 도랑에 발을 걸치고 있었다(시라카와白川는 강이 아니라 비와코琵琶湖에서 인공적으로 물을 끌어올린 수로다). 시라카와도리로 연결되는 작은 돌다리 위에는 '위험한 다리, 오랫동안 수리하지 않음'이라는 경고 표시가 한

자로 쓰여 있었다.

두 번째 방문했을 때는 연기와 먼지가 하늘을 뒤덮고 있어 아예 들어갈 수가 없었다. 제복을 입고 두건을 두른 노동자들이 이곳을 수리하느라 푸른빛이 도는 크고 두꺼운 석판을 길옆에 잔뜩 쌓아두고 있었다.

그러다가 세 번째로 방문했을 때가 4월 벚꽃 축제 무렵이었다. 석판으로 조성된 인도는 평평해서 걷기에 아주 좋았다. 원색에 가까운 빨간색 나무 울타리에 새로 칠을 입혔고 일본식 궁등宮燈(경축일이나 축제 때 추녀 끝에 걸어두는 등롱-옮긴이) 모양의 가로등이 숲 속에 아주 낮게 드리워져 따스한 빛을 발하고 있었다. 길가에는 지방 가요 연구회 소속인 듯한 소녀 몇 명이 전통의상을 입고 샤미센三味線(줄이 세 개인 일본 고유의 현악기-옮긴이)과 칠현금을 연주하고, 그 사이로 관광객들이 끊임없이 오가고 있었다. 한때 그곳을 등졌던 술집들도 다시 몸을 돌려 시라카와도리를 향해 정문을 활짝 열고, 촉경생정觸景生情(눈앞의 경치를 보고 어떤 감흥이 솟다)한 애주가들을 끌어모으고 있었다. 《동경몽화록東京夢華錄》에서 묘사된 것과 완벽하게 일치할 뿐만 아니라 기억 속에서 손질을 거쳐야만 있을 법한 꿈처럼 화려한 광경이었다.

시라카와도리는 본래 왕벚나무와 화려한 벚꽃, 크고 아름다운 수양버들이 한데 뒤섞여 우거져 있는데, 4월에는 벚꽃이 만개하여 하늘에 가득하고 땅을 뒤덮으며 한밤중에도 따뜻하고 노란 불빛만 있으면 눈앞이 온통 환하게 빛이 난다. 일본에 계신 은사님의 말씀처럼 "흐린 날도 모두 맑은 날이 되는" 것 같다. 그날 밤에야 나는 비로소 '유암화명'이 그토록 아름다운 풍경이라는 것을 실감하게 됐다. 40년이나 사용해온 무미건조한 성어는 '벚꽃이 빛나기 시작하고 버드나무가 어두워져

가는' 명암의 분명한 대비에 기초한 풍경을 가리키는 것이었다.

그때 나는 중국어를 배우는 외국인들은 이런 성어를 알게 됐을 때 중국인들보다 훨씬 많은 풍경을 볼 수 있을 것이라는 생각을 했다. 외국인들은 '절처봉생絶處逢生(오지도 가지도 못할 막다른 판에 요행히 살길이 생김)' 같은 추상적 의미의 단어에 놀랍게도 'flower'나 'willow'의 의미도 담겨 있고 〈창세기〉에 나오는 빛과 어둠의 의미도 들어 있다는 것을 민감하게 포착해낸다. 우리가 익숙한 통로를 통해 곧장 그 단어가 진술하는 추상적 의미 속으로 들어가는 것과는 사뭇 다른 양상이라고 할 수 있다. 언어 문자를 1,000년 동안 습관적으로 사용하다 보면, 새가 노래하지 않고 꽃이 향기를 내뿜지 않는 것처럼 단순한 도구적 부호로만 사용하게 된다. 그래서 외국인들이 보는 것은 아름다운 한 폭의 그림일 수 있지만 우리가 보는 것은 하나의 피곤한 성어에 지나지 않는 것이다.

그래서 보르헤스는 시에 대해 이야기하면서 흥미진진한 표정으로 곧바로 자원학字源學에 대해 언급했고, 칼비노처럼 온화한 사람이 문자의 사용에 관해 이야기할 때는 분노에 가까운 성급함을 드러내면서 "내게는 인류의 가장 특출한 재능 중 하나인 글자 사용과 어휘 구사의 능력이 마치 전염병에 감염된 것처럼 느껴진다. 이런 전염병은 언어의 혼란을 초래하는데, 그 징조는 인지력과 실물감의 부족 현상을 나타내는 동시에 자동화 반응을 보이는 것이다. 모든 표현이 가장 일반적이고 개인적인 색채를 전혀 갖추지 않은 추상적인 공식으로 간소화되고, 의미가 약화되며, 표현의 칼끝이 둔화된다. 그 결과 문자와 새로운 상황의 충돌로 분출되는 불꽃이 꺼지게 된다"라고 썼던 것이다.

칼비노의 글에서는 좀처럼 찾아보기 어려운 이 과격한 문장에서 우리는 문자의 둔화에 대해 대항하는 방법을 배울 수 있다. '실물감'이 추상적인 자동화로 흐르지 않도록 하는 것은 실제의 느낌이나 감정에 대한 재인식이자 새로운 파악이다. 자원학에서 말하는 문자의 처음 단계로 꼭 돌아가야 하는 것은 아니다. 하지만 문자가 처음 발생했던 상태로 돌아가는 것도 문자를 'refresh'하는 좋은 방법이 될 수 있다. 문자가 막 주조됐거나 처음 사용되기 시작했을 때의 '경이감'을 다시 불러일으킬 수 있기 때문이다. 이런 경이감은 당시에 문자를 생장시킨 현실적 토양, 구체적 도상과 연결되어 아직 소멸되지 않은 강력한 은유와 상상을 불러온다. 중국인들이 자주 쓰는 말 중에 장자의 '신발이형新發於硎'이란 말이 있다. 여기서 형硎은 숫돌을 말한다. 방금 갈아낸 보검처럼 반짝이는 빛과 날카로운 칼끝을 지니고 있다는 뜻이다.

게다가 보르헤스의 자원 추적은 전고典故를 찾을 수 있을 뿐이지만 중국 문자에서는 구체적인 도상을 많이 찾을 수 있다.

아이를 낳고 기르는 의미의 문자들

자, 그럼 다시 구체적인 문자로 돌아가보자.

지사자를 이야기할 때 우리는 애매하게 지사와 상형, 회의 사이에 끼어 있는 '신身' 자를 발견하게 된다. 이 글자는 '배 속에 무언가가 들어 있는' 형태의 조형을 갖고 있어 아주 오래전에는 '임신'의 뜻을 지녔을 가능성이 크다는 사실을 보여준다.

이것은 그다지 놀랄 만한 일이 아니다. 임신과 출산은 생물의 본능이자 종족 번식의 중대한 일로서, 인간이 언제 이 푸른색의 작은 행성에 출현했든 간에 이 일이 아주 오래전부터 존재해왔다는 것은 자명한 사실이다. 앞으로도 누군가가 이와 관련하여 새로운 발전 방식이나 새로운 추상개념을 제시할 수 있는 성질의 것이 아니다. 때문에 3,000년 전에 갑골문이 이에 대해 아주 자세히 파악하고 있었다는 것은 필연적인 일이다. 임신과 관련된 갑골문 중에는 더 명백하고 논쟁의 여지가 없는  형태의 글자도 있고, 혹은 더욱 요점을 찌르는 도 있다. 초음파 검사로 태아가 완벽하게 형태를 갖췄음을 분명하게 확인하고 있는(하지만 남자 아이인지 여자 아이인지는 분간할 수 없는) 것 같은 이 글자가 '잉孕(임신하다)' 자다.

게다가 이런 글자들은 과일이 익으면 나무에서 떨어지는 것처럼 순조로운 임신 과정을 기록한 중요한 실록이기도 하다. 갑골문 중에는 형태가 정교하고 대동소이한 글자들이 한 무더기나 더 있다. 는 갓난아이가 어머니의 둔부 아래쪽에서 빠져나오는 출산 과정을 소박하게 묘사하고 있고, 는 놀랍게도 그 과정에서 핏방울이 떨어지는 모습까지 표현하고 있다. 는 어머니의 자궁이 열리면서 조산원이 두 손으로 아기를 받아 드는 장면을 하나도 빠뜨리지 않고 자세히 기록하고 있고 는 국부局部를 부분적으로 클로즈업하고 있다. 앞의 세 글자는 나중에 '육毓(기르다)' 자로 발전하게 되고 클로즈업한 글자는 '육育(기르다)' 자로 발전하게 된다. 이 두 글자는 원래 똑같이 출산 과정을 표현한 것으로서 미약하게나마 소리의 인접성을 보존하고 있어 오늘날 같은 독음으로 발음된다.

우리가 더 철저한 학습 정신을 가지고 국부의 화면을 확대 처리해보면 화면은 의 형태가 될 것이다. 이것은 조산원이 두 손으로 자궁을 벌리고 아이를 받아 드는 장면을 묘사하고 있다(난산의 어려움은 알 방법이 없다). 이 글자가 '명冥' 자로서 아마도 후세 사람들이 보기에 다소 자극적이기 때문에, 출산 과정의 설명서에서 완전히 삭제되거나 어둡고 심오한 의미로 전주되고 불결함이나 심지어 죽음을 상징하는 아주 안 좋은 글자로 낙인찍히게 됐을 것이다.

사실 정말로 무서운 것은 '명冥' 자가 아니라 '기棄(버리다)' 자다. '기棄'의 갑골문은 의 형태를 하고 있다. 더없이 분명한 형상으로서 두 손으로 삼태기를 들고 갓 태어나 아직 피가 묻어 있는 아기를 아무렇게나 내다버리는 것을 묘사하고 있다. 이 글자 속의 아기는 죽은 아기이기 때문에 내다버리는 것이 마땅하다며 위안할 수도 있다. 하지만 문제는 '기棄' 자의 또 하나의 놀라운 조형 에 있다. 오른쪽에 손으로 밧줄을 잡고 있는 그림을 첨가하여 갓난아기를 교살하는 장면을 형상화하고 있다. 이것을 생활 물자가 풍족하지 않은데다 의술도 발달하지 않았던 초기 인류의 생존 세계에서 일종의 변형된 가족계획에 따라 낙태를 하는 것이라고 간주할 수도 있을 것이다. 또는 결함이 있어 양육이 불가능하거나 또 다른 어려움으로 아기를 양육할 수 없는 상황에서 아기를 처분하는 방법이었을 것이라고 이해할 수도 있다. 하지만 어쨌든 오늘날의 사람들을 몸서리치게 만드는 형상임에는 틀림이 없다.

자, 어쨌든 비교적 행복하게 살아남은 아이들은 어머니의 수유를 받는다. 갑골문의 '유乳' 자는 형태로 지극히 정교한 글자다. 품속의 아기는 와글와글 노란 부리를 벌리고 재잘대는 새끼 새들처럼 사랑스럽게 입을 벌리고 있다. 이 상형자는 가로줄 부호를 첨가하여 특별히 가슴 부위의 초점을 표시했다는 사실에 주목할 필요가 있다. 힘들게 수유를 하는 어머니들은 체형에 변화가 일어난다. 갑골문의 '모母' 자는 로 표시한다. 이것은 '여女' 자()의 변형으로 팽창된 유방을 애써 과장함으로써 '우유보다 좋은' 아기의 식품을 생산한다는 것을 강조하고 있다.

아이는 낳고 기르고 보호하는(보保[지키다], 즉 는 아이를 등에 업고 있는 아름다운 모습이다) 것으로 그치지 않고 가르치기도 해야 한다. 갑골문 육아 지침의 마지막 페이지는 '교教' 자, 가 장식하고 있다. 이 글자에서 주목을 끄는 것은 오른쪽에 곤봉을 높이 들고 있는 모습이다(어린아이의 머리 위에 있는 부호를, 쉬진숑 선생은 매듭을 엮는 아주 오래된 기예를 대표하는 것으로 어린아이의 기본적인 교육 과정을 개괄하고 있다고 여겼다). 이렇게 구체적인 문자가 적어도 3,000년 전부터 중국인들이 당당하게 체벌 교육을 진행했다는 사실을 확실하게 증명하고 있다.

하지만 너무 가슴 아픈 '기棄' 자를 본 뒤로는 제한적인 상해를 입히는 '교教' 자는 더 이상 비난하지 않게 됐다. 어쨌든 10년 이상 최소한의 형벌을 가함으로써 잘못된 행동을 고치게 하는 법률적 조치보다는, 집 안에서 자기 자식을 가볍게 때리는 것이 사람은 나무라지 않고 행위만 질책하면서도 적절한 처벌 효과를 거둘 수 있는 좋은 방법일 것이다.

생물적 본능에 관한 은유

이렇게 분명하고 솔직하게 남녀의 출산 및 이와 관련된 일들에 대처하는 것은 초기 인류에게 대단히 보편적인 일로서 결코 중국인들에게만 국한되는 것이 아니라는 사실은 오늘날 상식이 되어 있다. 예컨대 갑골문의 유명한 '차且' 자는 '조祖' 자의 원형으로 의 형태로 묘사한다. 물론 양물陽物을 형상화한 것으로서 여성의 음부를 대표하는 '제帝' 자와 서로 어울려 선명한 대비를 이룬다. 차이가 있다면 남자의 그것은 바깥에 있고 여자의 그것은 안에 있다는 것뿐이다. 양물로 선조를 대표하는 것은 '과일을 먹고 나무에 절하는' 것처럼 근본을 잊지 않고 은혜에 감사하기 위한 것일까? 아니면 조상들에게 덕이 없어 이 물건 외에는 후손들이 숭배하거나 추억할 만한 다른 물건이 없었던 것일까?

농담은 농담으로 그치더라도, 사실 우리는 모든 생물에게 있어서 교배와 종족 번식은 가장 중요한 일이고, 개별 생명체의 존폐에 영향을 미칠 정도로 절대적인 일이라는 사실을 잘 알고 있다. (우리는 디스커버리 채널을 통해 연어가 용감하게 강을 거슬러 올라가 산란을 마치고 장렬하게 생을 마감하는 장면을 담은 영상을 볼 수 있다. 그토록 거센 격류와 거대한 돌에 온몸이 부서질 정도로 부딪히면서도 굴하지 않고 후세의 번식을 위해 견뎌내는 웅장하고 아름다운 장면은 무척이나 감동적이다.) 요컨대 교배와 번식은 대대적으로 일을 벌려 진행하는 것이 더 합리적인 것으로서 절대로 숨기거나 비밀로 할 일이 아니다. 발정 시기에 진입한 생물들은 강력한 냄새를 퍼뜨리기도 하고(생물학자들의 연구에 따르면 어떤 나방은 발정기에 4억 마리의 암

컷 나방을 유인하기에 충분할 만큼 강력한 냄새를 발산한다고 한다) 짝짓기 상대가 분명하게 식별할 수 있도록 아름다운 색으로, 자기 몸을 장식하거나 직접 생식기관을 부풀리기도 한다. 이 모든 행위의 목적은 오로지 자기 종을 보호하고 생존경쟁에서 뒤처지는 실수를 범하지 않는 것이다.

특히 종자식물의 경우는 이런 상황의 극치를 보여준다. 교배를 할 시기가 다가오면 종자식물은 생식기관을 가장 눈에 잘 띄는 위치로 높이 들어 올리고, 고안해낼 수 있고 실행할 수 있는 모든 방법을 동원하여 교배를 진행한다. 교배 상대가 자신을 보지 못하거나 냄새를 맡지 못하거나 가까이 다가오지 못할까 두려워하여 가장 아름다운 색과 코를 자극하는 향기(아프리카의 라플레시아 같은 식물은 악취를 발산하기도 하는데 이것은 썩은 음식을 먹는 파리에 의해 수분이 이루어지기 때문이다), 가장 달콤한 맛을 발산한다. 이처럼 종자식물들은 온갖 방법을 동원하여 아주 적극적으로 "어서 이리 오세요. 나 여기 있어요"라는 간절한 정보를 전달한다. 1960년대 성의 해방을 추구했던 미국의 젊은 남녀들이 자신들을 '꽃의 자녀'로 비유하면서 "샌프란시스코에 가거든 잊지 말고 머리에 꽃을 꽂아달라"라고 소리 높여 노래했던 것도 이와 비슷한 이유에서였다.

이 분야에서는 동물과 식물 사이에 약간의 차이가 나타난다. 동물은 교배의 시간이 상대적으로 짧고 감춰야 할 필요성이 있다. 이것은 교배가 정식으로 진행되는 시간에 국한된다. 하지만 이런 현상의 원인을 깊이 따져보면 부끄러움이 아니라 자기 보호의 문제라는 것을 알 수 있다. 결정적인 교배 시기를 맞은 동물들은(식물은 어차피 몸을 옮겨 도망칠 수 없기 때문에 애당초 이런 문제가 발생하지 않는다) 대부분 바로 이 시기에 자신을 지키거나 도망칠 수 있는 능력이 가장 취약하다. 어린 시절 들판에 나가 왕잠자리를 잡으러 다니던 때를 생각해보면 이런 사실을 쉽게 알 수 있다. 왕잠자리가 교미를 할 때 가장 잡기 쉬울 뿐만 아니라 한 번에 두 마리를 함께 잡을 수도 있다. 이것은 교양이나 문화 수준과는 전혀 무관한 것으로서 실질적인 생사의 문제이다.

이리하여 우리는 어렵지 않게 〈창세기〉에 등장하는 아담과 하와의 이야기를 이해할 수 있게 된다. 아담과 하와가 알몸을 부끄럽게 여기기 시작하면서 무화과 잎으로 성기를 가리게 된 것은, 뱀의 유혹에 이끌려 '선악을 구별하는' 나무의 과일을 따먹고 '눈이 밝아지기 시작한' 이후의 일이다. 이것은 인류 최초의 생물적 본능 행위에 대한 기술이 아니라 문명적인 반성이 시작됐음을 상징하는 은유적 표현이라고 할 수 있다. 맨 처음 인류가 생식기를 가리려 한 것은 예절 때문이 아니라 기능성의 보호를 위한 조치였다. 초기 인류가 보호하고자 한 것은 체면이 아니라, 종족을 번식시키는 데 가장 중요하면서도 가장 취약하여 손상되기 쉬운 도구였던 것이다.

성의 금기

성의 금기가 심각해지기 시작한 것은 한참 뒤의 일이다. 푸코Michel Paul Foucault는 유럽의 성 금기가 절정에 달한 것이 17세기경에 이르러서라고 지적하고 있다. 마찬가지로 중국 역시 송宋과 명明 두 왕조를 거치는 시기였다. 물론 여기에는 그럴 만한 이유가 있다.

먼저 발자크Honore de Balzac의 소설《모데스트 미뇽Modeste Mignon》의 한 단락을 살펴보자.

> 가엾은 파리의 여인이여, 너의 그 사소한 낭만을 위해 세상에 전혀 이름이 알려지지 않기를 바랄 수도 있다. 하지만 공공장소의 마차는 오고 갈 때마다 항상 등록을 해야 하고 편지를 쓸 때에는 소인을 자세히 검사하게 되며, 편지를 부친 뒤에는 또 재차 우편물의 도장을 대조 확인해야 하고, 거주하는 곳에도 이에 상응하는 주소와 문패가 있어야 한다. 이처럼 국가 전체를 통틀어 아주 작은 땅 한 조각도 모두 문서에 등록이 되어 있다. 이런 문명 속에서 프랑스 여인들이 어떻게 마음이 하고 싶은 바를 좇으며 살아갈 수 있겠는가!

여기서 발자크는 자신도 모르게 우리에게 한 가지 중요한 사실을 일깨워주고 있다. 도덕적이고 형이상학적 의식에 있어서의 금기도 결국에는 사회의 물질적 도구로 전용轉用된다는 것이다. 발자크가 말한 소인이나 도장, 문패에서 더 나아가 세밀하게 조사하여 등록한 다양한 형태의 소책자에 이르기까지, 대부분의 금기들이 사회적 준비가 갖춰져야만 비로소 진정으로 엄정하고 면밀해지기 시작하여 그 사이에 처해 있는 모든 사람이 도망칠 곳이 없게 된다. 예컨대 초기 사회에서는 신분적 차이가 의식을 분할했다. 그 힘은 이런 분할을 시작하고 이끌기에는 충분했지만 이것을 완성하기에는 절대적으로 부족했다.

송대와 명대, 특히 약간 후기의 명 왕조는 중국 역사상 진정한 전제

군주 시대였다. 이것은 군주 자신의 선악이나 우열과는 무관하게 (설사 명 태조 주원장朱元璋이 그렇게 우스운 인물이 아니었다 할지라도) 관료를 통한 통치 시스템이 완비되고 통치 기술이 더욱 성숙했다는 것을 의미한다. 송대 이후 유가가 주장하는 내용이 단일하고 압도적인 가치로 받아들여지면서 주도권을 잡게 됐고, 외부적으로는 지식인들의 과거 제도를 공고하게 해주었다. 또한 사회 전체를 종교에 가까운 엄격한 도덕 윤리 시스템 안에 가둬두는 동시에(얼마나 지혜롭고 얼마나 비참하며 얼마나 유연하고 개방적이었든 간에 인류 역사상 이 정도의 금기로 완승을 거두고서도 사회적 문제를 일으키지 않은 주장은 없었던 것 같다) 국가의 특무 기관이 설립되어 계속 그 세력을 확장해나갔다. 재상을 쫓아내고 제왕이 직접 친정을 펼치며 발자크가 언급한 것처럼 모든 토지를 등록하는《어린도책魚鱗圖冊》이나 모든 인구를 자세히 조사하여 기록하는《황책黃冊》을 완성하기도 했다. 이 모든 것들이 개인의 악의적인 탐욕에 의한 것이 아니라 일종의 사회적 시스템이었다. 때문에 개인에 대한 개인의 압제가 가능했고 형이하학적인 인간 신체 행위와 언론 통제, 형이하학적인 가렴주구와 성적 금기 등이 모두 가능했던 것이다.

따라서 옛날로 갈수록, 고대일수록, 더 폐쇄적이고 금기적인 생각일수록 더 절대적인 수수께끼가 된다. 그리고 엄격함은 서서히 건축되는 과정으로서, 1,000년 이상의 긴긴 세월을 거쳐야만 비로소 한 걸음 한 걸음 아득히 넓고 자유로운 천지와 산천을 통제하고 인위적으로 폐쇄시킬 수 있다. 이렇게 해야만 천지와 산천에 흩어진 사람들을 통제할 수 있는 것이다.

예컨대《좌전》을 읽은 사람이라면 이 시기에 남녀 사이의 성애가 비교적 '자유로웠다는' 사실에 놀라움을 금치 못할 것이다. 물론 그 시대에 가장 뛰어난 여인은 하희夏姬였지만 여러 세대에 걸쳐 제나라의 공주들 또한 그녀에 크게 뒤지지 않았다. 공자 또한 야합野合의 결과로 태어난 인물이었고 역대 유학자들 역시 이런 사실을 감출 수 없었다. 중국 대륙의 유명 소설가 종아청鍾阿城이 대만을 방문하여 며칠 머무는 동안 이 주제에 관해 이야기를 나눌 기회가 있었다. 종아청은 이것이 더없이 자연스럽고 일반적인 일이라고 설명하면서 그가 윈난雲南 지방으로 하방下放(중국에서 1957년부터 상급 간부들의 관료화를 막기 위해 실시한 운동으로서 간부들을 농촌이나 공장으로 보내 노동에 종사하게 한 정책-옮긴이)됐을 때도 현지 원주민들 사이에 그와 비슷한 의식 행위가 보존되고 있었다고 말했다. 정기적으로 성적 집회와 광희의 의식이 거행되고, 춤과 노래에 술의 마취와 최음 효과까지 더해져, 의식을 마칠 때쯤에는 남녀가 짝을 이뤄 흩어져 자발적으로 이 부족의 어린 공자를 만들 장소를 찾았다는 것이다. 종아청은 이런 의식을 거행하는 주요 이유가 생산을 장려하고, 인구를 증가시키는 데 도움이 되며, 부족의 발전과 현실 생활에서의 노동력, 그리고 죽음이나 자연재해의 습격에 대항하여 종족을 보호하는 데 매우 중요한 의미를 갖기 때문일 가능성이 아주 크다고 해석했다.

젊었을 때 미친 듯이《예기》를 읽은 적이 있다(실제로 매우 재미있는 책이다. 장아이링張愛玲〔중국의 유명 소설가로 영화 〈색色, 계戒〉의 원작자이기도 하다-옮긴이〕은 이 책을 읽는 재미가《홍루몽紅樓夢》을 읽는 것에 못지않다고 말한 바 있다). 2월에 만물이 방생方生하고 춘정春貞이 왕성할 때, 남녀가 '아무런 거리낌 없이 야반도주한다奔者不禁'는 대목이 가장 마음에 들었다. 그 시대에는 예법을 수립하는 사람이 아주 똑똑하여 적절한 시기에 젊은이들의 숨통을 풀어줄 줄 알았던 것 같다. 이제야 이 책이 고대 남녀의 성애에 관한 중요한 기록이라는 사실을 알게 된 셈이다. 2월이 되면 남녀가 떳떳하게 사통하여 야반도주를 할 수 있고 예법이 이것을 구속하지 않는다. '분奔(달리다, 야합野合하다)' 자의 원래 형태는 빠르게 달려가는 세 개의 발자국, 세 개의 다리를 형상화한 상형자다. 확실히 기회와 시기를 잘 잡으면 빨리 달릴 수 있다. 농담이지만 2월은 가장 짧아서 천천히 흘러가는 1년 중 28일밖에 되지 않는다. 늑장을 부리다가 시기를 놓치면 다시 1년을 꼬박 기다려야 하는 것이다.

9

존속살인에서 노예까지 무서운 문자들

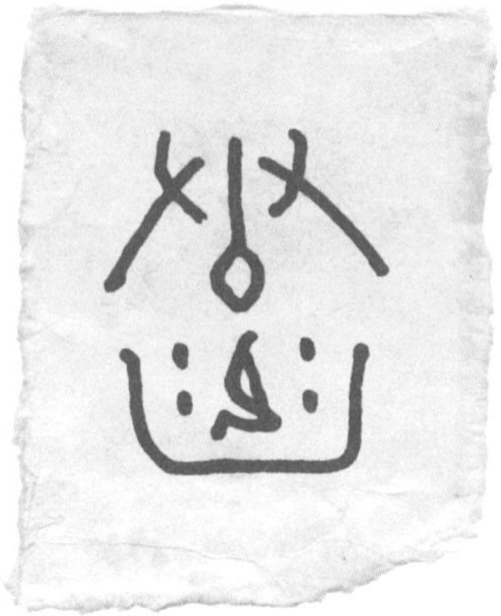

춘추 시대에 공자와 제자들의 언행과 행적을 담은 첫 번째 책인《논어》는 사실 대단히 자유롭고 재미있으며 감동적이고 상상력으로 가득 찬 책이다. 대화가 무척 활발하고 내용의 순서와 단계가 분명하며 등장인물들의 성격과 형상도 당장이라도 부르면 튀어나올 것처럼 생동감이 넘친다.

이 책에서 녹음기로 사용된 문자가 훌륭한 힘을 발휘하여 탁월한 표현을 이룬 것에 대해 문자를 좋아하는 사람들은 박수갈채를 보내야 마땅할 것이다. 2,000여 년 전에는 글자로 적는 것이 불편했기 때문에 당시 문헌들의 언술이 그다지 길지 않고 간략한 것에 비해《논어》의 기술은 여유가 넘친다. 더 좋은 점은 이 책이 문자를 사용하는 권력과 역사를 서술하는 방식 및 그에 따른 해석의 권력을 민간에게 해방시켰다는 것이다. 이렇게 누군가 먼저 어렵사리 시작하지 않았다면 그 후 100~200년 동안 사람들이 그렇게 자유분방하게 사유하는 아름다운 풍경은 생각하기 어려웠을 것이다. 그 후에 다시 불가능해지긴 했지만 이때부터 역사 서술 및 해석의 권력은 상당 부분 민간에 머물게 됐고, 이렇게 변화된 상황은 과거의 상태로 완전히 되돌아가지는 않았다. 점점 더 강력해지는 통치 권력도 역사의 서술과 해석 방식을 완전히 제한하지는 못했다. 덕분에 정치 상황에 대한 민간의 담론과 비평 습관과 영향력 역시 소멸되지 않았고 깊고 풍부한 의미를 갖는 사유 전통으로 발전될 수 있었던 것이다.

나는 줄곧 공자와 제자들의 일생을 소설로 재현해보고 싶은 사치스런 욕심을 갖고 있었다. 특히 그들이 한편으로는 자신들의 담론을 펼치면서 다른 한편으로는 여러 제후국들의 문을 하나하나 두드리며 지나갔던 그 독특한 풍경은, 대부분의 사람들이 벽지에 흩어져 살고 국가와 국가 사이에 아직 분명한 국경이 형성되지 않아 넓은 공백 지대가 존재하던 당시 상황으로 보면 정말 기이한 행렬이 아닐 수 없다. 단지 그 외관만으로도《백 년 동안의 고독》에서 집시들이 마콘도 마을 사람들에게 그랬고 멜키아데스가 호세 아르카디오 부엔디아에게 그랬던 것처럼 많은 사람들에게 놀라움과 두려움, 상상력과 전설, 그리고 계몽을 선물할 수 있을 것이다.

우리가 이 책을 부자연스럽고 지루하며 감동적이지 않은 방식으로 읽으면서, 일종의 '성경'으로 만들어버렸다는 점이 애석할 따름이다. 움베르토 에코Umberto Eco의 우려 섞인 표현을 빌리자면 "신성함이란 속건성 페인트 같은 빠른 응고"에 다름 아니다. 신성함이란 본래부터 일종의 보호 장치 같은 것으로, 벌레가 좀먹는 것을 막고 시간에 따른 부식과 변화를 방지함으로써 손상되지 않은 표본을 얻기 위한 것이다. 하지만 자유와 상상력이 필요한 사유는 시간의 흐름과 지속적인 변화의 소리에서 도출되는 결과물이어서 이런 상황에서는 질식하지 않을 수 없다.

따라서 나는 사람들에게 《논어》를 다시 읽을 것을 강력하게 권하고 싶다. 대충 서른이 좀 넘어서 이 책을 읽게 되면 한편으로는 학교를 떠난 지 오래되어 규범적인 독서법을 잊어버린 상태이기 때문에 참신한 방법으로 새롭게 이 책을 대할 수 있을 것이고, 다른 한편으로는 처세술이 풍부해졌기 때문에 세상의 근심에 대해 갖가지 진실한 느낌을 갖게 될 것이다(《논어》는 난세의 우환을 기록한 책이기도 하다). 물론 그러기 위해서는 지식에 대한 열망이 전제돼야 한다.

문도門徒가 아니라 보통 사람의 기준으로 볼 때, 공자에게는 대단한 제자들이 적지 않았고 그들의 능력과 성격, 그리고 단점이 각각 달랐던 점에서 스승이 대단히 겸손하고 평등하며 자신감이 넘치는(이 세 가지는 종종 공존한다) 인물이었다는 것을 알 수 있다. 감상력의 수준이 대단히 넓고 정확한 사람은 모든 사람들이 똑같기를 원하지 않고 모든 사람이 자신과 같아지는 것은 더더욱 원치 않는 법이기 때문이다.

훗날 각양각색의 성격과 인품을 지닌 공자의 제자들은 역사에 의해 자신들의 힘을 넘어서는 거대한 현실의 어려움 속에 내던져졌고, 그 결말은 제각기 달랐다. 나약하게 현실에 굴복한 제자가 있었는가 하면, 소리 소문 없이 사라진 제자도 있었고, 상당한 성취를 이룬 제자들도 적지 않았다. 물론 기구한 운명을 맞은 제자들도 있었다. 그중 결말이 가장 안 좋았던 사람은 낙관적이고 밝은 성격에 용감하고 정의감이 넘치긴 했지만 천부적인 자질이 부족했던 자로子路였다. 그는 위衛나라에서 관직에 올랐지만 골육상잔의 정변 속에서 죽음을 맞았을 뿐만 아니라 시신이 다져져 육장肉醬(쇠고기를 잘게 썰어 조린 반찬)이 되는 치욕을 당했다. 이처럼 불행한 역사적 사실 때문에 중국의 역대 지식인들은 태연하게 '해醢(젓갈이나 절임 음식)' 자를 사용할 수가 없었다. 이것은 원래 육류 음식 중 하나로 오늘날 슈퍼마켓이나 편의점 진열대에서 얼마든지 살 수 있는 광다샹廣達香식품유한공사회사의 제품들과 같은 종류다. 나폴리 스파게티의 주요 재료이기도 한 이 식품은 비극으로 인해 역사의 일부가 됐다.

하지만 갑골문에서 보면 '해醢' 자는 처음에는 음식의 종류가 아니라 혹형의 일종이었다. 의 형태를 살펴보면 큰 절구 안에 놓여 있는 것이 음식이 아니라 절망적인 표정을 한 사람이라는 것을 분명히 알 수 있다. 윗부분은 두 손으로 절굿공이를 잡고 있는 회자수劊子手로서 산 채로 사람을 내리쳐 육장으로 만들고 있다. 그리고 당연히 사방으로 피가 튀고 있다.

자로를 사랑하는 우리 같은 사람들에게 그나마 위안이 되는 것은 자로가 죽은 뒤에야 몸이 야만적으로 다져져 육장이 됐다는 사실이다. 사람의 죽음은 등불이 꺼지는 것과 같아서 죽음이 완성되는 그 순간, 고통도 이미 멀리 달아나버렸을 것이다. 하지만 아무리 해도 위로가 되지 않는 사실은 우리가 모르는 수많은 사람들이 산 채로 이런 참혹한 죽음을 당했다는 점이다(그 숫자가 상당수에 이르지 않았다면 이런 글자가 만들어지지도 않았을 것이다).

남의 불행을 기뻐하지 말고 불쌍히 여겨라

갑골문 중에는 이렇게 무서운 글자들이 많다. 이런 글자들은 마치 한 장 한 장의 사진 기록 파일처럼 오늘날까지 반박할 수 없는 범죄 행위의 유효한 증거를 충실하게 보존하여, 우리에게 그 시기 사람들의 마지막 몸부림 같은 잔혹한 장면을 선명하게 보여주고 있다. 그렇다면 우리는 어떤 마음으로 이런 글자들을 대해야 하는 것일까? 어쩌면 말리노프스키Bronislaw Malinowski 같은 기능주의 학파의 학자들은 우리에게 잔혹한 행위의 표상은 건너뛰고 사유의 초점을 기능적인 측면에 맞추면서, 그러한 행위의 시스템이 그때 그 지역 사회에서 수립되고 운용되며 보수돼야 했던 필요성을 이해하기를 기대할지도 모른다(우리가 형벌의 기능과 필요성을 부인하기 어렵다는 것은 분명한 사실이다). 한편 마거릿 미드Margaret Mead 같은 문화상대주의 학파의 인류학자들은 우리에게 침착할 것을 상기시켜준다. 이런 순간에 우리에게 가장 필요한 것은 냉정함과 겸손, 중립적 입장을 유지하는 것이라는 주장이다. 우리는 하나의 시점, 하나의 장소에서 제약받는 우리의 가치관으로 시공간이 서로 달랐던 모든 사회를 일률적으로 평가해서는 안 된다는 사실을 기억해야 한다. 이렇게 가장 소박한 정의감과 보편적인 인성의 가치를 억압하는 것에 대한 사유가 모든 의견을 포괄하지 못하고 논쟁의 여지가 있다 해도, 학술 산업의 기준에서 보면 그냥 '지난 일'이라고도 말할 수 있다. 하지만 그럼에도 불구하고 이 무서운 글자들을 살펴본 결과로 얻어낸 바가 없지는 않을 것이다. 적어도 얼룩진 역사를 이해할 수 있는 실마리와 진보된 의미는 얻을 수 있었을 것이고 그것으로 충분하다.

중화민국 초기의 학자들은 이 글자들에 대해서 이상한 반응을 보였다. 그들은 이 무서운 글자들의 출현에 대대적인 환영의 뜻을 밝히면서 몹시 득의양양해했다. 이런 글자들이 과거 중국의 역사와 문화가 몹시 어두웠고 심각하게 타락했으며 처음부터 '통째로 사악했다'는 사실을 실증해준다고 생각했다. 그리고 더 중요하게는 만약 중국의 고대 노예제도에 관한 증거를 제공해준다면, 자신들의 역사관을 밀고나가는 데 탄탄대로를 열어주는 굴착기 역할을 해줄 거라고 생각했다. 이렇게 된다면 이미 준비를 마치고 명령만 기다리고 있는 마르크스적 역사 해석에 대한 그들의 통속화와 교조화 작업이, 신을 맞아들이는 영신迎神 축제처럼 신나게 진행될 수 있었다.

너무 기쁜 일이었다. 그러다 보니 '안 좋은 상황을 알면 불쌍히 여기고 기뻐하지 말라'라는 말이, 사실은 어느 특정 계급사회의 특정한 이데올로기의 산물이 아니라 깊이 있고 보편적인 의미를 지닌 선한 인성에 대한 각성이라는 진실을 잊어버리고 말았다. 이런 각성은 죄악의 진상을 용감하게 직시하는 데 방해가 되지는 않는다. 또한 이른바 '모든 것을 이해하면 모든 것을 용서할 수 있다'는 도덕적 소외의 거짓 관용과도 분명한 차이를 유지한다. 이런 각성은 우리가 주체성을 상실하고 이데올로기(혁명의 주장이나 네이션nation〔國族〕 의식, 적대적인 힘)의 희생물이 되는 노예와 도구가 아니라, 자각적인 인간임을 잊지 말 것을 진지하게 경고할 뿐이다.

여기서 '해醢' 자를 무서운 글자들의 첫머리에 놓은 것은 그 수단이 가장 악랄하고 당하는 사람에게 가한 고통의 정도가 가장 셌기 때문이 아니라(비록 그것이 사실이긴 하지만), 이 글자가 잔혹함을 위한 잔혹함을 나타내고 있기 때문이다. 억지로나마 위협의 기능이라는 빈약한 해석을 찾는 것 말고는 인간이 또 다른 인간을 어떻게 이렇게 대할 수 있는 것인지, 살인이 어떻게 머리 한 번 끄덕이는 것처럼 쉬울 수 있는 것인지 다른 이유를 찾을 수 없다. 이것은 갑골문 세계에서 볼 수 있는 가장 원한이 깊고 잔인한 글자로서 사람들로 하여금 섬뜩한 미소를 짓게 하기에 충분하다.

다른 무서운 글자들은 이렇지 않다. 다른 글자들이 보여주고 있는 잔혹함에는 일정한 원칙이 있다.

노인 살해와 영아 살해

우리가 가장 견디기 힘든 잔혹함이 있다. 회자수의 입장에서도 마음속으로 아무리 개연성을 인정한다 해도 정말 받아들이기 어려운 잔인함이다.

서로 상대가 되는 두 개의 글자를 살펴보자. 그중 하나는 생육에 관해 얘기할 때 보았던 글자다. 손에 밧줄을 들고 갓난아기를 교살한 뒤, 삼태기에 담아 피 묻은 영아의 시신을 쏟아버리는 모습을 형상화한 '기棄' 자다. 또 다른 글자는 쉬진슝 선생의 《중국 고대사회》에서 배운 '미微' 자로 갑골문에서는 로 나타낸다. 여기서 왼쪽의 는 갑골문에서 노인을 대표하는 고정적인 형상으로서 머리카락이 길게 자란 것으로 시간의 양을 나타내는 표현이다. (는 '노老' 자와 '고考' 자의 기원이 되는 갑골문이다. 여기에 보행을 돕는 지팡이를 하나 더하면 노쇠하여 걸음걸이가

안정적이지 못한 사람의 모습을 나타낸다.) 오른쪽은 사람이 손에 곤봉을 들고 있는 형상이다. 노인은 아이도 아니고 짐승도 아니기 때문에 체벌이 필요한 교육 행위(교教,)를 형상화한 것도 아니고 물과 풀이 풍부한 곳으로 가축을 모는 일(목牧,)을 형상화한 것도 아니다. 곤봉으로 노인을 살해하는 모습을 형상화한 것이다. '기棄' 자와 거리는 멀지만 그 의미는 비슷하게 잔인한 인구 억제 행위라 할 수 있다.

이런 갑골문의 조형이 너무 확실한 파장과 파괴력을 갖추고 있어서인지, 쉬진슝은 자신의 책에서 이것을 위한 증거들을 무더기로 찾아냈다. 베이징 저우커우뎬周口店에서 출토된 50만 년 전 원시 인류의 해골 흉터에서 신석기와 구석기 시대 각 유적지의 사망 인구의 연령 통계, 그리고 민속학자들이 수집한 각종 전설과 이야기에서 다량의 증거들이 발견됐다. 마지막으로 《초사》 〈천문天問〉에 나오는 "어찌 자식이 어미 배를 가르고 시신을 나누어 여기저기에 버렸던가?"라는 굴원의 옛 물음 중 하나를 꺼내, 이 전고에 등장하는 하우夏禹의 아들, 즉 전설 속의 하夏 왕조 2대 임금인 현군賢君 하계夏啓가 어머니를 살해한 신화를 이용하여 증거를 보충했다. 다시 한 번 부탁하지만 쉬진슝의 《중국고대사회》를 꼭 읽어보기 바란다.

공교로운 것은 이 두 글자가 담고 있는 참극의 배후에 중국 상고시대의 두 현군이 연결돼 있다는 점이다(범죄 증거의 신뢰성을 높여주는 요소이기도 하다). '기棄'는 주周나라의 개국시조다. 전설 속의 그는 신의 보호를 받아 아기 때 버림을 받고도 죽지 않았다. 그리고 '미微' 자는 말한 바와 같이 하계와 관련이 있다. 물론 이 신화에서는 원래 하계가 돌로 변한 어머니의 몸을 가르고 탄생했기 때문에 이름을 '계啓(열다)'로 지었다고 전하고 있다. 이것은 오늘날 우리에게 익숙한 신화 양식으로 다른 여러 민족에게서도 같은 유형의 신화를 쉽게 찾아볼 수 있고, 이에 대한 상당히 고전적인 철학적 해석도 있다. 비교적 마음이 편하고 생리학적인 환원 방식은 계의 어머니가 출산 과정이 순조롭지 못했다고 단정하는 것이다. 배를 갈라 아이를 얻는다거나 어머니가 이로 인해 죽음을 맞게 되었다는 것이 신화적으로 변형된 내용이다.

노인과 영아를 살해하는 것은 원래 대자연의 특권이다. 원래 늙은 동물이 사냥(육식동물)이나 도망(초식동물)의 능력을 상실하면 살아남기 어려운 법이다. 갓 태어난 생명의 수는 항상 대자연이 필요로 하고 허락하는 것보다 많다. 이것은 종족 보존을 위한 생물들의 인해전술이자 오래된 전략으로서, 원래는 결사대처럼 그중 일부만을 확보하여 환경의 적의敵意를 피해 존속해나갈 수 있도록 한 것이다. 이렇게 오늘날 많은 사람들이 찬양하고 배우고자 하는, 끊임없이 생장하고 번성하는 대자연의 질서는 원래 죽음의 메커니즘에 의해 정비되고 유지된다. 그 안에 담긴 일부 '지혜'들은 알기도 어렵지 않고 따라 하기도 어렵지 않으며 심오하거나 위대하지도 않다. 단지 우리가 차마 할 수 없고, 하기를 원치 않으며, 그런 냉혹함을 따라 할 수 있는 독한 마음도 갖고 있지 않은 것뿐이다. 때문에 우리는 고통스럽게 다른 길을 개척하는 것이고, 우리가 할 수 있는 다른 해결 방법을 찾으려고 애쓰는 것이다.

대자연의 잔인하고 전혀 자애롭지 않은 처치는 인간에 의해 대신 집행되기 시작했다. 예컨대 늙은 생명의 전혀 안락하지 않은 '안락사'나 생명의 출산 지연술 등이 그런 사례이다. 이에 대해 우리는 잔인하다면서 참아주지 못한다.

끊임없이 생장하고 번성하는 대자연의 질서가 대자연의 인색한 본질과 생존 자원의 희소성, 그리고 이로 인한 투쟁의 필요성에서 비롯된 이상, 이에 대응하기 위한 노인 살해 및 영아 살해 행위를 인간의 '도덕적 각성'에 의지하여 단번에 종결지을 수는 없을 것이다. 생존 환경과 기술의 효과적인 개선을 통해 충분한 식량을 확보하는 동시에, 노인이나 영아들이 생존의 가치를 찾을 수 있도록 도와줘야 할 것이다.

아무리 늦어도 주나라 시기부터 이런 문제는 대체로 근절되는 상황을 보이기 시작한다. 한편으로는 생산량이 증가함에 따라 더 많은 인구를 부양할 수 있게 됐고, 다른 한편으로는 지속적인 분업화가 진행됨에 따라 인간의 가치가 식량을 '찾거나/만들어내는' 순수한 식물 경제의 기능에 얽매이지 않게 됐기 때문이다. 사람들은 제사를 지내야 했고 사회의 분쟁을 해결해야 했으며, 시와 글을 짓고 생명의 의미에 대해 사유해야 했다. 이런 일들이 생겨남에 따라 노인들이 유용해지기 시작했다. 노인들은 살아온 오랜 시간을 바탕으로 연장자의 지위를 획득하게 됐고, 오랜 경험과 지식, 기억에 의지하여 양도할 수 없는 존재가치를 획득하게 됐다(우리 할머니가 돌아가신 뒤에 집안의 제사를 지낼 때면 순서가 뒤죽박죽이 되고 대부분의 경우 추측이나 '동의'에 의해 처리되곤 했다). 때문에 주나라 때부터 전해 내려오는 문서를 보면(어떤 부분은 사실을 기록한 것이고 어떤 부분은 기술자의 이상을 적은 것이다) 노인들이 전과 달리 숭고하기 이를 데 없는 지위를 얻었을 뿐만 아니라 사회의 보살핌과 도움을 받았다는 사실을 알 수 있다. 또한 자유롭게 고기를 먹고 비단옷을 입을 수 있었을 뿐만 아니라 군왕조차 예의를 갖추고 가르침을 구하는 대상이 됐다.

항상 신랄하고 기세등등했던 맹자도 일찍이 더없이 부드럽고 따스한 말을 한 적이 있다. 내 기억이 틀림없다면 시간과 장소를 달리하여 적어도 두 번은 그랬다. 이것은 대단히 아름다운 인류 역사의 유토피아적 풍경에 관한 묘사이다. 일반적인 유토피아처럼 공허하거나 천마가 하늘을 나는 것처럼 비현실적이지 않고, 경직된 이데올로기나 사악한 기운이 가미돼 있지도 않은 지극히 현실적이고 낙관적인 이야기로서, 당장이라도 손을 뻗으면 닿을 수 있고 곧바로 실행할 수 있을 것 같은 도리다.

> 농사의 때를 어기지 않으면 곡식이 먹는 입을 당해내지 못하는 일이 없을 것이고, 눈이 촘촘한 그물이 연못에 들어가지 않으면 물고기와 자라가 부족해지는 일이 없을 것이며, 도끼가 때에 맞추어 산림에 들어가면 쓸 재목이 부족해지는 일이 없을 것입니다. …… 다섯 무畝의 집터에 뽕나무를 심으면 나이 쉰이 넘은 노인이 비단옷을 입을 수 있을 것이고, 닭, 개돼지 같은 가축이 번식할 때를 잃지 않게 하면 일흔이 넘은 노인도 고기를 먹을 수 있을 것이며, 100무의 땅을 일구는 데 농사의 시기를 놓치지 않으면 여러 명의 식구가 굶주리는 일이 없을 것입니다. 학교에서의 가르침을 삼가 하게 하여 효제孝悌의 뜻을 널리 펼치면 백발의 노인이 길에서 짐을 이거나 지는 일이 없을 것입니다.

이에 비해 아이들의 운명과 처지는 약간 더 고달프다고 할 수 있다. 아이들의 가치는 지금 당장에 있는 것이 아니라 미래에 있기 때문이다. 이런 가치 지연의 본질 때문에 아이들의 운명은 당장의 급박한 물질적 조건에 제한되는 데 그치지 않고 미래에 대한 낙관적 또는 비관적 심리로부터 견제를 받게 한다. 그리고 역사적 현실 속에서 처음에 생각지 못했던 이데올로기의 침투와 박해에 직면한다. 예컨대 부권 사회가 운용되는 토대와 사람들을 얽어매는 어리석은 편견들, 종법 제도, 재산 계승 제도 같은 온갖 혐오스러운 이데올로기들에 부딪친다. 때문에 영아를 살해하는 일이 비교적 오랫동안 이어지면서 시시때때로 소문을 들을 수 있었던 것이다. 영아 살해는 특히 여아에게 더 많이 자행됐다.

우리가 재빨리 깨달아야 하는 사실은 순수하게 기능적이고 현실적인 살육이 잔혹하긴 하지만, 자세히 비교해보면 목표가 명확하고 수단이 민첩하여 (수법이 지나치게 졸렬하다는 단점만 제외하면) 이런 목적 이외의 다른 고통은 필요치 않았다는 것이다. 진정으로 사람들을 잔인하게 만드는 것은 이데올로기에서 파생되는 신성한 살인의 이유와 원한이다. 인류 역사에서 대규모의 잔혹하고 비현실적인 필요에 의한 대규모의 살육은 대부분 이데올로기가 가져온 우스운 동기에 의한 것이다. 그중 규모가 가장 크고 수단도 가장 악랄했던 것이 바로 종교와 네이션 의식, 그리고 나중에 나타난 반半종교 반半네이션의 신형 괴물인 공산주의 혁명에 의한 것이었다. 이런 이유 때문에 인간의 잔혹함이 진정한 절정을 이룬 시기는 이데올로기가 막 생성되어 발전하고 노인과 영아를 살해하던 갑골문 시대가 아니라(이데올로기가 개입되지 않은 완전한 '재물만의 도움'은 없었을 것이다. 그렇지 않고는 '해醢' 자도 출현하지 못했을 것이다), 승리를 얻은 이후의 기독교 시대였다고 해야 할 것이다. 특히 종교개혁 및 네이션 의식이 지속적으로 맹위를 떨치던 그 뒤의 수백 년 동안은 이런 추세가 가파르게 상승했다. 푸코의 말을 빌리자면, 그들은 사람이 죽기를 바랐던 것이 아니라 오히려 죽지 않기를 바랐었다고 할 수 있다. 회자수의 가장 탁월한 기술은 어떻게 인간의 생명을 종식시키지 않는 상황에서 고통을 최대한 연장하고 극대화할 수 있는가 하는 데에 있었던 것이다.

이런 최고의 기술을 발휘하는 사람들을 보고 싶다면 푸코의 책《감시와 처벌Surveiller et punir》을 사서 읽어 보기 바란다. 푸코가 이 책에서 인용한 역사적 혹형에 관한 실록을 추적해 들어가면 인간의 광기가 어느 정도까지 이를 수 있는지 알 수 있을 것이다.

우리가 분명하게 각성해야 하는 것이 또 있다. 노인과 영아 생존의 최대 관건이 생존에 필요한 물자의 풍족함에 있었기 때문에 이런 행위가 완전히 근절되기 어려웠다는 사실이다. 현실 상황이 악화되면 언제든지 살 길을 찾기가 어려워질 수 있다. 노인은 다시 굶어죽거나 맞아죽을 수 있고 영아는 버려질 뿐만 아니라 쓸모없는 물건으로 여겨져 '식량으로 교환되는 수단이 되기도 한다易子而食'. 이처럼 은혜를 저버리고 해를 입히는 방식은 불황의 시대가 찾아오면 전면적으로 부활할 수도 있을 것이고, 생계가 어렵고 자연 조건이 열악한 인간 세상의 일각에 항시적으로 존재할 수도 있을 것이다.

죽은 자와 산 자

경제적인 살인 외에 전쟁이나 형법에 의한 살인도 있다.

에스닉ethnic과 네이션nation의 충돌로 인한 살인은 줄곧 도덕적 부담에서 제외됐고, 심지어 영예로운 것으로 여겨져 사람들의 추앙을 받기도 했다. 때문에 이런 유형의 글자들은 노인을 몽둥이로 살해하는 '미微' 자처럼 부끄러움을 느끼면서 '미약하다微弱' 또는 '미약하여 숨다幽微隱藏'라는 뜻의 전주의 동굴 속으로 숨을 필요가 없다. 이런 살인은 영웅과 위인을 만들어내는 가장 중요한 메커니즘이다.

이런 집단 충돌의 살인 방식의 밑바탕에는 생존에 필요한 자원을 쟁탈해야 하는 '필요'의 동기가 내재돼 있어, 집단 공생의 자연스러운 감정을 뒷받침한다. 이것이 네이션 의식의 진실한 원형이다. 네이션 의식은 아무 근거 없이 발명된 것이 아니라, 수시로 고개를 돌려 기본적인 인성과 환경에서 편리한 지지 근거를 찾은 결과다. 네이션 의식은 정말 대응하기 어렵다. 줄곧 '도덕적 면책 특권'을 향유해왔으니 칼을 들어 머리를 베어 떨어뜨리는 것이 즐겁지 않을 리가 있겠는가.

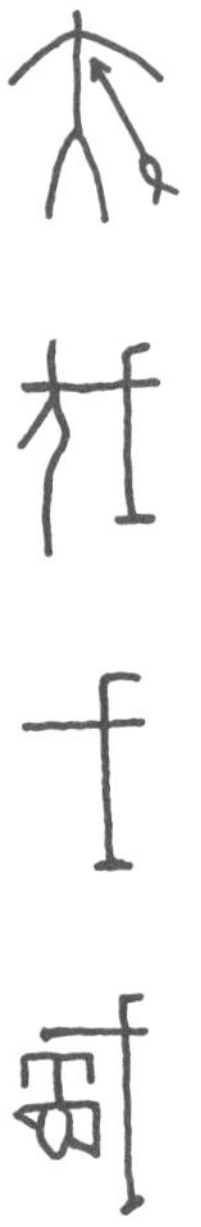

갑골문에서 화살에 맞아 상처를 입은 사람을 나타내는 글자 를 살펴보자. 화살이 사람의 겨드랑이 아래를 뚫고 들어간 모습의 이 글자는 다름 아닌 '질疾' 자다. 이것은 가해자가 아닌 피해자를 나타내는 글자로서 '살육하는' 것이 아니라 '상처를 입는다'는 의미를 나타낸다. 그 다음은 '벌伐' 자인 다. 무기의 일종인 '과戈(창,)'로 사람의 머리를 베는 형상을 뚜렷하게 표현하고 있다. '벌伐' 자에서 우리는 곧장 다음 장면의 '괵馘(머리를 베다)' 자로 건너뛸 수 있다. 참수를 해서 대중들에게 보여주는 장면을 표현한 것으로, 오늘날에는 거의 사용되지 않는 이 글자는 로 묘사한다. 베어낸 사람의 머리를 의기양양하게 무기 위에 걸어놓은 형상이다. 화면을 확대하면 국부의 중요한 형상이 더욱

분명하게 나타난다. 이것이 '현縣' 자, 즉 다. '현縣' 자의 원형에서는(후에 '심心'의 의부를 더해져 '염려하다', '매달다' 같은 유신론적 방향으로 전주됐다) 밧줄 또는 피해자의 머리칼을 사물에 걸기 위한 줄을 분명히 볼 수 있다. 눈을 부릅뜬 것은 원한 때문에 눈을 감지 못한 것은 아니다. 이것은 단지 눈 하나로 머리 전체를 표현하는 조자의 오랜 수법일 뿐이다. 하지만 이로 인해 조형이 더욱 섬뜩해진 것만은 분명하다.

'괵馘' 자의 해서는 '괵聝(귀를 베다)'으로 쓸 수도 있다. 이런 변형은 해서에서 시작된 것이 아니라 진秦나라 때의 소전 단계부터 있던 것이다. 실전 살육의 고수였던 진나라 사람들은 확실히 프로급 수준을 지니고 있어서 살육에 담긴 오묘함을 깊이 이해했던 것 같다. 전투 중에 살인을 할 때는 입공入功의 증거를 남기면서 지속적인 행동에 방해가 되지 않아야 한다. 적병을 죽인 다음 크기가 공만 한 머리를 매달고 다니는 것은 불편했기 때문에 비교적 편리한 방법으로 한쪽 귀만 취했다. 이런 방법은 현대까지도 계속 사용되고 있다. 군대에 가서 진먼金門이나 마주馬祖 같은 외곽의 섬에 배치되어 보초를 서는 사병들은 이런 사실을 잘 알고 있고, 심지어 이로 인해 악몽을 꾸기도 한다. 전해지는 바에 따르면 중국 대륙의 병사들이 잠수정으로 침입해 들어와 초병을 해친 다음 귀만 잘라 가져가곤 한다고 한다.

지금만 그런 것이 아니라 갑골문 시대에도 그랬다. 갑골문의 '취取(가지다)' 자, 즉 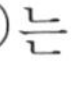는 손에 진귀한 조개를 들고 있는 , 즉 '득得(얻다)' 자와 들고 있는 물건만 다르지 형태는 거의 같다고 할 수 있다. 손에 들고 있는 것이 전리품인 커다란 귀라 격조는 다소 떨어지지만, 그 값어치는 진귀한 조개에 뒤지지 않았다. 심리적으로는 거의 대등한 즐

거움을 가져다주었을 것이다.

그다음은 붙잡아놓고도 죽이지 않은 사람들이다. 죄를 범했지만 죄질이 사형에 처할 정도로 심각하지 않은 사람들도 이에 포함된다. 고생살이를 벗어날 수 없는 이 사람들에게는 대부분 노예의 삶을 살기 전에 먼저 처리해야 하는 절차가 있었다.

먼저 한쪽 눈을 멀게 하는 방법이다. 학자들의 연구에 따르면 한쪽 눈을 멀게 하면 경제적인 노역에는 그다지 큰 영향을 미치지 않지만 반란을 일으키는 능력은 크게 손상된다고 한다. 따라서 이것은 형벌을 받는 사람이 느끼는 실질적인 감정은 전혀 고려하지 않는 상황에서 매우 효과적인 관리 방법이 될 수 있다.

갑골문에는 포로나 범인을 잔혹하게 처벌하는 방식이 세 가지로 나타나고 있고 응용의 정도도 상당히 넓었던 것 같다. 첫째는 '장臧' 자, 즉 로 창으로 눈을 찌르는 모습을 표현하고 있다. 둘째는 '민民' 자, 즉 로 바늘로 눈을 찌르는 모습을 묘사하고 있다. 마지막 세 번째는 '민敃' 자, 즉 로 손에 날카로운 물건을 들고서 사람의 눈을 찌르는 모습을 나타내고 있다.

목표를 조금 낮춰서 코를 겨냥한 글자들도 있다. 다름 아닌 '의劓(코를 베다)' 자, 즉 다. 사실 이 해서체 글자는 형태가 상당히 잘 보존돼 있고 의미 역시 처음과 크게 달라지지 않았다. 상형의 코와 상형의 칼의 조합에서는 칼로 코를 베는 것 외에 다른 해석은 도출되기 어렵다.

한층 경미하여 좀 더 인도적인 단계로 진입했다고 평가할 수 있는 형벌들도 있다. '경형黥刑' 또는 '묵형墨刑'이 그것이다. 사람의 얼굴에 '표식을 남기는' 이런 처벌 방식은 고통을 주는 것이 아니라 식별하는 데 중점을 둔다. 사람들의 얼굴에 "나는 악인입니다", "나는 노예입니다" 등의 씻을 수 없는 표식을 해두면 군중들 사이에 흩어져 있어도 식별과 관리가 수월하다. 그 최종적인 성과로 우리는 더 자세하고 더 핍진하게 새겨진 금문자를 볼 수 있다. 오늘날 우리가 색상을 나타내는 글자로 사용하는 '흑黑' 자로, 주자숙흑신보鑄子叔黑臣簠(청淸 광서光緖 초기에 산둥山東 환타이桓台에서 출토된 그릇으로 그 위에 명문이 새겨져 있다-옮긴이)에서 취한 ⿻다. 이 글자는 사람의 얼굴 부위를 확대하여 얼굴 위로 먹물이 흘러내리고 가로 세로로 선을 이루며 사방으로 떨어지는 모습을 묘사하고 있다.

얼굴의 선이 영원히 지워지지 않게 하려면 우리가 어렸을 때 변태적인 선생님들이 그랬던 것처럼 붓에 먹물을 묻혀 학생들의 얼굴에 OX를 그리는 것으로는 부족하고, 반드시 깊이 새겨 넣어야 한다. 그러기 위해서는 선이 벗겨지거나 재생되지 않는 표피 조직 아래까지 깊이 파야 하는 것이다. 여기에는 특수한 집행 도구가 필요하다. 이 도구가 갑골문에 나오는 '신辛' 자, ⿻다. 자루가 긴 나무 조각칼 같은 형상으로 맨 끝에는 평평한 형태의 칼날이 달려 있다. 여기에 지사 부호의 작은 가로 막대가 더해져 칼날을 강조하게 된다. 마치 오늘날 금석金石을 전각할 때 사용하는 칼과 유사하다. '신辛' 자의 부호를 따라 과거로 거슬러 올라가면 얼굴에 부호가 새겨진 사람들을 찾을 수 있다.

인류는 이상하게도 피부에 글자를 새기고 그림을 그리는 기술과 취미를 아주 오래전부터 터득했을 뿐만 아니라 지극히 보편적으로 실행했다(아프리카인이나 아메리카인디언 또는 타이완의 원주민들을 보면 알 수 있다). 기독교를 믿는 사람들은 이런 기술이 하느님에게서 직접적으로 계

승된 것이라고 말할 것이다. 피부에 부호를 새긴 최초의 장인은 바로 야훼였고 처음으로 새김을 당한 사람은 인류의 세 번째 인물인 아담과 하와의 큰아들 카인이라는 것이다. 그는 인류 최초로 계획 살인을 한 살인자였다. 이에 야훼는 그의 얼굴에 씻을 수 없는 기호를 남겼다. 다른 사람이 그를 해치지 못하게 하기 위해서였다. 하지만 이때부터 감추고 싶은 죄악의 기록은 계속 그를 따라다니며 언제 어디서든 살인자의 신분에서 벗어날 수 없게 만들었다. 그는 사람들로부터 단절됐고 계속해서 형벌을 받고 있는 것과 마찬가지였다.

얼굴에 글자가 새겨진 것을 나타내는 글자로 우선 '첩妾(첩, 시비侍婢)' 자, 즉 를 들 수 있다. 간단한 말로 포괄적인 의미를 분명하게 나타내는 무척이나 총명하고 민첩한 조자다. 이 글자는 묵형에 사용되는 조각칼과 상형의 여자를 직접 결합하여 얼굴에 묵형을 당해 부역에 충원된 불쌍한 여자를 나타내고 있다. 그다음으로 '복僕(종)' 자, 즉 를 들 수 있다. 이 글자는 증거가 더욱 확실한 것으로서 묵형을 당한 사람이 쓰레기를 버리고 있는 모습을 묘사하고 있다. 이 글자에서는 사람의 오른발이 확연히 짧은데다 술 같은 모양의 그림이 있는 점에 유의할 필요가 있다. 일부러 두 발의 길이를 다르게 표현한 것이지 결코 그림을 그리면서 실수한 것이 아니다. 이 글자를 보면 '살殺(죽이다)' 자, 즉 를 연상하게 된다. 이 글자 역시 길이에 차이가 있고 마찬가지로 발 위에 부호가 있다(왼발로 바꿔도 무방하다). 이것은 한쪽 발을 절단당하는 '월형刖刑'을 나타내는 글자일 가능성이 매우 크다. 전국 시대의 명장 손빈孫臏이 받았던 형벌이 바로 이것이다. 한漢 문제文帝 때, 순우의淳于意의 효성스러운 딸 제영緹縈이 죽음을 무릅쓰고 상서上書를 올

려 막으려 했던 것도 한쪽 발을 자르는 형벌이었다. 이런 형벌을 당하면 의족 모양의 특수한 신발을 신어야 했지만(제나라 경공 시기에는 이런 형벌이 지나치게 남용된 데 반해 이런 신발의 공급이 수요에 미치지 못하다 보니 가격이 크게 뛰었던 일도 있었다) 행동은 불편했기 때문에 문지기나 종 치기, 잔심부름, 쓰레기 비우기 따위의 자질구레한 일을 담당할 수밖에 없었다.

탁월한 학자인 쉬진슝 선생은 금문을 조사하여 또 '동童(아이, 종)' 자, 즉 를 찾아냈다. 이것은 형성자로서 그 안에 들어 있는 '동東' 자는 성부일 뿐이라 아무런 의미도 없다. 도상의 중점은 조각도인 '신辛' 자와 그 아래에 있는 커다란 눈에 있다. 조각도도 눈을 찌르는 용도였는지(기능적으로는 당연히 문제가 되지 않는다), 아니면 칼로써 묵형을 표현하고 눈으로 '눈을 찌르는' 것을 표현하여 형벌을 받고 복역하는 젊은이와 아이들을 광의적으로 나타낸 것인지는 알 수 없다.

또한 형벌의 각도에서 서술하지 않은, 천민을 나타내는 글자 '해奚(종)' 자도 있다. 이 글자는 갑골문에도 여러 차례 모습을 나타내지만 선조에는 큰 차이가 없고 남녀의 구별만 있다. 하지만 요지는 같기 때문에 우리는 그중 하나만 살펴보면 된다. 는 한 손으로 밧줄에 묶인 사람을 잡아끌고 있는 모습을 묘사한 글자다. 물론 자유롭지 못한 이 사람은 죄수이거나 노예일 것이다.

이 밖에 애매한 글자가 몇 개 있다. 첫 번째로 거론할 수 있는 글자는 '환宦(벼슬, 내시)' 자, 즉 에는 감옥 안에서 감시하는 책임자의 한쪽 눈이 그려져 있다. 감시 책임자는 정상적인 신분으로서 명령을 받은 하급 관리일 수도 있다. 하지만 죄수가 죄수를 감시하고 노예가 노

예를 관리하는 것도 이 바닥의 오래된 전통 중 하나로서 효과가 좋아 오늘날까지도 계속 사용되고 있다. 따라서 '환宦' 자의 진실한 신분은 죄인의 범주에 포함될 수도 있다. 여기서 '신臣' 자, 즉 가 다시 나온다. 그리고 그 안구 위에 작은 점을 더해 강조하면 가 된다. 이것은 더 이상 감기지 않는 커다란 눈을 나타낸다. 같은 논리에 따라 실제 경험을 변형해보면, 우리는 이것을 복역 태도가 양호하여 행정 문서 처리 같은 다른 업무를 담당하게 된, 신체의 자유를 얻은 죄인이나 노예로 간주할 수도 있을 것이다. 이런 전통은 어느 사회에서든 쉽게 찾아볼 수 있는 것이었다.

다시 위로 올라가 '재宰(주관하다, 가신家臣)' 자, 즉 를 살펴보자. 이 글자에서도 작은 조각도가 다시 출현하는데 이번에는 집 안에 놓여 있다. 물론 이것은 사람의 얼굴에 낙인을 새기거나 생사 여부를 결정하는 일을 주관한다는 의미로 해석될 수 있다. 하지만 '재宰' 자는 동시에 사람, 즉 특정한 직업을 갖는 신분을 나타낸다. 형벌을 받던 사람이 주인의 신임을 얻어 집사라는 중대한 책무를 담당하게 된 것으로 볼 수도 있다. 이런 사례는 더 있지만 이 정도로 충분한 것 같다.

거리에 가득한 노예

중국 상고시대에서 노예를 찾고자 하는 사람들에게는 이런 글자들이 대성공을 예고할 것이다. '민民'도 노예고, '장臧'도 노예고, '첩妾'과 '복僕', '동童', '해奚' 등도 모두 노예다. 이것으로 그치는 것이 아니라 세도를 부리는 하급 관리 '환宦' 역시 노예다. 성실하게 일을 처리하는 중급 관리 '신臣'도 노예고, 필요에 따라 일인지하에서 지휘하고 호령하는 '재宰' 역시 노예일 가능성이 크다. 이렇게 무한히 확장해간다면 모든 짐승의 영장인 신물 '용龍'과 모든 새의 왕인 영물 '봉鳳'도 이상하게도 노예의 기질을 지니고 있거나 노예의 유전적 요소를 보이고 있다고 할 수 있다. 용의 형상은 로 나타낸다. 자세히 살펴보면 머리 뿔 부위가 우리가 찾는 작은 조각도와 흡사한 것을 알 수 있다. 또한 아름답고 신기한 봉황, 즉 의 머리 벼슬 부분도 작은 조각도와 매우 흡사하다.

온 세상에 왕의 신하가 아닌 자가 없고 천하에 왕의 백성이 아닌 자가 없다. 이것을 갑골문의 조형에 따라 번역하면 온 세상에 '노예가 아닌 자가 없다'고 말할 수 있다.

이렇게 나무를 쌓듯이 겹겹이 노예를 쌓아올린 결과는 어떤 것일까? 바로 어떤 사람들이 희망하는 대단히 엄밀하고 도망칠 곳이 없으며 교조 마르크스주의 역사 노선에 끼워 넣을 수 있는 고대 노예제도이다. 창을 든 사람이나 날카로운 바늘을 든 사람, 작은 조각도를 다루는 사람, 밧줄을 잡아끄는 사람 등을 포함하여 모든 사람이 몸을 돌리기만 하면 곧바로 이 제도에 예속된다. 자유로운 상태로 남는 사람은 아주 드물게 된다. 이렇게 하나하나 삭제하고 나면 결국에는 만인지상의 가증스러운 군왕 한 사람만 남게 된다. 혹은 그보다 더 규모가 작은 가증스러운 부족장 한 사람만 남게 될 수도 있을 것이다.

오늘날 우리는 진상이 그렇지 않다는 사실을 잘 알고 있다. 역사적으로 신뢰할 수 있는 도상도, 고고학적 증거들도 그렇지 않다는 것을 분명하게 보여주고 있다. 하지만 100년이나 뒤떨어진 실제에 부합하지 않는 억측을 결국 누군가는 믿게 된다. 1,000년이나 뒤떨어진 우주 세계의 만물과 인류 탄생의 상황이 〈창세기〉에 한 글자도 틀리지 않게 확실하게 묘사되고 있는 것과 같다. 오늘날까지도 적잖은 사람들이 그 내용을 굳게 믿고 있다(물론 우리는 유연한 시각에서 우언으로서의 〈창세기〉를 읽는 것에 반대하지 않는다. 실제로 그 책은 대단히 재미있다). 이러한 상황은 누가 되었든 즉각적으로 해결할 수 있는 것이 아니다. 카시러가 말한 것처럼 신화에 대한 신앙은 철학적 변론으로 해체시킬 수 있는 것이 아니다. 오로지 모든 것을 시간에 맡기고 백성들의 지혜로 조금씩 해결해나가야 한다. 유명한 과학 칼럼니스트인 칼 세이건Carl Edward Sagan은 자신의 책 제목을 《악령이 출몰하는 세상The Demon-haunted world》이라고 지었다. 이 책의 제목이 말하고 있는 것처럼, 여전히 각양각색의 무지몽매함에 의해 통치되는 세상은 상고시대의 세계가 아니라 지금의 세계이고, 작은 한 지역이 아니라 세계 전체다.

하지만 갑골문의 각도에서 볼 때, 사람에 관한 대부분의 호칭은 노예들에 의해 점령돼버렸다. 그렇다면 그 많은 자유인에 대한 글자는 어디에 있는 것일까?

'나'를 명명한다는 것

자유인은 어디에 있는 것일까? 자유로운 사람들은 어떻게 명명되는 것일까? 사실 해답은 아주 간단하다. 굳이 명명하여 자신이 어디에도 예속되지 않은 자주적 인간이라는 것을 드러낼 필요가 없다. 그것이 바로 정상적인 상태이자 주체이고 '나'이기 때문이다. 가장 평범한 통칭과 가장 표정 없는 기호만 있으면 된다. 따라서 그런 사람은 그저 '사람人', 즉 , 나 기만 하면 된다. 서 있든 앉아 있든, 정면이든 측면이든, 아주 단순한 사람이기만 하면 되는 것이다.

오늘날 명명이라는 행위에 대한 우리의 많은 토론과 이해는 이미 결론 또는 상식이라고 할 수 있는 상태에 근접해 있다. 명명은 타자에 의해 시작되는 것으로 특별하고 특수한 존재임을 발견하고 드러내는 행위다. 하나의 호칭, 하나의 전속된 기호를 통해 대상을 만물이 뒤얽힌 혼돈의 상태에서 구별되게 하는 것이 바로 명명이다. 동시에 명명은 경계선을 부여하는 것이기도 하다. 마치 어린아이가 그림을 그릴 때 흔히 그러하듯(가장 분명하고 비타협적인 분할이기 때문에 통상적으로 검정색이 사용된다) 선으로 하늘의 구름과 산맥, 집, 책걸상과 그 위의 과일, 잡동사니 등에 테두리를 그림으로써 각 사물이 서로 침범하거나 섞이지 않게 하는 것과 같다고 할 수 있다. 또한 우리는 모종의 빛과 그림자가 대비되는 상황이 아니고서는 물체의 검은 테두리가 결코 존재하지 않는다는 사실을 잘 알고 있다. 따라서 이것은 시각적인 모방에서 오는 것이 아니라 마음속의 분류가 투사된 것이다. 우리는 마치 무의식 속에서 손가락이 확고하게 그것을 지칭하고 있는 것처럼 해야 한다. 〈창세기〉에서 하나님이 낮과 밤을 명명할 때 했던 것처럼 '빛과 어둠을 나눠야' 하는 것이다.

명명이 부여하는 경계선은 기본적으로 반투명 층으로서 안과 밖이 단절돼 있지만 완전히 폐쇄되어 움직이지 않는 것은 아니다. 마치 단

세포생물과 그 얇은 세포막처럼 능동적으로 자양분을 흡수할 수 있고, 또한 이물질에 의한 침투나 격렬한 침입을 당할 수도 있다. 따라서 이 경계선은 안으로 또는 밖으로 이동하여 의미 범주의 형성을 확장 또는 수축할 수도 있지만 소멸되지는 않는다. 경계선이 소멸되면 명명 역시 따라서 소멸되고, 한번 명명됐던 사물 역시 다시 원래의 혼돈 속으로 침몰하고 만다. 따라서 경계선은 반드시 존재해야 한다. 우리는 영원히 경계선의 진실한 위치를 확정할 수 없고, 이런 상황 때문에 어떤 명명을 위한 100퍼센트 완벽한 정의를 찾는 것은 어렵다. 하지만 그것이 '사람'이건 '사랑'이건, '시간' 또는 '걱정'이건 경계선이 없으면, 누군가 일찍이 말했던 것처럼 "나에게 묻지 않아도 나는 분명하게 XX가 무엇인지 알게 되지만, 일단 내게 물으면 나는 오히려 그것이 무엇인지 전혀 알지 못하는" 그런 상황이 된다. 때문에 유명 소설가이자 기호학자인 움베르토 에코는 "생명은 경계선이 있는 데서부터 시작된다"라고 말했던 것이다.

타자와 상대적인 '나'라는 주체는 사뭇 애매한 존재다. 우리는 시각 등의 감각기관과 사고 체계를 갖고 있고 6척에 달하는 물리적 구조를 갖춘 신체를 갖고 있다. 동시에 일종의 비물리적이고 아득하게 넓은 시공간의 유동적 본질과 침투적 본질을 지니고 있다. 이렇게 '만물이 나로 인해 존재하거나' 조금 겸손하게 표현하여 '만물이 나와 함께 존재하는' 합일의 느낌이, '나'로 하여금 사방으로 도망쳐 다니는 무형의 원형질처럼 쉽게 경계선을 세우지 못하게 하고 명명을 지연시킨다.

그렇다면 경계선은 어떻게 나타나야 할까? 만물을 명명한 것처럼 그렇게 "빛이 있으라 하니 빛이 생기는" 명쾌한 방식과 달리, '나'의 경계선은 '강요'에 의한 것이다. '나'는 희망을 버리지 않고 계속 탐색하고, 지속적으로 침투하며, 다시 타자의 명명이 완성된 이후에 세워진 경계선의 벽에 부딪히고, 동에서 서로, 남에서 북으로 이동한다. 그동안 '나'는 점점 사면팔방의 타자들이 만들어놓은 기존의 경계선을 차용하게 된다. 그리고 한 점, 한 방울, 한 구간씩 확대하면서 스스로 경계선을 극복하고, 부득이하게 이것을 인정하는 방식을 통합하게 된다. 그리고 그제야 비로소 자신의 초보적인 명명을 완성하는 것이다.

따라서 '나'의 초보적인 명명은 언제나 불분명하고 지나치게 크며 특징이 없는 단편적인 지칭으로서('나'는 습관적으로 만물의 개별적 특징으로 만물을 명명하고 기억한다. 하지만 자신에 대한 전면적인 이해와 파악 때문에, '나'는 허점이 많은 명명 방식이 자신에게 사용되는 것을 받아들이지 못한다) 천진하면서도 세상을 잘 이해하지 못하는 자기도취의 양상을 띠게 된다.

예컨대 미국 서남부 최대의 인디언 종족인 나바호 족이 그런 예이다. 그들이 처음부터 자신들을 인디언 또는 나바호라고 칭했던 것은 아니다. 그들은 자신들을 '디네Diné'라고 불렀다. 이것을 억지로 번역하자면 두루뭉술하게 '인민' 또는 '사람'이라고 해석하는 수밖에 없다. 그들은 또 자기 종족이 대대로 살고 있는 사방이 성스러운 산들로 둘러싸인 황막한 땅을 '디네타Dinetáh'라고 불렀다. 이 이름 역시 단지 '땅'이라는 의미 외에 다른 뜻이 있지 않다. 중국이 스스로 중국中國이라고 부른 자기 명명도 이와 크게 다르지 않다. '중中'은 상대적인 것으로서 타자의 존재에 의해 둘러싸여 있는 것을 표시하는 명명이다. 무엇에 상대된다는 말인가? 동서남북 사방의 독립적이고, 중국의 관할을 받지 않으며, 중국의 뜻에 따라 움직이지 않고, 더 이상 "천하가 왕의 땅이 아닌 곳이 없다"고 속일 수 없는 다른 나라들에 상대된다는 것이다. 이처럼 이국에 거주하는 사람들을 중국인들은 주저하지 않고 '동이東夷', '서융西戎', '남만南蠻', '북적北狄' 등으로 명명하면서 중국인 자신들만 순수한 인간이라고 자부했던 것이다.

일본의 천황 역시 오늘날까지 성씨가 없다(성씨의 기원 역시 인간의 재분류 명명이라 할 수 있다). 이에 대한 가장 그럴듯한 설명은 일본이 개국했을 때 천손天孫이 세상에 내려와 다스렸고, 이것은 본질적으로 여전히 신에 속한 것이기 때문이라는 것이다. 천손은 근본적으로 성씨가 필요하지도 않고 성씨를 가질 수도 없는 아마테라스 오오가미日照大神의 후예이다. 하지만 사실 줄곧 성씨가 필요 없었던 것은 일본의 지극히 특별한 역사 때문이다. 인류 역사상 유일무이하게 일본의 천황은 한 번도 전복되거나 교체된 적이 없이(살해나 구금, 모욕, 경시를 당하는 일은 늘 있었다) 만세에 걸쳐 하나의 계통으로 이어졌고, 돌 위에 이끼가 끼듯이 대비될 수 있는 타자의 존재가 없었기 때문에 굳이 명명하여 구분할 필요가 없었던 것이다.

중국은 왕조의 교체가 무수히 반복됐기 때문에 누구도 명명 초기의 본질적인 지고무상함을 유지할 수 없었다. 존귀란 것은 요동치는 정세의 한 순간 한 지역의 현상일 뿐이고, 평등이야말로 인간 세상의 궁극적인 본질이었다. 그래서 자신과 남을 속일 것 없이, 할 수 있을 때 서둘러 자신을 위해 신기하면서도 다른 사람들의 인정을 받을 수 있으며 계속 세습할 수 있는 좋은 성씨와 명명을 찾았던 것이다. 그리고 이런 명명은 자신이 직접 하는 것이 아니라 남들이 해주는 것이 바람직했다.

소설에서 1인칭인 '나'도 이름과 성이 필요치 않다. 우리는 나중에야 그에 관한 많은 것들이 타인들의 입에서 나온 것임을 알게 된다. 심지어 타인과 '나' 사이의 다양한 교류와 갈등을 통해 그 존재를 투시하게 된다. 오로지 중국의 고전 희곡에서와 같은 오래된 수법에서만 무대에 오른 인물이 먼저 자신에 대한 고백을 늘어놓는다. 자기 성과 이름을 털어놓고, 어느 지역의 어느 씨족 출신이며 나이는 몇 살이며, 결혼은 했는지, 가정 상황은 어떤지, 무슨 일을 하고 있으며 지금 당장 가장 걱정이 되는 일이 무엇인지 등등을 털어놓는다. 그렇게 함으로써 민초들이 조롱하기 좋아하는 구舊중국의 지식인들을 비꼰다. 구시대의 중국인들은 뭐든지 잊어버리기를 잘해서 매일 아침 일어나면 먼저 자기 집안에 관한 자료를 한 번씩 복습해야 한다고 말한다.

애매하고 불분명한 '나'의 명명은 통상 명명의 완성이 아니라 지속적으로 제압당하며 정리해나가는 것이라 할 수 있다. 그럼 어떤 제압을 당하는 것일까? '건장하고 튼실한' 타자에게 제압을 당하는 것이다. 새로운 명명에 따라 끊임없이 발생하고 드러나는 광경은 도시의 성장과 유사하다. 새로 짓는 인공적 건물들이 방치된 공터들을 끊임없이 점령하면 '나'의 공간은 계속해서 위축되고, 결국 그 도시는 더 이상 자신이 모든 주인 없는 토지의 영주라고 생각할 수 없게 된다. 도시는 단지 특정한 집, 특정한 토지의 소유권자일 뿐이며, 보통 사람들과 기본적으로 모종의 평등한 지위를 공유해야 한다.

'나'의 명명 과정은 이렇게 위에서 아래로, 팽창에서 축소로, 모호함에서 분명함으로, 유아독존에서 만인 평등으로 추락해가는 과정이다. 이것은 동시에 '나'의 자아 반성과 자아 발견의 과정이기도 하다. 타자의 건장하고 튼실한 존재로 인해 자신의 심경으로 남의 마음을 헤아리면서 점차 자신을 분명하게 인식하는 것이다.

원래는 너무 신기하고 안하무인격이었던 '중국中國' 같은 명명도 오래 살아남을 수 있었다. 하지만 그 의미는 경계선의 변화로 인해 변화되고, 그 연용沿用이 철저하지 못해 지금은 단지 세계 100여 개 국가 부호 중 하나로 평등하게 열거되면서 자모의 순서에 따라 호명되고 있을 뿐이다. 어쩌면 새로운 주체 명명(새로운 국가의 건립처럼)을 통해 평등한 현실의 경관 속에서 타인의 명명을 침해하지 않는 조건 하에 자신을 '스스로 좋다고 느끼는' 아름다운 이름으로 부를 수 있을지도 모른다. 하지만 우리가 잊지 말아야 할 사실은 통상적으로 그런 명명은 역사의 흐름이나 결론에 승복하고 (아주 소소한 변형은 허용하겠지만) 기존의 습관을 연용하는 호칭이자 실행의 편의를 위한 조치라는 것이다. 그리고 모든 현상의 뿌리와 진상을 캐기 좋아하는 사람들은 이런 자기 명명의 진정한 유래가 타자에게서 오는 것으로서 역사적 우연에 따라 이루어진다는 사실을 발견해낼 것이다. 지금으로부터 약 200년 전에 아메리카 신대륙의 이민자들이 용감하게 독립국가를 건립했지만, 그들이 명명한 '미합중국'의 이름은 원래 스페인의 한 늙은 선장의 이름에 불과했던 것과 같다(아메리고 베스푸치Amerigo Vespucci는 원래 이탈리아 출신이지만 1505년에 스페인 국민이 되어 대외무역을 관장했다).

10

사람 엉덩이에 난 꼬리, 뒷발로 선 동물의 왕국

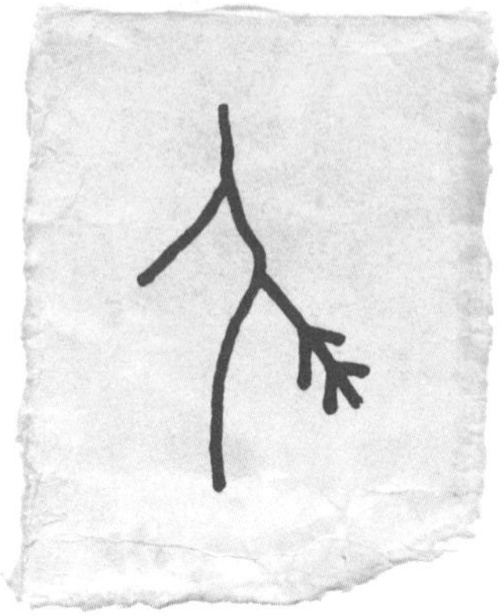

지금까지 우리는 똑똑한 글자, 아름다운 글자, 미천한 글자, 무서운 글자, 기상천외한 글자, 잘못 보고 잘못 이해해서 생겨난 글자, 심지어 3,000년 후 벤야민의 논술을 예고한 글자까지 다양한 유형의 글자들을 살펴보았다. 여기서는 괴상한 글자 하나를 살펴보도록 하자.

이 글자는 '미尾' 자로 꼬리를 뜻한다. 나는 이 글자를 처음 봤을 때 그만 머리가 멍해져서 그 자리에 멈춰 섰었다. 그림의 모습은 사람인데 엉덩이 뒤로 아름답고 긴 꼬리가 자라나 있다. 어떻게 이런 방법으로 이 꼬리를 설명할 생각을 했을까? 자연계에 꼬리를 가진 동물은 고개만 돌리면 찾을 수 있는데 어째서 진화 도중에 이미 꼬리와 이별한 인류를 선택했을까?

당시 내 마음속에 문득 떠오른 장면 두 가지가 있었다. 좀 더 정확히 말하면 두 단락의 글이다.

우선 가브리엘 마르케스의《백 년 동안의 고독》이다. 호세 아르카디오 부엔디아는 투계 사건으로 살인을 저지르고 마콘도 마을을 건설하러 떠나기 얼마 전에 우르슬라와 결혼했다. 그들은 사촌남매간이었고, 양가 집안에는 수백 년 동안의 근친혼으로 인해 '왕도마뱀'을 출산한 무서운 선례가 있었다. '우르슬라의 고모 중 한 명이 호세 아르카디오 부엔디아의 삼촌과 결혼해 아들을 낳았는데, 평생 헐렁한 자루 같은 바지를 입고 마흔두 살까지 홀로 살다가 피를 흘리며 죽고 말았다. 그는 태어날 때부터 나선추 같은 꼬리를 달고 태어난데다 꼬리 끝에 한 움큼의 털까지 달려 있었다. 이 돼지 꼬리는 어떤 여인에게도 보일 수 없었다. 나중에 백정 친구가 호의를 베풀어 커다란 부엌칼로 꼬리를 제거해주었지만 결국 그로 인해 죽고 말았다.' 또한 이 때문에 결혼 후 한동안 호세 아르카디오 부엔디아와 우르슬라의 밤 생활은 아주 우습게 변해버렸다. 우르슬라는 언제나 범포와 가죽 끈을 잇대고 쇠 자물쇠를 채운 정조 바지를 입어 남편이 자신을 강간하지 못하게 했다. 매일 밤 '부부는 몹시 아프게 서로 싸우는 것으로 사랑을 나누는 것을 대신했다.'

두 번째는 나의 아내이기 이전에 훌륭한 작가인 주톈신朱天心이 어린 딸을 위해 쓴《나는 법을 배우는 멍멍盟盟》이라는 책에 실린 '멍멍의 말'이다. 이 짧은 글에는 딸의 내성적인 성격과 말에 대한 사랑이 잘 드러나 있다.

부끄러움을 잘 타고 주목받는 것을 무서워하며 놀림받는 것은 더더욱 무서워하는 멍멍은, 날씨가 좋은 날이면 항상 말을 타고 산에 올랐다. 가을이면 산에 오르기 전에 기본적으로 하는 행동이 있었다. 만개한 참억새나 사리풀을 두 가닥 꺾어서 하나는 외할아버지의 허리춤에 꽂고 다른 하나는 자기 허리춤에 꽂은 다음, 아름다운 두 마리 말처럼 흔들어대는 것이었다. 산 위에서 마주친 학교 친구가 그녀를 부르면 그녀는 진지하게 친구의 초대를 거절했다. "지금은 안 돼. 말에게 풀을 먹이러 가야 하거든."

이 때문에 나도 개인적으로 이 글자가 더 아름답고 선명하게 느껴지기 시작했다. 글자를 보는 것은 사람을 보는 것과 같다. 글자는 나를 10년 전에 잃어버린 어느 시간의 틈 속으로 데려가 천진한 모습으로 유치원에 다니고 있는 딸아이를 보게 한다.

조자의 무작위성

이 갑골문은 부엔디아 가족의 근친혼으로 태어난 왕도마뱀 같은 기형아일까? 아니면 가을날 오후에 참억새나 사리풀을 꺾어 몸에 꽂고 가는 딸아이의 지난날일까?

이치로 보자면 답은 후자에 더 가까울 가능성이 크다. 조금만 주의를 기울이면 이 글자의 엉덩이에 자라난 괴상한 꼬리를 이전에도 본 적이 있다는 사실을 알아챌 수 있다. 이와 비슷한 형태가 '무無' 자에 나오는 사람의 손에도 나타났었다. 기억을 돕기 위해 무無, 즉 '무舞'

자의 원형자를 표기하면 와 같다. 이것은 요란한 소리를 내면서 춤을 추는 사람을 묘사한 글자다. 두 손에 들고 있는 것은 다름 아닌 내 딸아이가 허리춤에 꽂았던 참억새나 사리풀이다. '미尾' 자의 주인공인 괴상한 사람의 꼬리와 일치한다.

따라서 우리는 이것이 진짜 꼬리로 조상의 원류를 거슬러 올라가 인류의 기원에 대한 기억을 남기거나 일찍이 발생했던 인류의 참극을 기록하여 교훈으로 삼으려는 것이 아니라, 인공으로 제작한 물건으로 일종의 장식품일 수 있다는 합리적인 추론을 내릴 수 있다. 그럴 경우 이 물건은 축제나 제사 때 사용한 일종의 분장일 가능성이 크다.

하지만 문제는 여전히 존재한다. 꼬리는 도처에 얼마든지 있는데, 왜 굳이 인공 조형물을 이용하여 진실을 가장하고 혼란스럽게 한단 말인가? 나중에 모든 진실을 알게 되면 우리는 글자를 만든 사람의 고심과 섬세함에 감탄하지 않을 수 없다. 동물 형상의 갑골문 중 가장 아름답고 길게 말린 꼬리를 가진 것으로는 호랑이()와 개()를 들 수 있을 것이다. 이 동물들의 꼬리는 당연하게도 '맞는 동물'의 '맞는 위치'에 자라나 있다. 꼬리의 위치가 너무 정확하기 때문에 '어떻게 하면 이 동물들의 꼬리를 구별하여 글자를 보는 사람들의 시선을 동물 전체가 아닌 꼬리로 옮길 수 있을까' 하는 문제가 생길 수도 있다. 지사 부호의 직선 커서 또는 곡선 커서를 빌려 표시하는 것도 하나의 방법일 것이다. 하지만 글자를 만든 사람들은 이런 방법을 선택하지 않았다. 그들은 아주 자신만만하게 1차적 감각의 실존 세계에서 벗어난, 기이하고 경악스러운 나머지 그 괴이한 꼬리를 볼 수밖에 없는 모습으로 정보를 고착화시키는 방법을 선택했다. 이 글자를 본 다른 사람들의 생

각이 어떨지 모르겠지만 적어도 나는 감탄을 금치 못했다. 그들의 대담하고 생동감 넘치는 상상력에 탄복하지 않을 수 없었던 것이다.

"봄에 강물이 녹는 것은 오리가 가장 먼저 안다"라는 말이 있다. 논쟁하기 좋아하는 사람들은 "거위도 먼저 알고, 물고기도 먼저 알고, 개구리, 물뱀, 게는 물론 수면 위를 정교하게 활공하는 물거미까지 모두 먼저 아는데 왜 글자를 만드는 사람들은 이런저런 차별을 두는 것인가? 반드시 어떤 표현을 써야 하고 다른 표현을 쓰면 안 되는 것인가?"라고 따질 것이다.

이것이 조자造字의 무작위성이다. 어찌 조자뿐이겠는가? 우리의 인생 또한 이런 무작위성으로 가득하다. 우리는 수시로 선택을 해야 하고 때로는 좋고 나쁨과 무관하게 아주 오랜 시간 후에 성패가 갈릴 수많은 일을 놓고도 아주 오래 고민해야 한다. 연애도 그렇고 결혼도 그렇다. 인생의 수많은 사건들 중 이처럼 미래는 불투명하지만 황급히 결정을 내려야 하는 상황에서 용감하게 결정을 내리고 앞으로 나아갈 수 있는 경우는 매우 드물다.

도로가 바둑판 형태로 되어 있는 대도시 타이베이에서 택시를 타 본 사람이라면 이와 비슷한 경험이 있을 것이다. 자신의 목적지를 확실하게 알고 가지만 택시 기사가 어느 길로 가는 것이 좋겠느냐고 친절하게 물어볼 때, 우리는 마음속으로 어느 길로 가든 사실은 별반 다를 것이 없기 때문에 도착만 하면 된다는 것을 잘 알고 있다. 따라서 단호하게 한 가지 길을 선택함으로써 고민을 끝내는 사람이 있는가 하면, 그냥 택시 기사의 선택에 맡기겠다고 말하는 사람도 있을 것이다. 나는 개인적으로 후자에 속하는 사람이다. 나의 대답은 항상 똑같다.

"편한 대로 하세요. 알아서 좋은 길로 가주세요."

조자의 선택은 대체로 목표는 분명하지만, 그 결정은 이치에 맞는 인식과 반드시 이치에 맞을 필요가 없는 우연한 기회 사이에서 완성된다. 예컨대 '공평'이라는 추상적인 개념은 우리가 쉽게 볼 수 있는 길이가 일치하거나 평평한 물건과 다르지 않다.

한편 중국 문자 중 '법法' 자는 물에서 유래하고 있다. 물처럼 높이가 수시로 변하는 액체의 특징을 이용했다는 것은 상당히 아름다운 선택이라고 할 수 있다. 우리는 물이 형태적으로 수평을 나타내고 있을 뿐만 아니라 어떤 의지를 갖고 있는 것처럼 생각하기 쉽다. 평평하지 않은 것이 평평함을 향해 가도록 하려는 의지다. 여기서 공정의 개념, 즉 법의 개념이 정태적이고 무미건조한 기술에 그치는 것이 아니라 동태적인 교정과 분배 등의 단서를 내포하고 있음을 알 수 있다. 고대 이집트에서도 이와 동일한 개념이 사용됐다. 그들이 무작위로 선택하여 사용한 것은, 그 지역에 서식하는 매의 비상이다. 길이가 일치하고 무늬가 선명한 이 자연의 사물로 공평함을 나타내는 동시에 강한 힘을 지니고 하늘 높이 치솟을 수 있는 아름다운 이미지를 나타냈던 것이다.

초기의 '법法' 자는 비교적 복잡하여 灋과 같이 표기했다. 글자 안에 사슴鹿 같은 동물이 숨겨져 있는 것이 분명하다. 이 동물은 뿔이 하나인 일종의 신양神羊으로 이름은 '치廌' 또는 해치解豸라고 했다. 전해지는 바에 따르면 고요皐陶(포청천包靑天 이전에 중국의 법관을 대표했던 전설적인 인물)가 감옥을 관장하고 있을 때, 범인에게 죄가 있을 경우에는 이 신양을 불러 죄인에게 그 뿔을 갖다 대게 했다고 하지만 그다지 믿을 만한 이야기는 못 된다. 솔직히 말해서 나는 한 번도 이 말이 무슨 뜻인지 제대로 이해한 적이 없다. 이것은 아마도 전설 또는 역사적 전고의 유실로 인해 우리가 생생하게 볼 수 있는 정보들이 폐쇄돼버렸기 때문일 가능성이 크다. 몹시 안타깝긴 하지만 그렇다 해도 글자의 왼쪽에 역시 물의 이미지와 특징을 사용하고 있다는 것은 분명한 사실이다.

뒷발로 선 동물의 왕국

원초적인 이미지의 선택은 임의적이고 무작위적인 것일 수 있지만, 일단 선택이 확정되면 이에 기초한 모든 발전은 선택의 제약을 받게 된다. 우리가 새하얀 평면 위에 임의로 하나의 점을 선택하여 모든 좌표의 기점으로 삼는 것과 비슷하다.

이 임의성 및 제약성과 관련하여《중국 고대사회》라는 책에서 쉬진슝 선생은 "왜 갑골문에 등장하는 네 발 달린 짐승들은 항상 서 있는 것일까? 마치 뒷발로 직립한 것과 같은 모습이다"라는 재미있는 질문을 던진 바 있다.

이 질문은 나로 하여금 영국의 뛰어난 여성 추리소설가 조세핀 테이Josephine Tey가 마지막 작품인《노래하는 모래The Singing Sands》에서 시로 표현했던 수수께끼 문제를 떠올리게 했다.

말하는 짐승
정지된 강

걸어 다니는 바위
노래하는 모래가
천국으로 통하는
이 길을 지키고 있다

끔찍한 살인의 현장인 침대칸에 남겨진 이 괴상한 시가 사람들의 생각을 조롱한다.

물론 얼마나 많은 사람들이 얼마나 간절히 바라든지 간에 천국은 한 번도 세상에 강림한 적이 없었다. 조자 시대의 중국도 예외가 아니었다. 동물들은 중국의 오래된 대지 위에서 진화를 계속하는 동안 크게 감동적인 기적을 일으킨 적이 없었다. 따라서 도라에몽 만화에서처럼 고도의 지능을 갖추고 직립보행을 하는 신비한 동물들의 왕국은 중국에 존재한 적이 없다.

그렇다면 이들 말이나 돼지, 토끼(), 코끼리, 호랑이, 코뿔소 등은 어째서 하나같이 서 있는 것일까? 해답은 너무도 시시하다. 쉬진슝 선생이 내린 해답은 글쓰기 도구의 제약을 받기 때문이라는 것이다. 갑골문의 주요 글쓰기 도구는 이후에도 계속 사용된 죽간竹簡으로 붓에 먹물을 묻혀 그 위에 글씨를 썼다. 중국의 동물들은 죽간의 좁고 긴 형태의 제약 때문에 늘 환상적인 진화의 길을 걸을 수밖에 없었다는 것이 쉬진슝의 추론이다.

갑골문의 글쓰기 도구와 관련하여 쉬진슝은 다양한 각도에서 아주 멋진 증거들을 보여준다. 관심이 있는 사람들은 직접 《중국 고대사회》를 읽어보기 바란다. 여기서는 갑골문 중 마치 목격자가 직접 사진을

찍은 것 같은 글자 '율聿'과 거기서 파생된 글자 몇 가지만 살펴보도록 하자. '필筆' 자의 원형자인 '율聿', 즉 는 사람이 손에 붓을 들고 있는 모습을 나타내고 있고 '서書' 자, 즉 는 붓을 들어 먹물을 묻히는 모습을 묘사하고 있다. '화畵' 자, 즉 는 붓으로 그림을 그리는 모습을 형상화한 것으로서 맨 처음에는 베를 짜는 것과 관련이 있었을 가능성이 크다. 또한 '건建' 자, 즉 는 활력이 넘치는 도로 건설과 건설 프로젝트가 진행되고 있는 모습을 나타내고 있다. 이 밖에 최초로 책을 나타내고 있는 글자 '책冊' 자(민난어閩南語에서는 오늘날까지도 '독서讀書'라고 하지 않고 '독책讀冊'이라고 말한다), 즉 는 줄을 이용해 죽간을 엮은 표준적인 모양을 나타내고 있다. 중요한 서적 텍스트 자료 중 하나인 '전典' 자, 즉 는 두 손으로 공경스럽게 죽간 묶음을 받치고 있는 모습을 나타내고 있다. 그다음은 잘못하여 '빼버리다' 또는 '제거하다'라는 뜻을 갖게 된 '산刪' 자, 즉 는 서책 옆에 칼이 한 자루 놓여 있는 모습이다. 이 작은 칼은 글자를 새기는 데가 아니라 잘못 쓴 부분을 깎아내고 다시 쓰는 데 사용됐다. 최초의 지우개 또는 수정액이라고 할 수 있다.

사실 이것은 대단히 합리적이다. 제조업이 발달하지 않았던 그 시대에 사람들의 일상적인 글쓰기 도구는 반드시 편리하고 쉽게 구할 수 있으며 부족할 염려가 없는 자연 재료여야 했다. 때문에 고대 이집트에서는 파피루스를 사용했고, 인도에서는 나무의 커다란 잎을 사용했으며, 고대 바빌론에서는 도처에 널린 황사에 물을 섞어 진흙판을 만든 후 그 위에 자신들의 설형문자楔形文字를 써내려갔다. 이에 비해 소의 견갑골이나 거북의 배 껍질은 너무 비싸고 희귀한 재료였다. 이런 재료들이 진귀하고 희소하다는 사실 때문에 그 신성한 힘이 보장됐고, 권력을 가진 자들이 이것을 독점하여 점을 치는 도구로 사용했다. 그리하여 (권력을 장악한 사람들이 보기에) 대단히 중요하다고 생각되는 나라의 대사를 점칠 때 사용하게 됐다. 실제로《좌전》에는 영험한 거북이가 국가의 보물로서 사람들이 노리는 동물이라는 기록이 있고, 주나라 때의 채蔡는 주나라 천자가 점치는 데 사용하던 거북의 배 껍질을 보관하는 일을 책임지는 제후였다.

갑골문 시대의 일반적인 글쓰기 도구가 정말로 갑골이었다면, 우리는 톨스토이같이 넘치는 재능으로 방대한 스케일의 작품을 써내는 위대한 소설가가 절대로 출현하지 않기를 기도했어야 했다. 그렇지 않다면《전쟁과 평화》에서 나폴레옹이 출병하여 러시아를 공격하는 부분을 쓰기도 전에 중국의 소와 거북이가 이미 멸종되고 말았을 것이고, 누구도 이런 일이 일어나기를 원치 않았을 것이기 때문이다.

자, 그렇다면 죽간의 사용이 바람직할 것이다. 하지만 왜 죽간은 가로로 늘어놓고 쓰면 안 됐던 것일까? 사실 쉬진슝 역시 이런 질문을 던진 바 있지만, 이것은 어떤 특별한 이유가 있어서가 아니라 사실은 그냥 그렇게 하지 않은 것뿐이었다. 이 시기 중국인들이 양자택일로 선택한 것이 세로로 글씨를 쓰는 방식이었다. 이런 임의적이고 무작위적인 선택의 결과가 자형의 발전과 그 뒤로 수천 년 동안 이어진 중국인들의 글쓰기 습관에 상당한 제약으로 작용했다. 심지어 너무 기뻐할 만한 일로서 어떤 방향으로든지 마음대로 글씨를 쓸 수 있는 종이가 발명된 이후에도 중국인들은 여전히 착실하게 위에서 아래로, 오른쪽에서 왼쪽으로 글씨를 쓰는 방식을 고집했다. 심지어 옛날의 죽간처럼 수직선 제한을 설정하기도(열 줄 종이나 노트 등과 같이) 했다. 서세동점으로 서양 문물이 유입된 지 꽤 오랜 세월이 흐른 오늘날에 와서야, 세로쓰기가 쇠락하고 목숨이 다해가는 상황에서 가로쓰기가 서서히 고개를 들면서 더 이상 이단으로 배척당하지 않게 됐다.

톨스토이의 역사 도상

무작위적이고 임의적인 선택, 그리고 선택이 결정된 이후의 효과적인 제약. 더 정확히 말하자면 수없이 많아, 추적하여 기록하고 통제할 수 없는 무작위적인 선택, 그리고 이로 인해 추적하여 기록하고 통제하는 것이 불가능한 제약이 이렇게 복잡하게 얽혀 있는 상황에서 구불구불하게 앞으로 나아가는 문자의 발전 궤적은 어떤 모습일까?

방금 언급한 《전쟁과 평화》에 펼쳐지는 풍경은 아마도 톨스토이가 이 위대한 소설 속에서 제시하고자 했던 인류 역사의 도상과 가장 비슷할 것이다.

《전쟁과 평화》에서 톨스토이는 모든 사람을 망연자실하게 만드는 전쟁의 도상을 제시하고 있다. 전쟁은 너무 거대하고 인간은 너무도 작다. 직접 전쟁에 참여한다 해도 왼쪽에서는 오른쪽을 알 수가 없고 전방에서는 후방을 알 수 없다. 모든 사람과 모든 우연, 모든 순간의 선택이 모두 영향을 미친다. 사용할 수 있는 충분한 자료를 보고, 듣고, 기억하고, 기록하고, 연결하여 정확한 인식을 구성하고, 이를 통해 정확한 해석을 이끌어낼 수 있는 사람은 아무도 없다. 시퍼런 칼날이 마구 날아다니는 최전선의 병사일지라도, 죽이려고 덤비는 몇 명의 적에게 사로잡히면 목숨을 구할 수도 없다. 전군을 통솔하는 나폴레옹이나 쿠투조프라고 할지라도 직접 관여할 수 있는 것은 장막 안에 있는 초조하고 무지한 막료들뿐이다. 그저 전승의 영광이든, 패전의 굴욕이든, 명실상부하지 못한 전쟁의 결과를 묵묵히 받아들이는 수밖에 없을 것이다.

심지어 전투의 결과에 대한 승패의 판단도 황당무계할 때가 많다. 양군의 진용이 대등하고 사살한 적군의 숫자 역시 대등하다 하더라도 일단 어느 한쪽에서 자신들이 패했으니 퇴각해야 한다고 '느끼게' 되면, 다른 한쪽도 갑자기 상대가 도망가는 것을 보고 본능적으로 승기를 놓치지 않고 추격하게 된다. 패전한 군대는 자신들이 어떻게 졌는지 알지 못하고 승전한 군대는 자신들이 이렇게 승리했다는 사실에 더욱 망연자실해한다.

톨스토이는 인과관계를 믿었다. 모든 사람, 모든 우연, 한 순간의 모든 선택이 최종 결과에 참여하고 영향을 미친다는 것이 그의 생각이다. 하지만 인과의 사슬이 존재한다고 해서 우리가 그것을 완전히 이해할 수 있는 것은 아니다. 원인의 수는 무한히 크고 개별적인 원인의 효과는 무한히 작기 때문에 역사는 이 무한한 원인의 '적분'을 거쳐야만 비로소 분명해질 수 있다. 하지만 이 또한 해내기 어려운 일이다. 역사는 수학이 아니라서 무한대의 원인을 수집하고 기록하고 정리하여 연산할 수 없고, 각 개별 원인 또한 가치가 같지 않고 불균등하기 때문에 계산을 위한 식을 세울 수 없다.

톨스토이의 이런 '부식성이 극도로 강한'(이사야 벌린Isaiah Berlin이 한 말이다) 역사 회의론적 도상은 100년을 뛰어넘어 성질 고약한 철학자 칼 포퍼Karl Raimund Popper의 "역사의 규칙을 발견하고, 역사의 필연적 방향을 알고 있다고 주장하는 사람은 미친놈이 아니면 사기꾼이 분명하다"라는 결론으로 이어진다.

병을 나타내는 글자의 의부

미친놈과 사기꾼 이야기가 나온 김에 여기서 잠시 말참견을 해보기로 하자. 우리는 '자子'가 남자에 대한 '미칭美稱'이라는 귀납적 해석을 습관적으로 듣고 또 따라 말한다. 따라서 공자孔子는 공孔씨 성을 가진 아름다운 성인 남성이 되고, 장자莊子는 장莊씨 성을 가진 아름다운 성인 남성이 된다. 이런 해석도 틀린 것은 아니지만 이런 이치에 따른다면 '미친놈瘋子'은 기상천외한 생각을 하는 정신 나간 사내대장부가 되고, '사기꾼騙子'은 거짓말하고 사실이 아닌 이야기를 꾸미기 좋아하는 존경할 만한 남성이 되는 것일까? 이런 표현은 상상력을 본체로 하여 이야기를 꾸밀 줄 아는 존경스러운 소설가 장다춘 같은 사람을 지칭할 때에만 성립할 수 있다. 그렇지 않고는 이른바 '미칭'에 편차가 생길 수밖에 없다. 이 밖에 '건달痞子', '바보傻子', 그리고 인신공격성 명사인 '대머리禿子'나 '귀머거리聾子' 등도 거론할 수 있을 것이다.

나는 개인적으로 최초의 '자子'는 단지 남성을 지칭하는 범칭이었을 것이라고 믿고 싶다. 심지어 소박하고 광범위한 인간의 기본적인 범칭이었을 것이라고 믿는다. (글자를 만들고 사용하는 것은 페미니스트들이 지적하는 것처럼 다분히 남성적인 관점에 지배되는 면을 배제할 수 없다. 예컨대 '인人'의 조형은 서 있든 누워 있든, 즉 든 아니면 든 간에 모두 남성을 암시한다. 여성은 특별히 다른 조형을 창조하여 로 묘사하고 있다. 이것은 당시의 역사적 현실이었고 문자는 그저 책임감 있게 이에 대한 범죄의 증거를 남겼을 뿐이다.) 경의를 표할 필요도 없고 경멸하는 마음을 가질 필요도 없다. 그러나 역사적으로 오랫동안 사용되는 과정에서 일부 글자들은 좋은 집안을 만나 신분이 상승했고, 나머지 글자들은 운명이 기구하여 몰락하고 말았다. 그리하여 홍해가 양쪽으로 갈라지듯이 좋은 글자와 나쁜 글자가 분명하게 갈리게 됐다.

문자의 발전은 이처럼 유효한 인과관계와 환경 적응력의 영향에 좌우되기 때문에 정확한 예측이 불가능하고, 심지어 우스갯소리를 만들거나 습관적으로 사용하면서도 알지 못하는 경우를 유발하기도 한다. 우리는 괴로워하는 인간이 될 수도 있고(예컨대 '미스터 호호好好'가 원래는 사람을 폄훼하는 의미의 단어임을 분명히 알면서도, 존경하고 치켜세워야 할 아버지나 국어 선생님에게 이 말을 사용하고 있다), 의심 없이 계속 사용함으로써 즐거운 돼지가 될 수도 있다.

여기서 우리는 두 가지 소리를 만드는 의부의 뜻밖의 방향 전환에 대해 살펴보도록 하자. 두 가지 모두 우리가 좋아하는 부수는 아니다. 생로병사와 관련된 것으로서 인생의 영원한 고난인 질병과 죽음을 의미하는 '역疒(병들어 기대다)'과 '시尸(시신)'이다.

사실 우리는 아주 일찌감치 '역'과 관련한 글자를 하나 본 적이 있다. 그것은 '몽夢'( ) 자로서 눈을 크게 뜨고 잠을 자면서도 사물을 보는 사람을 나타낸다. 이 '역疒' 자의 가장 초기 갑골문 조형은 다리가

달린 침상을 모사하고 있고 爿로 나타냈다. 그러다가 나중에야 '목木' 자의 의부가 더해져 정식으로 '상牀' 또는 '상床'으로 쓰게 됐다. 여기에 문자가 선조화돼 발전한 우연한 결과로 인해 후대의 우리는 '몽夢' 자 안에 있는 爿 성분을 볼 수 없게 됐다. 마찬가지로 '상牀' 자 역시 '엄广' 자 변의 침상으로 진화하게 됐다.

꿈은 일종의 병일까? 혹시 프로이드가 출현하기도 전에 이미 질병의 암시를 지니고 있었던 것은 아닐까? 이런 연상도 가능할 것이다. 하지만 더 중요한 것은 신비하고 계시적인 종교적 통찰력 또는 징조이다. 그러나 이런 논의는 이미 수많은 사람들이 했던 것이기 때문에 여기서는 반복하지 않기로 한다.

여기서 교량 역할을 하는 것은 구체적인 침상牀 자체이다. 갑골문에서 '질疾(질병)' 자의 조형은 기본적으로 두 가지 유형이 있다('병病'은 형성자로서 비교적 늦은 시기에 출현했으며 갑골문에는 아직 모습을 드러내지 않았다). 하나는 화살에 맞은 모습으로서 [illegible]로 나타낸다. 또 다른 유형은 비교적 정교한 형상으로 침상을 배경으로 식은땀이나 피를 흘리며 누워 있는 사람들의 모습을 표현한 것으로 [illegible]로 나타낸다. 혹은 임신한 여인으로 [illegible]로 나타내기도 한다.

그런 다음에 침대에 몸져누운 사람의 모습이 그대로 남겨져 또 다른 갑골문 글자인 [illegible] 즉 '장葬(장사 지내다)' 자가 됐을 가능성이 크다. 물론 침대 위의 시신은 유골의 부호자로 시신을 대체한 것이지 사람을 이 지경이 될 때까지 처리하지 않고 방치한 것이 아니다.

갑골문 시대에 이미 침상 위에서의 활동 기록이 이렇게 많았음을 알 수 있다. 몸부림치며 꿈을 꾸고 있거나 병으로 몸져누워 있는 신체와

죽은 사람의 형상이 대체로 이러했기 때문에 문자에서 爿의 이미지에 어느 정도 불길함이 첨가되어 고통과 죽음을 암시하게 됐을 것이다. 이리하여 움직임이 없는 침상은 절반은 합리적이고 절반은 환상적인 방식으로 중국인들의 신체 변화와 쇠약, 사망을 상징하게 됐다.

오늘날 '병病 자 변'이라고 해야 사람들이 비로소 알아듣는 '녁' 자형 부수의 자전에서의 정확한 독음은 여전히 '상牀'이다. 이 글자의 새로운 형성자들은 주대周代의 전자篆字에 대량으로 출현하고 있어 대충 수집해도 수십 개를 모을 수 있다. 여기에는 피로함을 나타내는 '피疲'와 '도瘏', 각각 다른 부위의 화농이나 종기를 나타내는 '비疕'와 '양瘍', '개疥', '치痔', '옹癰', 땀띠를 나타내는 '비疿', 완선頑癬을 나타내는 '선癬', 부스럼을 나타내는 '좌痤', 두통을 나타내는 '소痟', 복통을 나타내는 '주疛', 열병을 나타내는 '진疢', 가려움증을 나타내는 '양痒', 관절염을 나타내는 '비痹', 종양을 나타내는 '가瘕', 상처 없이 붓는 것을 나타내는 '지疻', 상처가 아물지 않는 것을 나타내는 '자痄', 악취가 나는 질병을 나타내는 '유痼', 쑤시고 아픈 것을 나타내는 '연痟' 등이 모두 포함된다. 불행 중 다행인 작은 병을 나타내는 '비疪'와 그보다 더 좋은 일로서 병이 달아난 경우를 나타내는 '차瘥'와 '추瘳'도 포함된다. 이 밖에 종적을 쫓기는 어렵지만 추측이 가능한 병명, 질병과 관련된 문자로 '골㾶', '소瘙', '료疗', '륭癃'…… 등이 있다.

이것은 주대 사람들이 상商대 사람들보다 몸이 약하고 병에 잘 걸렸음을 의미하는 것이 아니라, 오히려 의학에 장족의 발전이 있었음을 보여주는 직접적인 증거라 할 수 있다. 우리가 항상 내부보다는 외부의 질병에 훨씬 더 많은 주의를 기울이고 잠재된 병인보다는 병의 증상을 훨씬 더 중시하는 경향이 있긴 하지만, 이것은 갑골문에서 나타나는 침대에 누워 죽음을 기다리는 상황보다는 훨씬 바람직하다고 할 수 있다.

더 비참한 운명의 의부

상대적으로 더 재수 없는 글자로 '시尸' 자를 들 수 있다. 이것은 중국 문자 중 가장 기구한 운명을 가진 의부다.

'시尸' 자 자체에는 두 가지 해석이 있다. 하나는 고귀한 신상과 위패를 지칭한다는 것이다. 신이 있는 것처럼 제사를 지낸다 하더라도 허공을 마주하고 절을 올리는 것은 아무래도 다소 무료함을 면할 수 없다. 때문에 우상을 가장 증오하는 기독교마저도 일종의 부호적 의미를 갖는 십자가를 슬쩍 사용하기도 하고, 한 걸음 더 나아가 예수의 고난 조각상 등을 성단 위에 세워놓음으로써 예배하는 사람들의 감정을 집중시키려 애쓰기도 한다. '시尸' 자의 역할도 이런 것으로서 주로 신 대신 사람을 세워놓고 제사를 지내는 것을 표현하는 데 사용됐다. 하지만 기본적으로 이 사람은 제사용 표식에 불과할 뿐, 점치는 아동 같은 삼태자三太子나 성황城隍이 몸에 붙어 점을 치는 이당화李棠華의 특기를 갖고 있지 않았다. 조용하게 서 있는 이 대리인은 아무것도 할 필요가 없었다. 어쩌면 이런 이유 때문에 오늘날 우리가 정부 관리를 평할 때 인용하는 '시립소찬尸立素餐(무위도식한다는 뜻-옮긴이)'이라는 성어가 연역될 수 있는 것인지도 모른다. '시' 자의 또 다른 해석은 매우 간단하다. 다름 아니라 시신을 가리키는 것이다.

이 두 가지 해석 중 어느 쪽이 승리했을까? 상식적으로 보면 당연히 단순한 쪽, 즉 시신을 의미하는 해석이다. 사람이 멍하니 서서 신을 대신했던 제사의 전통은 점차 전승되지 않게 됐고(솔직히 말해 살아 있는 사람이 죽은 사람 역할을 하는 이런 의식 행위 자체에도 어느 정도는 죽음의 이미지가 드러난다), '시' 자의 신성한 해석도 당연히 사라지게 됐다. 오히려 '시尸' 자와 '시屍' 자가 동음인데다 자형 역시 일맥상통하다 보니 동음이자同音異字임에도 불구하고 자연스럽게 통합 작용이 일어났을 가능성이 크다. 혹은 비교적 쓰기 어려운 '시屍' 자가 비교적 쓰기 쉬운 '시尸' 자로 간화된 것, 요컨대 죽음의 승리라고 할 수 있을 것이다.

하지만 하늘이 내려준 이런 운명은 '시尸' 자의 본래 의미와는 거리가 멀었다. 갑골문의 원시 조형(예컨대 '미尾' 자와 같은)을 볼 때, '시尸' 자는 어떤 사람을 가리키는 것이 분명하다. 다른 글자들이 나타내는 사람의 형상과 아무 차이도 없이 땅 위에 우뚝 서서 멀쩡하게 살아 있는 사람을 나타내고 있는 것이다.

실제적인 문자 발전 과정을 볼 때, '시尸' 자의 부호적 의미는 죽음과 관련이 없었다. 죽음은 이 글자가 갖는 최종적인 단어의 의미이자 우리가 이 글자를 대하면서 자연스럽게 갖게 되는 소리에서 형태까지의 연상일 뿐이다.

'시尸' 자 부호의 진정한 불운은 한 구의 시체가 됐다는 것이 아니라 죽지 못해 살듯이 더러운 곳으로 추락하는 처지가 됐다는 것이다. 인체의 부호가 있는 글자는 갑골문 중 수가 가장 많은 그룹이라고 할 수 있다. 그리고 전서篆書에서 예서隸書를 거쳐 해서楷書로 발전하는 과

정에서 다른 부호들은 대체로 순조롭게 '인亻' 또는 '인人'의 형태로 변화했고, 상당수는 다른 선 안으로 사라져 보이지 않게 됐다(예컨대 '혼昏' 자인 는 원래는 한 발로 태양을 밟고 있는 기개 넘치는 사람의 모습으로서 점차 발전하여 '씨氏' 자가 됐다). 오직 몇 개의 글자만이 고독하게 이 길을 걸어 '시尸' 자가 됐다(→ → → 尸). 재수 없게 '시尸' 로 변한 글자는 그 의미가 우아하지 못하기가 상당히 쉽다. 그중 '미尾' 자는 이미 상당히 문명화된 글자이고, 그보다 못한 것으로는 '고尻'(궁둥이) 자와 '초屌'(남성의 음부) 자, '비屄'(여성의 음부) 자 등이 있으며, 배설을 나타내는 '비屁' 자와 '시屎' 자, '요尿' 자 등도 있다.

이런 좋지 않은 의미들을 모두 종합해 분석해보아도, '시尸' 자 부호는 누구에게도 미움을 살 만한 일을 한 적이 없다. 음모를 꾸미는 것은 문자의 발전에서 끝없이 나타나는 인간의 무작위적이고 우연적인 사유일 뿐이다.

문자의 원심력

우연, 더 나아가 착오의 침투가 문자의 발전에 매우 중요한 역할을 한다. 이것은 문자의 본질 안의 숨겨져 있는 무질서한 습성이다. 하지만 동시에 문자의 자유이기도 하다. 결벽증이 있어 질서를 지나치게 중시하는 사람들은 기본적으로 자유주의자가 되는 것을 견뎌내지 못한다.

문자는 공통의 기억을 기초로 세워진 부호로서 그로 인해 발생하는 계약을 바탕으로 성립된 것이기 때문에, 깔끔한 것을 좋아하고 질서를 추구하는 뚜렷한 천성을 지니고 있다는 사실에는 의심의 여지가 없다. 이처럼 뚜렷하고 생활 습관이 훌륭한 부분이 문자를 구성하는 든든한 핵심일 뿐만 아니라, 깔끔한 것과 질서를 좋아하는 문자 사용자들(국어 선생님을 예로 들 수 있을 것이다. 그들이 가르치고 책임지는 것이 바로 문자를 매일 정리하고 청소하는 일이다)이 가장 소중히 여기는 점이기도 하다. 때문에 그들은 능력이 미치는 범위 안에서 매일 교실에서 학생들에게 사실은 어떤 글자가 잘못됐고 의미가 그런 것이 아니라는 것을 지적하기도 하고, 어떤 글자를 어떻게 읽으면 안 되고 어떻게 사용하면 안 되는지 끊임없이 교정하고 지도해준다. 또한 개인적 여유 시간을 이용하여 신문에 서신을 보내 문자의 잘못된 사용을 비평하거나 교정을 호소하기도 한다. 어떤 사람 또는 어떤 계층이 권력을 장악하여 문자의 전면적인 통일 작업을 추진하기도 한다(진대秦代 소전小篆의 '서동문書同文(천하의 수레가 바퀴의 폭이 같고 문서는 글자가 같아야 한다는 것-옮긴이)'을 예로 들 수 있다. 이것은 다음 장에서 다시 이야기하도록 하겠다). 이렇게 일정한 간격으로 한 차례씩 이루어지는 문자의 대청소는 반드시 필요한 것이고 지나친 고집과 억지에 의한 것이 아니라면 상당히 바람직하다. 부호와 의미의 관계를 재확인시켜주고 문자의 시스템과 사용을 안정시켜주기 때문이다. 복잡한 문자의 도로망을 분명한 표지로 정리함으로써 의미의 땅에서 차들이 길을 잃지 않게 해줄 수 있을 것이다.

하지만 청소하는 사람들이 반드시 잊지 말아야 할 것은 아무리 깨끗이 청소를 해도 여전히 다시 더러워질 가능성이 있다는 점이다. 때문에 이런 일은 절대 한 번의 수고로 끝나지 않는다.

문자의 총체적인 도상은 대체로 이런 모습을 하고 있다. 이를테면 아주 믿을 만하고 질서정연하며 견실한 핵심이 하나 있고, 그 주위를 모호하고 문란한 의외성과 착오의 회색 지대가 겹겹이 에워싸고 있다. 누군가 이런 특성을 부여한 것이 아니라 문자 자체가 영원한 미완성의 체계이기 때문이다. 문자는 이런 특성을 통해 영원히 생장한다. 그리고 영원한 변화 속에 있는 외부의 모든 현실 세계, 그리고 혼란스러운 의미의 바다와 맞물리는 것이다.

문자의 경계선은 앞에서 이야기한 바와 같이 반투명층일 수밖에 없다. 때문에 문자는 하루하루 힘들게 살아가는 사람들처럼 의미의 바다에서 열심히 자원을 흡수하여 생활을 유지하는 동시에, 의미의 파도가 던지는 지속적인 충격을 감당해내야 한다. 상식이 있는 사람들이라면 누구나 바다에 인접한 공터의 황폐한 상태를 유지하는 것이 꼭 필요한 일이라는 것을 잘 알고 있다. 바보들만이 그런 땅을 차지하여 집과 별장을 지으려 한다. 하지만 이것은 명백하고 즉각적인 재난이 되고 만다.

이렇게 강제로 점령되지 않은 지역은 자유로운 땅으로서 약간의 위험이 존재하긴 하지만(해마다 신문에서 여행객들이 놀러왔다가 부주의한 탓에 물에 휩쓸려간 불상사에 관한 소식을 접할 수 있다) 가장 아름답고 매력적인 공간일 수도 있다. 생태계는 매우 복잡하고 강력하다. 그곳에는 혈기왕성한 사람들이나 고달프게 생계를 꾸리는 사람들, 웃고 떠들면서 해수욕을 즐기는 사람들, 연애하는 사람들, 할 일 없이 빈둥거리는 사람들, 답답한 도시 생활에 싫증이 난 사람들, 더 이상 인공 건물들로 가득 찬 풍경 보기를 원치 않는 사람들이 한데 뒤섞여 있다. 그리고 그 사이에 용감하고 예민한 소수의 연구자들이 존재한다. 먼 곳에 서서 바라보면, 이런 공간이 문자의 견실한 핵심을 둘러싸고 있다는 사실을 발견할 수 있을 것이다. 고흐의 그림 〈별이 빛나는 밤〉에 나오는 동그라미의 움직임처럼 그 형태가 어렴풋한 빛 무리의 모양으로 무척이나 아름답다는 것을 알 수 있다.

자유란 무엇일까? 자유는 우연과 착오를 보호하는 것이지 질서를 보호하는 것이 아니다. 한편으로 자유는 회의론자이자 비관주의자다. 자유는 근본적으로 질서의 최종적 기능을 의심하고, 누군가 미래의 모든 변화를 예측하여 완벽한 질서의 청사진을 그려낼 수 있다는 것을 절대로 믿지 않는다. 하지만 다른 한편으로 자유는 무척이나 낙관적이고 용감하며 섬세하다. 자유는 우연과 착오의 가치를 긍정하고, 우연과 착오의 풍랑 속으로 용감하게 뛰어들며, 우연과 착오 속에서만 생존하는 상상력을 습득한다. 그러고는 몸을 돌려 이것을 자신이 신뢰하지 않는 질서에게 아낌없이 내어주면서 더 좋은 질서, 더 새로운 성장의 자원이 될 것이라 믿어 마지않는다.

이것이 문자 시스템의 원심력으로, 문자 시스템이 통일된 구심력으로 평형 상태를 이루는 것과 반대되는 특성을 나타낸다. 이렇게 자유롭게 밖으로 향하는 원심력을 가지지 못하면(가설일 뿐 이런 상황이 실제로 발생하지는 않는다), 문자는 삼엄한 질서에 의해 통치되고 끊임없이 내부로 응집될 수밖에 없다. 이것은 죽어가는 별의 중력 응축 현상과 같다고 할 수 있다. 끊임없이 안으로 응축됨에 따라 끊임없이 인력이 증가하고 더 큰 응축의 힘이 생산되다가, 결국에는 우주에서 가장 민첩하고 자유로운 빛조차 도망가지 못하는 것이다. 이것이 바로 빛이 전혀 없는 공간이자 별에게 가장 두려운 현상인 '블랙홀'이다.

세상에서 가장 아름다운 문자, 꼬리

자유와 완벽함은 절대로 서로를 용납하지 않기 때문에 공존이 불가능하다. 문자 통일 작업의 배후에는 완벽한 문자에 대한 사치스러운 궁극적 기대가 감춰져 있지만 이것 역시 불가능한 일이다. 아무리 해도 문자가 완전한 부호 시스템이 된다는 것은 불가능하다. 시간이 여전히 흐르고 있고 외부 세계가 계속 변화하고 있으며 의미의 바다가 고갈되거나 정지하지 않는 한, 문자 시스템은 영원히 열린 상태를 유지하면서 끊임없이 시도하고(착오를 범하고) 계속해서 일을 만들어낼 것이다.

문자의 핵심적인 통일 부분은 문자 시스템에서 '잠시 완성을 선포한' 정지된 부분이다. 정지된 문자로써 쉬지 않고 세차게 흐르는 의미에 대응한다는 것은 '각주구검刻舟求劍(초楚나라 사람이 배를 타고 강을 건너다 물속에 칼을 빠뜨렸는데, 칼을 빠뜨린 뱃전에 자국을 내두었다가 언덕에 배가 닿자 자국이 있는 뱃전 밑 물속으로 뛰어들었다는 고사-옮긴이)'의 이야기와 같은 것이 아닐까? 바보 같은 실천으로 보여준 이 지혜로운 이야기(농담이 아니다. 때론 어리석음이 우리에게 지혜를 가져다줄 수도 있다)는 우리에게 한 가지 흥미로운 장면을 떠올리게 한다. 큰 바다 위를 떠다니는 배처럼, 문자 시스템이 쉽게 느낄 수 없을 정도로 평온하게 의미의 바다 위를 움직이는 장면이다. 우리가 이동하는 배에 고정된 기호를 새기려 시도하는 순간, 이미 우리의 몸은 이동한다.

어떻게 하면 날개를 쭉 펴고 힘차게 하늘을 나는 새를 잡듯이, 빠르게 이동하는 의미에 대응할 수 있을까? 우선 문자도 함께 따라 움직이게 해야 한다. 그리고 그러기 위해서는 적어도 두 가지 조건이 만족돼야 한다. 첫 번째는 문자 자체에 민첩성과 탄력성이 갖춰져야 한다. 문자가 무거운 장비를 끌고 가서는 안 된다. 기존의 문자 성과들이 문자의 민첩성을 위한 재료를 제공해주겠지만, 적절하게 사용할 수 있는 부분이 발견되면 용감하게 그 부분을 잘라 가져야 한다. 그 순간에 우리는 박물관 관리자가 아니라 사냥꾼의 신분이기 때문이다. 또 다른 조건은 문자가 반드시 현실 세계와 의미의 최전선에 존재해야 한다는 것이다. 여기서 비로소 우리는 칼비노가 말한 '의미를 불태우는 불꽃'을 찾을 수 있다.

불꽃은 매우 정확한 이미지다. 문자는 설명하는 사물이나 개념, 의미와 같지 않다. 문자는 실마리와 퍼즐, 흔적 그리고 암호일 뿐이며 폭약의 도화선 같은 기능을 한다. 우리가 이쪽에서 불꽃을 일으키면 저쪽에서 의미가 찬란하게 폭발할 수 있다.

다시 말하지만 문자는 실마리와 퍼즐, 흔적 그리고 암호일 뿐이다. 이 책에 쓰인 모든 말장난들은 최종적인 의미를 드러내기 위해 존재한다. 때문에 신성하게 여겨질 필요가 없을 뿐 아니라 버려져도 상관없다. 이런 면에서 볼 때, 이 책을 읽으면서 우리가 좋아하고 심지어 경외심을 불러일으켰던 문자들은 좋은 실마리이자 퍼즐이었기 때문에 그 시대의 불꽃을 일으킬 수 있었다고 할 수 있다. 내가 흠모하는 것이 바로 이런 풍부한 상상력의 지혜다.

문자가 만들어지는 결정적인 근거가 됐던 공동의 기억이 현실 상황의 변화로 사라지거나 기억을 잃어버리면서, 실마리와 흔적을 더 이상 찾을 수 없게 될 수도 있다. 그렇다면 문자 암호의 해독 과정에서는 문자를 지금 사람들이 추측할 수 있는 새로운 실마리와 퍼즐, 흔적과 암호로 바꾸는 것이 마땅할 것이다.

유명론唯名論(보편과 개체의 관계에서 개체가 보편에 우선해서 존재한다고 보는 철학론-옮긴이)의 가장 큰 병폐는 실마리로서의 의미를 뛰어넘어, 문자를 그것이 지칭하는 사물과 같은 것으로 오인하는 데 있다. 그래서 퍼즐이 이동하거나 교체되지 못하고 너무 일찍 신성한 제단에 오르는 것이다. 이것이 문자의 소외다. 그리고 유명론의 예비군은 오래전부터 문자를 청소해왔고, 어떤 물건이든 반드시 정해진 자리에 놓여 있어야만 '순결한 질서'라고 믿는 완고한 사람들이다.

한없이 황량하고 막막한 의미의 바다에 둘러싸인 작은 문자의 섬들은 끊임없이 의미의 파도에 부딪혀 침식되면서, 끊임없이 의미의 파도가 부르는 소리를 듣는다. 일이 너무 많은 문자의 섬들은 종종 힘에 부치기 때문에(굳이 문자의 단점을 들춰낸 장다춘의 글을 읽지 않더라도 우리는 이미 문자가 결함이 많은 부호 체계라는 것을 잘 알고 있다) 발걸음이 어지럽게 흐트러지는 것을 피할 수 없다. 잔뜩 원망만 늘어놓으며 끊임없이 청소의 책임 소재를 따지기보다는 용기와 의연함, 상상력을 지켜나가는 태도가 필요하다. 문자를 청소하는 사람들은 자신들이 목숨을 걸고 지키는 아름다운 질서가, 아주 오래전에 용감하고 자유로우며 상상력이 풍부했고 이 때문에 깨끗한 것을 좋아했던 사람들이 사냥해온 것이라는 사실을 종종 잊어버린다. 당시에는 그 사람들도 사냥을 하는 급박한 순간에 똑같이 귓가에 '순결한 문자', '순결한 문자'라는 귀찮은 소리를 들었을 것이다.

볼수록 아름다운 글자 도 다르지 않았을 것이다. 이것이 거짓이고 착오라는 사실은 누구나 알고 있다. 이렇게 순결한 꼬리가 어떻게 이곳에 이런 모양으로 생겨날 수 있겠는가. 하지만 이것은 정말로 훌륭한 꼬리다. 칼비노가 요구했던 불꽃을 지니고 있을 뿐 아니라 순식간에 우리의 눈을 사로잡는, 세상 어디에서도 찾아볼 수 없는 가장 아름답고 유일무이한 꼬리다.

11

문자의 간화와 교활한 라이프니츠

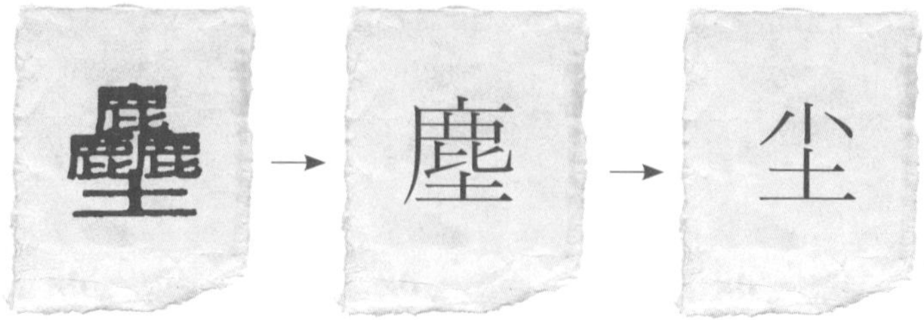

위의 세 글자는 기본적으로 같은 글자다. 차이가 있다면 우선 그 사용 시기가 다르다는 것이다. 지금까지는 가운데 있는 '진塵(먼지)' 자가 가장 많이 사용됐지만 나중에는 중국 대륙의 공산당이 간화시킨 '진尘' 자가 더 많이 사용될지도 모른다. 이것을 '진塵' 자의 과거와 현재, 미래라고 말해야 할지도 모른다. 이런 견해 속에 어떠한 정치적 의미도 들어가 있지 않기를 바랄 뿐이다.

둘째, 이 세 글자의 차이는 한눈에 알아볼 수 있는 필획에 있다. 과거에는 39획에 달하던 글자가 지금은 15획으로 줄어들었고 미래에는 6획이면 충분할 것 같다. 이런 변화는 초등학교 시절의 우스갯소리를 연상케 한다. 말썽을 피우다 들킨 어린아이 둘이 선생님으로부터 자기 이름을 100번씩 쓰라는 벌을 받았다. 그중 한 녀석은 환호성과 함께 곧장 이름을 쓰기 시작했지만 한 녀석은 그 자리에서 울음을 터뜨리고 말았다. 선생님이 말씀하셨다. "저 애는 용감해서 울지 않는데 너는 어째서 우는 거니?" 울던 아이가 애써 서러움을 가누면서 대답했다. "재는 이름이 딩이丁一라 다 합쳐서 3획에 불과하지만 저는 이름이 어우양훙야오歐陽宏耀거든요." 그렇다. 인생의 불평등에는 이름의 획수도 포함되는 법이다.

가장 큰 소리로 울게 만드는 '麤' 자는 갑골문에서는 찾아볼 수 없지만 당시에 조자된 글자라고 단언할 수 있다. 그 시대에 살았던 사람들만이 글자에 이렇게 괴상한 모양을 부여할 수 있기 때문이다. 이렇게 쓰기 어려우면서도 아름다운 글자는 그 시대 사람들만의 장기였다.

그들은 그다지 정밀하지 않은 시간 제도를 갖고 있어 한가로운 사람들은 마냥 한가로웠다. 평생 글자 몇 개를 쓰는 데 엄청난 획수를 사용했다. 한 글자, 즉 사슴의 의미를 전달하기 위해서였다.

이 자유로운 사슴은 당시 사람들에게는 아름다움의 상징이었다. 세 마리의 커다란 사슴들이 동시에 뛰어갈 때, 이렇게 놀라우면서도 생동감 넘치는 눈앞의 장면이 전달하고자 하는 의미는 '공중에 날리는 먼지가 하늘을 가리는飛塵蔽天 장려한 광경이 아름답다'는 것이 된다. 그러면 허공에 떠다니는 미립자 형태의 먼지가 전체 화면의 중심이 된다. 이것은 너무 거칠고 이상하다는 느낌을 지울 수 없는 발상이다.

여기서 그림 기술은 완벽하지만 그리 유명하지 않고 창의성도 떨어지는 화가들을 동원하여 〈최후의 만찬〉 또는 정신병자가 마구 덧칠하거나 칼로 찢어놓은 명화를 복원하는 것처럼, 이 유실된 갑골문 글자를 복원해보자. 그러면 대략 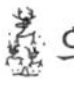의 형태를 얻을 수 있을 것이다. 이것은

일종의 기억의 그림으로서, 아주 민감하고 운동가 기질이 있는 실패한 사냥꾼의 손에서 나왔을 것이다. 돼지를 사냥할 때(逐, , 사냥꾼의 발이 돼지의 뒤에 바짝 붙어 있다. 물론 쫓기는 사냥물은 코끼리나 사슴 같은 다른 짐승으로 대체될 수 있다) 빨리 추격하다 보면 잠시 멈춰 그림을 그린 다음에 다시 쫓아가는 일은 불가능했을 것이다. 또한 사냥감을 잡는 데 성공한다 해도, 머릿속에 있던 그림은 이내 풍요로운 수확의 즐거운 광경에 업데이트되어 지워져버릴 것이다. 따라서 눈을 똑바로 뜨고 세 마리의 아름다운 사슴이 먼지를 일으키며 뛰어가는 모습을 보게 될 때야 비로소 그 광경에 사로잡혀 넋을 잃게 됐을 것이고, 이것을 다른 사람들에게 알리지 않고는 배기지 못했을 것이다. 심지어 이것을 그림으로 그려 증거로 삼고자 했을 것이다. 그렇지 못할 경우 며칠 동안 먹지도 못하고 마시지도 못하고 잠도 자지 못할 것이기 때문이다.

내가 어렸을 때 시골에서는 거의 모든 사람들이 물고기를 몇 마리씩은 낚은 적이 있었고, 심지어 물고기가 수면 위로 올라와 생김새를 확인했는데 재빨리 낚시 바늘에서 벗어나 강물 속으로 다시 도망쳐버리는 일도 많았다. 이렇게 손목에 힘을 주게 만드는 물고기들은 대개 가장 큰 놈들이다. 그리하여 모든 낚시꾼들의 가슴속에는 전설 속의 물고기 여러 마리가 탁본돼 있다.

하지만 비교적 나중에 태어나 이러한 생산 활동의 경험 없이 문자를 사용하는 사람들은 그렇지 못하다. 그들이 누릴 수 있는 것은 옛날의 아름다운 그림이 아니라, 어금니를 악물고 글을 써야 하는 번거로움과 심지어 엉엉 울면서 글씨를 써야 하는 징벌이다. 이런 문제는 아주 간단하게 해결된다. 날리는 먼지가 하늘을 가리는 장려한 광경이든 아니면 그저 이 글자가 지칭하는 '먼지' 자체에 불과하든 간에, 사슴 한 마리가 뛴다고 해서 먼지가 날리지 않을 수 있을까? 왜 반드시 세 마리가 하나의 무리를 이뤄야 된단 말인가? 여기서 이성이 승리하고 감성은 아주 그윽한 동굴 속으로 돌아가게 된다. 그리하여 사슴 한 마리의 '진塵' 자가 정식으로 䴯의 글자를 대체하게 된다.

그 뒤로 시간이 빠르게 흘러 1949년 중국공산당이 대륙에서 완전하고 절대적인 정치권력을 획득했다. 그리고 순식간에 중국이 영국을 제압하고 미국을 추격하면서 새로운 역사 단계로 진입했다. 온갖 두려움에 휩싸여 존음을 다투는 신경질적인 혁명 정당으로서 중국공산당은 문자 사용에 있어서도 시간을 절약하고 빨리 손에 익히는 방법을 고안하기로 결정했고, 이에 따라 전면적인 문자 간화를 실행했다. 그다지 쓰기 편치 않은 '진塵' 자도 간화의 철퇴를 피해갈 수 없었다. 1,000년이 넘도록 운 좋게 살아남은 이 사슴도 중국공산당에 의해 멸종되기에 이른 것이다. 대신 아주 간단한 회의자인 '진尘' 자가 생겨나게 됐다. 아주 작은 먼지 알갱이가 되어버린 것이다.

사실 간화는 매 순간 진행되고 있다

세 단계에 걸친 '진塵' 자의 변천은 대만의 유명 소설가 장다춘의 표현을 빌리자면 "시간의 흐름 속에서 글자가 만나는 기이한 사건들"일 뿐이다. '진塵' 자를 문자 간화의 연구 대상으로 삼는다면 사실 문자의 간화는 이렇게 1,000년에 한 번 일어나는 약진 행위가 아니다. 오히려 주도면밀하고 수시로 발생하며, 개념상으로도 갑작스럽고 폭발적이라기보다는 연속적인 것에 더 가깝다고 할 수 있다. 또한 '진塵' 자는 하늘의 뜻에 따라 유일하게 간화된 선민選民이 아니라, 다른 모든 동료들과 함께 어깨를 나란히 하여 돌아올 수 없는 간화의 역사적 길을 걷게 된 것이다. 그저 그 양태가 다를 뿐이다. 간화는 결코 균일하게 이루어지지 않는다.

''→'塵'→'尘' 으로의 변천은 너무 단순한 방정식으로, 이것은 적어도 다음의 여섯 단계로 세분화할 수 있다.

→塵→尘

이렇게 우리는 간화의 더 크고 세분화된 단계를 살펴볼 수 있다. 이 중 는 주나라 시기의 대전大篆으로서 그림이 점차 선조로 변화됐음을 알 수 있다. 또한 는 전국에서 진대秦代에 이르는 시기의 소전小篆으로서, 선조가 균등하고 조리條理에 맞게 변하기 시작했음을 알 수 있다. 선조가 이미 자신의 미학적 형태를 찾으면서 실제의 형상에서 멀어지고 있다고 할 수 있다. 는 진한秦漢 이후의 예서로서 기본적으로 곡선이 가로 세로의 직선으로 변화하면서 이른바 '누에머리에 제비 꼬리蠶頭燕尾'의 편편형偏扁形 글자체가 나타나기 시작했음을 알 수 있다. 마지막으로 '진塵' 자는 위진魏晉 이후의 진서眞書이자 해서楷書이기도 하다. 중화민국 38년(1949년) 이후로 대륙에 거주하지는 못하지만 계속 중국 문자를 사용하고 있는 대만인들이 지금까지 '진塵' 자의 정자로 인정하고 있는 글자이기도 하다.

'실상'에서 출발하여 '곡선 구성'을 거쳐 '수직/수평 구성'으로 변화하는 과정은 네덜란드의 유명한 추상화 화가 몬드리안Piet Mondrian의 변화 방식과 유사하다. 그의 '나무'와 '교회당', '풍차'와 '파도/방파제'가 바로 이런 방식으로 변하고 있다.

하지만 엄밀히 말해서 이런 문자 간화의 분할은 기본적으로 추인追認 및 정리의 성격을 띤다. 문자의 간화는 먼저 사용 과정 중에 자연스럽게 그리고 연속적으로 발생하다가 변화가 거의 마무리 단계에 접어들었을 때, 정치 및 사회적으로 권력을 장악한 계층이 정식으로 확인하고 인정하게 된다. 필요에 따라서는 새로운 서체의 표준을 공포함으로써 한 차례의 통일을 시도하기도 한다.

우리가 그 통치를 가장 선명하게 기억하고 가장 강력한 정치권력을 휘둘렀다고 생각하는 진秦 왕조가 단행한 '서동문書同文'의 문자 개혁도 창의의 성격보다는 정리의 성격이 훨씬 강했다. 진 왕조의 소전 개혁이 특별한 이유는 주로 역사적 우연에서 비롯되었다는 것이다. 그것은 서주西周의 무장 식민 확장 정책(제후들을 분봉한 것)이다. 이로 인해 수백 년 뒤에 춘추전국의 부활 국면이 형성됐고, 원래 그렇게 엄격하지는 않았지만 기본적으로 한 가지 유형에 속해 있던 문자들이 격리되면서 자체적인 선조 형태로 발전하여 수백 년간 사용됐다. 이에 따라 전국 후기에는 각국의 문자 형태에 분명한 차이가 나타나게 됐다. 예컨대 똑같은 '마馬' 자인데 오늘날 우리가 확인할 수 있는 모습은 다음과 같이 다양하다.

진秦나라　제齊나라　연燕나라　초楚나라　삼진三晋

아직 서로 다른 글자라고 말할 수 있을 정도는 아니었지만 갈수록 확대돼가는 차이 현상에 대처하기 위해, 전승국으로 천하에 군림하게 된 진나라로서는 뭔가 조치를 취하지 않으면 안 되는 상황이었다. 진나라는 당연히 자신들의 문자를 중심으로 다른 나라들의 문자 형태를 조정하여 하나로 통일했다. 훗날 우리는 소전의 발명이 순전히 진의 재상 이사李斯의 창의적 발상에서 나온 것이라고 믿으면서 진시황을 현재를 중시하며 전통을 헌신짝처럼 내버리는 혁명적 인물로 생각하게 되었다. 하지만 적어도 문자에 있어서는 이런 인식이 진실에 완전히 부합한다고 볼 수 없다. 오히려 이 일을 주관한 이사에게 어느 정도 판단과 조정이 가능한 자유로운 공간이 주어졌다고 믿는 것이 바람직할 것이다. 문자 통일 과정에서 그가 자신의 창의성을 발휘했을 가능성도 있고 어느 정도 다른 제후국들의 문자 발전 과정에 나타난 조형과 영감을 받아들였을 개연성도 있다. 어쨌든 이사는 상당한 실력을 지닌 서가書家였다(당시에는 문자학자와 서가의 역할이 겹쳐서 양자의 구별이 분명하지 않았다). 그가 직접 쓴 것으로 확인된 타이산泰山 석각 소전은 대단히 아름다운 글자로 평가받고 있다.

이것은 중국공산당의 문자 간화와는 전혀 다른 조치였다. 사회적 상황과 필요에 의해 선행된 위에서 아래로의 강제적 개혁도 아니었으며, 이데올로기가 주도하고 또 다른 비문자적 목적을 지닌 개혁은 더더욱 아니었다. 진의 문자 개혁은 절대적으로 절실한 필요에 따른 것이었고 이런 필요성 또한 문자 자체를 주체로 한 것이었다.

어디까지 간화할 수 있는가

사실 문자의 간화는 언제 어디서든지 진행되고 있었다. 이것은 문자 발전의 피할 수 없는 구조적 특성이었다. 마르크스의 표현을 빌리자면, 문자 자체가 스스로를 간화라는 무덤에 파묻은 씨앗이라고 할 수 있다. 문자는 스스로 아주 복잡한 방식으로 자신의 무덤을 파고 있었던 셈이다.

그럼 도대체 어디에 파묻는단 말인가? 다름 아닌 문자의 뿌리가 있는 공동 기억의 땅에 파묻는 것이다. 문자는 발자국이자 상처의 흔적이고 줄이자 비밀번호다. 공동 기억이라는 부분이 넓게 쌓일수록 우리가 비밀번호를 해독해야 하는 필요성도 낮아진다. 문자는 실제 사용 과정에서 스스로 사용자에게 더 많은 기억을 쌓아줄 것이고, 이것을 통해 더 빨리, 더 쉽게 소통이 이루어질 수 있을 것이다. 때문에 다른 목적이 있는 경우가 아니라면(심미적인 또는 과시적인 목적) 글을 쓰는 사람은 굳이 정력을 낭비하면서 세 마리의 사슴을 그릴 필요가 없을 것이다. 옆에서 구경하는 사람들도 무엇을 하는지 한참을 바라보고 있을 필요가 없다. 이런 문자 사용 자체가 필연적으로 형성하는 누구나 다 아는 전고도 필연적으로 문자의 지속적인 간화와 선조화, 부호화를 촉진하게 된다.

따라서 문자가 복잡한 형태에서 간단한 형태로 발전하는 것은 다분히 보편적인 현상이라 할 수 있다. 모든 문자 시스템이 다 똑같이 간화되는 경향이 있다고 한다면 대체 어느 단계까지 간화될 수 있을까? 부호 자체에 이미 혼란이 생겨 당시의 상황과 위아래 문맥을 보조 수단으로 삼아야만 계속 암호를 해독해나갈 수 있는 지경에 이르더라도, 문자의 간화는 쉬지 않고 계속 이어질 것이다. 과거 수십 년 동안 영어의 세계에서는 이니셜을 통한 간화 방식이 대량으로 출현했다. 그러다 보니 다른 배합 문자의 도움이나 그 외의 단서(어투와 표정, 개성에 대한 이해, 과거의 대화, 저축액의 변화, 신용카드 영수증 등) 없이는, 마누라 각하께서 구매한 CD가 야시장에서 파는 몇천 원짜리 해적판 가요 앨범인지, 누구나 갖고 싶어 하는 크리스천 디오르 핸드백인지 알 수 없게 됐다.

이렇게 보편적인 간화의 추세는 모든 문자 시스템에 복잡의 정도가 다른 두 가지 또는 그 이상의 표기 방법이 공존하는 현상을 만들어내기도 한다. 예컨대 고대 이집트 문자에는 동시에 세 가지 표기 방법이 공존했다. 그중 가장 번거로운 것은 그리스어로 'Hieroglyphic'이라고 칭하는 서체로서 주로 묘우廟宇나 기념비, 무덤의 벽면 등에 사용됐다. 이 이름의 의미 또한 '신성함'이다. 이것은 가장 아름다우면서도 쓰기 힘든 원형圓形 서체로서, 일상적인 정보를 전달하는 데 사용되는 것이 아니라 주로 경건함과 아름다움을 나타내는 전시적 목적으로 사용됐다. 다음은 그리스어로 'Hieratic'이라 부르는 서체로 '신관神官'이라는 뜻을 가지고 있다. 주로 파피루스 위에 종교적인 제문이나 찬미 시를 적을 때 사용했기 때문에 간화가 비교적 빠른 서체였다고 할 수 있다. 마지막 서체는 그리스인들이 'Demotic'이라고 부르는 것으로 민간에서 대중적으로 사용됐으며 출현 시기가 비교적 늦고(문자 자체의 전고를 축적시키기 위해 시간이 늦어졌다) 서체의 형태도 가장 엉성하다. 얼핏 보기에는 그저 점과 선을 마구 흩뜨려놓은 것 같다. 이것이 일반적인 행정 기록 문서에 주로 사용됐던 고대 이집트의 통속 서체다.

중국도 마찬가지였다. 소전과 예서가 아주 오랜 시간 동안 함께 사용됐던 이유는, 진나라의 대대적인 정복 행동과 엄격한 법령이 더 간화된 서체를 개발하여 일상적인 문서 작업에 대응해야 할 수요를 만들어냈기 때문이다. 이것이 예서의 유래이자 이런 이름을 얻게 된 원인이다(예서隸書는 노예같이 천한 일을 하는 사람도 이해하기 쉽도록 한 글씨라는 뜻에서 붙은 이름이다). 이것은 소전이 통치하던 시대의 통속적인 서체로서 나중에 좀 더 다듬어졌다. 또한 해서가 주체가 되던 단계에 중국인들은 더 빠르고 더 편리하게 글을 쓸 수 있는 행서行書와 초서草書도 발명해냈다. 이것은 고대 이집트에 세 가지 서체가 동시에 공존했던 것과 똑같은 현상이라 할 수 있다. 또한 이 덕분에 동쪽의 이웃나라인 일본에서는 두 가지 자모 시스템이 발생하게 됐다. 먼저 가타카나로 장중한 고유명사를 표기할 수 있게 된 데 이어 얼마 후에는 용이 날고 봉황이 춤추는 듯한 모양의 히라가나를 만들어 일상적인 글쓰기에 사용할 수 있게 됐다.

간단한 것에서 복잡한 것으로

여기서 잠시 멈추기로 하자. 한 가지 작은 문제를 해결해야 하기 때문이다. 문자 간화의 돌아올 수 없는 길에서 나타난 한 차례의 예외적인 역방향 운행, 그리고 중국어 조자 방법의 변화가 뜻밖에 몰고 온 간단한 것에서 복잡한 것으로의 역방향 잠류潛流의 문제다.

오늘날 우리가 볼 수 있는 중국 문자 중 가장 쓰기 어렵고 도상에 가까운 단계에 있는 것은 사실 갑골문이 아니라 서주西周의 명문銘文에 사용된 금문이다. 이 중 상당수의 글자들이 아예 조상들의 문자에 역행하여 공필화工筆畫(외면적 형사形寫에 치중하여 그린 기교적이고 장식적인 북종화 계열의 그림-옮긴이)에 가까운 모습을 나타내고 있다.

예컨대 갑골문에서 술을 담는 용기를 나타내는 글자 酉('유酉' 자)보다는 사유궤師酉簋에 새겨진 금문 酉가 훨씬 멋있다. 문양이 무척 아름다울 뿐만 아니라 선조의 호도弧度 역시 대단히 부드럽고 자연스럽다.

또한 갑골문에 나오는 '어魚' 자 魚는 그저 식별에 어려움이 없을 정도로 물고기 형상을 묘사한 것에 불과하다. 하지만 똑같은 '어魚' 자이지만 봉어정鳳魚鼎에서 볼 수 있는 魚는 몸에 난 비늘과 가슴과 배의 지느러미까지 자세하게 묘사돼 있고, 머리와 입의 구조도 제대로 갖춰져 있다. 게다가 눈까지 점으로 세밀하게 묘사돼 있다.

앞에서 이미 살펴본 수레에서도 갑골문 중 가장 호화로운 글자 車를 찾아볼 수 있지만, 수레 위에 커다란 뺘대를 사서 달면 車 같은 모양의 수레가 된다. 또는 車 같은 화려한 수레도 있다. 이 세 가지 수레를 나란히 세워놓고 비교해보면 소형차와 고급 세단, 그리고 포르쉐 같은 수입차를 한데 놓고 비교하는 것과 다르지 않을 것이다.

하지만, 왜 굳이 왔던 길을 되돌아간단 말인가?

앞에서 상술했던 고대 이집트 문자의 세 가지 서체에 관한 토론에서 어렵지 않게 개연성 있는 답안을 유추해낼 수 있다. 명문에 사용된 금문이 중요한 청동기 위에 새겨져 보존된 문자라는 것이다. 금문은 정상적인 기록이 아니라 공적 표창이나 분봉分封, 권력의 이동 등에 사용됐다. 따라서 이런 서체가 고려해야 할 것은 문자의 소박한 표현 기능과 절약할 수 있는 시간의 양이 아니라 전시와 과장의 효과였다. 심지어 새긴 내용이 복잡할수록 좋았다. 그래야만 힘들게 주조한 보물 같은 청동기에 어울리고 일상적인 기록과 구별됨으로써, 일상적으로 일어나는 일이 아니라 대단히 특별하고 장중한 일이라는 것을 한눈에 알 수 있기 때문이다. 문자가 연미복을 입고 예모를 쓰고서 거대한 권력의 유희에 참여하는 셈이다.

모든 신성한 유희는 이렇게 이루어진다. 신성한 유희는 변화를 허용하지 않고 가장 원초적인 모양을 보존한다(때문에 명문에 사용된 금문은 부분적으로 좀 더 오래된 갑골문 이전의 조형을 나타내고 있을 가능성이 매우 크다). 또한 신성한 유희는 편리할 필요가 없었고 심지어 우리가 골치 아파 죽을 때까지 극도의 화려함과 번거로움을 추구했다. 사람들이 이로 인해 고통받지 않으면 경건함이 부족하다는 것을 의미하는 것 같기도 하다. 신성한 유희는 시간을 낭비하고 이로 인해 생계에 지장을 받는 것도 아랑곳하지 않는다. 우리의 황금 같은 시간을 이런 일에 쓰는 것보다 더 신성한 용도가 어디 있겠는가?

고대 이집트에서 이런 신성 문자의 기록을 담당한 서가들은 전체적인 미학의 배치에 있어서의 평형미를 고려하여, 정상적인 어법을 파괴하고 일부 자음과 모음을 생략하며 무의미한 발음과 부호를 첨가하는 일도 서슴지 않았다. 여기서 문자는 제물이 되고 희생이 제물의 별명이 됐다. 좋게 말할 것이 하나도 없는 것이다.

또한 명문에 새겨진 금문의 기록 공간은 평면에 가까운 청동기의 표면이라서, 죽간의 좁고 긴 형태의 문자에게는 일종의 해방 공간이었다. 덕분에 좁고 기다란 서체의 제한을 받지 않을 수 있게 됐다. 명문의 금문에는 길게 쓴 글자도 있고 납작하게 쓴 글자도 있으며 세로로 쓴 글자도 있고 가로로 쓴 글자도 있다. 하지만 반드시 아름다움을 기준으로 해야 했다.

명문에 사용된 금문이 보여주는 간단한 서체에서 복잡한 서체로의 역행은, 사실 문자 간화에 대한 우리의 이해에서 크게 벗어나지는 않는다. 금문은 특수한 용도의 서체이기 때문이다. 특수하게 수공으로 만든 신성 문자로서의 금문이 아름다운 공작새처럼 천천히 날개를 들어 올릴 때, 주나라 사람들은 여전히 편안한 마음으로 죽간 위에 글씨를 쓰면서 간화돼가고 있는 범속의 서체를 유지하고 있었다.

간화에 대한 잠재적인 역행의 흐름이라고 할 수 있는 것은 형성자라는 새로운 조자 방법이었다. 이것은 두 글자가 하나가 되는 방식의 조자 방법으로서 당연히 필획의 수가 늘어날 수밖에 없었다. 예를 들면 '편鞭'이나 '로璐', '달撻', '빈瀕' 같은 글자들이다. 하지만 다행히 글자를 무제한으로 합칠 수는 없었다. 또한 문자를 만들고 쓰는 사람들도 글자가 쓰기 어려워지는 것을 원할 리가 없었다. 실제 조자 성과에서는 문자의 결합이 세 개의 글자 안에서 이루어졌다(자전을 뒤적거려보면 알 수 있다).

사실 필획이 가장 많고 사람들을 괴롭히는 글자들은 형성자가 아니라 그보다 이른 시기에 만들어진 상형자와 회의자들이다. 당시에는 시간에 구애받을 필요가 없었기 때문에 마음속의 생각을 그림으로 잘 표현하는 데만 신경을 쓰면 됐다.

예컨대 '주鑄' 자는 갑골문에서 처럼 금속을 녹인 액체를 두 손으로 용기에 쏟아붓는 장면을 세밀하게 묘사하고 있다. 사물을 불에 굽는 것을 나타내는 '찬爨' 자는 갑골문에 남아 있지 않다(원래는 남아 있어야 정상이다). 하지만 소전 에서 그 모습을 아주 선명하게 볼 수 있다. 아랫부분은 손으로 사물을 불에 태우는 모습이고, 윗부분은 익힌 음식을 조리하는 그림으로서 극도로 세밀하게 묘사돼 있다.

성립되지 않는 산술

중국공산당이 전면적인 문자 간화를 단행한 것에는 한 가지 특별한 점이 있다. 시대의 흐름과 요구에 따른 것이 아니라, 권력을 장악한 사람이 독단적으로 벌인 일이라는 사실이다.

가장 직접적인 원인으로 제기된 것은 시간이었다. 진지하게 문자를 학습하는 데 소요되는 시간과 글쓰기에 사용되는 시간이 무수한 물줄기들이 백 개의 강을 이루고 그 백 개의 강이 모여 거대한 바다를 이루듯이, 수억의 인구가 허비하는 시간을 모으면 모래가 모여 탑을 이루는 것처럼 엄청난 시간이 된다는 것이었다. 얼핏 듣기에는 충분히 감동적인 산술이라고 할 수 있다.

하지만 이런 산술이 아무리 감동적이라 해도 이렇게 소박한 시간 절약 관념은 중국인들이 예로부터 지금까지 적어도 수천 년 동안 언급해온 것의 반복이었다. 솔직히 말해서 산을 밀어 치우고 바다를 뒤집어 엎듯이 공전空前의 장대한 행동을 뒷받침하는 논거는 되지 못한다. 더 많은 이유와 더 설득력 있는 설명이 추가되지 않으면 안 되는 대목이다. 결국 중국공산당은 더 강력한 이데올로기로 시간에 '혁명의 색'을 입혀야 했다.

시간에 색깔을 입히는 가장 간단한 방법은 교조화된 마르크스의 역사 시간표를 제시하는 것이었다. 과거의 역사를 해석하고 미래의 진보된 천국을 설명하면서 시급한 혁명의 소용돌이 속에서 시간과 시간 사이의 필연적인 법칙을 엮어내는 것이다. 시간은 이런 단방향의 직선적 노정에 들어서야만 의미를 얻게 되고, 혁명의 중요한 맹우이자 주요 자산이 될 수 있었다. 맹우와 자산은 아주 사소한 것이라 해도 절대로 낭비되거나 버려질 수 없었다.

그렇다면 간화 이전과 간화 이후를 비교해볼 때 얼마나 많은 시간을 절약할 수 있었을까? 이것은 확실한 산출이 어려운 문제다. 가장 직접적인 원인은 사람들마다 글씨를 쓰는 속도가 다르고 매일 글씨를 쓰는 양도 다르다는 점이다. 사람들마다 다르다는 것은 나의 경우로도 증명할 수 있다. 내가 출판사에서 편집자로 일할 때는 오전 아홉 시부터 오후 다섯 시까지 거의 매일 3,000자 정도의 글을 썼다(실제로 사용할 수 있는 원고와 폐기된 원고를 합쳐서). 내가 간체자를 씀으로서 절약할 수 있는 시간은 평생을 다 합쳐도 '자연스럽게 잠이 들어 자연스럽게 깨는' 낮잠 한 번 자는 정도밖에 되지 않는다. 게다가 실제 행위를 살펴보면 글씨를 쓸 때 진정으로 소모되는 시간은 글을 쓰는 속도에 의해 결정되는 것이 아니라 사유하는 속도에 의해 결정된다. 따라서 글자 하나 쓰는 데 서너 획이 줄어든다는 것은 아무런 의미도 없는 일이다. 더욱이 우리는 일상에서 글씨를 쓸 때 한 획 한 획 정확하게 해서체로 쓰는 것이 아니라 자연스럽게 간화된 행서체를 쓴다. 낮잠을 자기에도 부족한 시간으로 어떻게 문자를 쓰는 습관이 크게 변할 수 있겠는가?

절약된 시간을 산출하는 가장 직접적인 방법은 승수乘數의 법칙에 따라 글자를 쓰는 데 줄어든 시간을 대륙 인구의 수로 곱하는 것이다. 그러면 시간의 양이 단번에 엄청나게 늘어날 것이다. 하지만 이런 식으로 시간의 양을 갑자기 늘리는 방식이 의미가 있을까? 이것이 과연 적절한 방법일까? 단순히 한 사람이 낮잠 한 번 자기에도 부족한 시간이 모든 사람이 낮잠 한 번 자기에도 부족한 시간으로 변하는 것은 아닐까? 열역학의 제2법칙을 잘 아는 사람이라면, 넓은 공간에 열량이 균등하게 흩어질 때 그 에너지는 (존재하든 존재하지 않든) 아무런 의미가 없을 때가 많다는 사실을 이해하고 있을 것이다. 효과적으로 에너지를 회수할 수 없기 때문이다. 설사 이런 에너지를 회수할 수 있다 해도 그보다 훨씬 더 많은 에너지를 소모해야 한다. 때문에 이 유명한 법칙은 사람들을 슬프게 하기에 충분하다.

그런데 그보다 더 큰 곱셈이 존재하고 있었다. 문자의 간화를 한 번 고생으로 영원히 행복해지는 혁명으로 간주하여 우리 세대에 한 번만 고생을 하면 '대대손손 영원히 사용할 수 있다'고 믿는 것이다('자子' 자, 즉 는 머리에 세 가닥 노란 털이 나 있는 어린아이를 묘사한 것이고 '손孫' 자, 즉 는 어린아이의 팔에 더 작지만 그렇다고 인형은 아닌 '어린아이의 아이'가 매달려 있는 아주 유머러스한 조자다). 이런 승수는 영원성 때문에 무한히 커진다. 피승수가 0보다 큰 정수이기만 하면 아무리 작고 눈에 보이

지 않는 것이라 해도 무한대로 축적될 수 있다. 이것은 혁명가와 종교인들이 즐겨 사용해온 숫자놀음이다. 영원의 이름만 내걸면 눈앞의 모든 불합리가 자동으로 합리적으로 변하는 것이다.

"영원 앞에서 이 모든 것이 무슨 문제란 말인가?" 이것은 한 시대를 풍미했던 미국 LA다저스의 명투수 오렐 허샤이저Orel Hershiser가 메이저리그 사상 최장기 무실점 기록을 세우면서 했던 겸손한 말이다. 영원 앞에서 우리는 이런 자잘한 계산을 하지 않는 것이 바람직하다. 그 사이에 얼마나 많은 계산의 누락이 있는지 우리 자신이 더 잘 알기 때문이다. 누락된 시간에는 문자를 사용하지 않는 무수한 문맹자들이 절약하지 못한 시간과 문자를 사용하는 모든 사람들이 새로운 문자를 학습하느라 허비하는 시간, 기존의 모든 문자 자료들을 새롭게 바꾸는 데 소요되는 시간…… 등이 포함된다.

하지만 우리에게 다가온 것이 영원이었을까? 아니다. 우리에게 다가온 것은 컴퓨터였다. 불과 몇십 년도 안 되는 시간 사이에 펜으로 쓰던 글자는 점점 키보드로 입력하는 전자 문자로 대체되면서 필획의 많고 적고나 간화와 복잡화의 문제는 별 의미가 없게 됐다. 자신이 미래를 장악하고 있다고 생각한 사람들에게 역사의 영원성이란 우스운 장난이 되고 말았다. 하지만 역사가 이런 것임을 안다면 잠시 동안만 답답함을 견디면 그만인데, 어째서 우리는 여러 차례 반복되는 교훈에도 불구하고 항상 겸손을 배우지 못하고 불투명한 미래에 대해 여지를 남겨두지 못하는 것일까?

결국 다급한 문자 개혁은 그만큼 다급했던 철강 제련 운동이나 경작 조밀화 운동과 마찬가지인 작위였다. 정말로 큰 시간을 절약할 수 있다면 문자를 움직일 필요가 어디 있었겠는가? 가장 간단하고 정상적이며 일상적인 관리 작업을 움직이는 것이 더 좋지 않았을까. 게으름을 피우는 것부터 시작하여 차를 마시거나 수다를 떨고 낮잠을 자는 데 드는 시간을 절약하는 것이다. 이런 식으로 유실된 대량의 시간을 회수할 수 있다면 문자 간화를 통해 절약되는 시간의 억 배, 조 배는 될 것이다(절대로 과장이 아니다). 아마도 혁명가들은 작은 일은 하지 않고 큰 일만 하는 사람들이라서, 우리처럼 평생 큰 일에 부딪칠 일이 거의 없는 보통 사람과는 확실하게 구별되는 모양이다.

문자와 라이프니츠

중국공산당의 문자 간화는 큰 효과가 없었다. 하지만 이미 역사적 사실이 됐고 다시 되돌리는 것은 어렵게 됐다.

이런 점에서 문자는 불굴의 기개도 없고 이렇다 할 기준도 없이, 그저 시대의 추이를 따라 흘러가면서 영원히 큰 길에 서 있는 것이라 할 수 있다. 만약 14억에 달하는 중국의 문자 사용자 절대다수가 간체자에 표를 던진다면, 간체자가 현재의 주류 여론일 것이고 미래에도 크게 달라지지는 않을 것이다. 문자는 이렇게 이런 방향으로 변해갈 것이다.

이것이 중국 문자에 발생한 공전의 큰 재난이었을까? 옛날의 국민당은 물론 지금의 공산당 정부도 그렇게 생각하지 않을 것이다. 우리는 문자의 발전 과정에 역사적 기회와 우연이 관여한다는 사실을 잘 알고 있다. 이런 우연과 운명에는 무수한 임의성과 독단성, 그리고 착오(잘못 생각하고, 잘못 이해하고, 잘못 읽고, 잘못 쓰고, 잘못 전달하는 것…… 등을 모두 포함)가 내포돼 있다. 여기에서 합리적인 것들은 당연히 중요한 의미를 갖겠지만 황당하고 잘못된 것들도 함께 받아들여져 발전의 재료로 사용된다. 정말로 그렇다. 약간 선정적으로 이야기하자면, 문자는 세상사를 가장 잘 견디는 강인한 동물이라서 구불구불 길고 긴 세월과 역사의 변화를 관통하여 끝까지 살아남는다. 문자는 조금도 연약하지 않다. 우리가 한 번 보았거나 참여했거나 직접 만들었던 역사의 거대한 장면들이 얼마나 많건 간에, 문자는 항상 우리보다 강인했고 우리보다 훨씬 더 오래 살았다. 우리가 문자를 소중히 대하는 것은 문자를 보호하기 위해서가 아니라, 그렇게 해야만 문자가 우리에게 풍부한 정보를 제공해주기 때문이다. 우리가 문자를 홀대한다 해도 솔직히 말해서 문자에게는 아무런 손실이 없다. 그저 우리만 소통의 문을 닫게 될 뿐이다. 그리고 이로 인해 문자는 일부 정보를 우리에게 제공하지 않게 될 것이고, 바보나 멍청이가 되는 것은 문자가 아니라 우리 자신이 될 것이다.

역사적 실존 인물들 중 성격과 행위의 방식이 가장 문자에 가까운 인물을 들라고 한다면, 아주 총명하지만 동시에 교활하기도 했던 계몽시대의 학자 라이프니츠를 들고 싶다. 정직하고 솔직하며 감추는 것이 없지만 약간 멍청했고, 이로 인해 종교적 박해를 당해야 했던 스피노자에 비하면 라이프니츠는 모범적인 연체동물이었다. 그는 현실 생활에서는 교회와 귀족에 아부하면서 아프지도 않고 가렵지도 않은 화려한 글을 쓰면서 완벽하게 자기를 방어한 어용학자였다. 하지만 개인적으로는 뛰어난 예지력과 강인함을 유지하면서 수십 년 동안 사유와 글쓰기를 게을리하지 않았다. 그래서인지 라이프니츠의 주요 저작들은 하나같이 유고의 형식으로 세상 사람들에게 처음 선을 보이게 됐다. 이런 저작들에 담긴 그의 통찰력과 탁견은 계몽시대의 수준을 월등히 능가했고, 동시대의 진지하고 똑똑한 지식인들의 사유보다 훨씬 높고 원대했다. 2,100년이 지난 오늘날까지도 그의 사유는 여전히 신선하고 풍부한 영감을 제공하기에 충분하다. 철학의 '단자론單子論'에서 수학의 '미적분'에 이르기까지, 그의 저작들에서는 스피노자나 데카르트 같은 그 시대 지성들의 단순하고 천진한 모습은 찾아보기 어렵다.

라이프니츠처럼 교활한 문자는 권력을 장악하는 사람이 나타나 문자 통일의 연회를 베풀 때면 순순히 그 자리에 나와 비위를 맞추었고, 고착화되고 죽어버린 말을 반복하면서 화려한 기념사진을 찍곤 했다. 이런 기념사진들 중에는 이사가 태산의 바위에 새긴 모범적인 소전체 글씨와 동한東漢의 채옹蔡邕이 남긴 오경五經의 석각, 그리고 중국공산당의 〈간화자총표簡化字總表〉가 포함된다.

하지만 문자는 권문세가의 연회에 그대로 주저앉아 있지는 않았다. 문자의 본성은 산수를 유람하면서 인간 세계 사방을 두루 돌아다니는 것이었다. 어디를 가든지 문자는 항상 그럴듯하게 자신을 치장했고, 물을 만난 고기처럼 자유롭게 대화하면서 쉼 없이 새로운 재료를 찾고 새로운 사유와 창조를 지향했다. 자신의 형상이 남루하고 알아보기 어려워지는 것도 두려워하지 않았다. 문자가 가장 자주, 그리고 가장 기꺼이 했던 행위는 과거를 돌이켜보면서 연회의 공허함과 허위를 비웃는 것이었다. 물론 연회 때 자신이 보였던 허위의식과 자작극도 비웃었다.

교회 권력과 군주, 귀족들은 진정으로 라이프니츠를 통제하지 못했다. 라이프니츠는 이들 중 누구보다 똑똑했기 때문이다. 이와 마찬가지로 어떤 세속의 권력자도 문자를 통제할 수 없다.

12

사라진 문자들과 신기루 옥의 제국

이 글자는 쉬진슝 선생의 책에서 본 것으로 내 수중에 있는 다른 갑골문 자료나 서적에는 실려 있지 않다. 아마도 이미 식별이 불가능하여 생략했을 것이다. 사실 이런 글자는 대단히 많다. 5,000자의 갑골문 중 우리가 식별할 수 있는 것은 1,000여 자에 불과한 것으로 알려져 있다.

다시 말해서 이미 죽어 잔해만 남은 글자가 전체 갑골문의 3분의 2에 달한다는 것이다. 이런 비율을 우리는 흔히 '절대다수'라고 칭하면서 헌법 개정이나 대통령 · 부통령 해임 같은 민주 사회에서 가장 곤란한 결정을 내릴 때 사용하곤 한다.

죽어버린 갑골문들은 대체 어떤 의미를 갖고 있었을까? 머리에 술 장식이 달린 커다란 가면을 쓴 사람의 모습을 하고 있는 이 글자를 어떻게 부르는지, 그것이 현재 어떤 글자로 변환되어 사용되고 있는지 우리는 알지 못한다. 나중에 책에 기록할 때 이 글자를 어떻게 다시 사용했는지도 모른다. 하지만 우리가 이 글자에 대해 완전히 아무것도 모르는 것은 아니다.

살아 있는 것처럼 생생한 이 조형은 3,000년이 지나 아무런 소개도 없이 홀연히 우리와 만났다. 하지만 모든 사람들 혹은 대부분의 사람들이 이 조형이 대략 무엇이고 무엇을 전달하려고 하는지 알고 있다. 이 조형은 무자巫者 혹은 무자舞者(두 직업은 당시에 서로 중복됐을 가능성이 매우 크다)가 제사 의식 또는 악무樂舞(이 또한 동일한 일이었을 가능성이 크다)를 위해 가면을 쓰고 얼굴을 검게 칠한 채 등장한 모습일 것이다.

기품과 위엄이 넘치는 글자는 죽은 뒤에도 이렇게 아름답고 생동감이 넘친다.

말과 관련된 28개의 문자

앞에서 문자의 소멸에 대해 이야기한 바 있다. 한 차례 죽음을 경험했던 고대 이집트 문자나 오늘날 아무런 생명의 흔적을 발견할 수 없는 고대 에게해의 선형문자 A(선형문자 B의 계통은 고대 이집트 문자처럼 아주 운 좋게 구제됐다), 그리고 수천 개의 도장에 새겨진 약 5,000년 전 청동기시대의 고대 인도 문자의 경우가 그것이다.

이런 표음문자의 죽음은 집단적이고 전면적이었다. 모든 정보가 갑자기 중단되고 더 이상 어떤 것도 의미하지 않게 되었다. 오로지 커다란 문자의 폐허만 남아 아름답고 매력적이지만 괴상하기 짝이 없는 수수께끼 같은 화면을 이루고 있을 뿐이다. 우리는 그 안에 분명 완벽하게 합리적인 정보가 들어 있다는 사실을 잘 알고 있다. 이것은 역사의 한 페이지일 수도 있고, 기도문의 한 단락일 수도 있으며, 한 편의 신화나 전설일 수도 있다. 또는 평범한 일상의 사소한 사건이나 사야 할 물건의 목록과 가격을 기록한 것일 수도 있다. 이런 것들을 다른 유형의 문자로 교체한다면 익숙하고 쉽게 알아볼 수 있는 의미가 될 것이다. 하지만 지금은 지하의 트로이나 두터운 화산재에 묻혀버린 도시 폼페이, 앤틸리스제도의 마야 왕국, 바다 속에 가라앉아 다시는 떠오르지 않은 전설 속의 아틀란티스 대륙과 마찬가지로 영원히 봉인되어 기묘한 부호 안에 갇혀버린 상태다.

우리가 여기서 말하고자 하는 문자의 죽음은 이렇게 드라마틱하지는 않다. 어떤 문자를 사용하는 네이션nation의 집단적 침몰이나 신비한 멸망이 아니라면, 문자의 죽음은 개별적이고 일상적이다. 개념적으로 우리가 그것들을 알아보지 못하는 것이 아니라, 단지 그것들이 이미 효능을 상실하여 더 이상 우리의 말과 글 속에 살아 움직이지 않는 것이다. 마치 여왕벌과 교배를 끝내고 나면 더 이상 필요가 없는 수벌들이 벌집에서 쫓겨나 한 마리씩 죽음을 맞이하는 상황과 같다고 할 수 있다.

일반적으로 효능의 상실은 생활의 변화에 기인한다. 낡은 사물과 과거의 개념이 역사에서 퇴장하면, 사물이나 개념과 밀접하게 관련된 문자들도 뒤따라 퇴장하고 죽음을 맞이한다.

실례를 들어보면 더 명확하게 이해할 수 있다. 내 딸은 어릴 때부터 말을 무척 좋아했다. 이제 고1이지만 승마 경력이 이미 4~5년이 넘는다. 한번은 어떤 이유 때문이었는지 딸아이와 내가 함께 《사원辭源》까지 뒤적여가며 말과 관련된 글자를 찾아본 적이 있었다. 우리가 찾는 것은 무엇이었을까?

딸아이는 표 한 장을 완성해놓고 진귀한 보물이라도 얻은 것처럼 좋아했다. 하지만 그 표는 화려하기만 할 뿐 아무 쓸모도 없는 유리구슬 목걸이에 불과했다.

주馵 : 무릎 위가 흰색인 말

보鴇 : 검은 털과 흰 털이 섞인 말

비駓 : 누런 털과 흰 털이 섞인 말

박駮 : 푸른 털과 흰 털이 섞인 말

인駰 : 옅은 검은 털과 흰 털이 섞인 말

락駱 : 몸은 흰색이고 갈기는 검정색인 말

성騂 : 붉은 말

유駵 : 몸은 붉은색이고 갈기와 꼬리는 검정색인 말

방駹 : 이마가 흰색인 말

현駽 : 검푸른 말

기騏 : 검푸른 바탕에 바둑판 같은 무늬가 있는 말

추騅 : 검정색과 흰색이 뒤섞인 말

하騢 : 붉은색과 흰색이 뒤섞인 말

유騟 : 자주색 말

황騜 : 황백색 말

원騵 : 몸 전체가 붉은색이고 배만 흰색인 말

왜騧 : 몸은 누런색이고 주둥이는 검정색인 말

귀騩 : 옅은 검정색 말

유駵 : 갈기와 꼬리가 검정색인 붉은 말

표驃 : 누런색에 흰 얼룩무늬가 있는 말

총驄 : 푸른 털과 흰 털이 뒤섞인 말

담驔 : 척추가 누런 검정색 말

화驊 : 붉은색의 준마

율驈 : 사타구니에 흰 털이 있는 검정색 말

탄혹驒或 : 비늘 모양의 얼룩이 있는 푸른색 말

철驖 : 검정색 말

양驤 : 오른쪽 뒷발이 흰색인 말

여驪 : 검정색 말

도합 28개의 글자가 스물여덟 가지 각기 다른 털 색깔을 지닌 말을 나타내고 있다. 좀 더 정확히 말하자면 스물일곱 가지라고 해야 할 것이다. 이 중 '유駵'와 '유騮'는 동의이형同義異形의 글자라고 보는 것이 타당하기 때문이다. 둘 다 순수한 검정색 말을 가리키는 '철驖'과 '여驪'의 색깔이 정말로 동일한 검정색인가 하는 것도 의심해볼 수 있겠지만, 어쨌든 두 글자 모두 상당히 정교한데다 글자 하나로 충분한 설명을 완성하고 있다. 백과사전과 도감을 전문적으로 제작하는 영국의 DK출판사에서 펴낸 전 세계의 모든 말들을 모두 망라하고 있는 《말 도감》(이 책은 내 딸이 손에서 놓지 않는 애장서이기도 하다)에서 제시하는 정밀하고 과학적인 털 색깔의 분류에도, 말의 색깔은 '회색, 벼룩색,

팔로미노, 밤색, 붉은 밤색, 간肝색에 가까운 짙은 밤색, 푸른 꽃 색, 붉은 꽃 색, 검정색, 붉은 기가 도는 검정색, 옅은 검정색, 윤기가 나는 검정색, 황갈색, 검정 기가 도는 종려색, 종려색, 회색 얼룩, 사선 무늬' 등 열일곱 가지에 불과하다. 게다가 우리의 일상 언어에서 쓰이는 것은 대체로 검정말과 갈색 말, 얼룩말, 회색 말, 흰 말(사실 백화증에 걸린 말이 아니라면 실제로 정말 흰 말은 존재하지 않는다. 기껏해야 옅은 회색 정도일 뿐이다. 이것은 딸아이가 가르쳐준 사실이다) 등 자주 통용되는 몇 가지 색상에 지나지 않는다.

중국의 유명한 소설가 종아청은 우리에게 또 다른 실증을 제공하고 있다. 종아청은 문화대혁명 기간에 내몽골로 하방되어 몽골 지방의 생활 습속을 관찰한 바 있다. 그의 설명에 따르면 아주 오랜 세월 동안 말을 길러온 몽고인이 어떤 말을 언급할 때, 타지 사람들은 그가 눈앞에 있는 수많은 말들 중 어느 말을 가리키는지 전혀 구별하지 못한다고 한다. 이것은 서로 다른 형태의 생활 속에서 서로 다른 언어의 초점이 응결되는 현상을 잘 보여준다. 사람들은 가급적 더 간결한 언어와 더 정밀하고 정확한 분할 단위를 사용하여 가장 짧은 시간에 미세한 차이를 식별할 수 있도록 훈련된다. 오랜 세월 말을 길러왔고, 때문에 말이 곧 재산이자 생존의 수단인 몽골인들에게는 언어로 야기되는 사소한 실수가 재산에 커다란 손해를 가져올 수 있고, 감당하기 어려운 비싼 대가를 지불하게 할 수도 있다. 따라서 한가하게 "자, 보세요. 방금 전까지 검정색 말이 세 번째로 달리고 있다가 지금은 붉은색 말에 가로막혀 있네요. 또 다른 말이 치고 나옵니다. 이마에 흰 털이 있네요. 아니, 아닙니다. 키가 좀 작은 말이네요. 선생이 말하는 것은 꼬리 색이 비교적 옅은 말이고 내가 말하는 건……"이라고 이야기를 나눌 수 없는 경우가 너무도 많다. 두 사람이 대화를 마칠 때쯤이면 말무리는 이미 허란산賀蘭山까지 달려갔을 것이다.

러시아의 뛰어난 문학 평론가 바흐친Mikhail Mikhailovich Bakhtin은 톨스토이의 소설을 평한 글에서 "언어는 사회 풍속의 흔적이다"라고 말했다. 확실히 맞는 말이다. 언어는 사회의 실제적 요구에 순응하여 생겨나는 것으로서, 아무런 이유 없이 존재할 수도 없고 실제적 요구에 선행하여 존재할 수도 없다. 예컨대 '초콜릿'이나 '레이더' 같은 단어는 분명히 언어의 반대편에 이미 한 걸음 앞서 존재하는 사물 또는 개념과 연결돼 있다. 그것은 사물 또는 개념의 실증이자 종적이며 발자국이다. 사유의 탐정은 그 안에서 배후의 구체적인 존재를 밝혀낸다.

언어는 파생적인 본질을 가지고 있다. 모종의 새로운 사물 또는 새로운 개념이 생겨날 때도 새로운 언어를 만들어야 그것을 서술할 수 있다(새로운 언어라 할지라도 레비스트로스의 수선공처럼 언제나 오래된 재료를 사용한다). 새로운 언어는 처음에는 대개 일시적이고 거칠며 비경제적인 묘사적 호칭에 지나지 않는다. 이때까지는 새로운 사물 또는 개념의 생존 능력을 알 수 없고, 곧 소멸해버리거나 진지하게 생명력을 불어넣을 필요가 없는 일시적인 현상에 불과할 수도 있기 때문이다. 이것은 새로운 사물 또는 개념과 언어 간의 홍정으로서 언어의 경제성에서 비롯되는 현상이다(때문에 언어의 범주는 실존하는 사물과 개념의 범주보다 늘 약간 작을 수밖에 없다). 새로운 사물이나 개념이 확실히 건강한 태아이고 사회의 구성원으로 성장시킬 수 있다는 것이 확인된 뒤에야 언어는 정식으로 그것을 등록하고 안정적인 정식 이름을 부여하며, 한 단어의 정확하고 경제적인 서술 방식으로 응결한다. 새로운 사물과 개념은 그제야 안정적인 언어의 영역 안에 들어섰다고 할 수 있다.

이런 현상은 가정의 구성원 중 한 명이 이성을 만나 결혼에 이르는 과정에서 나타나는 단계적인 변화와 비슷하다. 새로운 구성원이 '키가 작고 눈이 큰 사람'이라는 불명확한 묘사적 호칭에서 시작하여, '대만 플라스틱 룽더龍德 공장의 경리 직원' 또는 '큰아들의 여자친구'로 불리다가 '류리쩐劉麗眞'이라는 이름이 나타나고, 정식으로 아내 '리쩐' 또는 며느리 '아쩐阿眞'이 되는 과정은 새로운 구성원이 기존의 가정에 편입될 때 흔히 볼 수 있는 지연 현상이다.

언어에 비해 문자는 주조 원가가 높고 과정도 더 번거롭다. 때문에 문자는 인색하고 참을성 있게 기다리는 특성이 있고 문자의 범주 역시 언어의 범주보다 훨씬 작다(언어는 있는데 아직 문자가 되지 못하고 있는 현상은 매우 흔하다). 이론적으로는 자모로 병음된 문자 시스템이든 중국의 형성形聲 조자든 모든 문자는 즉각적인 언어 기록의 기능을 갖는다. 하지만 실제로는 공기 중의 음파에 의해 전달되는 말이 고정된 문자로 정착되기까지는 꽤 긴 시간이 필요하다. 문자는 언어 국가의 새로운 구성원이 되어 일정 기간 안정적으로 생존한 데 이어 스스로 어느 정도 강해진 뒤에야 좀 더 가혹한 영역 안으로 들어갈 수 있다.

문자는 면밀하고 신중하며 경제적이고 참을성 있게 새로운 사물과 새로운 개념의 생존 능력과 영향력을 평가해야 한다. 사물과 개념이 사람들 마음속에 깊이 자리를 잡고, 일상생활에서 널리 인식되고 응용되기 전에는 결코 쉽게 문자를 만들지 말아야 한다. 이 때문에 문자가 사회 풍속의 실증으로서 가지는 의미는 더 강력하고 분명해진다. 또한 증빙 능력도 믿을 만하기 때문에 역사적 고증이나 고고학 영역에서 중요한 의미를 갖는다.

그렇다면 말의 털 색깔을 구분하는 데는 왜 그토록 정밀하고 경제적인 방식의 재분할이 필요했던 것일까? 일상생활에 말이 매우 중요하고 가격도 비싸며 가치가 큰데다 인간과 아주 오랜 시간을 함께했기 때문이다. 복종과 불복종 사이를 오가고 갈기를 휘날리면서 총명함과 넘치는 야성미를 자랑하는 아름다운 동물(오매불망 그리는 연인의 모습 같기도 하다!)은 주로 교통(특히 장거리)과 군사의 영역에 이용됐다. 춘추 시기 이래로 화베이 일대에서는 격렬한 통합과 권력의 각축전이 그치지 않았고, 한대漢代 이후에는 지속적인 북진과 서진이 있었다. 이로 인해 말의 중요성이 계속 증강되면서 말을 기르고 훈련시키는 것은 최초의 전략적인 산업이자 국방 군사 산업으로서 권력을 획득하고 지키는 중요한 토대가 됐다. 나아가 최종적으로 국력과 종족의 영광을 상징하는 일종의 이데올로기로 자리 잡게 됐다. 예컨대 한漢 무제武帝는 전설에 나오는 명마 몇 필을 얻기 위해 20만 대군을 파견해 약탈해오게까지 했다. 이것은 오늘날에도 비슷하다. 비행기나 탱크, 탄도미사일, 핵무기 등은 일반인들의 가계와는 거의 아무런 상관이 없고, 평소에 밭 갈고 길 내는 일에도 전혀 도움이 되지 못하며, 재난이 발생했을 때 다리를 놓아 사람을 구할 수 있는 것도 아니다. 그런데도 권력을 잡고 있는 사람들은 눈 하나 깜짝하지 않고 여기에 아낌없이 큰돈을 쏟아붓는다(냉전 시기 미국과 소련의 군비 경쟁이나 중국과 대만 사이에서 벌어진 오랜 국방 예산 경쟁을 살펴보면 이 사실을 잘 알 수 있다).

문자는 사회적 습속을 바탕으로 탄생하고 사회적 습속이 사라지면 사망한다. 이것은 대단히 공평하다고 할 수 있다. 그리고 이것이 앞에서 본 스물여덟 필의 아름다운 말들의 사망 방식이다. 사회 현실에 변화가 발생하고 교통수단이 새로 발명된데다 전쟁의 무기와 방식도 날로 새롭고 강력해지면서, 말은 현실 세계에서 차지하고 있던 자리를 상실하고 문자의 말 또한 그 뒤를 따라 문자의 나라에서 죽어가게 된 것이다. 물론 이 문자들은 모두 소실되지 않았을 뿐 아니라 전성기의 소리와 의미를 온전하게 보존하고 있다. 그것을 알고 싶으면《사원》에서 얼마든지 찾아볼 수 있다. 어쩌면 이 문자들은 오래되거나 쓸모가 없어져 주인의 관심을 잃고 다락방 침대 밑에서 먼지를 뒤집어쓰고 있는 낡은 장난감이라고 하는 편이 나을 것이다. 전지를 끼우거나 태엽을 감으면 얼마든지 다시 작동할 수 있지만, 과거에 그것들을 가지고 놀던 아이들은 이미 어른이 되어 새로운 장난감을 갖고 있다. 서양의 옛 노래 〈퍼프Puff〉에서 어린아이의 환상 속에서 위용을 뽐내다가 결국에는 동굴 속에 남겨져 눈물을 비처럼 흘렸다는 용의 처지와 같다고 할 수 있다.

스물여덟 필의 말 중 두세 필은 역사의 다른 우발적 요인 덕분에 살아남았다. 예컨대 검정색과 흰색이 뒤섞인 '추騅'는 비극적인 영웅 항우가 이런 무늬와 색깔을 지닌 충성스런 말을 탔기 때문에 역사서와 희곡의 극본 안에서 살아남을 수 있었다. 누런색에 흰 얼룩무늬가 있는 '표驃'는 영리하고 용감한 특성 때문에 용맹하고 기백이 있다는 뜻으로 전주되어 계속 존재할 수 있었다. 몸은 흰색이고 갈기는 검은색인 '락駱'은 말의 왕국을 배반하고 다른 동물인 낙타의 몸에 숨은 덕분에 28개의 글자들 중 오늘날 가장 건재한 것이 됐다.

습속은 생겨났다 사라지고, 사물도 생겨났다 사라지며, 개념도 생겨났다 사라진다. 현실의 모든 것이 쉬지 않고 끊임없이 변화한다. 따라서 문자의 죽음은 피할 수 없는 것일 뿐만 아니라 지속적이고 빈번한 것이다. 이렇게 수천 년의 세월에 걸쳐 죽어온 것을 고려하면 정말로 문자의 죽음은 그 전체 수량이 비할 수 없이 거대하다. 역대의 사서辭書, 예컨대 비교적 근래의 《강희자전康熙字典》이나 《사원》, 비교적 오래전의 저작인 《설문해자》, 나아가 우리가 찾아볼 수 있는 것 중 가장 오래된 갑골문들을 뒤적거려보면, 말의 털 색깔과 관련된 28개의 글자가 단지 문자의 시체가 쌓여 이루어진 빙산의 일각일 뿐이라는 사실을 확인할 수 있다. 대부분의 문자는 이미 죽었거나 또는 적어도 한 번은 죽은 적이 있다고 할 수 있다. 단지 가차 또는 전주의 방법을 통해 죽은 혼이 다른 시신을 빌려 부활하는 방식으로 존재해왔을 뿐이다. (우리가 앞에서 언급한 바 있는 아름다운 부엉이 '구舊' 자와 밀麥의 '래來' 자, 뱀을 때리는 '개改' 자, 뱀이 사람을 무는 '타它' 자, 자궁을 헤쳐 아이를 받아내는 '명冥' 자, 쓸모없는 노인을 때려죽이는 '미微' 자, 사거리에서 여기저기 두리번거리는 '덕德' 자, 길가에 무릎 꿇고 앉아 제사를 지내는 '어御' 자 등이 모두 이런 식으로 살아남은 글자들이다.) 또한 호박 속에 보관된 곤충의 시체처럼 완전히 의미를 상실하고 더 이상 사용되지 못한 채, 단지 지명과 인명 등 고유명사 속에 동결된 글자들도 있다. 예컨대 북소리가 진동하는 것을 나타내는 '팽彭' 자가 그렇다.

28개의 '마馬' 변 글자의 목록은 전체적으로 볼 때 자동차 연감이나 모델 목록처럼 느껴진다. 생각해보라. 먼 미래에 인류가 지금보다 훨씬 진화된 교통수단을 사용하면서 자동차가 지구상에서 완전히 사라졌다고 가정했을 때, 벤츠나 볼보, BMW, 재규어, 로터스, 머스탱, 알파로메오, 포르쉐, 페라리, 르노, 오스틴, 훅스, 캐딜락, 사브 같은 이름들을 한데 늘어놓으면 눈만 어지럽고 뭐가 뭔지 알 수 없는 목록이 되지 않겠는가?

한 가지 불가사의한 일은 너덧 살밖에 안 된 유치원 남자아이도 외형만 보고도 방금 열거한 자동차를 구분할 수 있고(내 친구의 아들들은 모두 이런 능력을 가지고 있는데 이상하게도 여자아이들은 그렇지 못하다), 조금 성장한 젊은이들은 한술 더 떠서 자동차들의 생산년도와 모델명, 성능, 마력, 사양에 따른 가격까지 줄줄 꿰고 있다는 것이다. 이것은 옛사람들이 무엇 때문에 말의 무늬와 색을 그렇게 상세하게 구분했는지 이해하지 못하는 것과 마찬가지로 이해하기 어려운 일이다.

신기루 같은 옥의 제국

중국 문자의 세계에서 갑자기 찬란한 제국이 건립됐다가 갑자기 붕괴하고 만 기이한 이야기 속으로 들어가보도록 하자.

이곳은 중국 문자 세계 중 옥의 제국이다. 우선 이 이야기가 아주 슬프고 초라한 이야기라는 사실을 밝혀둬야겠다. 초기 중국의 역사가 펼쳐졌던 화베이 지역의 중심은 드넓은 황토 충적 평원이었다. 때문에 기본적으로 광물이 상당히 부족했다. 보석은커녕 보석이라고 부를 만한 물건(예컨대 모스 경도가 9 이상인 다이아몬드 같은 것)도 없었다. 우리가 흔히 통칭하는 옥은 엄격하게 말하자면 약간 아름다운 돌에 불과하다.

어쩌다 돌에 크롬과 철, 망간, 티타늄, 구리 등의 금속 원소가 섞여 들어가 화려한 색을 만들어낸 것일 뿐이다.

보석과 보옥이 많이 매장된 지역을 찾으려면 남쪽으로 내려가 오늘날 중국의 국경선인 윈난雲南과 베트남 접경 지역의 고산 지대 및 협곡 지대까지 가야 한다. 그곳에서는 비취색 박석璞石이 강을 따라 떠내려온다고 하지만 실제로 광맥이 발견된 것은 아니다. 정말로 아름다운 돌을 구하려면 더 남쪽으로 내려가야 한다. 예컨대 인도차이나반도에는 루비나 사파이어, 감람석 등의 광물이 많고, 인도반도에는 더 많아서 금록석, 석류석, 황옥 등이 출토된다. 이 지역들의 역사와 종교를 연구할 때마다 항상 반짝이는 보석들 때문에 눈을 뜰 수 없는 것도 이상한 일이 아니다.

갑골문 시대만 해도 화베이 지역에서 옥은 그다지 중요하게 여겨지지 않았던 것이 분명하다. 옥과 관련된 글자가 몇 개 되지 않기 때문이다. 대체적으로 ‘옥玉’은 로 나타냈다. 이것은 옥의 평평한 조각들을 끈으로 엮어놓은 모양이다. ‘박璞(옥돌)’ 자, 즉 는 옆에는 바구니가 놓여 있는 상태로 두 손으로 도구를 잡은 채 산에서 열심히 옥돌을 캐는 모습을 묘사한 아름다운 글자다. 이것이 좋은 결과로 이어진다면 다음 장면은 ‘농弄(즐기다, 흥에 겨워 좋아하다)’ 자, 즉 가 될 것이다. 이 글자는 옥돌을 캐낸 뒤에 손에서 놓지 못하고 열심히 감상하며 즐거워하는 모습을 묘사하고 있다(진秦나라 목공穆公은 퉁소를 부는 신선 소사簫史에게 시집간 딸의 이름을 농옥弄玉이라고 지었다). 또한 ‘황黃’과 ‘장章’ 두 글자 역시 나중에 구슬 옥 변이 더해진 ‘황璜(허리띠에 차는 옥)’ 자와 ‘장璋(제후를 봉할 때 쓰는 홀)’ 자의 원형으로서, 갑골문으로는 각각 와 로 나타낸다. 이것은 둘 다 원시 초기 인류에게서 흔히 볼 수 있는 보편적인 구슬 목걸이 형태의 장신구를 묘사한 것이다. 하지만 엄격하게 말하자면 이런 꿰미 형태의 장신구의 소재가 반드시 옥이라고 할 수는 없다. 아름다고 진귀하며 어떤 전설이나 종교와 관련된 물건(예컨대 맹수의 이빨이나 발톱은 사람에게 강력한 영적 능력을 가져다준다)들도 모두 줄로 꿸 수 있다. 따라서 줄에 꿰인 장신구의 소재는 동물의 뼈나 이빨, 발톱일 수도 있고, 무늬가 아름다운 나뭇조각이나 나무 구슬일 수도 있으며, 갑각류나 조개의 껍데기일 수도 있다. 하지만 여기서는 후대 문자들의 추인에 따라 이견 없이 이것을 모두 옥의 나라에 귀속시키기로 한다.

우리는 문자의 출현이 우연의 결과가 아니라 사회적 습속의 흔적임을 확인한 바 있다. 문자를 만들고 쓰는 것이 쉽지 않았던 갑골문 시대에는, 글자를 만들고 쓰는 데 필요한 원가가 비싸다는 사실이 습속을 기록하는 행위의 의미를 더해주었다. 때문에 우리는 가장 멍청해 보이는 방법으로 각종 문자의 수량을 세보기도 했다. 이 일은 사물들의 종류와 당시 생활의 관계가 어땠는지를 확인하는 대단히 의미 있고 중요한 행위다.

다섯 개의 '옥玉' 자(내가 빠뜨린 것이 있을 수도 있다. 예컨대 '각珏' 자, 즉 는 '옥玉' 자 두 개를 병렬한 것으로 두 개의 옥을 엮은 모양이다. 하지만 빠뜨린 글자는 몇 개 되지 않는다) 중 하나는 통칭이고, 두 개는 옥을 캐는 과정을 기록한 것이며, 나머지 두 개는 원시적이고 자연적인 이용 방식이다.

도로 부호 를 가진 갑골문 글자는 그 수가 수십여 개에 달한다(앞에서 본 것은 일부에 불과하다. 게다가 를 의부로 하는 형성자는 하나도 사용하

지 않았다). 이것을 통해 우리는 도로에서의 사람들의 활동이 상당한 규모와 모양새를 갖추고 있었음을 확신할 수 있다. 아울러 이것을 바탕으로 반은 환상이며 반은 사실인 상상의 대로를 건설하는 시간 여행을 떠날 수도 있다.

옥돌과 비슷한 어떤 것도 캐내지 못하던 척박한 땅에 몇 개 되지 않는 '옥玉' 자의 씨앗을 뿌리자, 1,000년 정도에 불과한 시간에 옥과 관련된 글자들이 빠르게 퍼져나갔다. 황량한 불모지 위에 갑자기 신기루처럼 밝은 빛을 발하는 옥의 제국이 떠올랐다. 이 제국은 웅장하고 아름답기 그지없었다.

허신의 《설문해자》에서는 총 151개의 옥과 직접적인 관련이 있는 전서篆書를 수집할 수 있다. 이것이 지금까지 확인할 수 있는 옥과 관련된 글자들이다. '옥玉' 자가 글자 안에 숨어서 보조적인 부속품의 역할을 하는 글자는 계산에 넣지 않았다. 《설문해자》를 펼치면 총괄적인 의미의 '옥' 자를 선두로 '료璙', '관瓘', '경璥', '전琠' 등 옥을 나타내는 17개의 글자가 줄줄이 눈앞에 펼쳐진다. 곧이어 형태도 다르고 용도도 다른 각 유형별 옥들이 이어진다. 제사에 쓰인 옥으로 '황璜'과 '종琮' 등이 있고, 행정 사무에 쓰이던 옥으로 '호琥'와 '모瑁' 등이 있으며, 몸에 지니는 옥으로 '교璬'와 '형珩' 등이 있고, 의복이나 관모 등의 기물에 상감하는 옥으로 '필珌' 등이 있다. 물론 장례에 사용됐던 '이珥'와 '함琀' 등도 있다. '영瑩'과 '문璊', '윤玧', '하瑕' 등은 옥의 색상을 나타내고, '탁琢'과 '조琱', '리理' 등은 옥을 가공하고 다루는 양상을 나타내며, '령玲'과 '창瑲', '정玎', '쟁琤' 등은 옥이 내는 갖가지 맑고 청아한 소리를 나타낸다. 마지막으로 '우瑀', '방玤', '감玪', '거琚', '수璓' 등

27개에 달하는 거대한 그룹의 글자들이 있다. 이론적으로 볼 때 이 글자들이 나타내는 것은 옥이라고 불릴 만한 자격이 부족한 '옥과 비슷한 돌'에 불과하기 때문에, 제국의 이등 국민이라 할 수 있다.

그 밖에 옥 부스러기 같은 글자들이 그 사이에 흩어져 있다. 예컨대 대표적인 옥기인 '뢰瓃' 자나 옥의 아름다운 광채를 나타내는 '영瑛' 자, 그리고 사실은 진주(조개껍데기의 내부 재질)인 '주珠' 자 및 진주와 마찬가지로 유기적 보석에 속하는 '산珊'과 '호瑚' 등이 있다.

갑골문에서 전해져 내려오는 옥을 나타내는 몇 개의 원시적인 글자들 외에 이렇게 나중에 파생되어 나타난 글자들은 모두 형성자다.

너무도 특별하여 홀로 이름을 갖는 글자들

초라하면서도 아름답고 진귀한 물건이 가득한 이 제국은 매우 근사하지만 그 안의 물건들은 매우 낯설다. 수십 년을 살면서 한 번도 본 적이 없는 글자도 있을 것이다. 그리고 일부는 익숙한 글자지만 그 글자가 처음 발생한 곳이 바로 이곳이고, 원래 의미가 이렇게 아름답고 출신이 고귀한 줄은 생각지 못했을 것이다.

내가 개인적으로 가장 좋아하는 것은 옥의 소리 부분인 '령玲'과 '창瑲', '정玎', '쟁琤', '쇄瑣', '황瑝' 등 여섯 개의 글자다. 이것들은 모두 형성자이기 때문에 오늘날에도 글자의 오른쪽 성부에 근거하여 옥을 두드리거나 칠 때 당시 사람들이 들었던 소리를 떠올릴 수 있다. 그중 '쇄瑣' 자의 쟁그랑거리는 소리가 또렷이 들리지 않는 것을 제외하면, 나머지 소리들은 모두 맑고 은은하며 여운이 감돈다. 당시 중국인들은 소리가 나는 패옥을 몸에 지니는 이유 중 하나가 손을 들고 발을 내딛는 모든 움직임에 아름다운 소리가 함께하기 때문이라고 밝힌 바 있다(《예기》 참조). 그중 '령' 자는 특히 놀랍다. 이 글자는 오랫동안 사문화되어 여성의 이름 속에만 자주 나타나면서 아무런 느낌도 주지 못했다. 하지만 그 소리를 자세히 흉내 내보면 문득 그것이 원래는 은방울처럼 깨끗한 소리였다는 것을 깨닫게 된다.

'매玫(붉은 옥 이름)' 자와 '괴瑰(구슬 이름)' 자도 자세히 따져볼 필요가 있다. 장미가 수입되어 이름을 빼앗기 전에(최소한 당唐나라 때일 것이다. 백거이白居易의 시 중 "장미 가시가 가지를 감싸고 있다玫瑰刺繞枝"라는 구절이 나온다) '매玫'와 '괴瑰'는 원래 샴쌍둥이였다. 《설문해자》에서는 화제주火齊珠라 했고 다른 학설에서는 '돌 가운데 아름다운 것石之美者'이라고 했다. 확인해보니 그것이 사실임을 알 수 있다.

옥과 관련된 17개의 글자들은 27개의 '옥 같은 돌'을 나타내는 글자들과 구분된다. 우리는 당시 사람들이 어떻게 옥과 돌의 실낱같은 차이를 구분해낼 수 있었는지 알 수 없다. 객관적이고 총체적인 감정의 기준과 시스템이 있었던 걸까? 아니면 해당 분야의 신뢰할 만한 능력을 갖춘 전문가들이 그 자리에서 판별을 했던 것일까? 확실한 사실은 오늘날에도 보석이라고 인정할 수 있는 총제적인 경계선이 존재하지 않는다는 것이다(보석과 보통 돌 사이의 명확한 구별이 존재하지 않는다는 것을 의미한다). 다이아몬드나 루비, 에메랄드, 남옥, 황수정 등의 명칭으로 서로 다른 화학 원소와 결정 방식을 분류하여 나타내지만, 가격의 기준으로 볼 때 이런 '옥'과 '옥과 비슷한 돌'의 차이는 겨우 오십보백보에 불과할 가능성이 매우 크다. 차라리 대부분이 아름다운 빛깔과 광택, 무늬를 지닌 돌에 더 가깝다고 하는 편이 적합할 것이다. 이런 돌들은 광석을 전문적으로 판매하는 상점에 가면 큰돈을 들이지 않고 구입할 수 있다. 나는 쿄토의 아케이드 상점가인 테라마치寺町 교고쿠京極에 이런 상점이 있다는 것을 알고 있다. 이 가게에는 없는 것이 없다. 그중에서도 사람들의 이목을 끄는 것들은 기괴한 화석들이나 매머드의 털, 공룡의 대소변, 살아 있는 화석이라 불리는 투구게의 표본 등으로, 모두 몇백 엔이면 살 수 있다. 비교적 비싼 것으로는 영화 〈쥐라기 공원〉에 나오는 상고시대의 곤충 시체가 박혀 있는 호박琥珀(호호는 원래 호랑이 모양으로 조각한 옥으로 군사들을 내보낼 때 사용하던 것이다)이나 검은색의 무거운 철질운석鐵質隕石 등이 있다. 그중 운석으로 만든 아주 작은 칼에는 아름다운 문양이 정교하게 조각돼 있어 20여만 엔 정도에 판매되고 있었던 걸로 기억한다.

다시 하던 이야기로 돌아가보자. 운석도 좋고 옥도 좋다. 그런데 왜 스물일곱 가지 이름에 열일곱 가지 이름을 더해야 한단 말인가? 말의 털 색깔 분류와 다른 점이 있다면, 이렇게 서로 다른 옥돌을 나타내는 글자들은 서로 다른 시간과 장소, 서로 다른 출처에서 각각 수집됐다는 것이다. 아직 일부 고증이 애매하고 불명확한 상황이긴 하지만, 우리는 어느 글자가 《시경》이나 《좌전》, 《초사》, 《산해경》에서 나온 것인지를 확인할 수 있다.

문제는 옥과 관련된 이 글자들이 고대의 문헌 속에서 반짝반짝 빛을 발하긴 하지만 그 진정한 생김새와 내용을 드러낸 적이 없다는 데 있다. 이 글자들은 예컨대 어떤 사실을 간접적으로 증명하는 용도로 사용되거나, 혹은 글에 필요한 분위기를 조성하고 아름다움과 미덕을 갖춘 현장을 만드는 데만 사용됐을 뿐이다. 허신 본인도 이 글자들은 그대로 모사했을 뿐 제대로 이해하지는 못했을 가능성이 매우 크다. 단지 글의 문맥에 따라 그것이 사람들이 갈망하는 보석인지 아니면 진짜 행세를 하는 얄미운 돌멩이에 불과한지 대략적으로 구별할 수 있을 뿐이다(이런 옥석 판별의 비유 방식은 중국의 학술에서 수천 년 동안 놀이로 해도 실증나지 않는 게임이다).

이 글자들 중 허신이 분명하게 파악한 것은 딱 두 개다. 하나는 '번璠' 자다. 이 글자와 그 출신에 관한 간략한 설명은《좌전》에서 찾아볼 수 있다. 이 글자가 명확하게 설명하고 있는 것은 낱개의 옥으로서 노魯나라의 중요한 보물 중 하나라는 것이다. 다른 하나는 '순珣' 자다. 역시 낱개의 옥으로서《주서周書》에서 "동방의 오랑캐들이 소유하고 있는 탐나는 보물"이라고 설명하고 있다.

어떻게 그토록 척박한 현실의 땅에서 이렇게 많은 옥 관련 글자들이 생겨날 수 있었을까? 이 문제와 관련하여 나는 전체가 아니더라도 대다수의 글자가 통칭이나 분류가 아니라 특별한 옥을 가리키는 고유명사였을 것이라는 의심을 떨칠 수 없다.

이런 추측을 하는 이유는 명명에는 원가라는 대가가 필요하고 조자는 상대적으로 값이 더욱 비싸지만, 개별 사물들이 일정한 가치를 갖게 된 이후에는 단독 명명될 수 있는 기회가 많아지기 때문이다. 클럽의 VIP룸에서 일부 고객들에게만 편안한 자리를 제공한다거나, 또는 백화점 진열장에 값비싼 제품들을 하나씩만 진열해놓고 스포트라이트를 비추면 대단히 고귀해 보이는 것과 같은 효과라고 할 수 있다.

인류 역사상 많은 보석들이 단독 명명을 부여받았고, 자신의 완벽한 기록을 갖게 됐으며, 완벽한 계보를 갖추면서 아브라함이나 기드온Gideon처럼 홀로 선택되고 전시되는 성과를 얻었다.

예컨대 많은 사람들이 좋아하는 44.5캐럿짜리 호프Hope 다이아몬드는 그 불길한 역사로 인해 세계적으로 명성이 자자하다. 그것이 절단된 뒤에 처음으로 구매한 주인인 헨리 필립 호프의 이름을 따서 명명됐다. 이 다이아몬드가 손을 거쳐 가는 주인들마다 어떤 형태로든 재해를 입게 되다가 지금은 워싱턴 스미소니언박물관에 보관돼 있다.

플로렌틴Florentine 다이아몬드는 무게가 137.27캐럿으로 너무도 아름다운 황금빛 다이아몬드이다. 126면의 더블로즈 컷으로 커팅된 가장 유명한 이탈리아의 보석 중 하나다. 처음에는 프랑스 공작의 소유였으나 여러 사람의 손을 거쳐 오스트리아 국왕의 손에 들어갔다가 마지막으로 오스트리아 헝가리 제국이 멸망함에 따라 행방을 알 수 없게 됐다고 전해진다. 아마도 이 다이아몬드는 어느 왕공 귀족의 흩어진 백골더미 속에서 이교도 신상의 한쪽 눈처럼 차가운 광채를 반짝이면서 잠자고 있을 것이다.

Star of the South, 남쪽의 별은 무게가 128.8캐럿으로 브라질의 여자 노예 한 명이 광산에서 무심코 발견한 것이다. 이 다이아몬드의 발견으로 그녀가 자유를 얻은 것은 말할 것도 없다.

> Cuban Capitol은 무게가 23.04캐럿이다. 내가 가장 아름답다고 생각하는 라운드 브릴리언트 컷의 황금빛 다이아몬드로 아프리카의 광산에서 채굴됐다. 그러나 이 다이아몬드는 어떤 보석의 장식으로 상감되지 않고 쿠바의 수도 아바나의 한 인도에 박힘으로써 군사 지표의 용도로 사용됐다. 다이아몬드와 혁명, 다이아몬드와 카스트로.
>
> Eureka는 원래 무게가 21.25캐럿으로 카나리아의 노란색을 갖고 있었다. 이 다이아몬드는 앞다투어 남아프리카로 가서 광석을 채굴하려는 수많은 사람들을 매료시키면서 다이아몬드 채굴 붐을 일으켰다.

이상 멈추려 해도 멈출 수 없고, 모사할수록 즐거운 다이아몬드에 관한 기술은 주텐신의 단편소설 〈티파니에서 아침을〉에서 인용했다.

권력과의 결탁

인문계 고등학교의 비진학반에도 1등이 있다. 대만의 프로야구팀은 스스로 문을 닫고 경기를 하는 것처럼 매년 우승자를 낸다. 이렇게 중국의 옥 영역이 돌과 분리되어 자신만의 명명과 변별력을 얻어낸 것은 이상할 것이 없지만, 옥으로 설명하기 힘든 글자가 우후죽순처럼 각지에서 쏟아져 나온 시간이 매우 짧고 집중적이라는 점은 이상하지 않을 수 없다.

내 생각에는 틀림없이 뭔가 특별한 일이 발생했을 것 같다. 대체 무슨 일이 일어난 것일까?

내 생각에는 권력과 손을 잡는 좋지 않은 일이 발생하여 고귀한 물건과 더러운 물건이 정식으로 동맹을 체결했던 것 같다. 상주商周 시대에는 큰 솥鼎이나 큰 대야盤, 큰 종種 등과 같이 커다란 청동기들이 통치 권력을 상징했다. 하지만 청동은 장인의 기술을 필요로 한다는 시대적 한계를 갖고 있었다. 역사가 철기시대로 이동함에 따라 장인의 철 단련 기술 및 그 도구와 설비도 자연히 철기에 밀집됐다. 그러다 보니 이미 오래전에 쓸모없어진 옛날의 커다란 청동기를 갑자기 필요할 때 즉시 주조해내는 것은 쉽지 않은 일이 되었다. 때문에 권력의 상징물 역시 방향을 전환하여 대행인을 새로 찾아야 했다.

그리하여 옥이 부상하게 됐다. 옥은 개인이 아끼는 장식품에서 시작하여 종교적인 영물靈物까지(천지 사방에 제사를 지내는 옥종璧琮에서부터 시작하여 망자를 보낼 때의 옥구슬과 옥 귀걸이까지), 한 걸음 더 나아가 현실 정치의 권력 무대의 한가운데까지 모습을 드러냈다. '정鼎(솥, 점괘)에 중원의 일을 묻는' 것처럼 언어 문자는 민감하게 어디나 따라다니면서 새롭게 변화한다. 하지만 주진周秦 이후, 정鼎은 사실 이미 진정한 정이 아니었다. 정鼎은 단지 통치 권력의 상징물을 일컫는 다른 이름에 불과했고 실질적으로는 이미 옥으로 교체돼 있었다.

권력 상징물의 선정은 대단히 신중해야 하는 일이고 후보가 되는 사물 자체도 권력과 밀접하면서도 눈에 잘 띌 만한 특징을 갖고 있어야 했다. 커다란 청동기는 웅장하고 아름다우며 강력하고 위협적인데다, 공룡 같은 거대한 몸집이 배후에 놀랄 만한 인력, 물력, 기술력과 동원력이 있음을 암시한다. 한편 옥은 사람들을 놀라게 할 정도로 부와 권력을 자랑하는 사물은 못 되지만 자세히 생각해보면 청동기보다 더 좋을 수도 있었다. 우선 옥은 기본적으로 인공물이 아니라 자연의 영혼이 잉태해 낳은 것으로 대자연의 총애가 모인 결정체다. 인간은 옥을 만든 것이 아니라 단지 그것을 발견하고 자갈이나 바위덩어리로부터 구별해냈을 뿐이다. 또한 옥은 훨씬 친밀감이 있고 오랜 세월을 사람들의 삶과 함께해왔으며 어루만질수록 더욱 광채를 드러냈다. 옥은 커다란 정鼎보다 위협적이지 않지만 철학적 성찰과 사상이 담겨 있어 특히 동주東周 이후의 사유 분위기에 적합했다.

옥에게 권력과 철학의 기초를 부여한 사람들은 학자들이었다. 학자들은 수신과 이치에 밝음에서 시작하여 옥이 갖고 있는 갖가지 미덕에 관해 이야기했다. 옥의 부드러움과 매끄러움이 군자가 지닌 따스한 친민親民의 기질과 같다 하기도 하고, 표면의 줄무늬가 군자의 명철한 사리분별과 만사만물을 구별할 줄 아는 지혜와 같다 하기도 했다. 그러면서 깨지기 쉽기 때문에 조심해서 다루고 잘 보호해야 한다고 했다. 사람의 몸을 얻기 어렵고 큰 법도를 듣기 어려운 것처럼, 옥을 지닌 사람은 항상 올바르게 행동해야 하고 모든 행위가 절도에 맞아야 한다(옥의 두드릴 때 나는 여섯 가지 소리의 조화처럼)고 했다. 그리고 군자가 스스로 수신하고 자성하는 것처럼 수시로 경계하고 삼가고 두려워할 줄 알아야 한다고도 했다.

그들의 이런 주장은 끝없이 열거할 수 있다. 하지만 보석 감정의 관점에서 볼 때는, 부드럽고 윤기가 나는 것도 그렇고 쉽게 깨지는 것도 모두 모스 경도의 부족 때문일 뿐이다. 눈에 보일 정도의 무늬는 분명 불순물이 섞인 것으로 재질이 순수하지 않은 탓이다. 이 두 가지 특징은 오늘날 보석의 가치를 떨어뜨리는 가장 심각한 결함으로서 양측의 인식 차이가 180도 상반되니 슬며시 웃음이 난다.

자고이래로 중국의 주류 사유가 궁극적으로 지향하는 것은 언제나 소박함과 자연스러움을 중시하는 아름다움의 본질이었다. 하지만 위에서 말한 이유 때문에 옥을 조각하여 만드는 형상은 기본적으로 몸을 웅크리고 있는 낙타나 투명하게 반짝이는 고과苦瓜(박과의 한 종류. 열매가 긴 타원형이다-옮긴이) 같은 것이었다.

이에 비해 서양에서 다이아몬드나 루비, 사파이어 등의 표면을 절삭하는 것은 단지 광선을 처리하고 불처럼 환하게 빛나는 효과를 조성하기 위한 것이었다. 보석들로 하여금 스스로 자신의 투명하고 깨끗한 본질을 말하게 하고 사람들의 눈 속에서 한 줄기 무지개로 변하게 하려는 의도였던 것이다.

청나라 때에 미안마 일대의 에메랄드가 중국에 들어오자 중국인들은 이 단단한 물체를 어떻게 다뤄야 좋을지 알지 못했다(경도가 7.5나 됐다). 수천 년 동안 전승되고 개량돼온 옥을 다루는 도구와 설비, 기술은 모두 속수무책이었다. 줄곧 갈고 문지르기만 하다가 자희慈禧 시대에 이르러서야 비소로 방법을 찾긴 했지만, 여전히 페어 셰이프 컷, 오벌 컷 또는 옥타곤 컷 등으로 세련되게 절삭하는 것이 아니라 한 쌍의 팔찌로 만들어 권세 높은 노부인의 손목을 장식하는 것뿐이었다.

소설가들은 이렇게 말한다

불모지에 건립되어 태생적으로 허약할 수밖에 없었던 옥의 제국은 결국 오래 버티지 못했다. 중국 대륙의 개혁 개방 이후, 나는 우연히 산시성陝西省과 간수성甘肅省 일대를 여행하다가 놀라울 정도로 싼 가격에 야명주와 야명배夜明盃를 사가지고 와서는 이불 속에 들어가, 헛된 희망을 버리지 않고 정말로 어둠 속에서 빛을 발하는지 시험해보았다. 이때부터 "창해에 달이 밝게 비추니 구슬이 눈물을 흘리고, 남전산에 해가 따스해지니 옷에서 아지랑이 피어나네", "맛 좋은 포도주를 야광배에 담아두었다가, 마시려 하는 차에 비파가 말 위에서 길을 재촉하네" 같은 당시唐詩 구절에 코웃음을 치던 사람들도 그럴 수 있다고 믿게 됐다.

옥 자체는 깨질 수 있고(예컨대 서한西漢 말 왕王태후가 왕망王莽의 사자에게 옥새를 던져 깨뜨린 것처럼), 권력의 부가가치는 역사적 기회의 변화로 인해 소실될 수 있으며, 학자들이 유지해온 지혜의 가치는 인류 사유의 방향 전환으로 와해될 수 있다. 그리고 권력의 상징물로서의 옥은 권력의 소모품으로서의 최종적 숙명을 받아들여야 했다. 권력이 장기간 각축하는 게임의 현실 속에서 옥은 깨지거나 산실되기 일쑤였고, 악화가 양화를 구축하는 것과 같은 원리로 사람들이 꽁꽁 감춰버려 더 이상 모습을 드러내지 못할 수도 있었으며, 전란으로 파괴되거나 권력을 가진 주인과 함께 조용히 땅속 깊이 묻혀 무한의 대지로 복귀할 수도 있었다.

유명 소설가인 종아청은 한漢나라 초기의 역사에 대해 즐겨 이야기하곤 한다. 유방이 죽고 여후呂后가 정권을 장악했던 시기에 가장 남쪽 땅인 남월南越의 제후 왕이 반란을 기도하자, 여후는 옥의 공급을 전면적으로 중단한다. 남월 왕이 황위에 오르기 위해 반드시 필요한 차림(인장과 관모 복식, 의장대 등)을 갖추지 못하게 하는 방법으로 대응한 것이다. 알다시피 옥은 신비한 매력을 지닌 권력의 상징이다. 남월 왕은 하는 수 없이 죽은 사람의 묘를 파헤쳐 황천의 옥을 약탈했으니 양측 모두 게임의 규칙에 익숙했던 것이 분명하다. 두 사람 모두에게 옥 앞에 머리를 숙이는 전술이 군사를 보내 전쟁을 하는 것보다 더 요긴했던 것이다.

훗날 중국에서는 도자기 산업이 매우 중요하게 인식되어 크게 발전하면서 원가의 손익을 따지지 않는 국영사업이 됐고 황제 자신이 기업의 이사장이 됐다. 티 하나 없는 백자가 최대한 모방하려 했던 것은 자연에서는 공급받기 부족한 옥이었으며 그 배후에는 일련의 통치 권력 장치가 감춰져 있었다.

종아청의 이런 정확한 지적에 대만의 유명 소설가인 뤄이쥔駱以軍도 말을 보탰다. 북송北宋 시기 요遼나라 병사들이 산해관을 쳐들어왔을 때 국가가 운영하는 가마터의 설비와 숙련된 도공들을 통째로 약탈해가려 했던 것도, 그곳이 하늘이 내린 권력의 소재라는 것을 알았기 때문이라는 것이다. 이런 계보를 계속 추적해나가면 압록강鴨綠江(그 명칭이 아름다운 보석의 이름과 비슷한)을 건너 한반도에 이르게 되고, 다시 쓰시마 해협을 건너 일본 땅에 발을 딛게 될 것이며, 마지막에는 옥과 도자기를 사랑하는(다만 권력은 사랑하지 않는다) 뤄이쥔 부부가 즐겨 보는 일본의 골동품 감정 프로그램인 '행운 감정단'으로 통하게 될 것이다.

후각과 색채의 기억으로 살아남다

현세에서 옥의 권력 왕국이 소멸하면서 옥과 관련된 글자들 역시 뒤따라 죽음을 맞이하거나 유실되고 말았다. 이것은 뜻밖의 일은 아니다.

나라가 멸망하면 항상 유민이 발생하기 마련이다. 이 유랑자들은 어디로 가게 될까? 주텐원의 화려하고 처량한 단편소설 〈세기말의 화려함〉은 이에 대한 아주 좋은 은유가 될 것이다. 특히 소설의 시작과 결말에 등장하는 한마디는 일종의 예언과도 같다. "호수의 끝없이 깊고 고요한 푸름이 그녀에게 알려준다. 어느 날 남자가 이론과 제도를 이용해 건립한 세계가 무너지면 그녀가 후각과 색채의 기억으로 살아남아 여기서부터 새로운 재건을 시작할 것이다."

후각과 색채의 기억으로 살아남는다. 옥의 유민이 된 글자들은 확실히 그랬다. 그 글자들은 의미를 모두 비워버리고 그저 문자의 소리와 냄새, 빛깔과 광택만 남겨 여성의 아름다운 이름에 몸을 숨김으로써 살아남을 수 있었다. 우리는 여성들의 이름에서 '영瑛'이나 '령玲', '형珩', '림琳', '유瑜', '경瓊', '선璇', '원瑗', '영瑩', '진珍', '요瑤', '주珠' 같은 글자들을 쉽게 찾아볼 수 있다.

하지만 여기서 새로운 재건을 시작한다는 것은 지나친 낙관일 것이다. 여성들의 이름 속에 존재하는 문자의 꽃밭(다시 제국으로 칭하기는 어렵다)은 여전히 와해와 유실을 계속하고 있을 것이다. 나는 매년 대학연합고사 합격자 명단을 읽곤 한다. 학생들의 이름을 하나하나 살펴보다 보면 흥미로운 변화와 교체 현상을 발견할 수 있다(예컨대 우리 세대에는 뤼呂 씨 성을 가진 사람들의 항렬이 마침 '학學' 자에 해당하기 때문에 '뤼쉐

X呂學X'라는 이름이 무척 많았다). 학생들의 이름에서 옥과 관련된 글자가 지속적으로 감소하고 있는 것이다. 사랑하는 손녀가 태어났을 때 고서를 읽고 자전을 펼쳐 이름을 지어주던 할아버지가 세상을 떠난 이 세대에, 옥이 들어간 글자를 대신하는 것은 '룽容'이나 '팅庭', '위妤', '위語', '한涵', '동彤' 등처럼 청춘로맨스 소설로 유명한 대만 작가 총야오瓊瑤(총야오 본인은 옥 글자로 이름을 취한 세대란 점이 그녀가 이미 나이가 들었음을 증명한다)의 작품이나 트렌디 드라마에 등장하는 재치 있는 글자들이다.

'옥玉' 자의 후예 하나가 아주 먼 곳으로 도망쳐왔다. 이 글자는 여전히 과거의 빛을 반짝이고 있고 우리는 아무 때나 이것을 볼 수 있다. 하지만 우리는 매일 이 글자를 스쳐 지나가기만 할 뿐, 어찌 된 일인지 그 출신을 알아보지 못한다. 일찍이 그것이 조심해서 다루고 보호해야 하는 아름다운 원형의 옥이었다는 사실을 쉽게 알지 못하는 것이다. 이 글자가 바로 '구球' 자다. 이 글자는 방향을 거슬러 남성적인 세계로 뛰어들었다. 그리하여 땀을 뚝뚝 흘리며 마이클 조던이나 피트 샘프라스, 안드레 애거시, 타이거 우즈, 켄 그리피 주니어, 마크 맥과이어, 배리 본즈, 스즈키 이치로와 함께 선 채, 두 손으로 더 비싸고 더 눈부신 제국을 떠받치고 있다.

13

권토중래하는 도형문자

이 '글자'들은 갑골문에는 없고 가로 45센티미터, 세로 30센티미터 정도의 살구색 플라스틱판에 새겨져 있다. 내가 매일 출근하여 글을 쓰는 커피숍이 있는 건물의 층별 배치도에 그려져 있으며, 내 오른쪽 5미터 전방의 삼나무 벽면에 붙어 있다. 그 의미는 다음과 같다.

웃 : 지금 있는 위치

8 : 공중전화

○ : 소화기(원형은 붉은색이다)

⇨ : 대피 방향

⍁ : 소화전(역시 붉은색이다)

♀ : 완강기

이런 갖가지 도형들은 일상생활 속에 가득 차 있고 갈수록 그 의미가 증가되면서 꼭 필요하고 중요한 정보를 제공해주고 있다. 예컨대 화장실이 어디에 있는지, 계산은 어디에서 하는지 알려주기도 하고 "이곳에서는 좌회전이 허용되지 않으며 좌회전을 할 경우 벌금을 냅니다", "전방에 고장 차량이 서 있으니 주의하세요", "이 자리는 노약자에게 양보하세요", "자신의 생명과 건강을 위해 흡연을 삼가세요" 등의 중요한 경고와 안내를 제공한다. 아주 편리하다. 장황하게 한나절을 말해야 전달할 수 있는 내용을 한눈에 알아보게 그림으로 분명하게 보여주고 있다.

이런 메시지들은 대부분 글자가 아니라 단어나 문장이다. 하나의 점이 아니라 하나의 마디이자 사건이다. 이런 상황은 아주 자연스럽게 비슷한 능력과 용량을 지녔을 가장 원시적인 도형을 떠올리게 한다. 우리는 책 맨 앞부분에서 보았던 어떤 사람이 높은 곳에 서서 먼 곳을 바라보고 있는 모습의 글자 를 떠올리며 온갖 상상을 하게 된다. 하지만 이것이 아무 근거도 없는 마구잡이 상상은 아닐 것이다. 당시에는 글자의 총수가 매우 적었고 글자와 글자 사이의 거리가 매우 넓었다. 때문에 하나의 글자에 허용되는 사용 범위도 필연적으로 넓을 수밖에 없었다. 당시 문자 건축의 정체整體적인 경관은 당시 사람들의 주거 건축 경관과 크게 다르지 않았을 것이다.

여기서 우리는 한 가지 질문을 던질 수 있다. 문자가 도형으로 되돌아갈 수 있을까. 문자의 단위 정보가 담당하는 부하가 더 크고 더 일목요연한 시각적 도형으로 돌아가면서 점차 더 위축되고, 먼 미래가 다시 과거로 회귀할 수 있느냐 하는 것이다.

유한한 문자의 진상

나는 너무 먼 일에 대해서는 상상하지 말라고 권하고 싶다. 너무 먼 것들은 의도적으로 현재의 아름다움을 희생시키는 구실로 작용하거나, 혹은 적어도 현재의 일과 상황에 대한 토론을 거부하기 위한 핑계로 쓰이기 때문이다. 이것은 절대 좋지 못한 일이다. 때문에 19세기 러시아의 가장 총명하고 자유로운 영혼이었던 알렉산드르 헤르젠Aleksandre Herzen은 "너무 요원한 목표는 목표가 아니라 사기이고, 의미 있는 목표는 반드시 가까운 미래에 있는 것이어야 한다"고 일갈한 바 있다. 요원한 목표를 생각하지 않을 수 없다면, 지구의 마지막 날이나 우주의 종말 같은 비교적 엄숙하고 의미 있는 것들을 고려할 수도 있을 것이다.

우리의 시선이 미칠 수 있고 의미도 있는 미래를 놓고 보자면 문자가 도형으로 돌아갈 수 있는가 하는 문제에 대한 나의 대답은 "불가능하다"다. 문자는 계속 간화되는 방향으로 나아가고 있지만 문자의 표현 능력은 갈수록 더 세밀하고 깊어지는 방향으로 나아가고 있다. 여기에는 그럴 만한 이유가 있다.

문자가 도형이 없이도 추상적 개념으로 진입해 들어간 것은, 구상적 도형의 문자들이 발명된 뒤에 가장 먼저 부딪치게 된 단열斷裂의 곤경과 비약이었다. 중국의 문자는 회의와 지사로 아주 오랫동안 힘든 투쟁을 벌이고 나서야 형성이라는 빠르고 손쉬운 조자 방법을 발명해냈다. 이에 비해 서양(광의의) 문자는 철저한 병음 혁명을 수행했다. 4,000~5,000년 전의 이런 역사적 사실은 문자가 다시 돌아올 수 없는 길을 걸어갔다는 사실을 잘 설명해주고 있다.

하지만 구상적으로 모사된 도상을 돌이킬 수 없다고 해서 약속에 따른 도상도 통용될 수 없다는 것은 아니다. 예컨대 신호등이 초록색일 때는 통행할 수 있고 빨간색일 때는 통행할 수 없다는 것은 기본적으로 약속과 습관에 기초하고 있다.

해답은 이렇다. 문자, 특히 물체의 형상에서 이탈한 병음문자는 원래 약속의 성격을 갖는 도형이라고 할 수 있다. 하지만 약속의 성격을 갖는 도형은 한 가지 아주 심각한 문제점을 안고 있다. 다름이 아니라 수량이 한정돼 있다는 것이다. 사람들은 아무리 머리를 짜내도 마음대로 사용할 수 있는 서로 다른 도형을 충분히 창조해낼 수 없다. 게다가 도형과 도형 사이에는 질서와 연계가 있어야 한다. 그렇지 못할 경우 학습된 것을 기억하기 어렵기 때문이다.

이런 사실은 밀란 쿤데라Milan Kundera의 소설《불멸Immortality》을 떠올리게 한다. 이 소설은 한 가지 제스처로 시작된다. 우연히 수영장에서 본 아름다운 제스처가 소설가의 마음을 움직여 아녜스라는 아름다운 여자를 창조하게 만든다. 그리스 신화에 나오는 아프로디테(즉 비너스)가 부드러운 자태로 물속에서 한들한들 걸어 나오는 것 같다. 쿤데라는 곧 이어 "제스처가 사람보다 더 정교하다"라고 말한다. 이 지구 위에 태어나 살다가 죽어간 사람들이 어찌 수만 수억에 그쳤겠는가. 그런데도 상고시대 이래로 인류가 사용해온 제스처는 몇 가지밖에 되지 않는다. 확실히 그렇다. 제스처도 몇 가지밖에 없고 부호도 그다지 많지 않다. 개념적인 도시圖示도 몇 가지밖에 되지 않는다.

우리는 문자가 수량에 한계가 있는 부호를 이용하여 수량에 한계가 없는 사물과 개념들을 성공적으로 표현해내면서, 가장 총명하고 힘이 들지 않으며 지속적인 활용성을 갖춘 방법을 찾아냈다는 사실에 감탄하지 않을 수 없다. 이것은 수학의 순열 조합에서처럼 수량을 극대화하는 방식이다. 문자는 이 방법을 아주 잘 활용하고 있다. 사람들은 내친김에 소리의 문제까지 해결해냈다. 두 가지 시스템을 유기적으로 하나로 결합하여 서로가 서로를 지원하게 하는 것이다. 오늘날 우리에게도 이런 기회가 주어진다면 그처럼 잘해낼 수 있을지 확신하기 어렵다.

이렇게 효과적인 방법을 발명해냄으로써 이론적으로 문자는 아무런 어려움도 없이 무한히 번성해나갈 수 있는 단계에 들어섰다. 하지만 우리 눈앞에 펼쳐지는 문자의 실제 상황은 그처럼 전망이 밝지도 않고 상대적으로 복잡다단한 현실 세계에 비해, 면밀하게 연동하고 있는 우리의 사유에 비해, 특히 번개처럼 번쩍이다가 사라지는 갖가지 차원의 인상과 사념에 비해, 여전히 멍청하고 둔중하며 부실하여 사용하기에 충분치 못하다. 이렇게 문자 시스템의 무궁한 잠재력은 진정으로 발휘되고 있지 않고 여전히 유한한 상태에 처해 있다. 그러나 이리저리 표현하려고 시도하는 의미는 무한한 상태다.

자초지종을 제대로 이해하기 위해서는 문제의 근원을 따져봐야 할 것이다. 이것은 시스템 자체의 문제가 아니라 시스템을 조작하는 사람의 문제다. 문자 자체의 잠재력과 탄성, 확장성, 가소성可塑性 등만이 중요한 것이 아니다. 진정으로 중요한 것은 문자를 사용하는 사람이다.

그렇다면 사람들에게 어떤 문제가 있는 것일까? 우선 우리는 큰 전제가 되는 사실을 인정해야 할 것이다. 절반의 천생天生과 절반의 자기를 연결시켜 발전 · 개량돼온 말과 문자는, 인류의 창조물 중 가장 방대하고 복잡하며 주변을 바라보지 못하는 특성을 지니고 있다. 평생을 학습한다 해도 집체적으로 발명되어 성과를 축적해온 이 방대한 물건에 대한 이해는 평면적이고 국부적이며 때에 따라서는 몹시 궁색해질 수밖에 없다. 이렇게 유한한 이해 수준으로 시스템 전체의 무한한 힘을 도출한다는 것이 가능하겠는가?

인간은 본래 유한한 존재다. 때문에 문자와 교감하는 모든 마디는, 우리의 명명 능력과 포착 능력, 조소 능력과 묘사 능력 및 이해 능력, 가장 결정적으로 기억 능력이 제한적이라는 사실을 여지없이 폭로하는 과정이 된다. 우리는 처음부터 끝까지 유한한 존재인 인간으로서 고대 그리스의 수학자들이 항상 무한의 문제로 고민했던 것처럼 조악하고 무력한 자세로 무한한 사물을 대하고 있는 것이다.

명명 능력이 제한적이라는 것은 우리가 문자를 유한하게 사용할 수밖에 없다는 근거가 된다. 여기서 좀 더 자세한 해석을 해보기로 하자. 문자는 명명에서 시작된다. 이것은 말을 계승한 것이라 할 수 있다. 명명의 이상적인 상태는 모든 일과 사물에 예외 없이 독특하고 서로 혼동되지 않는 소리를 부여하는 것이다. 더욱 이상적인 것은 관계의 정도가 다른 사물들 사이를 소리와 소리로 구별할 뿐만 아니라, 그 관계의 원근의 정도 차이를 반영하는 구조와 연상까지 갖추는 것이다. 하지만 우리의 성대 구조와 상상력은 이렇게 대단하지 못하며 이런 요구를 만족시키지 못한다. 가장 문제가 되는 것은 같은 소리나 비슷한 소리를 이용한 명명의 단계가 무한하다는 점이다. 이런 명명의 혼란 현상은 영어 단어를 암기해본 경험이 있는 사람이라면 누구나 아주 침통한 기분으로 실감할 수 있을 것이다. 소리는 전화되어 문자로 기록될 때는 약간의 보완을 필요로 하게 된다. 우리는 서로 다른 조형造型(중국어) 혹은 병음 방식(영어)으로 시각적 변별을 시도하지만, 소를 잃고 나서야 외양간을 고치는 격밖에 안 된다. 의미는 괜찮다고, 아직 보완할 시간이 있다고 말하지만, 사실은 아주 사려 깊고 예의 바르게 이미 늦었다고 말하는 것이 낫다.

원래는 우리의 성대와 상상력의 제약을 극복할 수 있는 방법이 있었고 이 방법이 어느 정도 사용되기도 했었다. 다름 아니라 소리를 늘이는(다자多字 혹은 다음절) 것이다. 그러면 자연스럽게 소리의 변이를 위한 여지가 확대되고, 중복을 피할 수 있게 된다. 하지만 이런 확대는 동시에 치명적인 부작용을 가져오기도 한다. 문자의 복잡성과 인식의 어려움을 초래하고, 끊임없이 우리 의식에 부담을 증가시키는 것이다. 여기서 우리는 자신의 유한한 기억이 결정적인 장애를 지니고 있다는 사실을 확인하게 된다. 원칙적으로 실행이 가능한 모든 방식들이 벽에 부딪치고 마는 것이다.

명명의 유한성은 한 가지 실례에 지나지 않는 것으로 결국 문제는 기억이다. 이것은 문자가 부딪힌 결정적인 곤경 두 가지와 연결된다. 문자는 가장 간단하고 명확하며 우리와 가장 직접적인 관계를 갖는 사물들을 표현해야 한다. 그러면서도 어쩔 수 없이 어렵고 섬세하고 그윽하며 우리와 아주 멀리 떨어진 길을 가야 한다. 하지만 우리의 기억 용량과 의도는 갈수록 이런 추세에 발을 맞춰주지 못한다. 문자가 앞으로 나아갈수록 이것을 따라갈 수 있는 사람은 적어지고 비밀번호를 풀 수 있는 공동의 기억도 갈수록 적어진다. 문자의 비밀번호화 경향이 갈수록 뚜렷해질 수밖에 없는 것이다.

《사원》이나 《캠브리지사전》을 뒤적이다 보면 인류가 창조해 완성해낸 방대한 수의 문자에 놀라움을 금치 못하게 된다. 하지만 이것은 시험을 보는 데 필요하거나, 그 의미를 따지기 위한 성분에 지나지 않는다. 우리 모두가 매일 사용하는 문자는 이 방대한 문자들 중 아주 적은 일부에 불과하고, 나머지는 축적된 상태로 한가하게 방치된 채 죽음을 기다릴 뿐이다. 물론 그중 상당 부분은 우리가 '사라진 문자'에서 말한 것처럼 실제 생활의 상황이 변화하면서 기능을 상실한 것도 있다. 하지만 솔직히 말해서 상당 부분이 새로운 문자처럼 사용되고 있다. 단지 우리가 잘 모르거나 기억하지 못하고 있을 뿐이다.

결론적으로 말해서 무한한 공구 상자는 상상할 수 없다. 우리가 그렇게 무거운 상자를 등에 지고 다니는 것도 불가능한 일이다. 목숨을 걸고 지고 다닌다 해도 아무 소용이 없다. 또한 우리가 모든 공구의 성능과 조작 방법을 안다는 것도 어려운 일이다. 따라서 이것은 문자 시스템의 활용 및 전화 능력과 관계된 것이 아니라, 인간의 유한한 존재성과 관련된 것이라 할 수 있다. 총명한 인류는 이런 난처한 처지를 아주 오래전부터 깨닫고 있었다. 공자는 이것을 "유한한 것으로 무한한 것을 쫓는다"라고 표현했다. 공자의 이 말은 대단히 명확하면서도 소박하고 진실한 것이었다. 물리적 피로에 지쳐 쓰러지는 것, 정말로 지쳐 쓰러지는 것이었다.

문자가 없을 때의 기쁨

따라서 도상으로의 변신은 지금으로서는 영상이라고 하는 것이 옳다. 인류는 포착하기 어려운 시각의 이지러짐을 이용하여 단편적인 영상을 성공적으로 연결시켰다. 어떤 면에서는 문자보다 더 오래된 이 표현 방식은 완전히 새로운 양식과 부하負荷 능력 및 매력을 갖추고 큰 환영을 받으면서 끊임없는 희망의 대상이 됐다.

이것은 영상이 문자의 부하 능력을 초월하는 특이한 기능을 갖고 있기 때문이 아니다. 영상이 갖는 가장 큰 매력의 근원은 오히려 그 간단함에 있다. 이것은 문자가 어렵고 심오한 방향으로 흘러가는 데 대한 나태한 반작용이라고 할 수 있다. 지쳐 쓰러진 사람은 앉아서 쉬고 싶어 한다. 가능하다면 생각마저도 쉬고 싶은 법이다.

영상과 문자의 가장 근원적인 차이는 영상은 모사, 즉 사물의 원래 모습을 완전하게 재현하려고 노력하는 반면, 문자는 사물의 윤곽과 흔적만 아주 간단하게 기억하려고 노력한다는 데 있다. 영상은 어떤 분류나 비밀번호 해독의 과정을 거의 생략하여 머리와 영혼이 꼭 필요한 만큼만 참여하게 한다. 이것은 줄곧 걱정들 속에서 살다가 이제는 천성에 기대 편안하게 세상을 하직하려는 나태한 사람들에게는 확실히 편리한 일이다. 하지만 이런 편리함은 영원한 대가를 치러야 한다. 비행기의 1등석과 비즈니스석, 이코노미석의 가격이 다른 것과 마찬가지다. 영상은 자신을 형상이 있는 시각적 세계, 즉 우리가 직면하고 있는 깊은 세계의 가장 바깥 표피에 해당하는 얇은 층에 붙잡아둬야 한다. 영상 세계는 화려하긴 하지만 심오할 수는 없다. 예컨대 영상의 세계에서 가장 심오한 인물로 알려진 잉그마르 베르히만Ingmar Bergman 감독의 심오함도 다른 영상의 성과에 비해 그런 것일 뿐이다. 문자 표현을 통한 전달에 능숙한 사람들에게는 베르히만이 보여주는 심오함의 정도가 대단히 얕은 수준에 불과하다.

나는 인생의 기이한 우연으로 인해 주변에 글쓰기를 직업으로 삼고 있는 소설가(아내이자 소설가인 주텐신을 말한다-옮긴이)와 영상 작업을 하는 영화감독 및 편집자(허우샤오셴侯孝賢 감독과 주텐신의 언니로서 소설가이자 시나리오 작가인 주텐원, 그리고 시인이자 잉크출판사 주간인 추안민初安民을 말한다-옮긴이)들이 적지 않다. 그들 중에는 두 가지 영역의 작업을 동시에 수행하면서 상당한 내공을 쌓은 사람도 있다. 나는 종종 그들을 대상으로 문자와 영상의 정보 부하 능력을 비교해보곤 한다. 그럴 때마다 내려지는 대체적인 결론은 정상적인 길이의 영화 한 편은 그 정보 부하 능력을 아무리 높게 쳐봐야 단편소설 한 편 정도에 지나지 않는다는 것이었다.

따라서 영상이 문자를 대체할 수 있느냐 하는 문제를 너무 진지하고 중요하게 생각할 필요는 없다. 개인적으로 재미있는 토론은 이런 것일 거라고 생각한다. 가령 두 명의 문자 마술사인 마르케스와 칼비노로 이야기를 시작하는 것이다.

마르케스와 칼비노는 둘 다 영화에 큰 관심을 보였고 상당히 많은 시간을 영화에 쏟아부었다. 둘 중 더 영화에 열중했던 사람은 마르케스였다. 그는 젊은 시절 신문 기자 생활을 하며 아주 오랫동안 영화 평론을 쓰기도 했다. 중년에 들어선 그는 문명文名을 날리기 시작하면서 더 적극적으로 영화의 형식으로 작업을 하고자 했고, 소설의 저작권을 영화 제작에 양도하기도 했으며, 직접 시나리오를 쓰기도 했다.《백년 동안의 고독》을 쓰기 전 몇 해 동안 멕시코를 여행할 때는 거의 절반 이상의 시간을 영화의 세계 속에서 보냈다. 이렇게 열광적으로 영화에 빠져 영화를 창작과 표현의 방법으로 삼으려 했던 마르케스와는 달리, 온화한 성격의 칼비노는 줄곧 냉정한 관객의 자리에서 영화와의 거리를 유지했다. 칼비노가 일찌감치 부하력을 희석시키는 영상의 본질을 통찰했고, 영상을 엄숙한 태도로 대하지 않았다는 것은 분명한 사실이다. 때문에 그는 전후에 휘황찬란한 예술형식이 되어 있던 이탈리아 신사실주의 영화에 대해 좋은 평가를 거의 내리지 않았다(갑자기 감탄을 금치 못하고 수시로 칭찬을 하기도 했지만 영화를 사랑한 적은 없었다). 그가 흥미와 관심을 보였던 것은 오히려 전쟁 이전에 한 시대를 풍미했던, 화려하지만 천박한 미국 영화들이었다. 당시 그는 '불안한 세월의 고민으로부터 도피한다'(외부적으로는 파괴된 사회에 기인하지만 청소년기에 대한 내면적 기억도 중요한 원인 중 하나였다)는 핑계로 매일 두 편의 영화를 보았고, 이것을 통해 외부 세계와의 이상적인 소통을 기대했다("타향에서의 삶과 주의력을 다른 공간으로 옮기고 싶은 나의 열망은 주로 세계 속으로 녹아들어가려는 욕구와 관련돼 있는 것 같다").

칼비노가 하루에 두 편씩 영화를 보던 젊은 시절에 있었던 재미있는 일은, 몰래 영화를 보다 보니 친구들과 학교로 공부를 하러 간다고 부모님을 속여야 했고, 이로 인해 '정확한' 시간에 집으로 돌아가지 않으면 안 됐다는 것이다. 그러다 보니 칼비노는 대부분 영화의 끝부분은 보지 못한 채 공백으로 남겨두었다가 10여 년이 흐른 뒤에야 못 다 본 부분을 보충할 수 있었다. 이런 상황은 칼비노가 더 어렸을 때 신문에서 보았던 미국 만화에 관한 기억을 떠올리게 한다.

이것은 그가 아직 글을 읽지 못할 때의 일이었다. 글을 몰랐던 그는 만화 속 인물들의 대화가 등장하는 네 칸의 규격화된 그림을 다 이해하지 못하고 일부를 공백으로 남겨둬야 했다. 이런 장기적인 공백의 상태가 얼마나 견디기 힘든 것인지 우리는 잘 알고 있다. 이런 상황에 처하면 사람들은 자신의 상상력으로 공백을 채우고 끊어진 부분을 잇게 마련이다. 따라서 영화의 결말 부분과 완성되지 않은 만화의 네 화면은 오히려 칼비노가 마음껏 상상력을 발휘할 수 있는 자유로운 공간이 됐다.

마르케스와 칼비노처럼 문자의 정교하고 심오한 표현 능력에 민감하고 오랫동안 깊이 빠져 있었으며 심지어 이미 습관이 되어 있는 사람들은, 외관은 화려하지만 그 능력은 제한적인 영상의 엉성한 본질을 아주 빨리 알아차린다. 하지만 때로는 이런 엉성함이 긍정적으로 작용하기도 한다. 잠시 의미를 결석缺席시키거나 적어도 단일한 것으로 확정시키지 않는다. 이것은 (특히 문자에 숙련된 사람들에게는) 문자의 압박을 해소하려는 일종의 갈망이요, 문자의 무정부주의라고 할 수 있다.

맨 처음에 이야기했던 영상과 문자의 '건축 경관'으로 돌아가보자. 문자의 건축 경관은 비교적 도시와 가깝고, 의미에 있어서는 땅과 아주 밀접하게 관련돼 있다. 이것은 문자의 가장 중요한 책임이다. 우리가 문자를 창조하고 사용하는 것은, 문자를 통해 의미를 명확히 하고, 의미를 조그만 틈도 주지 않으며, 나사못으로 사물을 고정시키듯이 최대한 의미를 고정시키되 의미의 가장 작은 표현 단위조차 놓치지 않기 위한 것이다. 그러나 문자의 표현이 뛰어날수록, 단위 의미가 더 분명해질수록, 의미가 차지하는 점이 더 작을수록, 의미와 의미 사이의 틈이 더 작을수록, 의미의 길은 단일해질 수밖에 없고 의미의 질서 역시 삼엄해질 수밖에 없다. 심지어 한 가지 정확한 의미로 결정돼버린다. 우리를 뒤덮고 있는 질서가 단일하고 정확한 것이라서 추호의 범죄도 허용하지 않을 때, 심지어 애당초 범죄라는 것이 존재하지 않을 때, 우리의 사유 공간과 재참여 공간은 완전히 사라지게 된다. 그저 순환과 배합에 따를 뿐, 더 이상 주체적인 인간이 될 수 없는 것이다. 따라서 인간으로 남고 싶다면 어떻게든 이런 상황에서 벗어날 방법을 찾아야 한다.

반면에 영상의 건축 경관은 시골에 가깝다. 두 점의 거리가 상당히 멀고 중간에 거대한 공터가 놓여 있어 공기가 잘 통하고 시원한 바람이 분다. 우리는 두 점이 하나의 선을 이룬다고 말한다. 그런데 두 점 사이에 하나의 직선밖에 존재하지 않지만 곡선은 무수히 존재할 수 있다. 공간이 더 넓을수록 곡선의 호도와 자태는 더 멋지고 아름다워진다. 상상력의 활강 궤도는 항상 직선이 아니라 곡선이었다. 상상력은 공간을 좋아하고 그것도 넓을수록 좋아한다.

사람들을 매혹시키는 것은 아마도 영상 자체가 아니라, 문자의 일시적인 철수나 의미의 일시적인 혼란, 세계가 원초적인 혼돈의 상태로 돌아가는 것일 것이다. 정확함과 애매함, 은밀함 사이에서 가능성이 떠오른다. 두 점 사이를 연결하고 있는 안전한 논리가 사라지고, 뒤를 이어 위험한 추측과 환상, 전설, 시와 신화가 나타난다. 사실 옛날부터 인간은 이런 식으로 하늘의 별들을 대해왔다. 아시아에서, 유럽에서, 아메리카와 아프리카에서, 북쪽의 시베리아에서, 그리고 남쪽의 라틴아메리카 케이프혼에서, 사람들은 하늘에 흩어져 있는 별과 별 사이에 마음대로 줄을 긋고 그림을 그렸다. 그리고 동시에 가장 훌륭한 신화를 그곳에 걸어두었다.

때로는 노자나 장자가 말했던 것처럼 문자가 없는 것이 정말 더 좋을 것 같다는 생각이 들기도 한다.

보호해야 할 것은 문자가 아니라 우리 자신이다

여기서 우리는 보르헤스가 말한 "완벽한 사전은 없다"라는 격언보다 한 걸음 더 나아간 깨달음을 얻게 된다. 문자는 완벽할 수 없을 뿐만 아니라, 완벽한 문자를 만들려는 야망조차 갖지 않는 것이 좋다는 깨달음이다. 실질적이지 못한 부담이 문자를 긴장시키고, 보수적이게 하며, 가능성의 문제를 고려하지 않고 안전하고 배타적인 길로만 가게 하기 때문이다.

가능성이야말로 문자가 우리의 사유에 가져다주는 가장 훌륭한 선물이자 은혜다. 정확하고 단일한 의미의 추구 및 표현이 문자의 유일한 임무였던 적은 한 번도 없었다. 이것은 문자가 갖는 일상의 일부일 뿐이었다. 사유가 계속 진행되고 발전하는 세계에서, 시의 세계에서, 모든 문학의 세계에서 문자는 사람들의 모험 여행에 동행하며, 충성스럽게 모든 위험과 노동을 전담하고, 심지어 온갖 비난까지 떠안는 훌륭한 반려자다. 문자는 사물의 흔적을 찾아주고, 우리의 자취를 남겨주며, 광대한 세계와 심오한 기억에 대한 효과적인 질문 방법이 되어준다. 문자 안에는 실험적인 부분도 있고, 따라서 한 번 사용한 다음에 포기되는 부분도 있으며, 결국 실패로 판명되는 성분도 있다. 요컨대 문자는 일종의 소모품이라고 할 수 있다.

완벽을 의식하다 보면 필연적으로 자유가 위축되고 용기와 활력을 잃는다. 확실히 문자는 좀 더 용감하고, 좀 더 활력이 넘치며, 약간 덜 온순하고 공경스러울 필요가 있다. 더 중요한 것은 소탈하여 어떤 것들에 구애되지 않는 것이다. 의미의 새로운 땅과 국경을 탐색하는 작업은 대단히 힘들고 어려운 일이다. 여러 차례 실험을 반복해도 한 번도 성공하기 어렵다는 사실은 과거의 경험들이 잘 말해준다. 이렇게 문자도 자신을 필요로 하지 않을 때는 당당하게 결석을 한다. 덕분에 우리는 고개를 돌려 문자가 없는 원초적 세계의 모습을 볼 수 있고, 머리를 싸맨 채 의미의 분할에 몰두하거나 문자의 미궁에 끌려가지 않을 수 있다.

완벽에 대한 갈망이 부여하는 긴장에서 벗어나면 우리는 그 자리에서 시원한 해방감을 느낄 수 있다. 그리고 오늘날 문자에 대한 영상의 끊임없는 위협의 실체가 무엇인지 분명히 알 수 있다.

우리는 영상이 진정한 부대負戴 능력을 갖추지 못하고 있기 때문에 언제든 취소하고 문자로 대체할 수 있다는 사실을 잘 알고 있다. 하지만 자신이 잘못된 선택을 하고 있는지 여부를 알 수 있는 사람은 드물다. 인성 가운데는 원래 '악화가 양화를 구축하는' 자연적인 경향이 있지 않던가? 문자가 집단적으로 소멸되지는 않더라도 대규모로 위축되는 것은 흔히 있는 일이다. 세대를 이어가면서 텔레비전이나 컴퓨터 모니터만 응시하는 어린아이들이 성장하게 되면, 결국 문자를 이해하고 사용하는 능력을 상실하게 되지 않을까? 이제는 문자를 보호하는 일에 나서야 하는 것이 아닐까?

이것은 매우 중요하고 엄숙한 문제다. 하지만 나는 정말로 보호해야 할 것은 문자가 아니라고 본다. 문자를 어떻게 변화시켜야 사람들이 고적古蹟을 다루듯이 소중하게 보호할지도 모르겠다. 내가 관심을 갖는 것은 문자가 위축되고 심지어 소멸된 뒤에 정말로 나타나게 될 결과가 어떤 것일까 하는 문제다.

중요하고 엄숙한 일일수록 우스운 이야기로 시작하는 것이 바람직할지도 모른다. 아주 가엾지만 우스운 이야기 하나가 있다. 어떤 사람이 도둑질을 하다가 들켜서 관아로 끌려가 치죄를 받게 됐다(수십 대의 곤장을 맞았을 것이다). 잠시 후 옆에 있던 사람이 도대체 무슨 죄를 저질렀느냐고 물었다.

"남의 집에서 끈을 좀 훔쳤을 뿐이오."

"끈을 조금 훔친 걸 가지고 관아에 와서 사실을 털어놓는단 말이오?"

"그게 아니라 끈의 반대쪽에 소가 한 마리 매어 있었소."

문자는 어쩌면 한 가닥 끈에 지나지 않을지 모른다. 말하지 않고 가져가거나 내다버리는 것은 큰일이 아니다. 정말 중요한 것은 끈 반대쪽에 매어 있는 소 한 마리다.

20~30년 전에 일본 문부성이 '문자에서 중국 색채를 제거하기 위한' 작은 개혁을 실행했던 일을 기억한다. 사용되고 있는 한자를 대거 폐기한 것이다. 물론 폐기된 글자들은 대부분 그 의미가 너무 심오하거나 자주 쓰이지 않는 글자, 비교적 사변적이고 시적인 글자들이었다. 예컨대 '장長' 자와 '수修' 자는 대체적으로 의미가 같다. 이럴 경우 흔히 통용되는 '장長' 자만 남기고 우아하고 상상력이 가미된 '수修' 자

를 폐기하는 것이다. 그러자 일부 학자들이 강한 우려를 나타내며 이런 정책에 반대하고 나섰다. 이런 문자들이 대표하거나 간직하고 있는 심오한 사유들도 함께 없어질 것이라는 게 그들의 우려였다. 일본인들이 어느새 멍청해진 것 같다. 그들은 여전히 끈에 매어 있는 소를 걱정하고 있다.

문자는 삭제될 수도 있고 소멸될 수도 있다. 이런 일은 문자의 역사에 무수히 발생해왔다. 사람들이 알아채기 어렵게, 조용하고 은밀하게 발생한 것도 아니었다. 문자는 복종밖에 할 줄 모르는 동물이라 저항을 하지 않는다. 시위나 청원, 투쟁의 장면은 더더욱 찾아보기 어렵다. 하지만 우리 스스로 문자가 사라졌을 때의 결과를 생각해야 한다. 우리가 더 훌륭하거나 최소한 기존의 것과 대등한 끈을 발견할 수 있는 능력을 갖추고 있다면(이 점에 대한 내 개인적인 견해는 대단히 회의적이다), 그래서 소가 도망가지 못하게 하는 방법이 있다면, 가장 좋은 방법은 하루에 한 가지 선을 행하는 것처럼 '문자를 보호한다는' 마음과 자세를 되새길 것이 아니라 그렇게 되도록 놔두고 그때그때 현실에 올바르게 대처하는 것이다. 억지로 문자를 보호하려 하다가는 형세를 잘못 파악하여 힘을 쓰는 초점과 정도에서 그르칠 수 있다. 우리가 보호할 것은 문자가 아니다. 문자보다는 우리 자신을 더 멍청해지지 않도록, 세대가 더해갈수록 더 바보가 되지 않도록 보호해야 한다.

우리는 종종 듣기에는 고귀하고 감동적이지만 실제로는 우습기 짝이 없는 구호를 생각해내곤 한다. 환경보호론자들이 "지구는 하나뿐입니다"라고 말하는 것도 어쩌면 무의미한 구호에 지나지 않을지도 모른다. 마치 지구가 비눗방울처럼 약하기 때문에 사람들이 조금만 부주의하거나 세심하게 돌보지 않으면 당장이라도 폭발해 산산조각 나버릴 것만 같다. 하지만 진실은 그렇지 않다. 우주의 아주 미세한 푸른색 소행성인 지구는 이미 50억 년 넘게 살아왔을 정도로 견고하고 튼튼하다. 적어도 사람이나 그 이상의 존재보다도 강한 생명력을 지니고 있다. 무려 50억 년에 달하는 세월 동안 생명체들은 각기 다른 범위의 멸종을 거치면서 한 종이 다른 동물을 대체하며 이어져왔다. 또한 지구는 태양을 마주했다 등지기를 반복하면서 너무 빠르지도 않고 느리지도 않게 자신의 리듬에 따라 운행해왔다. 우리가 아무리 잘못하더라도 소멸될 수 있는 것은 지구 전체가 아니라 일부 종과 우리 자신들이 살아가야 하는 환경일 것이다. 생각하기 어렵지 않은 미래에 먼저 멸망할 것도 지구가 아니라 인류일 것이다. 지구는 그저 모습을 약간 바꾸고 또 다른 생명의 형식을 받아들여 계속 생존해나갈 것이다. 심지어 지구는 우주를 운행하는 리듬조차도 바꾸지 않을 것이다. 정 못 믿겠으면 주라기에 가서 공룡들에게 물어보라. 그게 가능하다면 말이다.

따라서 이런 일은 마음에 둘 필요가 없다. 진정으로 보호하려 노력해야 할 것은 지구가 아니라 우리 자신이다. 마찬가지로 정말로 보호하려 노력해야 할 것은 문자가 아니라 우리 자신이다. 우리의 연약한 생명과 너무도 연약한 우리의 지혜다.

'문文'과 '자字'

나는 한 권의 책을 마무리할 때는 좋은 마음으로, 아름다운 사물과 아름다운 담론 속에서 마무리하는 것이 가장 좋다고 생각한다. 미래의 전망이 그다지 아름답다고 확신할 수 없다면 처음으로 돌아가는 것도 방법일 것이다.

문자, 즉 '문文'과 '자字'는 처음에 어떤 글자였을까? '문文'의 갑골문은 와 같다. 사람이 자기 가슴 위에 아름다운 문신 그림을 분명하게 보여주는 모습이다. 이렇게 인체 자체를 화폭으로 삼거나 조각의 재료로 삼는 행위는 보편적이고 오래된 기원을 가지고 있고, 종교적이고 생명의 대화 같은 함의를 감추고 있다. '자字' 자는 비교적 늦게 출현했다. 이 글자가 대표하는 행위가, 늦게 나타난 사회적 구조와 연결돼 있기 때문이다. 적어도 우리는 갑골문에서 이 글자를 찾아볼 수 없다. 이 글자는 금문으로서 의 형태를 갖는다. 어린아이가 글자 도상의 초점으로 가정을 상징하는 부호 아래 서 있다. 이에 대한 합리적인 해석은 명명의 의식이라는 것이다. 정식으로 가정의 일원으로 간주된 새로운 생명을 조상들의 앞으로 데리고 와 명명을 확인함으로써, 아이가 생명의 영원한 유전과 순환의 일부가 되게 하는 것이다.

아름다운 문신 그림과 정중한 명명이 바로 '문文'과 '자字'의 가장 원초적인 내용이었다. 이것이 시간의 탐식과 연상, 전주 등을 거쳐 오늘날 문자에 대해 생각하고 이해할 수 있는 단초를 제공하고 있다. 우리는 은밀하게 문자에 담긴 기이한 연상들을 감지하고 있다. 그리고 확실하게 장악하지는 못하지만 3,000~4,000년의 세월을 가로질러 그 의미를 어느 정도는 알고 있다.

역자 후기

갑골문으로 밝히는 인류 문화의 DNA

언어가 존재의 집이라면 문자는 언어의 집이다. 그 집에는 인류가 태어나 성장하고 살아온 유년의 기억과 청춘의 고민, 노쇠와 죽음을 두려워하는 장년의 서러운 근심의 흔적들이 고스란히 남아 있다. 인류가 오랜 세월을 거쳐 점차적으로 이루어낸 문화의 유전자를 정확히 밝히는 일은 오늘의 삶을 정확하게 전개해나가기 위한 중요한 전제일 것이다. 이 책에서는 갑골문에 담긴 문화의 유전자를 문자학의 협애한 방법론에서 벗어나 문학과 역사, 고고학과 사회학 등 인문학 전반의 다양한 장치를 통해 실사구시적으로 논구論究하면서, 신변잡기와 함께 편안하면서도 유머러스한 문자의 이야기로 들려주고 있다. 이런 논구의 대상이 되는 아름다운 문자는 우리가 사용하고 있는 한자의 모체인 중국의 갑골문이다.

갑골문은 청淸 광서제 25년(1899년)에 국자감 좨주祭酒였던 왕의영王懿榮이 말라리아에 걸린 친척을 치료하기 위한 약재로 용골龍骨을 구하는 과정에서 처음 발견됐다. 용은 가상의 동물이기 때문에 용골이 존재한다는 것은 허구일 수밖에 없었고, 사실은 흙 속에서 캐낸 동물의 오래된 뼈에 다름 아니었다.

왕의영은 북경 시내에 있는 달인당達人堂이라는 한약방에서 이런 뼈를 사다가 달이는 과정에서 우연히 날카로운 칼로 새긴 듯한 기호들을 발견하게 됐고, 이것을 계기로 더 많은 용골을 사들여 고문자들의 도움을 받아가며 연구에 몰두했다. 그 결과, 그 기호들이 거북의 껍질이나 짐승의 뼈에 점복의 기록을 새긴 중요한 사료이자 한자의 초기 자체字體라는 사실이 밝혀졌다.

이렇게 출토된 거북의 껍질과 짐승의 뼈는 10만 점이 넘었고, 문자의 수는 4,000여 개에 달했다. 문자 시스템으로서의 완성도가 매우 높았던 갑골문으로 기록된 복사卜辭의 내용은 왕조와 사회의 구조를 비롯하여 종교와 역법, 농업, 지리 등 여러 분야에 두루 걸쳐 있었다. 때문에 문자뿐만 아니라 당시 사회를 이해하는 중요한 시금석이 됐고, 그 뒤를 이은 문자 시스템과의 비교를 통해 중국 문물의 변천 과정을 해석하는 중요한 도구가 됐다.

여기까지는 갑골문에 관해 많은 사람들이 알고 있는 사실이다. 갑골문을 전문적으로 연구하는 이른바 갑골학 학자들은 이미 갑골문에 관한 완벽한 문자학적 해석을 내놓은 지 오래다. 그렇다면 이 책의 저자인 문학평론가 탕누어唐諾는 왜 굳이 문외한으로서의 무모한 시도를 하고 있는 것일까?

아마도 그는 인류 문화의 DNA이자 무궁무진한 재미를 지닌 갑골문과 오늘날 사용하는 한자에 담겨 있는 중요한 인문학적 진실들이 문자학의 영역에서 박제화되는 현실을 벗어나고자 했을 것이다. 그리고 갑골문에서 시작하여 금문金文을 거쳐 전서篆書와 예서隸書, 해서楷書, 행서行書로 발전하고 상형象形에서 회의會意, 지사指事, 형성形聲, 전주轉注, 가차假借 등 육서六書라 불리는 다양한 방법의 조자를 통해 확장되고 정련된 한자에 투영된 중국 문화의 긴 흐름에 자유롭고 포스트모던한 사유와 상상력을 가미함으로써, 문자학자들이 간과한 보석 같은 진실들을 밝히고자 했을 것이다. 그 결과가 이 책에 체계적으로 담겨 대만과 중국 대륙을 아우르는 중화권 전체에 새로운 인문학적 시각을 제공했고, 더 나아가 그들과 똑같이 한자 문화권에 속해 문화의 뿌리를 공유하고 있는 우리에게 참신한 문자의 이야기를 들려주고 있는 것이다.

저자 탕누어는 대만 이란宜蘭 출신으로 국립대만대학 역사학과를 졸업한 대만 최고의 전방위 학자이자 작가로서, 유명 소설가인 주톈신朱天心의 남편이자 허우샤오시엔侯孝賢 감독 영화의 시나리오를 모두 쓰다시피 한 소설가 주톈원朱天文의 제부이며, 소설가이자 영화 평론가인 종아청鍾阿城과 대만의 유명 시인이자 뛰어난 출판인인 추안민初安民의 친구다. 이들의 이름이 이 책에 자주 거론되는 이유는 이런 가족 및 친구 관계뿐만이 아니라, 모두가 지식과 사유를 공유하는 정신적 동지들이기 때문이다.

탕누어의 글은 번역이 어려운 것으로 잘 알려져 있다. 번역이 늦어진 데 대한 변명일 수 있겠지만, 분명한 사실이다. 그럼에도 불구하고 역자에게는 무한한 보람을 가져다준 작업이었다. 무책임한 역자를 조용히 기다려준 김영사 모든 분들께 감사의 인사를 올린다.

2015년 1월

김태성 씀